EL LARGO SUEÑO DE LA REVOLUCIÓN

EL LARGO SUEÑO DE LAURA COHEN

MERCEDES DE VEGA

EL LARGO SUEÑO DE LAURA COHEN

PLAZA JANÉS

Papel certificado por el Forest Stewardship Council®

Primera edición: abril de 2020

© 2020, Mercedes de Vega
© 2020, Penguin Random House Grupo Editorial, S. A. U.
Travessera de Gràcia, 47-49. 08021 Barcelona

Printed in Spain – Impreso en España

ISBN: 978-84-01-02407-8
Depósito legal: : B-4.188-2020

Compuesto en M. I. Maquetación, S. L.

Impreso en Rodesa
Villatuerta (Navarra)

L024078

Penguin
Random House
Grupo Editorial

A la memoria de Marie Jelen
y de todos los niños del Holocausto.

Y a Ángel Luis, mi marido y paciente lector.

Hay quien dice que nadie abandona nunca Montreal, porque esa ciudad, como el mismo Canadá, está diseñada para preservar el pasado, un pasado que sucedió en otra parte.

LEONARD COHEN

Esta novela es una historia de ficción,
basada en personas y hechos reales.

Personas y niños que vivieron el triste destino
de un mundo distópico.

I

El hijo que soñaba con su madre

1

Montreal, 4 de noviembre de 2001

Busco a Jacob Lambert. Si lees este anuncio, Jacob, ponte en contacto a cualquier hora con la doctora Cohen, de la Arlington Avenue, o en el 514-933-4442. A quien conozca a este hombre, de 37 años, rubio, pelo rizado, barba, ojos azules, de 1,80 m de estatura, y pueda proporcionar datos de su paradero, se ruega cualquier información.

H abía leído el anuncio una y otra vez. Tenía el diario sobre la mesa de la cocina, abierto por la página cuarenta y cuatro, a primera hora de la mañana. Pensaba en el código deontológico que estaba violando, en las consecuencias que podría suponer para mi carrera interferir en la vida de un paciente con esa llamada a los cuatro vientos convertida en tinta y en papel, que verían los ojos de quienes abriesen *La Presse* por la sección de compraventa de automóviles usados. El lugar menos idóneo para buscar a una persona, pero sin duda unas páginas que él leería, o alguien que lo conociese de entre la gente de ese oficio.

¿Qué insensatez estaba cometiendo? Buscar a un paciente que apenas conocía, quizá desesperada por hallar lo que había perdido para siempre. ¡Qué loco empeño me había propuesto! Como si la muerte de mi marido me incitara a bucear en un lugar desconocido y oscuro dentro de mí, con el rostro de Jacob Lambert.

Entonces pensé que quedaba una esperanza, no solo para ayudar a mi paciente a reinterpretar sus duras experiencias del pasado, sino también para que terminara de contarme a lo que realmente había venido a mi consulta. ¿Qué buscaba yo en realidad con ese anuncio? Algo más que impedir un posible suicidio, que igual solo era un juego que él me había planteado de forma primitiva y melodramática. Pero ese hombre era portador de un enigma que debía descubrir. Y para ello me estaba saltando el mayor precepto de un terapeuta. O eso creía con la taza de café en la mano y la mirada perdida entre aquellas palabras de mi anuncio, pensadas para causar el mayor efecto en mi paciente. Si es que las leía.

Lo cierto es que había sido capaz de llamar el jueves a la agencia Clark para encargar un destacado por tres días. Esperaría un plazo prudencial para recibir una respuesta. Si no conseguía localizar de esta forma a monsieur Lambert, podría ponerlo en conocimiento de la policía. Nada tan fácil como entrar en la web del Service de Police de la Ville de Montréal y dejar un aviso de desaparición. Escribir cuatro líneas y esperar a que el departamento de investigación se pusiera en contacto para acribillarme a preguntas desde la comisaría del *quartier*. Podrían también presentarse en mi consulta. Tendría que responder a todas las cuestiones que un médico no puede contestar, salvo por requerimiento de un juez. Y desde ese instante se iniciaría la búsqueda oficial de Jacob Lambert. En unos días aparecería la foto de mi paciente (en caso de que siguiese en paradero desconocido) entre los cientos de fotografías de las personas buscadas en la provincia de Quebec, como el anuncio de un hombre de su edad que había visto en la web del departamento de policía, en la pantalla de mi ordenador.

Pero ver un anuncio con el rostro de Jacob Lambert era lo que menos deseaba en aquel momento. Su aspecto era el de un hombre que puede meterse en problemas. Siempre tenías la sensación con él, por su cabeza agachada, la mirada esquiva y esa voz insegura y tímida, de que huía de algo, y no solo de sí mismo. Pensé que se trataba de un hombre en constante huida, de esos individuos que caminan en la noche por el lado oculto de la luna.

Desde que había desaparecido de mi consulta, todas las mañanas, con la taza de café en la mano y el pijama puesto, le quitaba el periódico a mi fiel asistenta Marie, según ella lo recogía del porche y me lo entregaba, a las siete de la mañana, para bucear en las páginas de sucesos cualquier indicio que me ayudara a encontrarlo: un accidente, un suicidio, un anuncio de reparación de furgonetas, alguien con su apellido… A continuación, encendía el ordenador y buscaba en internet, en las páginas de noticias, el resumen de sucesos y accidentes; también de suicidios. Pero no hallaba su nombre en ningún lugar, ni en las necrológicas. Mi insistencia parecía abocada al fracaso.

Pensé que era el guardián de un secreto por las cosas terribles que me había confiado y, con suerte, él leería el anuncio y en cualquier momento llamaría al timbre para reanudar la última e inconclusa sesión de la que había huido desquiciado, como debía de haber huido de todos los episodios importantes de su vida, para ocultar las verdaderas intenciones que lo habían animado a irrumpir en mi consulta. Su visita, once días después del accidente de mi marido, no había sido ninguna casualidad. Y pensaba averiguarlo.

Aun así, debí llevarlo de la mano por esa exploración interior que lo ayudara a encontrar un refugio protector para su trauma; cuidar de él y de su equilibrio emocional perdido, para decirle que todo iría bien y que sus peores sospechas no se iban a cumplir; y que mi misión con él no era la intervención activa y directa, sino la de ser un faro que alumbrara la espesa noche de su mente.

En el transcurso de la primera sesión y, con cierta rapidez, aludió, como quien esquiva un tren, a su oficio de reparar y hacer funcionar viejas furgonetas. Y aunque era confuso lo que explicaba de ese trabajo, y no entraba en detalles, sí mencionó que siempre andaba buscando piezas y recambios por los cementerios de vehículos de Quebec. Había recorrido el país para hacerse con el motor de una Ford del año 55. Dijo haber llegado hasta Port Essington con la sola idea de adquirir una bomba inyectora. Y me negó estar establecido de forma permanente en ninguna parte. Solo le interesaban las antiguas Volkswagen de importación, y me hizo creer que con ello obtenía los escasos recursos con los que malvivía.

—Son mecanismos precisos —me aclaró— que puedo modificar y ajustar una y mil veces, y siempre funcionan si sabes cómo hacerlo. Soy bueno poniendo en marcha esos viejos cacharros. A veces, me explotan cerca, pero sé muy bien lo que hacer con ellos.

Con esas palabras lo dijo, mirándose las uñas aceitosas y el tatuaje de serpiente que se hundía entre las venas de su muñeca derecha, como si ese dibujo fuera la historia de su vida escrita en su cuerpo.

El asunto de ese trabajo no debía de ser una invención. Al final de cada sesión se sacaba del bolsillo trasero del pantalón los dólares arrugados y viejos que me dejaba sobre la mesa de la consulta. Jacob tenía los dedos de un hombre que trabaja con las manos, probablemente en un taller, con grasa de automóvil incrustada en la piel y que por mucho que se restriegue con jabón queda siempre una sombra oscura y grasienta.

Estaba convencida de que empezaba a recorrer un camino errado y peligroso. Lo sentía como el latido de un corazón. Era consciente de estar violando el secreto profesional que todo psiquiatra debe a su paciente. Con ello quebrantaba la confianza futura de Jacob Lambert y de todos los nombres que llenaban mi agenda desde que abrí la consulta, dos años después de llegar a Montreal para hacer un posgrado de Psiquiatría y tomar distancias con España.

Por entonces, antes de llegar a Canadá, trabajaba en el Hospital de la Princesa, en Madrid, en urgencias psiquiátricas, y como todo en la vida tiene un momento de agotamiento, el mío rebasaba con creces mi tolerancia, tras cinco años de ejercicio de mi profesión que se había estancado más de lo deseable. Demasiado tiempo en la intervención inmediata había minado mi moral completamente. Necesitaba reiniciarme y borrar de la memoria los cientos de caras de angustia, ansiedad y agitación, muchas de ellas de adolescentes durante los fines de semana, desesperando por una inyección de benzodiacepina o un antipsicótico; por no hablar del abuso de sustancias, la intoxicación por estimulantes, los suicidios frustrados o el ver la cara de la muerte en personas que a lo mejor no cumplirían los veinticinco años. Sumando a ello el delirium y los desoladores trastornos mentales de la vejez, abarrotando las salas de urgencia, sin considerar a los familiares angustiados a los que también se les prestaba atención. En fin. Es mejor no seguir.

He de admitir que nunca entró en mis planes abrir una consulta privada. Realmente no había ningún plan, ni nada que se le pareciese, ni en Madrid ni en otra parte del mundo. Solo el de mantener el rumbo que me había trazado de niña de procurar algún tipo de reparación al sufrimiento humano. Y como jugando a los dados hice girar la bola del mundo y me dejé caer en la Universidad McGill con la discreta alegría de tener un océano de por medio entre lo que era y lo que, a lo mejor, sería alguna vez. Alguien capaz de ayudar a alguien.

Y ahora me volvía a hacer una pregunta parecida. ¿Realmente quería ayudar a Jacob Lambert o había otros motivos latentes y ocultos tras mi búsqueda tenaz?

Sí, por supuesto que había otros motivos. Estaba segura de que algo importante unía a Jacob Lambert con mi marido, y yo no era capaz de descifrarlo. Esa sospecha me impidió dormir la noche anterior a que saliera el anuncio y me levanté aturdida y de mal humor, con la luz de la mañana filtrándose a través del blanco estor de la ventana de mi dormitorio, advirtiéndome de un nuevo amanecer sin Alexander. Llevaba viuda cuarenta y cinco días.

Las urracas del jardín graznaban como si les estuvieran disparando. Me desperecé inquieta y las malas sensaciones llegaron a mi cerebro nada más tomar conciencia de que ya no dormía. Y no debía pensar en Alexander, porque la memoria se había convertido en mi peor enemigo. Pero me levanté de un salto, me eché la bata por encima, bajé por las escaleras rozando el pasamanos como una ciega que acaricia un territorio desconocido y corrí hacia la puerta de la calle como si de pronto me acordara de algo vital, olvidado en los laberintos de un sueño que todavía resonaba en mi cabeza para decirme que él ya no estaba en el baño, afeitándose, con la radio encendida, y se hacía tarde para salir hacia nuestra casa del lago. Se habrían formado los horribles atascos que le ponen de tan mal humor. Pero solo había ausencia. Nadie por los contornos de mi casa que sujetara las paredes de mi duelo.

Los domingos libraba Marie. Salía por la ciudad con su cámara de fotos colgada del cuello. Desde la muerte de Alexander lo hacía con un ahínco desolador; nunca pensó que siendo mayor que él fuera a sobrevivirlo. Así que me hallaba en mi casa solitaria, un día desapacible de otoño. El viento movía las ramas de los árboles, con hojas aún tan naranjas y amarillas como el ocaso, y acababa de amanecer cuando abrí la puerta de la calle y bajé los dos escalones del porche para recoger el periódico enroscado en su bolsa de plástico, junto al rosal amarillo con las flores ya marchitas.

Levanté la vista según recogía el diario cuando vi pasar el lujoso automóvil de los Madden. Vi a los dos niños decirme adiós con la mano, sentados detrás de sus padres, con los cinturones de seguridad colocados. Esas caritas inocentes me sonreían con la tonta ilusión de las vidas que comienzan para verlas desvanecerse según el automóvil giraba para tomar la rue Sherbrooke hacia el centro de la ciudad. La esperanza de una familia se había esfumado tan rápido como ese todoterreno desaparecía entre las casas de ladrillo rojizo y la bruma del otoño. Tuve la sensación de que esa vida ya no era mi vida. Ni la vida de nadie. Y que esa mañana era otra mañana en un país que también comenzaba a parecerme tan extraño como inexplicable me resultaba recordar que el cuerpo de Alexander Cohen se encontraba bajo la tierra de un cementerio de Mont-Royal.

Me preparé otra taza de café, entré en mi despacho con el periódico en la mano y lo tiré sobre el sofá para abrir el ordenador y volver a leer las entrevistas de monsieur Lambert, y repasar las sesiones y todas las anotaciones que había escrito sobre él.

En ese momento sonó el teléfono. Era la línea privada de casa. En el visor aparecía el nombre de Fanny. Decidí no cogerlo. Dejó de sonar. A continuación, oí mi móvil en el dormitorio. Supe que Fanny no me dejaría en paz un domingo. Debía cogerlo, no fuera a preocuparse y decidiera visitarme y estropear mi día de soledad, sin nadie que llamara a mi puerta para sentarse en el diván granate —frente al cuadro de Sorolla que Alexander me había regalado con infantil ilusión el día que inauguré la consulta— para bombardearme con traumas, ansiedades o síndromes.

La tensión del anuncio, el teléfono sonando y el ordenador ya encendido no me impedían rememorar la mañana en que apareció mi marido por la puerta del despacho dos horas antes de que llegase mi primer paciente. Lo acompañaban dos operarios con batines blancos de una conocida galería de arte en la que se realizan subastas, cerca del parque La Fontaine, en el barrio Le Plateau-Mont-Royal. La cara de Alexander era risueña y aniñada, con el cigarrillo colgado de la comisura de los labios y ese pliegue profundo en la frente despejada y ancha de un hombre que parecía saberlo todo de la vida. Los dos operarios sujetaban con delicadeza un cuadro de gran tamaño. Venía envuelto cuidadosamente en plástico de burbujas del que se deshicieron con destreza. La franca sonrisa de mi marido irrumpía en mi memoria como un puñal envenenado. Le oí decir, mientras los operarios colocaban el marco sobre las escarpias en la pared, que la imagen de esa playa y de esos niños jugando en la arena pacificaría el espíritu de mis pacientes. Yo me reí. Él añadió: «No te preocupes tanto. Todo irá bien..., tranquila. No pienses que todo va a salir mal».

Su voz era lo único que necesitaba oír para llenarme de fortalezas y olvidar los fantasmas que sobre él se cernían. Pero esa voz ya no estaba. Era un eco vacío en mi cabeza. Solo perduraban esos niños, la playa y el sol, y la vida pintada sobre el lienzo. Un cuadro en el que mi marido se había gastado una fortuna que venía a sumarse a una colección de pintura española que había comenzado, sin duda para impresionarme, cuando se propuso conquistar a una joven psiquiatra, recién llegada a Montreal de un país tan lejano y exótico para él como era España, y por la que había perdido la cabeza hasta el punto de pedirle matrimonio a los ocho meses de conocerla. Los excesos también formaban parte de su carácter y de la emoción por la vida. Gastar dinero a manos llenas con tal de hacerme sonreír. Quizá porque a mis cuarenta y dos años Alexander me superaba en veintitrés, y era el vivo retrato de Epicuro, complaciente y generoso con sus pacientes y con las personas que amaba. O ese era el idílico retrato que me había formado de él y que Jacob Lambert vino a resquebrajar completamente.

Tenía que cambiar de pensamientos. No deseaba llorar, y menos ante el cuadro de Sorolla; se me hincharían los párpados y las ojeras volverían a ensombrecer mis ojos, ahora empequeñecidos y amargados por el luto. Me sentía obligada a estar presentable y serena para mis pacientes, como si nada hubiese ocurrido, como si no tuviese vida, ni entrañas, ni ausencias; solo oídos, mente y serenidad para escuchar los problemas de otros. Como escuché los de Jacob Lambert, que quiso contarme un relato que no le permitieron terminar.

2

Simposio

Debía aparcar los recuerdos y atender el teléfono. Había dejado de sonar y volvía a hacerlo con un ímpetu hostil. Fanny no iba a abandonar su empeño. Salí del despacho con la bata abierta y los pies descalzos y avancé por el pasillo, irritada. Entré en mi dormitorio. El móvil seguía sonando, vibraba sobre la moqueta, tirado junto a la cama. Cuando llegué a él, aún se movía.

—*Bonjour, ma chérie…* ¿Te encuentras bien? —dijo una voz ronca y profunda, de empedernida exfumadora.

Se oían vehículos cercanos y ruido callejero.

—Claro. Perfectamente —dije—. Acabo de despertarme, eso es todo. El zolpidem funciona, te lo aseguro; tumba a una vaca.

No era cierto; no tomaba ningún inductor del sueño. Desde la muerte de Alexander y de las sesiones con monsieur Lambert solo encontraba negras pesadillas en el sueño. Mi mente era una tormenta de preguntas que me obsesionaban: ¿por qué? ¿Por qué? Incapaz de controlar mi voluntad y la obsesión del porqué. Pero debía tranquilizar a Fanny.

—Oh…, Señor, respiro aliviada —contestó—. Es domingo. He salido de misa y es un día precioso. Ray amaneció de excelente humor, sin dolor alguno. ¡Alabado sea Dios! Hay que aprovecharlo. Te invitamos a almorzar.

—Gracias. Pero dejad de preocuparos… Me siento bien, estoy perfectamente y necesito descansar. Mañana tengo un día de locos.

—¡Qué bien has hecho en reanudar tu agenda! El trabajo nos salva de los sinsabores de la vida, *ma chérie*. Pero no admito un no por respuesta. Ya sabes lo que te queremos… Nos encanta tu compañía… No debes estar sola un domingo. Dios descansó el domingo y nos lo entregó para compartirlo con las personas que amamos, por mucho que Ray santifique su *sabbat*. ¡Te lo prohíbo! Los domingos son para estar en familia…, y más en tu situación. No admito ninguna excusa, ¿me has oído…? Venga, *ma chérie*, haz caso de esta vieja que te adora y ha vivido demasiado… Pasamos a por ti en un par de horas.

—No, Fanny, no; lo siento. Necesito repasar un historial y he de concentrarme.

—¿Hay algo que te preocupe, *ma chérie*? Puedes hablarlo con Ray. Venga, anímate y se lo comentas en el almuerzo. Pero si necesitas algo privado… Ya sabes que él te recibe a cualquier hora. Te adora. Somos tus amigos. Confía en nosotros. ¿Quieres que lo llame y que él hable contigo? A las siete de la mañana pasaba por delante de mis narices mientras yo salía de la ducha, empapada, ¡a una velocidad…! Un día tendrá un accidente con esa maldita silla que se acaba de comprar. Se cree un chaval, el muy imprudente.

—Gracias, Fanny, pero no hace falta, es algo sencillo. Nada que le tenga que consultar. Cuídale y no dejes que corra.

—Muy graciosa te noto; me alegro. Pero está bien, como quieras. Eres una testaruda. Ah… no le comentes nada de la silla. Odiaría que alguien lo supiese; ya sabes lo presumido que es.

—Mañana os llamo.

—Me va a regañar en cuanto llegue y le diga que me has convencido.

—Me voy a la ducha. Dale a Ray un beso de mi parte. Tengo que colgar. *Au revoir*.

Por fin me la quitaba de encima. Me resonaba en el oído el elegante acento quebequés de Fanny como una campanada de la iglesia de la que acababa de salir. Quizá porque era francesa por línea paterna poseía ese acento cantarín; un rasgo de su historia familiar de la que presumía en sus conversaciones, elevando la voz y afrancesando el vocabulario, sobre todo con desconocidos. Adscrita en cuerpo y alma al espíritu de la Revolución francesa, como si el París de la guillotina estuviera bordado con hilos en oro sobre los blancos pantalones de seda que llevaba el día que la conocí. Tan alta y huesuda y con aires de duquesa.

A Fanny y a mi marido los había conocido a comienzos de la primavera del año 1993. La nieve no se había retirado todavía de las calles cuando otra nevada las sepultó de nuevo. Parecía que nunca iba a terminar mi primer invierno en Montreal.

No recuerdo por qué me inscribí en ese simposio de psiquiatría. Quizá necesitaba ocupar el tiempo libre. El programa y su denominación me parecieron apropiados para salvar cuanto antes el frío corrosivo de la ciudad, algo así como «Psiquiatría, violencia y realidad virtual». Esto último fue lo que más me atrajo: la conexión de la virtualidad con los mecanismos neuronales, aunque no específicamente sobre el comportamiento violento. Llevaba en la ciudad unos meses y apenas conocía a nadie fuera de las aulas y del campus de McGill, cuya vida se desarrollaba en el interior de cálidas instalaciones en perpetuo movimiento. Los estudiantes circulaban de un lado para otro como ratones, de aulas de conferencias a laboratorios, bibliotecas y laberínticos pasadizos con enlaces al metro y a la ciudad. Una existencia de topo. Prácticamente pasé a vivir en los subterráneos que perforan Montreal como si fuera un queso. El calor en los lugares cerrados era sofocante, y en la calle el vaho del aliento se congelaba en su corto camino hacia el exterior.

No me podía acostumbrar a ese tipo de frío, que más que frío es una pedrada al hipotálamo. Se te eriza el pelo, te hormiguean los dedos, el flujo de la sangre se reduce. Esta se te enfría en las extremidades para concentrar todo su calor en el cuerpo y evitar que los órganos se congelen y se rompan. Así que hacía lo mismo que todo el mundo: ponerme el gorro más cálido que se puede comprar, orejeras, unos buenos *après skis* y un abrigo térmico para salir de casa, al súper o al metro; no más de cuatro manzanas, porque si hay ventisca no lo puedes soportar.

Salvé el invierno del 93 a veinte grados bajo cero, en manga corta, en las cafeterías subterráneas apurando cafés y bagels con *crème brûlée*, y todos mis estudios en la mochila cuando salía de la universidad. Intentaba recorrer los treinta y dos kilómetros de pasadizos, galerías comerciales, cines y hoteles. Había que leer con atención los carteles indicativos para no perderse dentro de ese meandro que es la *ville souterraine*, que pasó a ser mi madriguera durante mis primeros meses de un frío inhumano. Todas mis acciones iban encaminadas a sobrevivir al invierno. Había tormentas de nieve que duraban el día entero y ver el termómetro a cero grados era una especie de alegría que no se produjo durante más de tres meses.

Lo que menos hice durante mi estancia como médico investigador en el programa de posgrado fue pensar en Madrid y en las terrazas soleadas de cualquier bar durante el invierno. La intensa actividad de McGill tampoco me ofrecía espacio para aburrirme demasiado. El simposio al que asistí duró tres días de coloquios y mesas redondas celebradas en las salas del hotel Delta Centre-Ville, de la rue University, en el Barrio Internacional. Se congregaban psiquiatras norteamericanos y canadienses y lo organizaba el Instituto Philippe-Pinel y la Facultad de Medicina de la Universidad de Montreal. Creí buena idea asomarse a otras instituciones académicas distintas a McGill y me lancé a la aventura.

El último día de simposio, tras el acto de cierre y de pelearme conmigo por superar la timidez inicial, me decidí a subir al cóctel de clausura que se ofrecía en el restaurante giratorio del hotel, en la planta 34, con elegantes suelos de granito y plantas artificiales colgando de paredes de espejos, simulando un jardín tropical. Estaba muerta de hambre. Pensaba en los canapés. Me animaba la idea de una copa de vino y entré decidida con la mochila al hombro y mis carpetas, apuntes y libros. A la entrada, según me tomaba la credencial una azafata, me topé con grandes carteles sobre trípodes anunciando los nombres de los brillantes intervinientes en el programa, junto a sus fotografías, alrededor del anagrama de un famoso laboratorio farmacéutico.

Una vez dentro, una marea de gente en pequeños círculos charlaba entre los camareros que intentaban hacerse un hueco con deseables bandejas en la mano. De espaldas a las cristaleras, una cantante susurraba armoniosas canciones, apoyada con melancolía en la cola de un piano, así que me acerqué tímidamente al bufet y me puse en un platito unos canapés hasta toparme con un camarero y una copa de champán. Con el botín me acomodé en la esquina de un sofá, en un lugar discreto, junto a los ventanales, alejada del barullo, de las risas y las conversaciones, mientras la plataforma del restaurante giraba recorriendo el cielo de Montreal trescientos sesenta grados. La ciudad cambiaba de perfil imperceptiblemente.

Contemplando el paisaje urbano intentaba trazar en mi cabeza el mapa de la ciudad cuando advertí que una pareja se sentaba en el sofá de enfrente, ambos mayores y elegantes. Por su complicidad y la conversación que mantenían me dio la sensación de que eran algo más que colegas. La fotografía de él la había visto sobre los trípodes de entrada. Intentaba recordar su nombre, pero llegué tarde a la mesa redonda en la que él participaba esa misma tarde y solo le vi bajar del estrado cuando yo tomaba asiento para tomar notas de la siguiente intervención. Me di cuenta de que el hombre me observaba con discreción mientras conversaba con su acompañante. Se echaba el pelo canoso hacia atrás de una forma atractiva. Ambos superaban la cincuentena.

Tuve la impresión de que se conocían bastante bien. De ella me fijé en el broche de oro con forma de flor de lis que irradiaba un brillo luminoso sobre la solapa de un impecable traje de chaqueta blanco. Apenas movía el rostro al hablar y sus gestos eran lentos y armoniosos. Me pareció sofisticada, e interesantes sus zapatos altos y escotados cuando cruzaba las piernas. Sus labios rojos llamaban la atención en violento contraste con el color de su pelo. Un platino brillante, peinado hacia un lado y corto por la nuca. Había en el cuerpo de esa mujer extraña un añejo erotismo capaz de suscitar la pasión de un determinado tipo de hombre. No tenía aspecto de médico, sino de cantante o actriz de café concierto. Aunque por lo que me llegaba de su conversación, podría estar relacionada con la actividad sanitaria. Quizá tuviera un cargo en un laboratorio o en la universidad y, desde luego, se los veía a los dos bastante unidos y cómplices de una charla sugerente. Era posible que fuesen amantes.

Respecto a él y a su camisa azul oscura, con el cuello y los puños de color marfil y gemelos de oro, parecía ir *En busca del tiempo perdido*. Se había quitado la chaqueta y la corbata, y desabrochado el botón del cuello de la camisa. Llamaba la atención su bronceado tropical y estaba segura de que era el tipo de hombre capaz de evitar que una mujer lo esperase en casa para cenar.

En definitiva, lo que observé en aquel momento es que él tenía ganas de ligar conmigo y ella de tomarse otra copa. De pronto, la mujer se levantó y se dirigió a saludar al organizador del simposio que venía hacia nosotros —más bien hacia ellos—, le interceptó el paso, le tomó por el codo con absoluta familiaridad y se dieron la vuelta caminando juntos hacia la mesa de las bebidas, hablando de algo que parecía importante.

Me vi sola con el desconocido y abrí la cremallera de la mochila de nailon con el anagrama de McGill. Inspeccioné el folleto del simposio para averiguar su nombre y el título de su intervención. Presentía que me iba a dar conversación; debía estar preparada y no dejarme sorprender por lo inevitable.

Alexander Cohen, PhD en Neuropsiquiatría
Médico investigador en el Instituto Philippe-Pinel de Montreal
Ponencia:
«Regulación emocional a través del uso de la realidad virtual
en pacientes con esquizofrenia: un ensayo clínico a través de la
terapia de alucinaciones auditivas resistentes a la terapia habitual».

Alcé la vista y lo vi encogerse de hombros como resignado a ser abandonado por su atractiva compañera. Se levantó, dio dos pasos al frente y me dijo su nombre. Me presenté, le hice un lugar en mi sofá y se sentó a mi lado con una sonrisa amansada como si me conociera de toda la vida.

—A juzgar por su edad y por la mochila que lleva es usted médico psiquiatra y estudia en McGill, ¿me equivoco? ¿Un posgrado?

—Así es.

—McGill, McGill, qué recuerdos... —evocó—. Hice allí la carrera y la especialidad. Adoro ese campus, sus viejas mansiones reconvertidas en facultades. Soberbia elección. Si tuviese una máquina del tiempo me sentaría de nuevo en sus bancos. ¿De qué es el posgrado?

Ignoro la respuesta completa que le di, como si mi memoria deseara olvidar lo inolvidable para pronunciar las palabras: «psiquiatría transcultural», «neurociencia», «genética del comportamiento» y otras cuantas que debieron de sonar ostentosas y muy académicas. Todavía estaba situándome en un país con el que había soñado en mis prácticas universitarias como el lugar del mundo donde la educación era capaz de conseguir cualquier logro humano. Y ese hombre que tenía delante, por lo que había leído en el folleto, representaba la encarnación de todos ellos.

Por lo que le respondí, él se sintió desconcertado.

—Interesante... Llevo pensando desde que me ha dado su nombre de qué lugar del mundo es usted. Algo me dice que no es francófona.

Le contesté que era española y digna sucesora de todos los triunfos y derrotas de mis congéneres a lo largo de dos milenios.

—España... —afirmó.

—Lugar encantador —dije.

—De gente encantadora.

—Bueno, no todos.

Añadí tontamente que mi abuela paterna era francesa, como si con ello quisiera ofrecer una explicación de mi buen francés. Odié escucharme a continuación que había estudiado en el Liceo Francés de Madrid, y que, bueno... aquí estaba, en el Nuevo Mundo para volver al Viejo Mundo con más experiencia.

—¿De qué lugar de Francia es su abuela?

—De Monségur. Un pueblo que recuerdo con cariño.

Otra vez volvía a hablar de mi vida con un desconocido. Los nervios me traicionaban en una secuencia que me parecía interminable.

—Un buen lugar, Aquitania —dijo, como si él conociera la redondez de la Tierra.

—¿Ha estado allí? —pregunté.

—Solo de paso.

—¿Conoce Madrid?

Y sin que terminara de negarlo, le aseguré:

—Lo conocerá, créame.

Al decir aquello, sin haberlo procesado con mi lógica habitual, tuve una premonición. Y yo no soy de presentimientos ni de experiencias místicas, pero supe en ese instante que me iba a casar con ese perfecto desconocido. Regresaba su compañera. Tomó asiento en un puf de terciopelo que acercó con el pie hasta situarlo junto a nosotros. Él hizo un gesto de levantarse, pero ella lo paró con la palma abierta de la mano.

—Tiene usted un aire un poco desdichado, *ma chérie* —dijo ella, dirigiéndose a mí, nada más poner sus posaderas en el puf.

Me encogí de hombros y su amigo nos presentó a ambas con una enigmática sonrisa. Le explicó de qué parte del planeta Tierra era yo y lo que hacía en Montreal.

—La doctora del Valle, además de española, tiene sangre francesa —añadió.

—*Magnifique!* Gran combinación. Entonces nos llevaremos aún mejor —dijo Fanny Lévesque con un exagerado acento quebequés—. Por mis venas corren ríos de sangre azul, emanada directamente de las guillotinas de París.

—Lamento defraudarla —contesté—. Pero no tengo ni un linfocito de sangre francesa, que yo sepa. Mi abuela nació en Monségur, pero sus padres eran de Úbeda.

—No importa, *ma chérie*, mejor así. —Esa mujer tenía respuestas adecuadas para todo—. Entonces tendremos más cosas que contarnos. No he oído hablar de Úbeda. ¿En qué lugar de la piel de *togo*? —Lo de «piel de toro» lo dijo en un español horrible.

Le hice un breve apunte de Andalucía y del orgullo que suponía que esa ciudad fuese Patrimonio Cultural de la Humanidad.

—¡Oh!, lo apuntaré en mi cuadernillo de viajes —dijo, haciendo un gesto con sus dedos blancos y finos como si lo anotase virtualmente para tirarlo a continuación a la basura.

Esa mujer no dejaba de pasarme revista, desde mis zapatos planos a mi cabello cortado por mí misma. Tomé conciencia de poseer un aspecto del que nunca me había preocupado en aras de la comodidad. Ella apenas intervenía en la conversación que acaparaba Alexander Cohen, y me observaba con atención, como si no entendiera en absoluto por qué su amigo se había fijado en mí. Él hablaba sobre temas superficiales, sin entrar en conversaciones académicas y, sobre todo, conferenciaba sobre la antigua fortaleza de McGill y sus años en el Hospital Royal Victoria.

Mencionaron ciertos nombres de catedráticos y profesores de los que no había oído hablar en mi vida. Y tras preguntarme por mi supervisor, dijeron conocer muy bien al doctor Des Rosiergs. Supe entonces que Fanny era enfermera, pero no una enfermera cualquiera. Y se jactó de que con solo levantar el auricular del teléfono, el profesor Des Rosiergs me calificaría con matrícula *cum laude* sin que él moviera un solo cabello de su añejo peluquín. Sonrió maliciosamente. Entonces se puso de pie y me pidió un cigarro. Le dije que no fumaba e hizo un gesto de aprobación. Se subió la manga de la chaqueta para mirar la hora en su Cartier de oro y comentó:

—Ray estará esperándome en la puerta. He de irme.

—Su marido, el doctor Raymond Lewinsky —me aclaró él.

—Entonces, hasta mañana —le dijo ella a su acompañante. Y a mí—: Un placer conocerte. *Au revoir, ma chérie*, y sonríe un poco más.

La vi de espaldas despidiéndose con la mano mientras se dirigía al guardarropa a por su abrigo, tan alta y altiva como si aplastase con sus finos tacones hormigas indeseables entre los pliegues de la moqueta.

—Ella es así. Maravillosa, pero algo difícil —me aclaró él, resignado—. Es la esposa del hombre que más me ha ayudado en la vida.

Me sentía animada ante la perspectiva de perder de vista a esa mujer y de que, por supuesto, no fuera la suya. Él añadió sonriente que nosotros debíamos hacer lo mismo. Y me invitó a cenar cangrejo de tierno caparazón en el restaurante que mejor lo prepara de la ciudad.

—Acaban de llegar los primeros de la temporada —dijo, sintiéndose feliz y entusiasmado bajo una costra rugosa de serenidad y complacencia.

Yo no había probado ese tipo de cangrejo y él me lanzó una acartonada sonrisa de hombre maduro dispuesto a enseñarte los secretos salvajes de la ciudad. Recogió su chaqueta del respaldo del sofá y salimos juntos del restaurante del hotel Delta, que recorría el cielo de Montreal en una noche blanquecina, a cinco grados bajo cero, sobre un mundo que de pronto cobraba un nuevo sentido, e intuía lo que podía significar.

3

Ángeles de la guarda

Quizá debí hablarle a Fanny en algún momento de monsieur Lambert. Una pista, una inquietud, una señal que me permitiese abrir esa cuestión preocupante. Raymond, el marido de Fanny, desaprobaría sin duda la historia de ese anuncio. Era probable que colocase en cuarentena mi profesionalidad como terapeuta. Nunca le había hablado de este paciente. Y él seguía siendo mi supervisor, aunque hiciese más de un año que no le consultara un caso. Pero yo sabía perfectamente que debía confiar a Raymond cualquier proceso que me preocupara. Ese era el pacto entre dos colegas y además amigos. Tan amigos.

En las últimas semanas yo había experimentado hacia la pareja un claro alejamiento. Había algo que me impulsaba al silencio y a la escucha. Me mantenía distanciada de ellos desde la muerte de Alexander, y los preceptivos días de la shivá.* Raymond parecía dejarme tranquila y no me presionaba. «Una mujer joven y equilibrada, que acaba de perder a su marido de una forma tan traumática, debe continuar su proceso de duelo en la intimidad.» Así se me había manifestado, colocándose el sombrero para salir de mi casa. Pero Fanny no estaba de acuerdo y me presionaba. Preocupándose por mi salud física y mental desde el mismo instante en que se conoció la trágica noticia. Me trataba de forma

---

* La shivá es el período de duelo tras un funeral judío.

condescendiente, como a una mujer desvalida que acaba de perderlo todo, huérfana y abandonada a su destino. Creo que en el fondo sentía compasión por mí. Y estaba segura de que me comparaba con las mujeres que descendieron de los barcos cargados de inmigrantes que llegaron a la isla de Ellis.

En cierto sentido era algo así, porque desde mi llegada a Montreal esa pareja y Alexander Cohen lo habían sido todo en mi solitaria vida de extranjera; o más bien, habían sido lo único: familia, maestros, amigos y consejeros; también generosos benefactores que habían impulsado mis logros profesionales. Los tres eran expertos en todas las artes del éxito, y conocían mejor que nadie cómo triunfar en esta ciudad.

Con el tiempo, los Lewinsky se habían convertido en mis ángeles de la guarda, ¿por qué no decirlo? Hacían tan buena pareja. Compenetrados, adorables, atentos siempre el uno con el otro, y la delicadeza sincera y profunda de quienes comparten el cielo y el infierno. Reconocía que era una unión curiosa, en la que la diferencia de trece años se ahondaba cada vez más. Raymond era un judío de origen húngaro y ella una católica convencida. Fanny no había abandonado su catolicismo, del que presumía como buena descendiente de franceses, incluso tras haber contraído matrimonio —cuarenta y dos años atrás— con uno de los judíos más poderosos de Montreal. Y renovaba sus votos cada semana en la eucaristía dominical, a la que acudía todos los domingos, en la basílica de Notre-Dame, a dos manzanas al norte de su condominio, desde donde probablemente me había telefoneado esa mañana.

Si Jacob Lambert se hubiese presentado en mi consulta un año atrás, sin duda, le habría confesado a Raymond la incertidumbre que mi nuevo paciente había generado en mí. Siempre le había confiado hasta el más íntimo de mis secretos. Era el mejor neuropsiquiatra del país, mi orientador, mi confidente, mi amigo. Casi no atendía a ningún paciente, únicamente casos que despertaban en su ánimo el interés perdido.

A sus ochenta años el viejo Lewinsky poseía la vitalidad de

un hombre siempre a punto de descifrar un enigma. Su mirada azul y despierta de niño anciano era capaz de desnudar al mismísimo ángel caído, sin ninguna piedad. Era el mejor neuropsiquiatra y terapeuta conductual que había conocido, y sus tentáculos también abrazaban la psicología, hasta asfixiarla. Y aunque Raymond discrepase profundamente de esta y del psicoanálisis, y su filosofía de la vida se compenetrara a la perfección con los mensajes químicos y eléctricos de las neuronas como la sucesión de los días y las noches, su forma de escarbar en el inconsciente nunca dejó de asombrarme. A pesar de que él no quisiera reconocerlo, su pensamiento era más freudiano que el del mismísimo Freud, al que llamaba el Gran Houdini de la mente, creador de una pseudociencia que había conquistado el alma perdida del hombre moderno.

Nada ortodoxo y siempre con una experta y atenta disertación, su mordaz inteligencia asustaba. Excelente orador y hombre hiperactivo. Su mente privilegiada era capaz de acordarse de cualquier detalle de su vida como si lo estuviese viendo en una bola de cristal. Recordaba todo lo que leía con una precisión asombrosa. Su conocimiento textual de cualquier materia psiquiátrica y su trayectoria profesional eran reconocidos en toda Norteamérica. Y por supuesto, también, su estrafalaria tarifa para vaciar los bolsillos de sus afortunados pacientes. Aunque ya casi retirado, solo aceptaba, como solía decir, «aquellos casos que me caen simpáticos y me dejan desayunar tranquilo».

Entonces, a Raymond y a mi marido creí deberles cada uno de mis logros, mi carrera profesional, el éxito, una nueva vida; hasta el aire que respiraba sentía que le pertenecía a ese anciano que casi no podía tenerse en pie. Toda yo había sido remodelada desde que llegué a esta ciudad. Entre los tres habían conseguido hacer de una psiquiatra sin rumbo una doctora de éxito con una consulta en el mejor barrio de Montreal, sin un hueco libre. De la mejor sociedad norteamericana que se ve en la televisión y uno piensa que es pura ficción para amansar el pensamiento crítico. Pero no era ficción una vida a la que yo no dudé ni por un segundo en tomar como mía. Una vida que comenzó a fisurarse el 20 de septiembre del año 2001 como se rasga la superficie de un lago cuando el hielo es vencido por el peso de los cuerpos.

Siempre presentí que los Lewinsky se hallaban en mi vida por algún motivo. Y creí que ese motivo había sido, desde el día en que los conocí, la muerte de Alexander Cohen. Como si el destino hubiera sabido que ese jueves me arrebataría para siempre a mi marido y hubiese colocado los dos ancianos a mi lado eternamente para no dejarme olvidar nunca quién era la nueva Laura Cohen y el hombre con el que se había casado.

«Pero ¿quién soy yo? —me preguntaba—. ¿Una ilusión? Quizá un espejismo que está desvaneciéndose en mi interior. ¿O solo una viuda muerta de miedo, una psiquiatra alarmada por las revelaciones de un paciente que se le ha largado? Sin más.»

Tiré el móvil al suelo hasta ver cómo se abría en pedazos y saltaba la batería por el aire. Porque en mi cabeza comenzó a sonar la odiosa canción de The Cars que tanto me recordaba a él. Porque era todo él, carne de mil abrazos en la oscuridad de la pista de una discoteca, ocho años atrás, en un tugurio del barrio latino, que llegaba como una ametralladora a mis oídos.

Me tiré en la cama y maldije mi suerte, con la letra de esa canción en la memoria royendo las paredes de mi cerebro, diciéndome: «¿Quién te dirá que las cosas no son tan malas? No puedes seguir pensando que todo va mal. ¿Quién te recogerá cuando caigas? Sabes que no puedes seguir pensando que todo va mal».

Desde que salí de Madrid, en enero de 1991, la suerte me había sonreído. Pero, tumbada en mi confortable la cama, vencida por la incertidumbre, el caso Lambert había llamado a mi puerta como una inyección de adrenalina en el centro del corazón. Y ese hombre había hurgado y retorcido con un destornillador los recuerdos que me perseguían como yo ahora lo perseguía a él.

4

Inesperado paciente

Conocí a Jacob Lambert el 1 de octubre del año 2001. Era lunes. Marie le abrió la puerta y mantuvieron una corta conversación, de la cual ignoro su contenido. Le hizo pasar a la sala de espera: una sencilla habitación con sillones y una mesita, a la izquierda del vestíbulo. Nosotras no dejábamos entrar a ningún desconocido, ni a mis pacientes si no estaban citados. Yo había suspendido mi actividad profesional tras el accidente de mi marido. Trataba de normalizar mi vida. Esa tarde me encontraba tranquila y dispuesta y estudiaba algunos expedientes. El abogado de Raymond se encargaba de todos los aspectos legales de la muerte de Alexander con su siempre solícita actitud de colaboración y apoyo en todos mis asuntos.

En mi despacho reflexionaba con la serenidad que me había faltado hasta entonces, y pensaba en el mejor momento para continuar con las sesiones, si todavía disfrutaba de la confianza de mis pacientes. Marie había telefoneado a cada uno de ellos para suspender las citas, cuando pasó lo que pasó, hasta nuevo aviso, por motivos personales. Todos los periódicos y las televisiones relataron el suceso del accidente y fuimos recibiendo pésames, día tras día. Marie los había apuntado todos en una hoja que estaba sobre mi mesa, como un recordatorio del interés que la muerte de mi marido había suscitado en Montreal.

Leía las condolencias y repasaba los nombres: Peggy Prissant, Tomas Pynock, Jean Claude Pagé, Moses Bellow, Marie

Revai, Leonard Levy, Françoise Feraud... Una larga lista de personas preocupadas por mí y por el futuro de nuestra relación paciente-terapeuta escrita con la letra pulcra y redonda de Marie.

—Hay un hombre que necesita de usted —susurró, entornando la puerta, con su bata blanca sobre la ropa, toda misteriosa, como si la persona que esperaba la pudiese oír—. Parece inofensivo y muy desesperado. Madame, no le vendría mal hablar con alguien y distraerse.

—¿Quién es?

—Ninguno de sus pacientes. Dice llevar poco tiempo en la ciudad. Tiene una cara muy dulce y... parece tan angustiado. Lleva usted todo el día encerrada, y eso no es bueno.

Reconozco que despertó mi curiosidad. Marie no solía interceder por nadie, no era su estilo. Lo hizo pasar y anunció: «Monsieur Lambert, doctora». Fue la primera vez que oí ese nombre.

Me impresionó su aspecto nada más verlo, en cuanto entró, ahí parado, en medio del despacho, con una cazadora de piel marrón bajo el brazo, sin saber qué hacer. Su rostro era el de un hombre tranquilo, de mirada serena. Con el pelo rizado, descuidado y largo, y una incipiente barba a medio crecer, parecía la estampa de Jesucristo. Al profundizar en su forma de vestir, tuve la sensación de que podría ser un mendigo que se ha puesto ropa limpia y arrugada para asistir a un banquete. Sus gestos eran los de un hombre educado. Su mirada inspiraba confianza. Aunque tuve la sensación de que observaba, sin perderse un detalle, todo lo que ocurría ante él. Me pareció atractivo. Calculé que ya no cumpliría los treinta y cinco años. Había en la postura de su cuerpo una cierta elegancia, y también abandono.

Le aclaré que nunca atendía sin cita. Le escucharía durante unos minutos, y lo invité a tomar asiento, frente a mi mesa. Agachó la cabeza con humildad y se frotó las palmas de las manos sobre los pantalones, como limpiándose algo, agradecido y acatando ciegamente mi justificación de terapeuta inflexible que por una vez se salta las normas y no piensa volverlo a repetir. Me hizo fácil salvaguardar la debilidad que yo había mostrado al recibirlo sin referencias, sin una cita previa o una simple llamada telefónica.

Su voz era delicada, usaba tonos bajos, y él era claramente francófono. Nuestra conversación se desarrolló en un francés correcto y cordial. Era un hombre educado, seguramente universitario, con modales de clase media. Miraba a su alrededor como si estuviese acostumbrado a ambientes refinados o intelectuales, por decirlo de alguna manera; como alguien que no ansía nada porque quizá alguna vez tuvo lo necesario y renunció a ello. Me aclaró enseguida que no habría ningún problema por los honorarios. Estaba dispuesto a pagar el doble del importe de la consulta, y se echó la mano al bolsillo del pantalón como resuelto a dejar los dólares sobre la mesa.

A mi pregunta de cómo y por qué había acudido a mí, precisamente a mí, contestó que recientemente había oído mi nombre en una cadena de televisión local. Agradecí que no me diera el pésame ni hiciera referencia alguna al suceso de cómo habían rescatado el Porsche de mi marido de la Rivière-des-Prairies. Yo era consciente de que por unos días mi nombre había salido del anonimato para convertirse en el de la viuda de Alexander Cohen. Deseaba que la gente dejara de acordarse de su muerte, de cómo había nacido y vivido, y de todo lo referente a su biografía profesional y los hospitales donde había trabajado.

Y de pronto, monsieur Lambert elevó el tono de voz para recalcar que debía ser yo quien lo ayudara. Confiaba en mi cara. Le parecía la cara honesta de alguien que sabe ayudar a la gente, y él lo necesitaba más que nadie. Me juró que tuvo una corazonada, en el instante en que vio mi fotografía en la pantalla de un televisor, que solo la doctora Cohen podría hacer algo por él: un tipo a la deriva, que odia a la gente, desahuciado de sí mismo, buscando la muerte en cualquier callejón si alguien le cruza una palabra de más. Dijo haber vivido los últimos años en la ciudad de Quebec, pero se había mudado a Montreal unos meses atrás; necesitaba cambiar de escenario; y, de no haber visto mi rostro, jamás habría acudido a otro psiquiatra.

Solo necesitaba probar con una terapia alejada de pastillas, ansiolíticos, antidepresivos, calmantes y drogas que habían atestado sus bolsillos. Me lo rogó; no supe decirle que no. Su cara era un triste poema. Le pregunté el nombre del doctor que le había llevado hasta ahora y, por supuesto, la medicación pautada. Titubeó. Le noté reticente a decírmelo y, por primera vez, nervioso. Había algo familiar en él, en sus gestos, en su forma de moverse que yo intentaba calibrar y medir adecuadamente.

—Necesito saber su medicación prescrita —dije, tratando de ser razonable.

Respondió que ya solo tomaba Prozac, y dexadrina para disminuir la ansiedad y concentrarse mejor. A continuación, dijo algo curioso: «Confío en usted, es española. Ayúdeme, doctora Cohen. La cultura americana emana directamente de una alcantarilla». Sonreí. Aquello me sonaba, lo había leído en alguna parte. Era una cita de Henry Miller. Y añadió:

—¿Sabe usted que el más idealista de los caballeros era español?

Se le iluminaron los ojos y recitó en un buen castellano, deletreando suavemente cada palabra: «¡Malditos, digo, que sean otra vez y otras ciento esos libros de caballerías, que así han dejado a vuestra merced!».

Sonreí. Él también. Fue un desliz vanidoso por mi parte la sensación de empatía que me invadió. Pensé que habría leído en la prensa mi origen, en algún artículo recopilatorio la biografía de la mujer que dejaba el accidentado, y que, por suerte, no lo acompañaba en el momento del suceso para poner punto final a los placeres de la vida.

Le propuse comenzar con una evaluación inicial y revisar la medicación. Se mostró dispuesto y dócil a mis sugerencias. Se despidió con amabilidad. Agachó la cabeza y sus rizos se movieron con decisión: «*À votre service, madame. Au revoir*».

En cuanto salió de mi despacho llamé a Marie. Le dije que telefonease a todos mis pacientes y comenzara a citarlos de nuevo. Continuaría con la agenda donde la había suspendido. Creí que ese hombre propiciaba el momento para retomar la consulta,

40

e inauguré con mi inesperado paciente una nueva etapa de mi vida. Como si monsieur Lambert hubiese entrado en ella para cambiarlo todo.

Y, saboreando entonces el carácter repentino de esa entrevista, intenté elaborar con urgencia un plan estratégico para salir a flote del hundimiento del *Titanic*, creyendo que mi bote salvavidas no era otro que enfocar mi recuperación en la recuperación de ese hombre, pensando que nadie sufría como yo sufría, ni tan siquiera ese joven con aspecto de vagabundo que venía a sentarse a mi mesa para comer de mi mano.

5

Un libro de interés

Ninguna de mis buenas sensaciones sobre él se vio materializada. Le programé dos citas semanales: miércoles y viernes, y al día de su desaparición no había acudido a la mitad. En las tres sesiones que mantuvimos había aparecido por la puerta desastrado, sin duchar, oliendo a tabaco y visiblemente inquieto. Pedía disculpas por haber faltado a nuestra cita anterior y lo primero que hacía era arrojar encima de la mesita que nos separaba un puñado de dólares con el importe de la sesión perdida, a pesar de mi insistencia en que le abonase a Marie la consulta. Balbuceaba disculpas que yo admitía para zanjar el tema y la violencia que sentía en él. En nada se parecía al hombre tranquilo que había recitado a Cervantes el primer día. Como si otra personalidad hubiera ocupado su mente, con una agitación psicomotora relevante. Comencé a elaborar mi primer diagnóstico.

Esas tres únicas sesiones fueron suficientes para generar numerosas dudas y sospechas del papel que podría haber jugado monsieur Lambert en la vida de Alexander.

El miércoles, 17 de octubre, fue la tercera y última vez que lo vi. La consulta se desarrolló en unos términos insoportables. En pequeñas tarjetas suelo anotar las ideas fundamentales y los datos de importancia, a modo de resumen de cada visita, y en la de ese día había anotado:

3.ª sesión. Miércoles, 17 de octubre de 2001.

Le tiembla el pulso. Actitud defensiva.

Pupilas dilatadas. Síntomas ansiosos.

Dice no tomar la medicación desde hace tres días. Ha gritado varias veces: «¡Solo quería ayuda!».

No me deja formular ninguna pregunta.

Se disculpa continuamente.

Comienza a hablar de su madre. Otra vez.

Incongruencia verbal.

Describe el sueño recurrente que tiene cada noche: su madre cayendo al vacío desde una de las Torres Gemelas, mientras arde la otra.

Le sudan las manos. Tensión muscular.

A los quince minutos se levanta visiblemente nervioso, dispuesto a concluir la sesión.

Dice: «El tiempo se acaba, doctora Cohen».

Respira con dificultad.

Me pide perdón.

No me deja intervenir.

Abre la cremallera de la bolsa que siempre lleva con él. Saca un libro y dice: «Léalo, va de lo que hacían. Es horrible».

Lo tira sobre la mesita. Se pone de pie precipitadamente.

Sigue pidiéndome perdón.

Abre la puerta del gabinete dispuesto a marcharse. Grita: «¡Solo quería ayuda! ¡Lo siento!».

Sale corriendo.

Fin de la sesión.

Me levanté y fui tras él. «¡Vuelva!», grité, y él me gritó: «¡Nunca debí acudir a él!». Cuando llegué a la calle había desaparecido. Marie debió de salir porque no la encontré tras llamarla repetidas veces por toda la casa. Entré en el gabinete y rescaté de mi agenda su número de teléfono. Una locución repetía estar fuera de cobertura o apagado.

Miré el libro. Era de segunda mano, manoseado y leído numerosas veces. Las hojas estaban amarillentas y dobladas por las esquinas. La portada había sido arrancada. En el índice comprobé su temática. Lo hojeé. Era una edición de 1988. Pertenecía a una biblioteca de la provincia de Nueva Escocia. En las primeras páginas vi estampado su sello: Eastern Countries Regional Library. 390 Murray Street, Mulgrave, NS.

¿Qué significaría para él ese libro? Lo ojeé detenidamente. Era un trabajo de investigación de un periodista polaco. El libro hablaba de un asunto muy feo sobre criminales de guerra, en concreto de genocidas europeos alineados con el régimen nazi que habían escapado de la justicia, y de todo un movimiento aparecido en Europa para intentar localizarlos, tras el final de la Segunda Guerra Mundial, durante los años oscuros de la Guerra Fría.

Yo apenas conocía nada de ese tema. Me pareció un libro con cierto interés. Quizá de poca actualidad por un genocidio ocurrido hacía más de sesenta años, de una sociedad de la que ya quedaba bien poco, por no decir nada. No tenía muy claro por qué me lo había entregado con tanto misterio y alteración. Esa frase pronunciada: «Va de lo que hacían», me desconcertaba. ¿Qué hacían y quiénes? En ningún momento de nuestras entrevistas él había tocado ese tema, ni tan siquiera de forma indirecta. Intenté reflexionar. Hallar algún hilo de donde tirar que me llevara al tema del libro. Pero era incapaz de encontrar una sola relación de mi paciente con esa historia y los terribles asesinatos en masa acaecidos veinte años antes de que él naciera, si es que realmente había nacido en 1964. Porque hasta de la edad que me había proporcionado monsieur Lambert comenzaba a dudar.

6

El pastor Hells

Un día después de que Jacob Lambert huyera de mi consulta, decidí acercarme al barrio donde dijo residir. Un suburbio hacia el norte y en el que no hallé ni rastro de mi paciente. El número de la calle que yo había apuntado en su ficha no existía. En su lugar encontré una parcela abandonada, pequeña y con el alambrado oxidado. Solo vi una vieja caseta de tablones pintados y enmohecidos con un perro agotado de ladrar, atado a una cadena. Había un cartel de SE VENDE colgado en la verja. Llamé al número, no lo cogían. Volví a llamar. Decidí dar una vuelta a la manzana de un barrio destartalado con casas de madera mal pintadas y jardines descuidados, sin tráfico y silencioso, junto a la Rivière-des-Prairies.

Con lo que sí me tropecé fue con la iglesia evangélica a la que había hecho referencia en una sesión, en la esquina de un aparcamiento, entre los árboles, junto al río, cerca del boulevard Gouin. Él dijo conocer al pastor y acudir a los oficios cuando su ánimo se encontraba en su peor momento.

Me parecía oír la voz delicada de monsieur Lambert, embargada de malos presagios: «Solo la Resurrección me podrá ayudar a salir de mi angustia crónica. Me siento atado a la palabra de Dios por un hilo de cristal a punto de quebrarse». Monsieur Lambert había hecho referencia a su bautismo tardío. Le pregunté por sus creencias espirituales y no quiso contestar.

Rodeé el pequeño edificio de ladrillo blanco de la iglesia. En la parte de atrás me crucé con una mujer japonesa, delgada, con botas de montar y una fusta en la mano. Salía de una pequeña puerta con una placa deslucida con el nombre del pastor: THO-MAS HELLS. Empujé la puerta y hallé al pastor en su despacho, sentado sobre un sillón tapizado en terciopelo amarillo, tras una mesa de formica, como de cocina, al fondo de la sala. Las paredes estaban pintadas de un color índigo, chillón y estridente. Desde su trono amarillo me hizo una señal con el dedo para que me acercara. La sala olía al perfume dulzón que la japonesa dejó tras de sí al cruzarse conmigo.

—No conozco a ningún Jacob Lambert, ni a nadie en concreto con esa descripción tan corriente que me hace; lo lamento. Tengo demasiadas ovejas a las que proteger —dijo el pastor, con una mirada indulgente e inquisitiva, al exponerle lo que buscaba.

La contestación no me pareció sincera. Estuvo pensando durante varios segundos, con los ojos cerrados, como si deseara percibir a mi hombre en un rincón de su memoria o sentado en un banco de su iglesia.

—Siento no servirle de ayuda. Pero usted siempre será bienvenida en la casa de Nuestro Señor Jesucristo.

—Tengo tan poca necesidad de Dios como de mí —le contesté, pensando en otra frase de Henry Miller que me vino a la cabeza, sin duda por el psicodélico despacho parroquial que parecía la trastienda de una feria.

—Es posible que el Señor vuelva a ponerlo en su camino, doctora Cohen. Persevere. La siento muy perdida, en mi corazón.

Y se agarró el pecho hundiendo los dedos sobre el tejido de la túnica.

—Un buen pastor debe conocer a su rebaño, ministro Hells.

—Hay ovejas que se esconden entre los riscos y apenas asoman la cabeza. Dejemos que el Señor guíe sus destinos para que no se despeñen.

No iba a sacar nada en claro. Me despedí rápidamente sin ganas de escuchar a ningún pastor hablarme de Dios. Entré en mi coche y arranqué. Conduje despacio hacia el oeste, por la ribera del río. Disminuía la velocidad al pasar junto a cada hombre que encontraba caminando hacia el parque Armand-Bombardier que pudiese ser Jacob Lambert.

Todo podría haber sido diferente de haber encontrado alguna pista de mi paciente ese día.

Regresé a casa. En el camino, por la *autoroute métropolitaine* hasta llegar al centro, pensé en el pastor Hells, en sus ojos penetrantes de hechicero, brillantes como linternas sobre el añil de la sala; en aquella frase: «Hay ovejas que se esconden entre los riscos y apenas asoman la cabeza...». Era el típico mensaje oculto del lenguaje pirotécnico que usan los hombres de la Iglesia. Igual conocía a Jacob Lambert y el pastor jugaba a ser Dios y parte y decidía ponerlo en mi presencia, en caso de que yo volviera por allí.

Tras aquel día, comencé a indagar por las guías de la ciudad buscando su nombre. Monsieur Lambert no aparecía, ni atendía mis llamadas ni había ya contestador donde dejar los mensajes. Lo más curioso es que tampoco encontré a ningún Jacob Lambert, con su edad aproximada, en todo Montreal.

Entre el millón y medio de personas en la ciudad, no había logrado localizar en las guías telefónicas a un solo Jacob Lambert que no fuese un niño de nueve años, jugador de hockey, en un vídeo de una página escolar, colgado en el portal de una institución. O un anciano fallecido dos años atrás; todavía conservaba la compañía telefónica sus datos de usuario cuando una operaria me informó sobre él.

Al día siguiente me presenté en el domicilio del difunto, cerca del aeropuerto. Podría ser pariente de monsieur Lambert; su padre o abuelo. Pero los vecinos decepcionaron mis expectativas: había sido soltero, y sin familia que lo visitara. La casa y la pequeña parcela eran de alquiler y había una nueva arrendataria. Una joven profesora, con un apellido impronunciable, de unos veinticinco años, que se encontraba trabajando en una guardería cercana, de esas intensivas que abren a las seis de la mañana y cierran a las diez de la noche. Abandoné esa pista. Pensé en el pequeño jugador de hockey. Podría ofrecerme algo. Esa noche abrí el ordenador para conseguir información del colegio y volví a la web del vídeo. Vi el anagrama de la escuela organizadora del partido. Estaba en Dorval, una población al suroeste de Montreal. Era una institución hebrea, un colegio residencia para huérfanos. Preferí ser prudente y esperar unos días. No resultaba sencillo explicar mi búsqueda a la dirección del centro, y dudaba de que el pequeño tuviera algo que ver con mi paciente. Decidí no acercarme por allí, de momento.

En una libreta comencé a anotar las posibles bifurcaciones de mi futura conducta. Pero había poco que apuntar... Parecía que mi monsieur Lambert me había engañado a la perfección. ¿Cuántas mentiras me habría contado?

Me sentía profundamente decepcionada. Su dirección era falsa, de principio a fin; incluido su nombre, empezaba a sospechar. No le había pedido ninguna documentación cuando le tomé los datos. Yo siempre he dado por cierta la información que me proporcionan mis pacientes, que solían llegar a mí a través de referencias de colegas, de otros pacientes, de amigos o de alguna institución psiquiátrica o sociedad privada; en ese caso era la compañía médica la que me ingresaba los honorarios. Por ese lado no había dudas y las identidades de este grupo de pacientes estaban claras desde el principio. Y salvo raras excepciones, en que mi diagnóstico fuera de fantasía identitaria o trastorno de la personalidad, recababa la información sobre ellos con cautela. Monsieur Lambert, como la mayoría, formaba parte de la categoría de pacientes privados y me pagaba cada sesión en metálico. Nunca sospeché que quisiera engañarme.

Decidí parar. Esperar a que él buscase mi ayuda. No era prudente ir por toda la ciudad preguntando por él. Dejé transcurrir dos semanas. Como seguía sin noticias, resolví llamar al periódico y poner el anuncio aceptando los riesgos que ello implicaba.

7

Suicidio

A las cinco de la tarde me desperté tirada en la cama. Recordé que era domingo y me había quedado dormida tras la insistente llamada de Fanny. La casa seguía tan vacía como horas atrás. Marie no había regresado. Fui al baño, entré en la ducha y luego me vestí. Me puse una falda de lanilla azul y un jersey de cuello vuelto, comprado en Roots, en la rue Sainte-Catherine, el otoño pasado. Ese día llovió tanto que las bolsas de papel se empaparon antes de llegar al coche.

En la cocina me preparé una taza de café. Sentada sobre el taburete frente al limpio cristal de la ventana, me vi tan delgada en el reflejo que me asusté de mí misma. De un salto me levanté con tal de no verme el careto de mujer desnutrida. Fui hacia la nevera. Saqué un sándwich de un táper, de los que me deja preparados Marie, sabiendo lo desastre que soy para alimentarme, y lo calenté en el microondas. Lo tomé en dos bocados. Me animé.

Continué con un vaso de leche y dos panqueques con sirope de arce. Luego me serví otro café, y a punto estuve de no poder levantarme. Pensé en seguir comiendo hasta acabar con todo lo que me había dejado Marie en la nevera y terminar así con ese rostro acusador que me seguía mirando en el cristal de la ventana: «Coma, coma; va a enfermar»; las palabras de Marie estaban impresas en cada plato que preparaba.

Necesitaba aire fresco y salir en busca de mi obsesión, volverlo a intentar, antes de que abriera el congelador en busca de un nuevo consuelo. Con el abrigo de paño gris sobre el brazo entré en mi despacho. Necesitaba más datos de los que había anotado en mi libreta. Abrí el archivador de los expedientes y guardé en el bolso las fichas clínicas de las sesiones y el libro que me había entregado mi paciente. Tenía que refrescar las ideas. Diseñar un plan detallado.

Dentro del Austin Mini reflexioné unos minutos con la nuca apoyada en el reposacabezas y la mirada perdida en mi aséptica existencia, en el escrupuloso orden del garaje, incluido el hueco vacío del Porsche. Marie había colocado fundas negras sobre las motos de mi marido. Tampoco estaba el todoterreno. Marie lo había llevado al lavadero del boulevard Maisonneuve unas horas antes de que yo saliera con él hacia Saint-Donat el último día que subí a la casa del lago. Había quedado con Alexander allí, luego regresamos los dos en su Porsche.

A partir de ahora debía acostumbrarme al paisaje desierto de la casa. Pero el garaje era el territorio que más hablaba de su muerte, de su carácter, del amor por la velocidad de quien ha corrido por la vida como un guepardo. Solo que los guepardos no corren con deportivos. Cuántas veces Marie me había rogado, durante las últimas semanas, que aparcase en la calle. Debía evitar el garaje durante un tiempo. Pero cuanto antes me acostumbrara a su ausencia, más pronto dejaría de mortificarme. Y ahora la ausencia de Jacob Lambert era la que reclamaba todo mi esfuerzo.

Conduje hasta el barrio Le Plateau-Mont-Royal. Encontré aparcamiento en la rue Saint-Denis y entré en el Cherrier. Tomé asiento en un reservado, lejos de la ventana. Pedí al camarero un *croque-monsieur* y una cerveza de trigo. Saqué las tres fichas de sesión y las esparcí sobre la mesa como si fueran una baraja de naipes, dispuesta a resolver un solitario. Necesitaba verlas juntas y hallar algo de lo que me había contado mi paciente que lo relacionase con la historia de su libro.

Llegaron la cerveza y el sándwich. Los retiré hacia un lado y me concentré en la reconstrucción de las tres visitas, recuperando de mi memoria la primera sesión.

Él estaba sentado frente a mí, recostado sobre el diván granate. Miraba el cuadro de Sorolla con una sonrisa cansada, a medio esbozar. Lo vi agotado y abatido, como si las fuerzas lo hubieran abandonado. Sus botas de montañero, gastadas, embarradas en un lodo extraño, tenían aspecto de haber pisado alquitrán, conclusión que saqué después de que me contara, para romper el hielo inicial, esa historia de su trabajo de mecánico de furgonetas pasadas de moda. Lo escuchaba con atención y lo hacía recapitular. Pero no se dejaba llevar fácilmente. Continuó con su relato de buscador de piezas de desguaces. Lo hacía con lentitud. Arrastraba las palabras y se examinaba las uñas grandes y grasientas, una y otra vez, sin mirarme a los ojos.

Luego, como si hubiera memorizado un guion, me hizo un resumen escueto de su vida, repleto de lagunas y saltos en el tiempo, para ubicar su existencia en el mundo.

Hijo único. Nacido en la ciudad de Quebec, en 1964. Sus padres se mudaron allí desde Montreal antes de nacer él. A los cinco años se fue a vivir con la abuela materna por algún incidente que no me explicó en ese momento. A la muerte de la madre, su padre fue a buscarlo a la casa de la abuela para llevárselo con él a Nueva Escocia. No le gustó esa región y a los diecisiete años abandonó la casa paterna y se largó de allí en una vieja furgoneta que había reparado él mismo con un dinero ganado como limpiador en un taller de embarcaciones. Estuvo viajando por todas partes. Solo. No especificó ningún lugar en concreto, dijo que por aquí y por allá. Se me hizo raro pensar en un joven de diecisiete años al volante por las estrechas y solitarias carreteras de Nueva Escocia.

Dijo haber aprendido a buscarse la vida en cualquier cosa que surgiera. Desde recolectar miel y limpiar pastos, hasta ayudante en la pesca de langosta durante la temporada. Vivió un par de años en una cabaña, en pleno bosque. Necesitaba ponerse a prueba. Intentó sobrevivir utilizando técnicas de supervivencia durante el invierno, a treinta grados bajo cero. Cazaba y recolectaba en armonía con la naturaleza, como los indios de las primeras naciones. Y procuraba acomodarse lo mejor posible a las inclemencias del tiempo. La naturaleza le proveía de todo lo que necesitaba durante el verano para subsistir en el invierno. Dijo odiar la tecnología que «ha arrebatado al ser humano su inocencia», concluyó. Una vez superada la prueba existencial, consiguió trabajo durante dieciocho meses en un campamento forestal, por treinta y cinco dólares al día, y pudo ahorrar para instalarse en la ciudad de Quebec, donde había residido hasta unos meses antes de presentarse en mi consulta. Tampoco dio detalles de cómo se había adaptado a la ciudad y a vivir en sociedad.

—¿Visita a su padre? —pregunté.

—Alguna vez.

Levantó la mirada de los surcos de su mano, desafiante, y añadió:

—Y a usted, doctora, ¿le gusta ir por Madrid a ver al suyo? Creo que vive en una residencia para enfermos de alzhéimer, ¿verdad?

—No soy yo quien importa —contesté.

No me gustó su pregunta. ¿Qué sabría él de mi padre y de su enfermedad, de mi vida…? Enseguida viró de actitud: de timidez infantil a niño consentido tratando de analizar a su analista. Creo que percibió en mí una grieta de vulnerabilidad y un resquicio por donde atacarme. En esa pregunta había un propósito oculto. No hacía más que ladear la cabeza y sonreír tontamente, mientras se acariciaba la barbaba crecida del mentón. Tenía los dientes amarillos y oscuros. Proseguí.

—Hábleme de su infancia. De lo que le venga a la cabeza.

—¿Quiere saber cómo murió mi madre? Se lo voy a contar. Para eso he venido. Y para más cosas…

Su rostro ni se turbó, rígido como la superficie de una madera, cuando dijo que su madre se había arrojado desde la décima planta de un hotel de Nueva York, frente a la estación de Pensilvania, cuando él tenía ocho años. Fue testigo del suicidio de su madre. La vio levantar el cristal de la ventana y saltar al vacío.

—Creo que lo tenía planeado —continuó—. Quiso que viéramos mi padre y yo en lo que se había convertido. Yo entonces vivía con mi abuela, fueron a recogerme porque íbamos a pasar los tres un gran fin de semana en Nueva York. Debían ser unas felices vacaciones de Navidad. Fue su manera de vengarse o de aliviarse, ¿quién sabe? No dejó nada escrito por la habitación, ni en su maleta, ni en ninguna parte de ese cuarto enorme con tres camas, empapelado con rayas diminutas. Había ratas, como en toda esa ciudad; las oíamos por las noches roer las tuberías de la calefacción. Simplemente se tiró. Quizá las ratas que oíamos la volvieron loca.

Hizo una pausa sin mostrar una sola emoción. No supe qué pensar entonces: realidad, fantasía o una mezcla de ambas. Lo di por verdadero hasta tener algún dato que lo pusiera en duda.

Ante esa declaración dejé de tomar notas, por empatía y porque necesitaba analizar sus reacciones, los gestos de su cara, de su cuerpo, de sus músculos y no perderme un dato que me proporcionara todo él ante un relato semejante. Y pregunté:

—¿Quieres hablar de ello?

Lo había tuteado. Levantó la vista y me miró. Se dio cuenta rápidamente de mi empatía hacia su historia. Creo que había una realimentación entre nosotros de observaciones mutuas. Sentí en ese instante hallarme ante un colega; alguien que me evaluaba constantemente.

—¿Por qué no? —me respondió—. Era temprano, sobre las nueve de la mañana. Nos estábamos vistiendo mi padre y yo en el baño. Pensábamos bajar a desayunar a la cafetería del hotel y luego caminar por las calles. Es lo que se hace en esa isla. Caminar y caminar durante todo el maldito día. Central Park no estaba lejos y a ellos les gustaba pasear y pasear hasta que se te hinchan los pies. Visitamos el museo de la ciudad. Había un tren miniatura que recorría la planta principal y una exposición de juguetes. Me habían comprado la tarde anterior, en Macy's, de Herald Square, un abrigo de esos verdes con botones de asta, un gorro y unos *mitaines*. Eran de una lana muy suave, como de terciopelo; lo sé bien porque todavía los conservo. Es de las pocas cosas que metí en la mochila cuando me largué de Nueva Escocia.

Guardó silencio y se frotó las manos como si aquellos guantes los llevara puestos aún.

—Yo estaba muy contento. Iba a poder estrenar los regalos, sin esperar a Santa, que llegaba en seis días; eso me dijo ella. Seis días que contaba hacia atrás cada noche antes de dormirme, acurrucado entre las sábanas limpias de aquel hotel. Mientras ella sacaba mis regalos de la bolsa de Macy's, con sus manos largas y bonitas, a las nueve de la mañana, dijo: «Venga, cariño, desenvuélvelos. Hoy es Navidad». No entendí por qué dijo eso. No era Navidad. Creí que se había vuelto loca. Mi padre no decía nada, estaba sentado en el borde de su cama con el sombrero puesto. Fumaba un cigarrillo. Solo nos miraba con ojos de felicidad. Como si hubiera encontrado en aquella habitación de hotel algo valioso que había perdido en otra época. Sonreía feliz de verla alegre como no lo había estado en mucho tiempo. Era una mujer enferma. Él la adoraba. Pensó que ese viaje le vendría bien. A ellos les gustaba Nueva York cuando eran jóvenes, de hecho, viajaban a menudo desde Harvard cuando mi madre estudiaba allí y era el momento de la felicidad y el amor. Hacía muchos años que ellos no pisaban la ciudad. Ella dijo que se encontraba genial, que adelante, comenzaríamos los tres de cero, «¿verdad, cariño?», le dijo a mi padre. Iba a ponerse bien con ese viaje, estaba segura, como en los viejos tiempos. Navidad en Nueva York, eso sí que eran unas buenas Navidades.

»Doctora, ¿por qué fue tan cruel conmigo esa mañana?

—¿A qué se refiere?

—¿Por qué me dio esos putos regalos si se iba a arrojar por la ventana?

—Igual no fue premeditado. Igual solo quería que su hijo estrenase lo que había comprado para él.

—Es una posibilidad.

—La mente tiende a procesar demasiado. A dar muchas vueltas, a confundirnos. Nos da imágenes irreales, proyecta emociones interesadas en nuestra conciencia.

Él parecía no oírme.

—Ellos dos, de jóvenes, se drogaban —dijo fríamente y cruzó las piernas con cierto nerviosismo—. Tomaban LSD, marihuana; lo que caía. Tuvieron unos años muy locos. Los engañaron, como a toda su generación... ¡Los muy hijos de puta...! Su cabeza ya no servía para otra cosa que para hacer algo así.

—¿A quiénes se refiere?

—A esa gentuza, al puto ácido lisérgico, a toda esa mierda que les daban. No voy a decir nada más. Averígüelo usted.

—No es mi cometido.

—Sí, doctora, ¡sí lo es! Levante el culo de esa butaca y salga al mundo real, ¡fuera de su lujoso barrio!

—¿Qué estudiaban sus padres en Harvard?

—Puta basura. En Harvard solo estaba ella, con una beca; era muy lista. Él hacía Filosofía, aquí en Montreal. Pero se matriculaban juntos en cursos de verano y esas chorradas que te comen el cerebro. Ella se enganchó allí; él la quiso apartar de ese mundo, pero ya era tarde. Mi padre la llevó de terapia en terapia, pero nunca logró desengancharse del todo; a veces lo conseguía, lo pasó muy mal, nunca fue la misma. Cuando creyó estar bien, se quedó embarazada de mí. Vivimos momentos muy duros. La última época parecía recuperada. Creía haber salido. Confiaba en el futuro. Pero no fue así. ¿No se da cuenta de que nunca puede uno fiarse del futuro? ¿Ve...?, yo mismo, ahora estoy aquí, con usted: alguien con quien no debo estar, porque voy a hacerle daño con lo que diga, y no quiero. Pero esto es el futuro, doctora Cohen. Ya está aquí. Y usted está sola para afrontar lo que hizo otra persona. Así es la vida: unos disparan y otros caen. Esta es la elección que hizo usted en el pasado, y ahora ha de vérselas conmigo. Porque yo soy el pasado. ¿No se ha enterado todavía? Pero no se asuste; soy inofensivo. Tiendo a hablar demasiado y solo necesito que me escuche y pedirle perdón.

—No tengo que perdonarle de nada. Solo quiero ayudarlo. Vamos a modificar la medicación.

—No creo que sea suficiente. Ninguna droga podrá ya modificar nuestras vidas.

—Pero sí nuestras emociones hacia ellas. Desarrollar pensamientos positivos que no nos destruyan. Hay algo que se llama «autoconservación».

—No me joda, doctora. No me venga con esas mierdas... No quiero hablar mal, disculpe. De momento, deseo dormir en paz. Conciliar un sueño tranquilo y dejar de soñar, de tener la misma puta pesadilla noche tras noche.

—¿Desea contármela?

Aumentaba su angustia. Abrió las piernas y apoyó los codos en las rodillas sujetándose la cabeza. No le veía la cara, solo el largo cabello hacia delante.

—Veo a mi madre caer desde una de las Torres Gemelas. El puto avión ha hecho desaparecer la parte alta del edificio, que está en llamas, y el humo no me deja ver su rostro, sus ojos llenos de amor hacia su hijo. Un cuerpo sin cara se precipita al vacío. No puedo recordar su semblante. Es una tragedia no acordarte del rostro de tu madre. Y sabes que es ella. Pero no la puedes ayudar y ella no te puede ver ni oír, ni sabe que está dentro de tu sueño. En el edificio hay mucha gente que se tira por las ventanas. La gravedad los succiona mientras la torre está en llamas. Pero no son personas, son muñecos de trapo. Ella no es un muñeco. Es real, es mi madre; la que me trajo al mundo. Y me ama. Esa pesadilla se repite, noche tras noche, desde el mismo día en que vi esas imágenes por televisión. No me las puedo quitar de la cabeza. Ese atentado ha venido a despertar mis terrores más negros, doctora. Desde los ocho años no puedo dormir, y ahora odio quedarme dormido.

—¿Por qué no puede dormir desde los ocho años? Dígamelo usted.

De pronto, monsieur Lambert se levantó del diván como si saliese de una piscina, a punto de ahogarse, agitando la cabeza para sacudirse agua.

—Es la hora. Me voy. Fin de la sesión. Ahora, quiero una puta receta para la pesadilla.

Le había cambiado el semblante. Lo vi irritado y eufórico. Agresivo. Le temblaba una pierna al intentar avanzar por la sala para aflojar la tensión. Parecía haber recuperado una inesperada energía. Un comportamiento habitual en pacientes maníaco-depresivos. Suele manifestarse en miembros de una misma familia, sobre todo si han abusado de fármacos y drogas. A veces, se produce algo así como una corriente transgeneracional por la que fluye el trauma, la adicción... y se establecen resistencias a las sensaciones positivas. Eso pensaba mientras observaba su desazón.

Dijo, antes de salir:

—El próximo día, más, doctora. Le contaré la historia de Harvard y lo que en ese lugar le hicieron a mi madre. Quizá le suene y quiera profundizar en ello y conocer nombres y apellidos. Después de todo usted es psiquiatra y parte; le guste o no. Y sabrá lo que se hizo allí y en otros lugares. No era como lo de las Torres Gemelas, fue peor, mucho peor; mató a más gente, pero poco a poco. Nos hicieron una herida por la que nos hemos desangrado con las putas drogas químicas, esas que meten a nuestros hijos en la boca a la salida de los institutos o en las pistas de las discotecas para vaciarles el cerebro de cualquier pensamiento crítico. Antes, al fin y al cabo, la gente creía saber por lo que luchaba.

—¿Tiene usted hijos?

—Mi vida sentimental la dejamos para otro día.

Le extendí un par de recetas con la prescripción que había estudiado para él y un hipnótico que le ayudara a relajarse por la noche, hasta la próxima visita. Le aconsejé que anotase en un cuadernillo todos los detalles del sueño nada más levantarse, y que luego intentara olvidarlo. Que saliese a correr o realizase ejercicio físico todos los días, hasta volverme a ver.

—Se sentirá mejor, monsieur Lambert, se lo aseguro. Ningún médico puede controlar los sueños. Pero irán modificándose.

—Gente como usted lo intentó.

—¿Qué intentaron?

—Manipular la mente.

No miró las recetas, se las guardó en el bolsillo del pantalón como si fueran facturas que no pensaba pagar.

8

Mont-Royal

El *croque-monsieur* se había enfriado y la bechamel endurecido. Me olvidé de la cerveza y pedí una *île flottante* con crema inglesa cuando llegó el camarero a retirar el sándwich. Aproveché para anotar en la libreta acercarme a la hemeroteca de la ciudad a investigar el suicidio de la madre. Ese relato había inaugurado cierta intimidad en nuestra relación paciente-terapeuta, y me pareció que había ido al grano de inmediato. No dio rodeo alguno para hablar de un trauma tan profundo que, sin duda, debió de suponer para él esa muerte tan trágica, y en su presencia. Normalmente, los pacientes suelen retrasar el momento de abordar el motivo de su malestar, incluso lo desconocen, o suelen disfrazarlo hasta desenmascarar el auténtico problema que los trastorna. Pero no era el caso. O quizá habría otros por descubrir.

Recordé que no había mencionado el nombre de su madre en ninguna de las sesiones. Dentro de mí seguía viendo la muerte de esa mujer cayendo al vacío, y a él contándomelo sobre el diván, con las piernas cruzadas y la cabeza agachada como si le hubiera sucedido a otra persona o formase parte de su sueño. Debían de existir varios hoteles frente a la estación de Pensilvania. Es una zona muy transitada, bulliciosa, turística, cerca de Times Square. Anoté la fecha posible del suceso. Si él tenía entonces ocho años y había nacido en 1964, habría ocurrido en 1972. Calculé el 19 de diciembre, por los días que faltaban para Navidad. Abrí mi agenda y busqué en las tablas del calendario perpetuo ese día del año 72. Era martes, la semana anterior a Navidad. Una buena época del año para visitar Nueva York. Pero no lo fue para los Lambert.

Llegaba mi isla de merengue. Había olvidado la sensación de intimidad y placer redentor de la comida. Serían sobre las siete de la tarde y el murmullo de la gente me pareció tan familiar como cuando vivía en Madrid. Guardé las fichas y el libro en el bolso y pagué la cuenta. Según avanzaba entre las mesas del viejo café de estilo colonial, me acerqué a la barra y pedí una copa de Inniskillin. La tomé de un trago, pedí otra y dejé sobre la barra treinta dólares.

Corría por las calles un frío que anunciaba otro más gélido, el que te corta la respiración y te hiela la sangre. Ya era de noche cuando entré en mi auto. Giré el volante instintivamente hacia el oeste siguiendo las calles iluminadas. Las escaleras de los porches de las casas de piedra grisácea y ladrillo, elegantes y tranquilas del barrio, enmudecían en la penumbra. Los árboles de las aceras me parecían mágicos guardianes de una forma de vida que siempre había anhelado. Y ahí estaban, diciéndome que todavía pertenecía a esta ciudad que había aprendido a amar de forma desesperada.

Necesitaba estar cerca de Alexander, aunque estuviese a dos metros bajo tierra, y llegar al cementerio antes de su cierre. Escuchar a los muertos lo que tuvieran que decir. Porque los muertos nos hablan. Sobre todo, los muertos que amamos.

En unos minutos conseguí alcanzar la ladera del Mont-Royal. Las luces sobre la carretera que serpentea la montaña alumbraban los árboles y la entrada a los estrechos senderos que atraviesan el bosque como un laberinto ciego y misterioso. Giré a la derecha. Tomé la avenue du Parc y subí por el chemin de la Forêt. Entraba en el distrito de Outremont. Aparecieron las puertas del cementerio de la congregación judía Shaar Hashomayim, en la ladera norte de la colina.

En el camposanto las verjas estaban cerradas. El viento inclinaba los árboles hacia el sur. Intenté acceder al recinto por todos los medios. Empujé la cancela. Miré en su interior buscando al guarda, demasiado tarde. No había nadie por los alrededores. La arboleda susurraba en medio de la noche un lenguaje indescifrable para un ser humano. No era prudente seguir allí, en aquella oscuridad rota por las luces amarillentas de las escasas farolas que alumbraban la carretera y la entrada al cementerio. Tras las rejas podía ver las blanquecinas estelas con inscripciones en hebreo y multitud de alfabetos, sobre la hierba oscura. Necesitaba sentarme cerca de él y hablarle de Jacob Lambert y de su madre, porque estaba segura de que no existía ningún monsieur Lambert.

La rabia me hizo pegarle una patada a la cancela y regresé malhumorada a mi automóvil, asolada por ciertas emociones difíciles de indagar. Lo sensato era salir de esa colina solitaria. Mientras bajaba por la carretera para salir de Mont-Royal, me detuve en un recodo de la montaña, en el aparcamiento del Belvédère Camillien-Houde, quizá con la intención de consolar la pena. De noche, los rascacielos de cristal brillaban junto al río, y los puentes de la ciudad se deshacían en las aguas con mil lucecillas bajo el horizonte de una urbe que vivía de una forma muy distinta a cualquier otra de Norteamérica.

No quería imaginarme la descomposición del cuerpo de Alexander, y pensé en el día de su entierro, aterrada por la torpeza de no saber identificar el origen de mi angustia.

Fanny se encargó de organizar el funeral según el rito askenazí, en la sinagoga de Westmount, de acuerdo con la ley judía. Aunque católica, Fanny era única en dirigir cualquier tipo de acto, desde un bautismo griego-ortodoxo a un entierro musulmán, pasando por una convención de psiquiatría o unas bodas de oro en la catedral Marie-Reine-du-Monde. Fanny, por su edad y perspicacia, experta en la corrección social de cualquier etnia, era un valor seguro para solucionar todo tipo de contingencia; y más si era dramática. Se encargó de notificar los actos religiosos, y al entierro acudimos el círculo más estrecho de mi marido; algunos amigos y colegas de la universidad y de los hospitales e instituciones en los que había trabajado durante más de cuarenta años.

La noticia del accidente había reunido a una decena de fotógrafos y reporteros de las televisiones, a los que no se les permitió acceder al recinto. La discreción por nuestra parte fue absoluta. Nadie salió de sus vehículos hasta entrar en el cementerio y encontrarnos a una distancia prudencial de los periodistas. Proteger nuestra intimidad era lo único que deseábamos todos.

Alrededor de la tumba se colocaron los colegas de Alexander. Uno por uno fueron recordando la valía profesional y humana de mi marido y su contribución a la psiquiatría americana. Su bondad y altruismo al atender y prestar ayuda y consuelo a tantos pacientes que nunca le pudieron pagar con dinero, pero que bien lo hicieron con su reconocimiento y cariño. Ellos y sus familias nunca olvidarían a Alexander Cohen. Gracias a él, miles de hombres y mujeres habían conseguido aliviar sus males y obtener una vida mejor. Antiguos pacientes habían viajado desde distintas provincias de Canadá, sumándose a última hora al sepelio, para darle el último adiós.

Previamente a que el ataúd descendiera, preguntó Fanny si alguno de los presentes deseaba pronunciar unas palabras ante el féretro. Varios tan solo dijeron que habían enmudecido por la tragedia y preferían guardar el debido silencio de respeto. Dejaban para la familia los honores. Yo miré a Fanny con angustia, porque la única familia que había ante el ataúd de Alexander éramos su hermano Robert y yo. Y, desde luego, yo no pensaba articular palabra; notaba los labios cosidos y la garganta seca. Fanny y Marie sabían que no me pronunciaría. Estaban a mi derecha e izquierda, custodiándome por si me venía abajo en cualquier momento. Pero yo mantenía la compostura y el valor. Porque para las leyes judías de mi marido, la muerte no era más que un tránsito a un lugar mejor, y eso era lo que deseaba pensar en aquel instante: un lugar mejor, un lugar mejor; no paraba de repetírmelo. Casi no oía las oraciones del rabino, aunque tampoco las entendía porque las recitaba en hebreo y me sentía en una nebulosa.

Cuando Fanny se acercó a Robert para preguntarle si deseaba pronunciar un responso, este dio un paso atrás y agachó la cabeza con timidez. Pero se acercó al montículo de tierra, tomó la pala clavada en ella, arrojó unas briznas sobre el féretro y la volvió a dejar donde estaba. Pensé que ese hombre, al que acababa de conocer, se encontraba realmente afectado. Había llegado en avión a mediodía, de improvisto, sin avisar, y un taxi lo condujo al cementerio. Fanny me explicó vagamente que le había sido difícil localizar a Robert, y era probable que no pudiese asistir al entierro con tan poca antelación; los entierros judíos han de realizarse lo antes posible, y tras la autopsia, los preparativos del funeral y del cuerpo, comienzan inmediatamente. Pero al final, y por sorpresa, ahí estaba él, ante la tumba de su hermano, con un mugriento gabán verde y roto de tristeza.

Marie tomó la palabra. Contuvo el llanto. Era tan sincero que dolía. Sacó un papelito de su larga chaqueta negra, se limpió las lágrimas con el extremo de un pañuelo y leyó:

—Un justo entre los justos. No se puede decir nada más honorable de un hombre. Lo recordaré siempre con su buen humor que hizo de él el ser más encantador que jamás he conocido. Su bondad me acompañará siempre.

Fue hacia el montículo y arrojó un poco de tierra con la pala, sobre la tapa del ataúd. Marie trabajaba para Alexander desde siempre. Era nuestra polifacética ama de llaves, secretaria, cocinera, enfermera, jardinera, planchaba mejor que nadie, y a las mujeres que pasaban por casa para realizar las pesadas labores domésticas, ni se las veía. Todo funcionaba con perfección matemática, como si las cosas se hicieran por sí mismas. Era silenciosa como un gato, amable y reservada. Te costaba coincidir con ella por la casa. Nunca molestaba, ni tenías la sensación de que estaría por la cocina o en el despacho ordenando carpetas y mi entero desorden; siempre llegaba a todos los rincones y ninguna tarea se le resistía. Tener a Marie era conseguir, sin darte cuenta, una vida ordenada y perfecta; todo a punto y resuelto. Alex la llamaba madame Poppins. Y realmente se parecía a ella, en caso de que Mary Poppins hubiese tenido setenta años y hubiese sido francesa y no un personaje de ficción.

A continuación, Fanny dio un paso al frente. Iba de luto profundo, con un velo sobre su cabello platino y su la ostentosa flor de lis en la solapa de una chaqueta negra. Tan alta y delgada, era una mujer realmente elegante. Su ronca voz, una vez más, despertaba en mí el eco del pasado.

—Qué duro es hablar de la persona más amada, tras Raymond Lewinsky, mi querido esposo. Perdóname, Alexander, es lo único que puedo decirte si no he llegado a ser la amiga que más te ha querido. Que Dios acoja tu alma en su misericordia.

Guardó unos momentos de silencio para serenarse, abrumada por la situación, e hizo lo mismo que Marie con la pala y la tierra como símbolo de despedida.

Ahora era Raymond quien la sujetaba del brazo. Lo vi deteriorado. Llevaba una corbata negra, camisa negra y una levita negra con una cinta de terciopelo también negra, deshilachada y rota, prendida sobre el ojal de la levita, como la que me había colocado a mí en el lado derecho de mi chaquetón, al comenzar el funeral. El anciano apenas se mantenía en pie, pero se apoyaba con férrea dignidad sobre el bastón. Raymond usaba un bastón distinto para cada día de la semana. Y uno con el puño de nácar para la Pascua judía. Lo vi muy delgado, los pantalones por debajo de la chaqueta le bailaban. Pero aun así, el ímpetu de su voz me devolvió a la realidad.

—Qué difícil es estar aquí, querido amigo —dijo, mirando hacia el féretro, con una energía que no lo abandonaba—. Y digo amigo por no decir hermano, hijo, sobrino o cualquier parentesco de sangre, porque estábamos tan unidos como quien nace de la misma madre. —Noté en el hermano de Alex, alejado del matrimonio Lewinsky, cierta intranquilidad mientras hablaba Raymond, y la ironía y el pesimismo se asomaban a su rostro redondo y grueso—. Seré breve —continuó Raymond, ahora con la voz quebrada—. Alexander Cohen no solo era un gran médico. Fue el mejor ser humano y el mejor hombre que he conocido en mi larga vida. Siempre ayudó, incondicionalmente, a todo ser humano; por malvado que fuera. Que Yahveh lo perdone si alguna vez erró. Pero esa es la condición humana: el error. Aunque él siempre acertó con su humanidad. Buscaremos consuelo en el *Kadish** para afirmar la vida y la fe en Yahveh y su voluntad en la tierra.

Guardó un momento de silencio. Se esforzaba por reprimir su afecto, entre amor paternal y fraterno. Apoyado fuertemente con los dos brazos sobre el puño del bastón, lo clavaba en la tierra para aferrarse al mundo de los vivos. Prosiguió, tras la pausa:

—La guerra, el Holocausto, el sufrimiento…, todas las monstruosidades capaces de habitar en el hombre las ha padecido nuestro pueblo. Nos han humillado, masacrado, devastado, han intentado borrarnos de la faz de la tierra. Ahora, el terrorismo nos asola con su cara más vulgar y patética. La maldad ha hecho del terror un espectáculo. Que nuestras oraciones reconforten a las casi tres mil personas que han perdido la vida en los terribles atentados de nuestro país hermano. Y recordaremos a todos y a cada uno de nuestros antepasados y su aniquilación. Honrémoslos como buenos judíos. —En ese momento miró a Robert Cohen—. ÉL, que hace la paz en las alturas, haga la paz sobre nosotros y todo su pueblo, Israel. *Shalom*, amado Alexander, mereces el *lijtig Gan Eden*.**

Y ahí terminó su intervención. Se inclinó con dificultad, tomó un puñado de tierra con la mano y la dejó caer suavemente. Fanny lo sujetó y Raymond recobró el equilibrio sobre el bastón.

Yo di un paso al frente e hice lo mismo que él. En silencio me agaché sobre el montículo y dejé escurrir entre mis dedos las últimas briznas de tierra que un ser humano arrojaría sobre mi esposo.

Tras las oraciones finales del rabino la ceremonia concluyó.

Fanny, Raymond y Marie fueron los primeros en despedirse. Los tres se encaminaron despacio hacia el auto de los Lewinsky. El chófer les abrió la puerta y los vi desaparecer. Poco a poco, los

---

* *Kadish* de duelo es una plegaria en el judaísmo recitada por los dolientes de un ser fallecido.

** Paraíso luminoso.

colegas de Alexander se fueron marchando. Recibí el pésame de todos los pacientes de mi marido congregados. Robert me esperó apartado del grupo y me resultó conmovedor que lo hiciera, lo que me extrañó enormemente fue que los Lewinsky no desearan saludar al único hermano y familiar de mi marido.

Robert se parecía a su hermano. La misma nariz, pero los ojos enormes y tristes. Todo en Robert era más grande y exagerado. Debió de ser un hombre atractivo, ahora grueso, deteriorado y sin ningún estilo en la forma de vestir, con una especie de gabán verdoso de algodón, sobre unos pantalones negros, anchos y pesqueros. Estaba calvo, salvo unas ondulaciones de pelo canoso por la nuca. Se encendió un cigarro tapando la llama con la mano y se acercó a mí. Vi sus dedos amarillos de fumador empedernido y sus manos eran gordas y pequeñas para su estatura. Tendría unos sesenta años, pero aparentaba diez más. Me dio la sensación de que apenas se cuidaba, comía en exceso y fumaba con desesperación. Fue el único asistente que no llevó ningún trozo de tela negra rasgada sobre el pecho; según Fanny y su manual de judaísmo, símbolo para los judíos del dolor por la pérdida de un ser querido, precepto obligatorio para los familiares directos.

—Me alegra tanto conocerte…, que hayas venido… —le dije, en cuanto nos quedamos solos—. ¡Por fin! Gracias.

Y lo abracé.

—No lo puedo creer… Tenemos tanto de que hablar… —añadí.

—He de marcharme. Mi avión sale en hora y media y todavía he de llegar al aeropuerto.

—Por Dios…, yo te llevo. Tengo el coche aquí mismo. He contratado a un conductor. ¿Hacia dónde vuelas?

Dijo que a Halifax.

—¿Vives en Halifax?

—No exactamente. En Inverness —respondió, con cierto desapego.

Se dejó guiar por mí y entramos en la parte de atrás de mi automóvil.

Tenía las piernas hinchadas y padecía flebitis. Pensé que la buena salud no lo acompañaba. Le dije que no deseaba hacerle preguntas indiscretas, pero que apenas conocía nada de su vida. ¿Sería posible volverlo a ver? No contestó. Intenté ser amigable y discreta. Deseaba caerle bien, ganarme su confianza. Apenas hablaba. Había que preguntarle continuamente y contestaba con monosílabos. Yo necesitaba conocer, saber de él, de su vida, de la familia: si estaba casado, con hijos; de tantas cosas que su hermano no quiso contarme. Pero debía andarme con cuidado, obtener su aprecio. Ahora que lo tenía conmigo, era la oportunidad de conocer una versión distinta de la infancia y la juventud de Alexander de la proporcionada por los Lewinsky y por mi propio marido.

—No ha habido flores ni coronas —lamenté—. Nunca pensé que me pudiera apenar no comprar unas simples rosas que depositar sobre su tumba.

—Puedes hacerlo cuando quieras. ¿Qué te lo impide?

—No sé, me pareció una falta de respeto hacia vosotros.

—A mí no me metas en tus problemas.

Me callé. A partir de ese momento fuimos en un silencio incómodo por la ciudad. No había tráfico. Sacó el periódico de la mañana, enrollado, de un bolsillo de su gabán arrugado y maltrecho y me lo entregó.

El diario estaba enrollado ex profeso por la página en que aparecía una fotografía del Porsche estrellado de su hermano. Una grúa lo sacaba del río. Lo desenrollé y leí lo que hasta entonces me había negado a leer:

El doctor Alexander Cohen, de sesenta y cinco años, notable psiquiatra de nuestra ciudad, ha muerto a consecuencia de un accidente, este jueves, a las dos de la madrugada, al precipitarse su automóvil en la Rivière-des-Prairies, en la Autoroute des Laurentides. Según informa la sargento Audrey-Anne Moreau, portavoz de la Sûreté du Québec, el vehículo se estrelló contra el muro izquierdo, perdió el control y cruzó los tres carriles de la carretera antes de saltar el refuerzo lateral y precipitarse al río. El doctor Cohen era el único ocupante, y conductor del Porsche 911 que ha resultado siniestrado, y falleció en el lugar de los hechos por traumatismo craneoencefálico y abdominal, como consecuencia de los impactos. Según la SQ, el vehículo circulaba a gran velocidad. Tras rescatar el cuerpo, los sanitarios de los servicios de emergencia solo han podido confirmar su fallecimiento. Hasta el lugar se han desplazado dos dotaciones de bomberos, varias ambulancias y cuatro patrullas de la SQ. Se ha abierto una investigación para esclarecer los hechos.

Alexander Cohen estaba casado, sin hijos. Miembro del comité de la Fundación del Hospital Judío de Montreal. Doctor en Neurología y Psiquiatría por la Universidad McGill, donde inició y desarrolló su intensa carrera profesional. Desempeñó su labor en el Hospital Monte Sinaí, el Instituto Douglas de Salud Mental y el Instituto Allan Memorial, destacando su trabajo en los últimos años para el Instituto Philippe-Pinel en la reeducación de criminales dementes y enfermos violentos, y en diversas instituciones docentes. Nuestra comunidad médica se halla consternada ante el brutal accidente.

Dejé caer el diario sobre la alfombrilla del suelo. Robert estaba ausente, observaba enmudecido la ciudad a través de la ventanilla como si no la viera, como un organismo que nunca llegó a tener vida. A los veinte minutos llegamos a la terminal doméstica del aeropuerto Pierre Elliott Trudeau. Cuando despegara el avión de ese hombre, yo lo habría perdido todo. Era como cortar la última vena que me unía a Alexander.

Y le dije, cuando hubo salido del coche y saqué la mano por la ventanilla para aferrarme a su brazo:

—Eres lo único que me queda de él. ¡Por favor! Necesito volverte a ver.

—Yo no. Aléjate de mí.

Se dio la vuelta y lo vi desaparecer enfundado en su gabán por una puerta de cristal que se cerraba como se cierra el pasado.

Realmente no sabía nada de ese hombre. Lo poco que conocía de su vida era a través de fotografías antiguas, en blanco y negro, con los bordes troquelados, de los álbumes familiares de Alexander. Cuando eran niños se los veía felices y unidos.

Recuerdo sus fotos de cumpleaños, de verano, de Bar Mitzvah, de alguna fiesta judía en la casa del lago, poco más. En una de ellas estaban los dos hermanos echándose agua con una manguera en el jardín de Saint-Donat. Entonces había un par de columpios de madera, frente al embarcadero. La hierba se veía levantada. En otra foto, del mismo día probablemente, estaba Robert con su madre, tirándole de la falda, en la cocina, con las mismas baldosas que hay ahora. Ella portaba en la mano un plato con un bizcocho redondo. Hay otra imagen en la que estaba Robert con su madre. Ella le llevaba en brazos y él debía de tener unos cinco años. Había varias fotografías en que salían Robert y Alexander de niños con la kipá y sonreían a la cámara. Vestían una chaqueta elegante. En otra, Robert patinaba en un lago helado, iba cogido de la mano de Alex, pero ya tenían catorce y dieciséis años, por lo menos. Estaban riendo por algo que pasaba al otro lado de la cámara. Había otra fotografía en la que Robert, más bajito y grueso, cargaba a su hermano mayor en brazos haciéndose el fuerte, también sobre esa época. Detrás de ellos casi siempre estaba la madre. Una mujer rubia con peluca, de mediana estatura, guapa, y la cara redonda. Sonreía a la cámara, y se parecía a Robert. Se llamaba Rachel.

Saul, el padre, casi no salía nunca porque debía de ser el fotógrafo. Era un hombre alto y moreno, bastante delgado. Serio. Siempre con la kipá negra y un chaleco también negro sobre la camisa blanca. Había una foto en la que estaba con sus dos hijos, sentados a una mesa con un rollo de pergamino extendido. Los niños tendrían entre cuatro y ocho años. El padre ostentaba la actitud de estar impartiéndoles enseñanzas religiosas, frente a la chimenea. Ya aparecía sobre la pared la piel del oso que había matado Rachel.

Me di cuenta de que no había fotografías de Robert más allá de sus veintitantos años. No sé qué debió ocurrir. Calculo que desde los años sesenta y algo. Toda una vida. Me parecía imposible algo así entre hermanos.

En la última fotografía en la que salía Robert, llevaba abrazada a una chica por el hombro. Estaban en una barca, sobre el lago. Se veía una parte del embarcadero de la casa. También aparecía Alexander con otra joven, pero no la tenía abrazada; era morena, con ojos tristes, estaba muy delgada y llevaba pantalones vaqueros de campana y una blusa de florecitas. Tan guapa que sentí celos. Los cuatro estaban sentados en el centro de la barca, y Robert tenía una cámara de fotos colgada del cuello.

Un día le pregunté a Alexander por la chica de los ojos tristes, y para despistar, por la otra, por la rubia del pelo largo recogido hacia atrás con un broche, con cara de niña, que abrazaba su hermano. Me dijo que la rubia era una novia de Robert, y la morena una amiga de ella. Sin más. Que fueron las dos a bañarse y a pasar el día a la casa del lago. Su madre les había hecho la fotografía desde el embarcadero, ya estaba enferma, murió años después, de leucemia. En la época de esa última foto de la barca, Saul ya había fallecido. Robert y Alexander intentaban pasar con Rachel todo el tiempo que podían, y se acercaban a Saint-Donat los fines de semana estivales para acompañarla, porque Rachel pasaba el verano completo en la casa del lago. Del domicilio familiar de la ciudad, en el barrio de Lachine, apenas había fotografías.

Recordé una en la que Robert abrazaba a Alexander y a Raymond en un pub, probablemente en Montreal. Brindaban por algo los tres, cada uno con una jarra de cerveza en la mano. Sonreían a la cámara. El pub estaba lleno de gente.

¿Por qué no se habrían saludado en el cementerio Raymond y Robert si se conocían desde jóvenes y parecían amigos en esa fotografía?

La existencia de Robert había sido para mí una secuencia de imágenes a modo de pequeños fotogramas que podían componer la película de su vida. En el cementerio lo vi tan cambiado, tan gordo, con los ojos agotados y opacos que parecía imposible que fuera el joven de esos retratos felices.

Al día siguiente del entierro busqué a Robert en las páginas de abonados telefónicos de Inverness. No lo encontré. Le pregunté a Fanny. Cuando le pedí a mi amiga el número de teléfono de Robert, la sentí dudar. Dijo que lo buscaría. Luego me llamó para decirme que no encontraba la agenda y que, en cuanto apareciese, me lo pasaría inmediatamente. Nunca lo hizo.

Pensé que Fanny no había llamado realmente a Robert para invitarlo al entierro. Y que él, al leer en la prensa la noticia del accidente de su hermano, habría decidido asistir por su cuenta. ¿Por qué me entregó Robert el diario con la noticia de la muerte de Alexander? No me parecía un sádico que deseara escarbar en mi sufrimiento. Si Fanny no lo había avisado —lo más probable—, era posible que estuviese enfadado conmigo por no haber tratado de ponerme en contacto con él para invitarlo a las exequias de su propio hermano.

9

La fiel Marie

Un día después del entierro anulé las citas con mis pacientes y le dije a Marie que se tomara el día libre.

—Ve a hacer fotos por la ciudad; te vendrá bien.

—Como usted diga —aceptó, reticente.

Marie también se encontraba en su peor momento, y más pendiente de mí que de costumbre. El vacío dejado por Alexander también era duro para ella. En las últimas semanas la observaba preocupada, como buscando algo que había perdido. Si siempre fue un fantasma por la casa, ahora llevaba unas pesadas cadenas que arrastraba por las habitaciones, el jardín, los pasillos, en la cocina y el garaje. Estaba envejeciendo y la pérdida del señor, como siempre lo llamaba, debía de ser un agujero negro en su estado de ánimo.

Sé que Marie había nacido en París, el 20 de octubre de 1931. Parecía más joven y ágil de lo que corresponde a una mujer de setenta años. Con un aspecto dinámico y tímido a la vez, nadie miraba como ella, como descifrando enigmas. De mediana estatura y bastante delgada. Una mujer que en otro tiempo pudo ser atractiva. Jamás la vi maquillada. Su forma de vestir era como de religiosa ortodoxa. Amplias faldas por debajo de la rodilla, medias tupidas y gruesos zapatos de cordones, combinado con blusas claras, abrochadas hasta el cuello, bajo rebecas de punto. Nunca la había visto llevar una prenda actual o de moda, o un simple pantalón. Ni durante el invierno, cuando las temperaturas bajaban a treinta grados bajo cero y ella retiraba con la pala la nieve acumulada sobre la rampa del garaje, a las siete de la mañana, tras pasar el vehículo quitanieves del ayuntamiento.

Alexander me contó que Marie había llegado a Montreal de adolescente. Ella recordaba ese día como el de la ascensión a los cielos. Todo lo que yo sabía referente a su biografía me lo había contado mi marido. Por lo tanto, mi conocimiento era de segunda mano, y nunca le hice una sola pregunta directa respecto a su vida pasada. Todos hacíamos como si hubiera nacido en Canadá y no hubiera vivido las experiencias atroces de un mundo distópico.

Su infancia podría resumirse en una esquela: los padres de Marie eran judíos, en la Europa de entreguerras.

El padre, un sastre de origen polaco, regentaba una tienda de tejidos en un barrio obrero de París, que en 1942 se encontraba cerrada e incautada por las leyes de arianización del gobierno colaboracionista francés, y él se hallaba al noreste del país, en un campo de trabajo agrícola. Los Jelen vivían en el número 58 de la rue de Meaux, en el distrito XIX. En la madrugada del 16 al 17 de junio de 1942, Marie fue arrestada en su domicilio por la policía de París, junto a su madre, Estera Rajza Szlamkowicz Jelen, y conducidas las dos al Velódromo de Invierno, en el distrito XV. Marie tenía diez años. Me las imagino a las dos, apuradas y recogiendo a toda prisa del armario únicamente lo que les permitieron: una manta, un par de zapatos y dos blusas. Para llegar al velódromo debieron atravesar el Sena, dentro de un autobús, junto a otros autobuses y más de trece mil judíos no nacionalizados que arrestaron esa noche en una gran redada. Desde el velódromo, me supongo, les sería posible ver la Torre Eiffel. Estaba situado junto a la explanada de la torre y los jardines de Marte. Ese lugar, por supuesto, ya no existe.

También me imagino que ellas llevarían cosida en la chaqueta la estrella amarilla.

Alex me contó que a los tres días, desde el velódromo, convertido en una improvisada cárcel, las trasladaron al campo de

detención de Pithiviers. Todos los detenidos en la redada del Vél'
d'Hiv fueron llevados, en días sucesivos, a los centros de detención franceses de Drancy, Beaune-la-Rolande y Pithiviers. En
estos centros de internamiento retenían y agrupaban a los judíos,
a veces por transgredir alguna de las ordenanzas alemanas, y otras,
simplemente, por decisión policial al carecer de la documentación
en regla. Desde allí, los mandaban en trenes a los campos alemanes de exterminio.

Quince días después de la detención, Marie fue separada de
su madre en el campo de Pithiviers. A Estera la deportaron a
Auschwitz, junto a cientos de hombres y mujeres. Su convoy
alcanzó Polonia el 2 de agosto de 1942. Estera, tras apearse del
tren, fue invitada a tomar una ducha en una cámara de gas. Pero,
por una suerte del destino, a Marie la logró sacar su padre del
campo de Pithiviers, unos días antes de su programado viaje hacia la muerte. Los sobornos a veces funcionan, y monsieur Icek
Jelen y su hija de diez años consiguieron salir de París y refugiarse en el departamento de Dordoña hasta la liberación de Francia. Al terminar la guerra, los dos llegaron a Montreal bajo la protección del Jewish Labour Committee y se establecieron en la
ciudad. Sé que Icek Jelen había fallecido en 1950, de una infección
pulmonar en el Hospital Judío de Montreal, asistido de caridad.
Según le había contado Marie a Alexander, su padre era un hombre bajito y delgado como un pájaro, con los ojos azules y un
fuerte acento yidis; nunca consiguió hablar correctamente francés. Eso era todo lo que yo conocía sobre la biografía de Marie.

Cuando mi marido la contrató, ella tenía ya unos cincuenta
años. Marie estaba bien remunerada en casa y yo la sentía todo
lo feliz que puede ser una persona mayor que ha vivido la Shoá y
el exterminio y no le queda nadie en ninguna parte.

A veces me preguntaba cómo serían sus recuerdos de la infancia, el sentido que la vida y la muerte tendrían para ella. Un
día la oí decir que París era una ciudad muerta, de muertos vi-
vientes, que todo hombre lleva un cadáver dibujado en el rostro
y que nunca retrataría la cara de ningún ser humano.

Marie era aficionada a la fotografía. Siempre iba por ahí con una cámara de fotos a todas partes. Una réflex antigua con una funda de piel marrón. Debía de tener miles de fotografías en los cientos de carretes sin revelar que almacenaba cuidadosamente, ordenados por fechas, en una caja de cartón. La guardaba debajo de su cama. Una costumbre un poco excéntrica, pensé entonces. Alguna vez le había sugerido que revelase alguno de ellos, los de las fechas más significativas, y que por lo menos viera unas cuantas instantáneas de lo que había capturado durante tantas décadas. «Algún día», era su respuesta, o «No vale la pena», o «Lo hago por entretenerme. Soy una mujer sencilla». Pero quizá me intrigaba mucho más que a Marie conocer los resultados de ese ojo mecánico que miraba la vida por ella.

Siempre pensé que su réflex era una especie de objeto mágico, un bazar de oscuras pasiones y deseos escondidos. Era el instrumento a través del cual observaba el mundo como por un microscopio. Marie era soltera y su vida la dedicaba a trabajar para nosotros a todas horas, con una entrega absoluta, y a disparar con esa cámara que nunca soltaba. Su vida social se reducía a los acontecimientos que quisiéramos compartir con ella, y su tiempo libre lo dedicaba a retratar cualquier objeto inanimado que llamase su atención.

Un día me hizo una declaración que me sorprendió:

—Yo no me trato con nadie, ni retrato a nadie. Odio el retrato. La gente no me gusta, salvo usted, monsieur Cohen, los Lewinsky y poco más.

Había una máxima en esa afición de Marie: no retratar a ningún ser vivo.

¿Desde cuándo?, me preguntaba.

¿Desde la redada del Velódromo de Invierno?

¿Desde esa madrugada de terror en París?

¿Guardaría Marie en su caja de debajo de la cama, junto a sus carretes, la estrella amarilla que llevaba cosida en la ropa, con las puntadas de su propia madre, el día en que las detuvieron?

10

Harvard y Unabomber

Había llegado al 1210 de la rue Sherbrooke, al edificio Gaston-Miron de la Biblioteca Central. Debía elaborar un mapa de lo que pensaba buscar en aquel monumento nacional, de intimidantes columnas de piedra, del que tenía carnet de investigadora. Eran cerca de las ocho de la mañana y estaba cerrado. Dejé el auto junto al parque La Fontaine. Había un establecimiento especializado en bagels, a una manzana, atravesando una esquina del parque, y yo disponía de dos horas hasta la apertura de la biblioteca. En estas *boulangeries* hacían los mejores bagels del barrio, firmes y tiernos, de masa perfecta, que ni Marie era capaz de reproducir con fidelidad. Tras tomar dos con mantequilla, un café bien cargado y olvidar el frío que me había helado la sangre y la locura de la noche pasada en el cementerio, pude leer mis notas de la segunda sesión con monsieur Lambert y poner en claro, si la memoria me daba para ello, las insólitas revelaciones que me hizo ese día.

2.ª sesión. Miércoles, 10 de octubre de 2001.
Llega diez minutos antes de su hora. Se disculpa por no haber venido a la cita del viernes.
Antes de que le pueda preguntar nada, alarga la mano y deja sobre la mesita 200 C$. Por las molestias, dice.
Huele a sudor. Parece no haberse duchado en una semana. Le ha crecido la barba.
«¿Qué ha pasado en estos días, monsieur Lambert?»

«No puedo soportar lo que hay en mi cabeza.»
«¿Qué hay en su cabeza?»
«No debí acercarme a él.»
«¿A quién no debió acercarse?»
«No puedo decirlo.»
«¿Está tomando la medicación?»
«Se me olvida.»
«¿Ha vuelto a soñar?»
«Sí.»
«¿Ha anotado el sueño?»
«No.»
«¿Se encuentra peor que la semana pasada?»
«Sí. ¡Y deje de hacerme putas preguntas!»

Recordaba su rostro demacrado y tenso cuando levantó los ojos anegados de tristeza. Una tristeza que impresionaba. Se remangó la camisa de cuadros, debía de tener calor, y le vi el tatuaje en la muñeca. Las escamas coloreadas de la serpiente parecían deslizarse guiadas por los movimientos de sus tendones. Se retiraba el pelo hacia atrás, según me miraba. El brillo de sus ojos era estremecedor. Se revolvía sobre el diván y comenzó a sollozar cubriéndose la cara con las manos. Estaban sucias de no habérselas lavado en días, como de haber revuelto entre cubos de basura de cualquier inmundo callejón del puerto. Tan vulnerable como un niño y era un hombre castigado por la vida. Se limpió los mocos con el puño de la camisa.

—Voy a contarle lo que pasó en Harvard —dijo—. No quiero que tome ninguna nota, ¿me ha entendido? Solo necesito que me escuche.

No respondí. Afirmé con la cabeza y di mi aprobación. Cerré el cuaderno y lo dejé junto al bolígrafo, sobre mis rodillas.

—De no haber ocurrido aquello yo no estaría aquí, con usted. No hubiera heredado la locura de mi madre. A ella se la inocularon en ese lugar. Se la transmitió a su hijo y luego me remató suicidándose en mis propias narices. ¿Qué le parece la historia, doctora?

Respiré hondo e intenté encontrar una frase consoladora. Pero no me dejó, me interrumpió antes de que pudiese pronunciar una palabra.

—Es mejor que se calle, no quiero oír ninguna chorrada. Y menos viniendo de usted, porque no la odio. Cuando comprenda todo lo que intento decirle creerá que la odio, pero no es así. Podría haberla odiado, pero, sinceramente, no merece la pena.

»Para darle un ejemplo de lo que le voy a contar, por el año 60 mis padres se inscribieron en un curso de verano en Montreal, para estudiantes. Como le dije, él estudiaba Filosofía, aquí en la ciudad, y ella Psicología, en Harvard. ¿Sabe con qué título?: *La filosofía sufí, el misticismo oriental y El libro tibetano de los muertos.* Eran reivindicativos. Vivían en una época en que todavía se confiaba en poder salvar el mundo encadenándote durante días al indio iroqués de la estatua de Maisonneuve, de la Plaza de Armas, para protestar por la usurpación de las tierras a nuestros nativos y de cómo los hemos encarcelado en reservas convirtiéndolos en monos de feria, alcohólicos y ludópatas. También, para gritar contra la guerra de Vietnam. Protestar por la construcción del muro de Berlín y, por supuesto, contra la ética protestante y el espíritu del capitalismo. Y desnudarte en las escaleras de los almacenes de la Compañía de la Bahía de Hudson, aireando pancartas contra el comercio de pieles, la caza de ballenas, nutrias y castores; de la tala de arces y de su maldito sirope; de la desforestación; de la sangrienta caza de focas que golpean hasta reventarles el cráneo. ¿Usted ha visto con qué crueldad las masacran? Todo esto, doctora, menos el muro, aunque hay otros, continúa igual; nada ha cambiado. Eran tan idealistas que hasta creían en poder acariciar los colores del arcoíris; y en las drogas; en eso era en lo que más creían; en el viaje interior para salvarse a sí mismos, primero.

»En el curso 1959-1960, mi madre realizaba en Harvard su primer año de Psicología. Entró a formar parte de algo así como de un club psicodélico que se había formado dentro de la universidad. Un profesor de psicología de la facultad, llamado Thimothy Leary, trabajaba en una nueva terapia con sustancias alucinógenas, junto a otros profesores, entre ellos un tal Richard Alpert. Un tipo siniestro que años después se cambió de nombre y pasó a llamarse algo así como Baba Ram Dass, transformado en una especie de maestro espiritual, un gurú de la autoconciencia. En realidad, era un judío homosexual de Massachusetts, convertido al hinduismo.

»El profesor Leary diseñaba en la universidad un tratamiento experimental a base de mescalina de peyote, una terapia que llamó Odisea Psicodélica. Escogía a voluntarios, todos alumnos de la facultad, jóvenes muchachos que estudiaban en los primeros cursos, y a los que administraba una sustancia llamada "psilocibina", procedente del peyote. Entre esos jóvenes estaba mi madre, como alumna de la facultad. Según este individuo, el experimento era controlado y supervisado por él y por el profesor Alpert, y se desarrollaba en un aula cercana a su despacho, en la avenida Divinity Lane.

»Al profesor Leary le gustaba viajar a México, a Huautla de Jiménez, en el estado de Oaxaca, para regresar de cada excursión con una mochila cargada de hongos alucinógenos. Allí había probado "la carne de Dios", los hongos psilocybes. Ya sabe usted de lo que hablo, doctora. Él prometía una experiencia mística que transformaría las vidas y la percepción del mundo de quienes abrazaran su terapia reveladora. Las guerras, que se habían mostrado inútiles y sangrientas para transformar la sociedad, serían sustituidas por la experiencia psicodélica. Una nueva revolución social estaba en camino. Ellos así lo creían, y este alucinado se convirtió en el gurú del ácido lisérgico.

»No sé si sabrá que en los años cincuenta Aldous Huxley hizo su primer "viaje" con mescalina. De esos chutes nació su libro *Las puertas de la percepción*. Se lo recomiendo, es un ensayo sobre arte y religión que revolucionó Norteamérica en esos años y los siguientes, y que mi madre tenía en la mesilla, junto a su cama. Recuerdo que muchos párrafos los había subrayado con rotuladores fosforescentes. No era casualidad, doctora, que

Huxley se inventara el mágico "soma" de *Un mundo feliz*, una novela que también andaba por casa entre montones de libros, tirados por los suelos. Amontonados como estandartes de una promesa que terminó en suicidio para ella.

»Un Viernes Santo, estudiantes de posgrado de la Harvard Divinity School, una escuela de teología, realizaron un experimento en la capilla Marsh de la Universidad de Boston. Lo dirigió Leary. A un grupo de estudiantes se les suministró psilocibina, y al grupo de control, niacina. Los participantes escribieron en sus informes haber alcanzado la verdadera naturaleza mística y el punto culminante de su vida espiritual. Casi todos los miembros del grupo experimental dijeron haber sentido profundas visiones religiosas, proporcionando apoyo empírico a la noción de que las drogas psicodélicas pueden facilitar experiencias místicas. Y eso lo creía mi madre, ciegamente, porque ella defendía todo aquello y buscaba algo parecido. Durante más de tres años de universidad estuvo "viajando", buscando los secretos de los miles de estrellas que habitaban en sus neuronas, de la mano del profesor Leary, arrastrada por una corriente de búsqueda primigenia que la conectase con la eternidad.

»Ella decía que el cerebro tiene posibilidades infinitas y es capaz de operar en dimensiones espacio-temporales que jamás te imaginarías. Sentía, según sus palabras, haber despertado de un largo sueño ontológico. Y aunque yo entonces era un niño y no comprendía nada de lo que quería decir, cuando ella rememoraba su época dorada de estudiante universitaria como si yo pudiese entenderlo, yo sí era capaz de reconocer en sus palabras y en su desquiciada mirada ocultos significados. Sobre todo, cuando me lo contaba tras ponerme en la lengua un papelito de colores con dietilamida de ácido lisérgico como recompensa por portarme bien, o porque daba demasiada guerra. Fuera bueno o fuera malo, esos papelillos valían para cualquier cosa. En especial, para mantenerme callado y tranquilo.

»Un año antes de ser despedido el profesor Leary de Harvard, ya había rumores de que algo así pasaría. El departamento de psicología no veía con buenos ojos el grupo de trabajo que él había creado, y temía por la reputación de la universidad; se traspasaban ciertos límites morales con esos experimentos.

»Durante esos años de Harvard mi padre la visitaba los fines de semana y solían "viajar" juntos con los hongos psilocybes y con todo lo que pillaban, incluido LSD que circulaba por las facultades como pólvora que arde. Las drogas psicodélicas se movían por los campus, los pubs, en las revueltas estudiantiles y en las fiestas de todo tipo. Gente como Cary Grant se sumaba a la causa del ácido. En casa había un póster con la cara del actor declarándose en tratamiento con la droga, como si fuera el bálsamo de Fierabrás. —Otra vez Jacob Lambert en su discurso volvía a citar a Cervantes y no lo hacía de forma impostada. Le salía natural, como si formara parte de su propio acervo cultural, que según hablaba se expandía ante mí—. En ese póster, Cary Grant se reía y se mostraba dichoso, como si hubiera descubierto el mismísimo germen de la felicidad, declarando que Freud había muerto para él. Ese actor era un mito de Hollywood y la gente lo seguía. Mi madre también. Este es solo un ejemplo, doctora, que representa lo mucho que ella esperaba entonces de las drogas.

»En aquellos años el descubrimiento del ácido lisérgico por el doctor Hofmann se convirtió en el paradigma de una nueva era médica y espiritual.

—¿Cuánto tiempo duraron esas experiencias para su madre?

—Las investigaciones de Leary, creo que del 59 al 62, hasta que lo echaron, junto a su amigo Alpert. Oficialmente por faltar a sus clases, pero fue el Departamento de Salud Pública de Massachusetts quien intervino para que el Rectorado lo despidiera. Ella admiraba a Leary hasta un extremo paranoico.

Entonces levanté la mirada y vi sus ojos congestionados por una tristeza profunda y abatida. Su desconsuelo me invadió y un extraño sentimiento de empatía comenzaba a interferir en mi objetividad y en nuestra relación paciente-terapeuta.

—A finales del año 61, mi madre se enteró de otro proyecto más arriesgado aún. Casi secreto. En la misma universidad. Ya no se trataba de profesores excéntricos, gurús de una nueva religión con la misión de viajar al centro del mismísimo mandala para encontrar y controlar los beneficios terapéuticos y espirituales de los hongos, sino de algo profundamente terrible, ilegal y perverso. Con ello, además, los estudiantes se ganaban veinticinco dólares diarios.

»Era un oscuro y terrorífico proyecto. Los participantes debían tomar la dosis de LSD que les proporcionaba el equipo médico, y dejarse estudiar por los llamados "científicos del programa". Aquello nada tenía que ver con el club psicodélico de la psilocibina del profesor Leary, ni con los supuestos beneficios terapéuticos y espirituales de las drogas alucinógenas como si fuera una nueva religión.

»Esos tipos escogieron a veintidós estudiantes. Entre ellos a mi madre. Ella era brillante y su mente despierta y soñadora, y buscaba algo con lo que poder contribuir a la ciencia, tras la salida de su idolatrado profesor Leary de Harvard. Y aunque su cabeza estuviese llena de colores y formas, su cociente intelectual era de 165. Una persona de cada cinco millones lo posee, y desde luego, era el segundo más alto de ese grupo seleccionado de veintidós.

»Al grupo se le suministraban fuertes dosis de LSD puro. Durante las pruebas se los ataba a una silla. Les conectaban electrodos. Monitorizaban sus respuestas, sus reacciones ante la droga y los estímulos a los que eran sometidos: fuertes proyecciones de luz en la cara, ataques verbales, insultos, gritos continuados por una voz impersonal que se te metía en el cerebro agrediendo tus creencias más arraigadas, tus egos, tus convicciones. A mi madre la destrozaron.

—¿Qué cree que pretendían con ello? —pregunté.

—Medir tus reacciones ante una presión extrema de angustia. El objetivo: analizar las respuestas humanas a un profundo estrés.

Estaba claro que mi paciente entendía muy bien de lo que hablaba.

—¿Por qué cree que su madre entró en el segundo grupo?

—Le gustaba alucinar. Le encantaban las drogas. El club del profesor Leary le descubrió un lugar mágico, según ella. Creo que en él se enganchó, y formar parte en otra experiencia que en un principio creyó similar, le debió de resultar atrayente. Supongo.

—¿Su padre también entró en estos dos grupos experimentales?

—No, solo ella. Él estudiaba en Montreal, ya se lo he dicho. ¿Es que no me escucha? Solo se veían los fines de semana, y no todos.

—Hábleme del segundo grupo.

—El doctor Henry Murray ideó el proyecto. Subvencionado por la CIA. Porque este sujeto trabajaba para el gobierno americano. Era profesor de la Universidad de Harvard, director de Psicología Clínica de la Escuela de Artes y Ciencias. Muchos médicos entonces trabajaban para sus gobiernos. Hacían cosas terribles a la gente. Aquí, en Canadá, también ocurría. Debería preguntar al doctor Lewinsky sobre el doctor Murray. Él le podrá ofrecer más información que yo. Lamento que a su marido ya no pueda preguntarle nada.

Guardó silencio, como si hubiera ido demasiado lejos. Y, en su aparente intención de contármelo todo, yo sospechaba que me estaba administrando la información para ocultarme lo más importante.

—Las sesiones de Murray eran filmadas —continuó, evitando mi mirada— y grabadas en presencia de ese médico y su equipo, tras un espejo. Después, se les hacía a los jóvenes revivir las situaciones y los sentimientos a los que habían sido expuestos, para reforzar las pruebas. Murray estudiaba los procesos de la droga en un cerebro inundado de profundos y aterradores estímulos. Allí dentro no eran personas, solo números con un código. Eran animales, cobayas, ratones y monos. Nunca seres humanos a los que respetar. Y aunque la universidad despidió a Leary, sí permitió este otro experimento, del que salió un terrorista.

—¿A qué terrorista se refiere?

—A Theodore Kaczynski.

Anoté en mi cuaderno ese nombre, desconocido para mí. No así los profesores Leary y Murray.

—¿Tenía Theodore Kaczynski alguna relación con su madre?

—Eran compañeros en el grupo de Murray. Según mi padre, ella nunca le olvidó. Kaczynski era el más joven de todos, un adolescente. Casi un niño. Con solo diecisiete años era el más inteligente del grupo. Un superdotado. Se graduó en Harvard y se doctoró en Matemáticas en la Universidad de Michigan. A los veinticinco años era ya profesor en Berkeley. Mi madre lo adoraba, aunque perdieron el contacto al poco tiempo de que ella regresara a Canadá.

—Infiero que los experimentos a los que fue sometido el joven Kaczynski no le impidieron continuar con sus estudios y consiguió concluirlos. —Lo interrumpí para hacerlo reflexionar sobre la naturaleza de esa experiencia en los estudiantes.

—¡No me joda, doctora! ¡Lo convirtieron en un puto asesino en serie! ¿Nunca ha oído hablar de Unabomber? Pues era él: el mayor neoludita que ha tenido Norteamérica, y uno de los filósofos y matemáticos más incómodos para Estados Unidos. Un tipo auténtico, de verdad. Un genio. Y como todos los genios, un desafío social. Terminó enviando cartas bomba a científicos, a profesores de universidades, a aerolíneas… Escribió un sabio manifiesto y decenas de cartas antisistema. Hace cinco años lo detuvieron en su cabaña, tras su último atentado en Sacramento a una industria maderera en el que murió una persona. En su refugio encontraron su diario, una carta explosiva lista para enviar, el material que utilizaba, la copia manuscrita de su manifiesto antitecnología y miles de hojas con su filosofía. Se lo recomiendo. Circula por internet.

»Bonita historia…, ¿verdad, doctora? Si usted leyera el manifiesto de Kaczynski, se daría cuenta de las verdades que proclama y abriría los ojos. Quizá me ayudara a hacer algo para sacarlo de la cárcel. Lo he pensado muchas veces. Recoger firmas para que lo absuelvan de las ocho cadenas perpetuas a las que ha sido condenado, sin libertad condicional. Así paga América a sus cerebros. Primero los destruye y luego los encarcela porque hacen lo contrario de lo que el sistema espera de ellos.

—¿Cree que hay alguna relación entre el suicidio de su madre y lo que me está contando?

—Lo que creo es que ella era emocionalmente estable cuando comenzó el experimento del profesor Murray. Dicen que Kaczynski también. Los problemas de mi madre no sé si realmente comenzaron allí o simplemente cayó en el abismo con esa aberración. Tras aquello, se hizo adicta a la marihuana para paliar los terrores que comenzaba a sufrir. El LSD la llevaba por alucinaciones cada vez más peligrosas. Continuó con barbitúricos y hongo peyote. Un cóctel explosivo que machacó su brillante cerebro. Creo que nunca pudo dejar del todo esa mierda. Comenzaron los *flashbacks* en su cabeza que la llevaban a las feas experiencias que su mente había padecido bajo los efectos del ácido.

»Su vida pasó de ser una experiencia mística a convertirse en un verdadero infierno de terrores incontrolados.

—¿Ha consumido usted LSD, aparte de esos papelitos que le suministraba su madre de niño?

—Odio las drogas y a los médicos que las prescriben. Ese Murray era psicólogo, fundó esa mierda de Sociedad Psicoanalítica de Boston y un test que usan ustedes. ¿Es posible confiar en las psicoterapias, doctora, con lo que le estoy contando? Ese tipo era uno de los jefes de evaluación psicológica de la CIA. Dicen que supervisó experimentos militares con sodio amital en los interrogatorios a prisioneros de guerra... ¡Y a ese individuo le dejaron solo en un aula con inocentes alumnos para volverlos locos! Esta es la puta ciencia que tenemos, doctora.

—El hombre comete grandes errores en nombre de la ciencia, monsieur Lambert. Y no solo de la ciencia, también de la religión, y de sus ansias de grandeza. Pero eso se combate con códigos deontológicos, principios morales y la ley.

—¿Cree que vale para algo lo que prometen ustedes cuando se gradúan? El juramento hipocrático lo ignoran continuamente. El Código de Núremberg ni se lo leen. Han seguido pasando cosas terribles en los hospitales hasta hace muy poco. Los centros de detención son tierra de nadie. Usted es una pobre inocente, doctora. Una mujer que no sabe dónde está. Pero quienes la rodean son monstruos que intentan roernos el alma y el cuerpo.

—Cuando su madre se quedó embarazada de usted, ¿sabe cómo se encontraba de salud?

Yo seguía con mi propósito de ahondar en lo importante y no dejar que se fuera de contexto con proclamas filosóficas, ni que naufragara su relato en el movimiento revuelto de su mente.

—Si se refiere a si seguía con esa mierda, sí y no. Mejoró. Cuando mi padre la sacó de Harvard y se la trajo a Montreal, se casaron y se mudaron a Quebec. Merecían una nueva vida. Lo consiguieron a medias. Mi madre tenía recaídas. Durante el embarazo hizo un gran esfuerzo y casi lo logra; según ella, estuvo limpia. No sé más. Mi padre es un tipo reservado y nunca habla de estas cosas. Lo que sé es que padecía lo que ustedes llaman estrés postraumático, crisis de ansiedad y horribles alucinaciones: volvía a revivir, a experimentar, una y otra vez, las torturas a las que fue sometida por el profesor Murray, atada a una silla, hasta arriba de ácido, con los ojos vueltos y bombardeada de estímulos aberrantes. Eso la machacaba.

—¿Ella o su padre le proporcionaban drogas a usted cuando era niño, además de esos papelillos?

—Solo ella. Pero me adoraba, aunque a usted le cueste creerlo. Lo hacía sin que él lo supiera, hasta que la descubrió porque yo andaba muy mal; me caía al suelo continuamente y… bueno, no sé, toda esa mierda… Él casi se vuelve loco.

En ese punto su rostro adquirió un color blanquecino con la misma tristeza que se manifestaba en él continuamente. Yo no quería ni moverme de mi butaca, con temor a incomodarlo. Estaba tan entregado a su relato que el tiempo transcurría sin que nos diéramos cuenta, y el tiempo de sesión había concluido. Creo que él lo sabía, pero llegados a este punto no podía relegarlo para la siguiente visita. Y lo animé a continuar.

—Un día mi padre se presentó en casa a media mañana. Salió del trabajo para pillarla. Le habían llamado del colegio porque yo no me había presentado y ya estaba pasando demasiado a menudo durante ese curso. También le debieron de decir más cosas respecto a mi comportamiento y a cómo me veían cuando mi madre me dejaba allí. La cosa es que cuando él llegó a casa yo estaba metido en la cama de ellos. Con ella. Estábamos abrazados. Desnudos. No hacíamos nada malo. Ella me había puesto en la lengua uno de sus papelitos de colores y yo me encontraba un poco mal: había vomitado en las sábanas y creo que ella no lo había limpiado. También creo que intentábamos que se nos pasara el malestar. En cuanto ella vio a mi padre entrar en el dormitorio saltó de la cama y se encerró en el baño. Se la oía llorar a través de la puerta. A mi padre nunca lo había visto tan enfurecido. Gritaba como un loco. Empezó a tirar por los suelos los tarros de las cremas de mi madre, sus collares y las ropas que estaban amontonadas en las sillas del dormitorio. Golpeó la puerta del baño de tal modo que la echó abajo. Ella estaba sentada en la taza del váter, desnuda y descalza y con el pelo revuelto. Él le dio tal tortazo que la estampó contra el linóleo del baño. Empezó a sangrar por la boca y por la nariz. Gimoteaba sin que yo pudiera entender lo que decía. No la podía ayudar. Yo estaba metido en la cama, aterrorizado, y me acuerdo de que él se acercó a mí, me cogió en brazos y me abrazó. Se puso a llorar como un niño. Y así estuvo un rato, manchándome con sus lágrimas mientras ella sollozaba en el váter. Luego, él llamó por teléfono a Rebeka, la gran amiga de mi madre y pareja de su hermano.

Levantó una mirada vidriosa y tuve la sensación de que me enviaba un mensaje imposible de descifrar. Guardó unos segundos de silencio y continuó.

—Cuando Rebeka llegó desde Montreal, como a las tres horas, yo me sentía mejor y se me había pasado la congoja. Me estaba tomando un vaso de zumo de naranja en la cocina. Rebeka venía con mi tío y de inmediato corrió a consolar a mi madre. Era la primera vez que yo veía a ese hombre en mi vida. Él sacó enseguida una linterna pequeña, como un bolígrafo, y me enfocó las pupilas y también dentro de la boca. Me tomó el pulso y me hizo preguntas extrañas y demasiado sencillas: «¿Cómo te llamas? ¿Cuántos años tienes? ¿Cómo se llaman tus papás? ¿Cuántos dedos ves en mi mano?». Me dijo que anduviese por el linóleo, en línea recta, y luego me dio un beso en la frente. El único beso que me dio mi tío en toda su vida. Después cogió en brazos a mi madre, la llevó a la cama y le puso una inyección. Recuerdo que mi padre estaba sentado en una silla, en la cocina, sin querer ver a nadie, sujetándose la cabeza con las manos para no machacársela contra el fregadero. Más tarde, los cuatro se encerraron en el dormitorio de mis padres. Los escuché hablar y hablar durante mucho tiempo, y mi madre seguía llorando hasta que se debió de calmar. Un día después, mi padre me hizo la maleta y salí de Quebec; me sacó de casa y me trajo a Montreal con mi abuela Alison.

—¿Qué edad tenía usted cuando ocurrió este suceso?

—No lo recuerdo. Lo he olvidado. Supongo que unos cinco años.

—Pero sí recuerda, y con bastante exactitud, lo que pasó esa mañana, aun bajo los efectos de un potente alucinógeno, sobre todo para un niño tan pequeño.

—Así es. Igual no era una dosis alta.

—¿Cuánto tiempo estuvo con la abuela Alison?

—Unos tres años.

—¿Cuando murió su madre, ¿usted volvió con la abuela Alison?

—No. Después del entierro mi padre me llevó con él. Nos mudamos a Nueva Escocia.

—¿Por qué cree que lo llevaron a vivir con la abuela?

—Es evidente. Mi padre dejó de confiar en su mujer y me alejó de casa. Separarnos le hizo a mi madre demasiado daño. Supongo que era lo mejor. Pero lo que la remató fue la desaparición de Rebeka. Rebeka la ayudaba, la quería, era su único apoyo. Y yo también me había ido de su lado.

—¿Por qué dice que desapareció Rebeka?

—Porque un día se esfumó sin dejar rastro.

—¿Qué relación tenía su madre con Rebeka?

—Era su única amiga. Lo compartían todo. Rebeka era la persona que más consuelo daba a mi madre en sus crisis. Era algo mayor, y creo que también pasó lo suyo en la vida. Mi madre la adoraba. La recuerdo como una persona dulce y amable, siempre me traía un regalo; pero apenas tengo imágenes de aquella época, yo era muy pequeño. Me viene a la memoria el vago resplandor de su cara y de su pelo. Siempre llevaba dos trenzas, de eso estoy seguro. Parecía una nativa, pero era europea. Hablaba con acento extranjero. Nadie la ha encontrado hasta la fecha, que yo sepa. Pertenece a esa lista de desaparecidos de Canadá que acaban formando parte de un número estadístico. La policía la buscó durante años. Mi madre vivió su desaparición como una auténtica tragedia según pasaban los meses y los años y Rebeka no aparecía. Rebeka tenía sus propias normas.

—¿A qué se refiere?

—Bueno... Las opiniones de Rebeka parecían ser muy importantes para mis padres. Ella era algo así como una consejera que no solía equivocarse, y un comodín entre la familia y nosotros.

—¿Qué papel jugaba Rebeka en su familia?

—Era la novia de mi tío, se lo he dicho. Ella conversaba con mi madre durante horas, y los cuatro, de jóvenes, habían sido buenos amigos. Pero algo pasaba en la familia de mi padre que siempre andaban con misterios, con intrigas. Les oía hablar bajo y siempre me pareció que había cosas que yo no podía entender. Supongo que lo de Harvard nos hundió a todos. Los cuatro se llevaban bien, pero todo aquello de los experimentos terminó por desunirlos. Y Rebeka Winter un día desapareció para siempre de nuestras vidas.

—Entonces la secuencia temporal de los hechos significativos que me ha contado de su vida sería la siguiente: los experimentos de Harvard con su madre. Su salida del hogar para irse con la abuela Alison. La desaparición de Rebeka. El suicidio de su madre. El regreso con su padre y su traslado a Nueva Escocia con él, y luego, a los diecisiete años, se independiza y comienza su vida de adulto fuera del hogar paterno.

—Más o menos; es simplificar demasiado. Pasaron muchas cosas entre esas secuencias que usted intenta resumir como si fueran datos de un informe.

—Intento ordenar los hechos trascendentes que usted recuerda. De esta manera adquirimos perspectiva y podemos trabajarlos por separado, pero en un conjunto inseparable que configuran, todos y cada uno de ellos, sus pensamientos y emociones. Sus ideas sobre el mundo y las personas que lo habitan. ¿Sus padres pidieron responsabilidades a la Universidad de Harvard? ¿Hablaron con algún abogado por esos experimentos irregulares? ¿Tanto los del profesor Leary como los del profesor Murray?

—Mi madre se negaba a revivir aquellos años. Solo quería que la dejasen en paz; en el fondo, ella había ido demasiado lejos, con ese afán suyo de ponerse al límite. Y había consentido y autorizado por escrito someterse a esas pruebas. Mi padre la había apoyado. Y ella ya estaba muerta cuando el *New York Times* comenzó a sacarlo a la luz y se organizó un buen escándalo. Empezaron a aparecer damnificados; pero casi nadie dijo nada relevante para una causa judicial, excepto Kaczynski, que la armó bien gorda, como ya le he contado.

—¿Mantiene usted buena relación con su padre?

—Depende… Siempre le he culpado de no haber sido capaz de evitar la muerte de mi madre. De no haberse tomado la justicia por su mano. Él podía. Pero reconozco que su situación no era la más cómoda.

Guardó silencio. Se quedó pensativo como buscando palabras, y dijo con una voz antipática y desagradable:

—El resto de la historia deberá recomponerla usted, doctora. Le dejo en esta confesión suficientes interrogantes para que comprenda lo que pasó en mi familia. Luego, igual hago lo mismo que mi madre. No sé si desde un rascacielos de Manhattan, pero algo encontraré. Y a no tardar mucho. Aunque realmente lo que acabó con ella no fueron los diez pisos que la separaban del suelo, sino lo que ustedes llaman «ciencia».

—¿Por qué dice eso? —Iba a continuar, pero me interrumpió, vehemente, y se puso de pie.

—¡Yo…, querida doctora, este hombre que tiene delante es un producto de lo que ustedes dicen que es ciencia! ¡Pero yo lo llamo «terrorismo»! En Harvard fue donde realmente se suicidó mi madre. Allí la destruyeron y devastaron a nuestra familia, incluso antes de haberse formado. ¡Hable con el doctor Lewinsky! Desgraciadamente, Alexander Cohen ya poco le puede contar. No era ningún santo.

Me levanté de mi asiento y lo invité a marcharse. Le dije que era importante que tomara la medicación. El viernes lo vería de nuevo si me aseguraba no volverme a increpar. O lo redirigiría a un colega de confianza.

—Lo siento. Disculpe. Yo solo hablaré con usted. Todavía me queda por contarle muchas cosas. Poco a poco, doctora. No se apresure.

—Una última pregunta, monsieur Lambert. ¿Qué ha estudiado usted?

—Nada. Yo solo leo. Leo todo el tiempo. Leo en sus ojos, en sus labios, en sus gestos, en los libros, en la vida de la gente que me interesa.

Aquella sesión representó un quebradero de cabeza. Él había mencionado dos veces a Raymond y a mi marido. Una sugerencia muy poco sutil si pretendía involucrarlos en su relato. Comencé a sospechar que el verdadero motivo de acudir a mí no era mi cara sincera, como me había hecho creer el día de su presentación. Respecto a la historia de Harvard, me parecía confusa. Sabía que Timothy Leary había sido un profesor de psicología de Harvard, un loco visionario, un seductor y encantador de serpientes. Recuerdo haber visto fotografías de él en algún periódico. Un rubio con cara de excéntrico y ojos pequeños como los de una perdiz. Tras abandonar la universidad se dedicó a frecuentar fiestas de sociedad en California y a conquistar mujeres con LSD. Fue encarcelado por posesión de marihuana y había arrastrado a su causa de la psicodelia a una multitud, incluido John Lennon —quien había apoyado la candidatura de Leary a gobernador de California—, y a toda una generación. Se le habían adherido escritores como Allen Ginsberg y Burroughs para crear una corriente filosófica pasada de moda y que ya casi nadie secundaba. Y por decir algo más sobre él, había ordenado que a su muerte se enviaran sus restos al espacio.

Respecto al doctor Murray, es verdad que fue acusado de realizar estudios poco ortodoxos. Y era miembro de la CIA. Pero había creado obras de referencia. Autor de pruebas de personalidad y evaluaciones psicológicas que forman parte de nuestra rutina en investigación, de las cuales nunca hasta entonces me había planteado su naturaleza ni sus orígenes ni la ética de sus fundamentos. Y aquel día, todo a mi alrededor me parecía una página emborronada.

Lo que inmediatamente pensé, tras concluir su segunda visita a mi gabinete, fue que monsieur Lambert había leído demasiado. Y también era probable que hubiera elaborado toda una ficción sobre la madre para desfigurar lo que realmente le había ocurrido. El mío era un trabajo de desenmascaramiento. De encontrar el disfraz con el que había vestido su propia historia. Y comprendí todo lo que debía entender para enfrentarme al caso Lambert, conforme esa sesión penetraba en mi conciencia para decirme que existía una conexión entre su vida y mi vida.

11

Hotel Pensilvania

Salí del ambiente denso y bullicioso de la *boulangerie*. Volví a cruzar el extremo del parque entre la bruma de la mañana, respirando el aire cargado de esa humedad que testifica el cambio de estación y de ánimo que alienta la melancolía.

Dentro del edificio Gaston-Miron de la Biblioteca Central, dejé el bolso en consigna y cogí mi material de trabajo, compuesto por las fichas de sesiones y mi cuaderno de notas. Me proponía investigar el suicidio de esa mujer —adicta al LSD— en el hotel Pensilvania; los anuarios de Harvard de los alumnos en los años en que ella pudo estudiar allí; esquelas en los periódicos; necrológicas; artículos y estadísticas sobre los suicidios del año 72 en Nueva York; un nombre en algún periódico sobre los experimentos de los profesores Leary y Murray; la desaparición de Rebeka Winter, siempre y cuando se llamase así y todo hubiese ocurrido durante esos años y no en la exaltada imaginación de mi paciente.

Más complicado iba a ser hallar referencias del padre; tampoco había pronunciado su nombre. Tendría que averiguar las universidades que existían en Montreal en los años sesenta y encontrar sus anuarios. Calculo que en esa época habría en la ciudad y alrededores unas cinco universidades con Facultad de Filosofía: McGill, Laval, Montreal, Sherbrooke y La Salle. Montreal es una ciudad de jóvenes que llegan de todos los lugares del mundo, como hice yo en su momento; por sus calles pasean cientos de universitarios, abarrotando de energía, como una sacudida eléctrica, los pubs, las bibliotecas, las salas de música, los parques y las calles en verano.

Según cruzaba el vestíbulo de la biblioteca vi los periódicos del día sobre las mesas, en el rincón de lectura, al fondo de la sala. Había varias personas leyendo, y recordé entonces que volvía a salir mi anuncio en *La Presse*. Así que me precipité a llamar por teléfono y me confirmaron que todavía era posible retirarlo de la edición del martes.

En la hemeroteca busqué en los periódicos de Nueva York del mes de diciembre del 72. Empecé por el *New York Post*. Fui repasando día por día y, en el de la jornada 20, de pronto, lo vi; ahí estaba, en la sección de sucesos, formando parte de una lista, discreto, sin fotografía, en unas sencillas líneas:

En la mañana de ayer, a las 9.12 a.m. una mujer cayó desde la planta 10 del hotel Pensilvania muriendo en el acto. Los servicios médicos certificaron su muerte en el lugar de los hechos, por graves traumatismos. Identificada como J.B., era ciudadana canadiense y se encontraba en la ciudad de vacaciones con su familia, que en el momento del accidente se hallaban con ella en la habitación del hotel. Según los testigos, la víctima saltó desde una ventana en presencia de su marido e hijo, un varón de ocho años. Los dos familiares recibieron asistencia médica tras el terrible suceso. La policía de Nueva York informa que la mujer padecía trastornos psiquiátricos. El Pensilvania ya ha vivido accidentes similares, como el de Mr. Frank Olson, que cayó al vacío en 1953 desde la planta 13. Entonces, hotel Statler.

Me acerqué al mostrador y solicité a una empleada una fotocopia de la página. A continuación, busqué en el *Daily News*, un diario gráfico y sensacionalista. Este informaba de modo similar y, como esperaba, había publicado una imagen. En ella se veía el lateral de los cuatro enormes edificios de ladrillo y piedra que configuran el hotel y, abajo, en la calle, aparcados en la puerta, varios coches policiales y dos ambulancias. No había nadie dentro del área acordonada, solo un grupo de policías. Debieron de cortar ese tramo de la acera de la Séptima Avenida.

Me preguntaba dónde estaría el marido de la víctima en ese momento. Lo más probable, recibiendo asistencia psicológica en una de las salas del hotel, abrazado al pequeño Jacob.

El *Daily News* no informaba sobre la identidad de J. B. Aprovechaba el periódico para refrescar la noticia del suicidio del tal Olson. Bioquímico. Trabajaba para el ejército de Estados Unidos. Me sorprendió leer que un científico civil contratado por el ejército, bacteriólogo y bioquímico, hubiera saltado por una ventana del hotel Statler, en 1953. También decía algo que me sorprendió todavía más, porque leí un término que había utilizado monsieur Lambert en sesión: «Olson dedicó infructuosos meses de trabajo para crear "la carne de Dios", una sustancia capaz de alterar la conciencia del ser humano».

No pensaba poner en duda la información de un diario del 72. No era fácil establecer una conexión entre los dos accidentes, separados en el tiempo por diecinueve años. Lo más sencillo era que J. B. conociera la historia de Frank Olson y, por algún misterio inescrutable de sus planteamientos, deseara establecer algún tipo de conexión con la muerte del científico. O simplemente le pareció una forma reivindicativa de morir, quizá para vengar o protestar por algo con su propio suicidio, hasta el final. Por otro lado, era posible que lo conociera. O no. ¿Quién puede adivinar los pensamientos de un suicida?

Revisando la biografía de Frank Olson, había fallecido con cuarenta y tres años. Por lo que cronológicamente era difícil que estuviera relacionado con J. B. Ella, en los años cincuenta, debía de ser una niña o una adolescente. Además, mister Olson era ciudadano estadounidense y vivía en Maryland. En otros artículos de prensa muy posteriores, me asombró conocer que ese hombre había colaborado en diversos proyectos de control mental para la CIA. Sus primeras investigaciones habían sido bastante insólitas, vistas hoy en día. Como la de elaborar sustancias que alterasen la identidad sexual del sujeto. O la creación de olores nauseabundos de excrementos humanos, para envasarlo en tubos dentífricos e introducirlos al otro lado del telón de acero. Por no contar la brillante idea de reproducir fielmente el olor de la diarrea. Me hizo sonreír este tipo de extravagancias que más pertenecían a una mente infantil que a los proyectos de la agencia de inteligencia norteamericana. Aunque lo cierto es que otra vez aparecía el nombre de la CIA.

Pero, excentricidades aparte, según mi lectura era un brillante bioquímico, cuyos resultados se experimentaron durante aquellos años en campos de pruebas sobre prisioneros o militares voluntarios, pero también sobre civiles norteamericanos. El objetivo no era otro que encontrar una sustancia capaz de quebrantar las voluntades de los prisioneros de guerra. Descubrir la fórmula mágica que controlara la conducta humana. Al parecer, mister Olson era un especialista en guerra bacteriológica —ántrax, brucelosis, toxina botulínica— que supuestamente experimentaba en animales, y siempre en las granjas del centro de investigación militar de Fort Detrick. Inventó verdaderos cócteles con enteógenos.* El director de uno de los proyectos en el que trabajaba Olson conseguía en México *Amanita phalloides*. Una seta muy tóxica con la que el científico suicida también habría elaborado compuestos. Aunque la verdadera estrella en sus investigaciones era la dietilamida de ácido lisérgico.

De nuevo volvía a la historia de monsieur Lambert. El artículo donde leí esta biografía no dejaba ninguna duda sobre el objeto de sus investigaciones.

Según otro artículo del *New York Times*, en un viaje a Alemania, comprobó el buen patriota de Olson los frutos de su trabajo en lo que se llaman «ensayos terminales», es decir, hasta causar la muerte. Y empezó a tener dudas. Los científicos y los altos mandos de la CIA habían cometido atrocidades encubiertas de experimentación con civiles inocentes, como prostitutas, presi-

---

* Sustancia vegetal con propiedades para alterar la conciencia.

diarios, gentes vulnerables, en pisos francos en los que se les suministraba estas sustancias peligrosas. En un informe interno de los servicios de inteligencia, en poder del periódico, se declaraba a Olson como tendente a delatar sus propias investigaciones, con fuertes sentimientos de culpabilidad. Por lo que en una reunión secreta de miembros de la agencia, en Maryland, en una cabaña de un bosque, le pusieron a prueba administrándole LSD mezclado en su Cointreau. La intención: averiguar hasta qué punto se le podía soltar la lengua.

Aquello lo llevó a la muerte.

Olson comenzó a padecer alucinaciones tras esa reunión, proseguía el artículo. Era probable que la CIA lo estuviera drogando. Su comportamiento cambió radicalmente. Sufría episodios paranoicos. Se creía perseguido por sus propios compañeros y entró en un estado psicótico de alucinaciones. Semanas después de suministrársele el LSD en la cabaña se lo llevaron a Nueva York, a la consulta de un supuesto psiquiatra para tratarle los episodios de pánico. A los dos días de llegar a Manhattan lo tiraron por la ventana del piso 13 del hotel Statler, tras golpearlo en el cráneo, simulando un suicidio, como certificó años después, en 1994, un examen forense, tras exhumar el cuerpo de Olson en una nueva investigación abierta a petición de su hijo Eric. Pero mi sorpresa llegó cuando leí un obituario de Frank Olson, publicado en el *Frederick News-Post*, fechado el 29 de noviembre de 1953:

> Un hombre identificado como Frank Olson, bacteriólogo del Departamento de Defensa de Washington, murió a primeras horas de ayer de una caída desde la planta 13 de una habitación del hotel Statler, informa la policía. Fue identificado por el doctor Raymond Lewinsky, psiquiatra contratado por el Departamento de Defensa. El doctor Lewinsky explicó a la policía que había acompañado al señor Olson para visitar a un doctor acerca de su estado depresivo. Tenían pensado regresar a Washington en el día de hoy. El señor Olson vivía en Frederick, Maryland, estaba casado y tenía tres hijos.

Una historia atroz, la del hombre que había corrido la misma suerte que la madre de Jacob Lambert. Pero por alguna fortuna de esas que dicen que lo más improbable es a veces lo más corriente, tras dos horas de búsqueda con los ojos irritados y poniendo a prueba mi paciencia, hallé una esquela en un diario conservador de la provincia de Quebec, fechado una semana después de la muerte de J. B.

Mme. Jacqueline Brenner falleció el 19 de diciembre de 1972,
a la edad de 32 años.
La ceremonia religiosa se celebrará
en la iglesia baptista evangélica
Rivière-des-Prairies de Montreal.
A continuación, el entierro se llevará a cabo en
el Cimetière Mont-Royal.
Su desconsolada familia ruega a todos
sus conocidos que recen por su alma.

Era ella, la madre de mi paciente. Concordaba la fecha de la muerte, las iniciales J. B., el entierro en Montreal y, sobre todo, un dato que me sobresaltó: la iglesia evangélica. Estaba segura de que era la del pastor Hells porque en la Rivière-des-Prairies no existía ningún otro templo evangélico.

Enseguida busqué en los anuarios de la Universidad de Harvard con la mirada atenta en cada nombre hasta que la encontré. Y ahí estaba el nombre de Jacqueline Brenner en los listados de los alumnos de la Facultad de Psicología de los años 59 al 62. En la revista *Harvard Gazette* la hallé involucrada en unas manifestaciones, a finales del año 1963, en Boston, por el asesinato de Ngo Dinh Diem, presidente de Vietnam del Sur. En la manifestación habían resultado heridos una docena de estudiantes y cinco policías, saldándose el altercado con decenas de detenciones. Supuse que no debió de desvincularse del todo de la universidad, aun sin haber estado matriculada en el 63 y ser ciudadana canadiense, un año antes de que naciera su hijo.

Solicité fotocopias de todo el material que me había servido de información. Anoté en mi libreta acercarme al cementerio y a sus archivos.

Miré el reloj. Eran las dos de la tarde. Había conseguido en una mañana de biblioteca buenos resultados. He de confesar que cada vez me interesaba más la familia de mi paciente. Empecé a recordar sus gestos, a veces altaneros y orgullosos de un hombre no precisamente dispuesto a terminar como su madre. Aparecieron nuevos matices de su personalidad al cambiar el punto de vista de mi análisis sobre él. Ya no solo me parecía un hombre psicodeprimido, autocastigándose por las desdichas de la infancia, sino también alguien capaz de buscar culpables. Añadí nuevas variables. Porque él había preestablecido un propósito y una meta cuando acudió a mí. Haber leído el nombre de Raymond junto al de Olson, en el terrible suceso del hotel Statler, era un dato que él ya sabía. Porque mi paciente había nombrado intencionadamente dos veces a Raymond en sesión. También a Alexander.

Subí por las escaleras hacia la cafetería y en la barra pedí un sándwich de pollo, una tarta de manzana y un café expreso. Con la bandeja en la mano me senté frente a las ventanas, ante un día inhóspito y grisáceo. Con la mirada sobre la ciudad, mis ideas acompañaban el rodar de las bicicletas que entraban y salían por los caminos del parque La Fontaine.

Necesitaba ordenar las ideas. El sándwich estaba seco y el pollo insípido. Aun así, lo tomé, como hice con la tarta. Antes de volver a la sala compré chocolatinas en las máquinas expendedoras del pasillo, frente a los ascensores, y me las guardé en los bolsillos de la falda como una mujer hambrienta. En mi planta entregué en el mostrador los números de signatura de los documentos que necesitaba consultar.

Un funcionario de la biblioteca me dejó sobre la mesa un listado que formaba parte de lo que había solicitado. Ahora, le tocaba el turno a Rebeka Winter. Y ante mí aparecía su nombre en un documento de Interpol.

12

Una ficha en Interpol

E l nombre de Rebeka Winter estaba escrito en una lista del año 1970 de personas desaparecidas en Canadá. Accedí a la página pública de la web de Interpol. En la portada se destacaban las fotografías de los siete terroristas sospechosos más buscados por los atentados del 11 de septiembre, entre ellos Osama bin Laden y Aymán al Zawahirí. El terrorismo se había convertido en asunto prioritario para el mundo entero, y su violencia era tan abstracta, si no llamaba a tu puerta para destrozar tu vida, como un cuadro de Kandinsky.

El espacio para la fotografía estaba vacío.

Primer apellido: WINTER
Nombre de pila: REBEKA
Sexo: Mujer
Fecha de nacimiento: 21/10/1938
Lugar de nacimiento: Drogóbich, Ucrania
Nacionalidad: Ucraniana
Apellido de la madre: SCHULZ
Altura: 1,68 m
Peso: 49 kg
Color de cabello: Negro
El color de ojos: Marrón
Marcas distintivas: Cicatriz de quemadura en el antebrazo
izquierdo

Lengua hablada: Ucraniano, yidis, polaco, ruso, alemán,
inglés y francés
Fecha de desaparición: 02/02/1970
Lugar de la desaparición: Montreal, Quebec, Canadá

Si usted tiene alguna información sobre esta persona,
contacte con la Secretaría General de Interpol.

La página te enviaba a rellenar un formulario para notificar cualquier pista sobre la desaparecida.

De esta ficha se podían sacar datos interesantes. Por los idiomas que hablaba Rebeka podría ser considerada una políglota, y con seguridad judía; nadie habla yidis si no lo es. Busqué información sobre su ciudad de origen. Drogóbich está al noroeste de la actual Ucrania. Pertenece a una antigua región llamada Galitzia, repartida ahora entre Polonia y Ucrania. Al año de nacer Rebeka, Drogóbich, y toda Galitzia, fue invadida por la Unión Soviética y después por el Tercer Reich, para ser ocupada de nuevo por el ejército de Stalin. Anteriormente había formado parte del Imperio austrohúngaro. Mandé imprimir la ficha de Interpol.

Mientras, pensé en ella durante un rato y en lo que significaba la escueta biografía que arrancaba del olvido a esa mujer. Me acerqué a la sección de historia europea y localicé entre los anaqueles una enciclopedia visual de la invasión nazi. En la sección de Ucrania hallé varias fotografías de Drogóbich. Dos de ellas pertenecían a un gueto miserable y medio destruido por las bombas. Había una imagen del 17 de noviembre del 42, en la que se ve a dos militares alemanes disparando a un grupo de personas desventuradas, con harapos y abrigos hasta los pies, muertas de frío y de terror, que van cogidas de la mano. Como si en grupo la muerte fuera menos temible. Detrás de ellos hay algo así como un muro blanco. Deben de estar en una especie de solar o cementerio. En otras fotografías se ven caravanas de personas desalojando la ciudad, a pie. Deportados. Sin saber adónde los trasladan, con sus enseres a cuestas atados con sábanas. Las mujeres llevan a sus hijos de la mano. Igual entre ellos iba Rebeka Winter. Intenté fijarme en sus caritas.

Recordé que monsieur Lambert había hablado del pronunciado acento de Rebeka. También de su influencia en la familia.

Me recosté en la silla y sentí que todo lo que estaba averiguando sobre esas personas, auténticas desconocidas para mí, era sorprendente: Leary, Murray, Olson, Jacqueline, Rebeka... Sobre todo, la mujer ucraniana.

Por lo que había averiguado, tal vez Rebeka pudo formar parte de los miles de judíos llegados de Europa tras la liberación nazi y la ocupación soviética. No creo que hubiese venido sola a este país una judía ucraniana. Yo sí lo hice, aunque era otra época y bajo distintas condiciones. Pero pensándolo bien, estaba más cerca de esa mujer de lo que entonces imaginaba.

Seguí buscando su nombre por internet y saltó su apellido en la base de datos de una organización judía israelí dedicada a la memoria del Holocausto. Era un listado de niños, con sus nombres y apellidos, edad y lugar de procedencia. La imagen era la reproducción de un documento original, manuscrito, de los niños liberados en enero de 1945, en Auschwitz-Birkenau, por el ejército de Stalin. Era una hoja que debía de formar parte de un libro de registro. Estaba fechada el 15 de marzo de ese mismo año. Conté veintiocho niños.

Me sentía inquieta. Era como entrar en una habitación prohibida. Leí todos y cada uno de los nombres y apellidos de esas criaturas: Hellstein, Zelenski, Appelbaum, Rosenzweig, Winter...

Había unos trillizos, siete pares de gemelos, tres grupos de hermanos y cinco niños solos. Los nombres de una de las parejas de hermanos eran Otto y Rebeka Winter. Sus edades respectivas: once y siete años. Procedentes de Ucrania, al igual que otros cuatro pequeños. El resto eran de Polonia, Hungría y de la Unión Soviética. Sus edades oscilaban entre los dos y los catorce años.

Por esas asociaciones inconscientes de todo lo que vamos leyendo en la vida, se iluminó en mi memoria el nombre del doctor Josef Mengele. Quizá por los trillizos y los gemelos en esa hoja de niños liberados. Y porque ese médico, que había sido uno de los hombres más escalofriantes que ha dado la historia de la medicina moderna, experimentaba con niños en ese campo de exterminio de Auschwitz-Birkenau.

Necesitaba levantarme de mi asiento. Debía asimilar toda la información recopilada. Establecer vínculos entre todas las personas que había conocido esa mañana. Refrescar los recuerdos y ponerlos en orden. Y salí de allí con mi libreta en la mano y un bolígrafo hacia una sala de lectura donde dar rienda suelta a nuevas interpretaciones de los pensamientos y sensaciones abrumadores de las últimas semanas. Como la posible participación de Alexander y Raymond en las siniestras investigaciones de manipulación mental que se habían realizado con total impunidad durante un tiempo oscuro y remoto. Una época de sus vidas profesionales de la que nunca hablaban.

En el ascensor, mientras pulsaba el botón luminoso de la sexta planta, se alumbró en mi memoria una cena en casa de los Lewinsky en la que Raymond se mostró confiado delante de mí, el 1 de julio de 1993. Fue el día en que lo conocí. Esa cena se abría paso entre la niebla de la mañana que inundaba las cristaleras de la sala de lectura, sobre un barrio agradable y tranquilo de Montreal.

13

Cena con los Lewinsky el 1 de julio

Yo en aquel año del 93 era una recién llegada a la ciudad. Llevaba cinco meses en Montreal y compartía un *semi-détaché* dividido en seis dormitorios para investigadores de posgrado; todos de la Universidad McGill, en el barrio de Rosemont-La Petite-Patrie. Era una casa barata y limpia, a veinte minutos en metro del campus.

El 1 de julio, Día Nacional de Canadá, Alex me telefoneó al piso. Eran fechas de fiestas y celebraciones en la ciudad. Serían sobre las nueve de la mañana. Estaba tomando un café con Julia, otra doctora española, de Valencia, sonriente y benigna. Poeta en su tiempo libre que construía sus versos con el mandil puesto y la botella de aceite de oliva en la mano que usaba como elixir milagroso sobre cualquier mal arroz evaporado. En el fregadero se amontonaban los platos de la cena que ninguna de las dos abordábamos con la pereza de un despertar resacoso de vino barato.

—Confío esta noche en tu buen apetito —me dijo él, al auricular, con una voz que deseabas oír continuamente en tu vida—. Hoy celebramos el 1 de julio.

La costumbre de darme los buenos días la había adquirido en las últimas semanas. Llamarme temprano para proponerme algún plan incendiario.

—Estoy mirando un bagel como un pedrusco y resistiéndome a un café insoportable.

—Lo que necesitas es una buena cena *québécois* con la mejor compañía de la ciudad.

—No me tientes.

—Raymond está deseando conocerte; lo tienes más que intrigado. Ya no acepta más demoras. Y Fanny quiere prepararnos ella misma la cena, en tu honor y en el de nuestro país. Hay que aprovechar, se ha vuelto una perezosa compulsiva.

Mi recuerdo de Fanny era nítido e inquieto. La había conocido en la clausura del simposio. Era su sofisticada acompañante y la impresión que me había causado aquella tarde era mejor no recordarla, pero estaba dispuesta a darle una oportunidad. Más me apetecía conocer al marido, Raymond Lewinsky. Toda una figura de la psiquiatría neurológica en América. Ese médico despertaba un desmesurado interés académico, con fama de judío solitario y ácido conferenciante, barnizado con una pátina de añeja intelectualidad que lo hacía brillar en cualquier foro sin perder la ocasión de increpar a sus colegas hasta hacerlos papilla en cualquier discusión. Hombre polémico. Había rechazado el premio Oskar Pfister por estar en profundo desacuerdo con las valoraciones teológicas del propio Pfister con el psicoanálisis de Sigmund Freud, a quien también Raymond sometía a inflexibles acusaciones de ideólogo metafísico, y haber sido el genio de la propaganda y la persuasión; no así del rigor científico y terapéutico.

—¿Estás seguro de que es irremediable asistir a esa cena?

—¿Quieres que te lo repita? Pues te lo repito las veces que haga falta.

—Para… Para… Que te conozco.

Sería una velada incómoda. Me pasarían revista y me someterían a una observación minuciosa. Aunque también podría ser una ventaja. Tardé un rato en resolver con qué iba a agasajarlos. Decidí salir a comprar un vino español en SAQ, una licorería a cuatro manzanas. Encontré varias botellas de rioja y una de ribera del Duero. Opté por un par que me costaron cuarenta dólares cada una y me harían quedar bien. Los vinos franceses abarrotaban las estanterías y pensé en lo mal que nos lo montábamos los españoles a la hora de exportar y darnos a conocer; aunque yo entonces hacía lo mismo en Canadá, pasar desapercibida y esconder la cabeza si un desconocido pronunciaba mi nombre. Esperaba que les gustase el vino. Era mi forma de expresarles el respeto y el cariño que a lo mejor llegaría a sentir por ellos. De regreso a mi habitación con las botellas, recordé que Raymond era judío practicante. Esperaba que no todo lo que bebiese fuese de elaboración kosher.

Me sentía inquieta. Para animarme, me puse un vestido rojo de seda, ajustado, con la espalda al aire. Tenía clavados en la memoria los ojos escrutadores de Fanny y la altivez de su mirada. Me imaginaba el tipo de idea que debió de hacerse de mí; algo así como la joven médico extranjera que ha de aprenderlo todo de la vida, capaz de volver loco a su mejor amigo y a la que había que vigilar de cerca, por si las moscas. El vestido me quedaba muy bien con unas sandalias negras de tacón. Hizo muchísimo calor ese verano en Montreal, pero no había encontrado la ocasión de ponérmelo en mi existencia de cangrejo ermitaño. Lo había visto en un escaparate de Madrid en una pequeña tienda de la calle Almirante el verano anterior, y su llamada a que algo especial me ocurriría con él puesto, me hizo pagar por el vestido más de medio sueldo del hospital.

Los Lewinsky vivían en un lujoso condominio del viejo Montreal, en el 285 de la place d'Youville. Su apartamento ocupaba toda la sexta planta de un edificio de principios del siglo xx, de piedra grisácea, protegido por la ley de patrimonio, bien remodelado, a tres manzanas al suroeste de la basílica de Notre-Dame, en el distrito Ville-Marie. Era el viejo edificio Lyman, antigua sede del laboratorio farmacéutico Lyman Sons and Co. Antes de su reconversión en uso residencial había funcionado como oficinas y almacenes del sector químico, junto al puerto. Los nuevos tiempos habían transformado la zona en histórica, bella y tranquila para pasear, alejada del bullicio, a una manzana de la ribera del San Lorenzo.

Fanny nos abrió la puerta ella misma con una expresión cariñosa y entusiasta. Para mi sorpresa llevaba un perrito en brazos.

Un blanco bichón maltés, llamado Dune II. Me estrechó un medio abrazo con el perro entre ambas y nos pasó a la cocina directamente. Pude ver al fondo del pasillo una mesa montada con detalle. Fanny enseguida nos dijo, en cuanto entramos Alex y yo en la cocina, que Raymond saldría enseguida. Estaba atendiendo una imprevista llamada telefónica, que al parecer lo había contrariado justificadamente, nos informó. Ella llevaba un pantalón ancho y vaporoso de seda, negro, con hilos de oro dibujando su cintura. Estaba verdaderamente elegante con una blusa amarilla anudada al cuello. Y ese color de pelo resplandeciente y artificial.

Ni Alex ni yo nos dijimos nada mientras mirábamos embelesados su destreza y habilidad al abrir la primera botella de vino, asegurándonos al mismo tiempo que los vinos españoles nada tenían que envidiar a los franceses, y me dio las gracias como tres o cuatro veces por la acertada elección. Nos sirvió una copa y brindamos los tres mientras picábamos cacahuetes con sabor a wasabi.

Transcurrieron por lo menos veinte minutos hasta que finalmente apareció Raymond por la cocina en que no paró Fanny de contarnos historias superficiales, mientras el perrillo correteaba a nuestros pies. ¿De qué habló? Principalmente de su noble ascendencia, de la fundación de Montreal por el explorador y religioso francés Paul Chomedey y de su lucha contra los iroqueses. Luego pasó a estar emparentada con René Lévesque, antiguo primer ministro de Quebec y creador del partido nacionalista quebequés. Fanny militaba en él desde su fundación, en 1967. Nos soltó una perorata de sus motivos e inclinaciones secesionistas. No hay que olvidar que Fanny se apellidaba Lévesque, por lo que decía sentirse verdaderamente orgullosa y, por supuesto, también orgullosa de sus ideas socialdemócratas, aunque no así de los movimientos obreros, que según sus palabras eran «chupadores de sangre». «Soy una fanática *péquiste*»,* acabó por confe-

* Simpatizante del nacionalista Partido Quebequés.

sar. Nos hablaba del referéndum de autodeterminación por el que Quebec había perdido la oportunidad de conquistar su soberanía cuando Raymond traspasó las dos hojas batientes de la puerta de una cocina que era más grande que todo mi piso.

Alexander enseguida encontró la ocasión para que Fanny dejara de hablar y me presentó. Raymond me besó caballerosamente la mano inclinando la cabeza, mientras Fanny le acercaba una copa de mi vino. Ese hombre me causó una profunda impresión. Raymond tenía setenta y dos años y el pelo absolutamente negro azulado. Sus infinitos ojos azules de hombre inteligente y sagaz se clavaron en mí como los cristales de un vaso roto. Llevaba una camisa blanca de cuello mao por fuera de unos pantalones de lino del mismo color. Tenía más aspecto de terrateniente hispanoamericano que de judío creyente.

—Bienvenida a nuestro hogar, señorita del Valle —me saludó, con buen español—. Es un placer tenerla entre nosotros. —Volvió a inclinar la cabeza con la mano izquierda en el pecho. Y ya hablando en francés—: Esperamos llegar a ser sus mejores amigos de Montreal.

Alexander se divertía con la situación, expectante por hacerme sentir cómoda y relajada. Enseguida comprendí que esa pareja era realmente importante para él. En cierto modo, ellos también eran su familia. En el transcurso de la cena observé que las relaciones entre ellos iban mucho más allá de una profunda amistad con vínculos raciales y religiosos, excluyendo a Fanny, que había sabido convivir y disfrutar de una situación de privilegio entre los dos, sin ser judía.

Pasamos al salón. Al otro lado del ventanal que ocupaba toda una pared, parecían como pintadas las aguas oscuras y brillantes del San Lorenzo en la noche. Deslumbraban las luces de las islas de Notre-Dame y Santa Elena. Dune II se enroscó entre mis piernas al sentarnos a la mesa.

La situación de armonía cambió radicalmente cuando, tras bendecir los alimentos, Raymond habló de la llamada telefónica. Lo había alterado sensiblemente. Raymond presidía la mesa.

A Alexander y a mí nos había acomodado a su izquierda y derecha. Fanny, frente a Ray, dirigía el orden del menú a una sirvienta que había aparecido tras la puerta de la cocina con el primer plato. Una especie de caracolas de color verde pistacho que presentó la anfitriona como *fiddleheads*. No eran otra cosa que hojas enrolladas de helecho con una salsa, típico de New Brunswick.

Raymond, de vez en cuando, me pedía disculpas por mantener con Alex escuetas conversaciones en yidis, pero al parecer importantes, por la cara que mostraba Alexander mientras Fanny reclamaba mi atención con la historia de Canadá, para luego pasar al patrimonio natural del país, que resultó ser otro de sus temas favoritos de conversación.

—Chapuceros, miedosos... —dijo de pronto Raymond, levantando el tono de voz—. Burócratas incompetentes que no saben dónde tienen la mano derecha... Están perdiendo los principios y la batalla, y no quieren darse cuenta. Y no voy a estar al servicio de esos timoratos de políticos que se cagan en los pantalones en cuanto les van mal las encuestas. ¡Maldito Murray, toda su gente y sus acusaciones! ¡Que se pudra en la tumba!

—Quizá por eso te necesitan más que nunca, cariño —dijo Fanny—. Tú sabes cómo conducir ese tren que se está descarrilando.

—Lleva descarrilando cuarenta años —contestó a su mujer.

Raymond se limpió los labios con la punta de la servilleta y se dirigió a Alexander.

—Ya ves... —dijo—. Les he dado toda mi carrera y mira cómo me pagan. Él sí que fue un torturador, al que salvé el cuello mil veces. ¡Miserable! *Meshugener!* ¡No me pueden hacer eso a mí! ¡A mí!

Y dio un golpe en la mesa. Parecía perder el control en un arrebato de ira al que ninguno de mis dos acompañantes daba importancia.

—Raymond, el mundo está cambiando. No podemos evitar que la Tierra deje de girar —intervino Alexander—. Ni usar viejas recetas para nuevos problemas.

—Esa comisión del gobierno va a terminar por hundirnos a todos.

—Agua pasada no mueve molinos, querido —dijo Fanny.

El segundo plato llegaba a la mesa y Raymond se encendió un puro sin prestarle atención. La cena avanzó en otros términos. Poco a poco Raymond fue dominando su mal humor y Alexander sirvió mi segunda botella de vino.

—¡Maravilloso! —exclamó Fanny—. ¡Brindemos por vosotros!

Levantó su copa y los tres la imitamos. Su marido realizó un pequeño discurso en mi honor, como bienvenida. Alex volvió a llenarnos las copas y Raymond, levantando de nuevo la suya, le dijo:

—No la dejes escapar. Si yo tuviera tu edad y condición esta mujercita adorable no regresaba a Madrid. *Sei gesund!*

Raymond vació su copa de un trago, un poco achispado.

Tras aquella velada no volví a verlo nunca agitado. Siempre pacífico y entrañable, con una voz aterciopelada y sutil. Y no tuve más dudas respecto a la ausencia de restricciones alimenticias de Raymond.

—Ahora, brindemos por *ma chérie* —propuso Fanny.

Alexander nos volvió a rellenar las copas. Estaba tan feliz. Su ondulado pelo canoso le daba la solemnidad de un hombre maduro de cincuenta y siete años en el mejor momento de su vida. Lo sentía enloquecer según transcurría la velada, con los ojos brillantes de orgullo. Creí que si seguía bebiendo sería capaz de pedirme matrimonio allí mismo, envalentonado por el éxito de la cena.

—Querido Alex —dijo Fanny—. No puedes dejar que se vaya tu novia sin llevarla a las Montañas Rocosas, ni a la Columbia Británica, ni a las tierras remotas de Nunavut, ni a las de Baffin; ni tampoco a Yoho National Park; y sin ver la aurora boreal... Ni, por supuesto, los Grandes Lagos. ¡Por el amor de Dios...! Canadá es el paraíso.

—Fanny... por caridad... Ya hablaremos de ello... Y, por cierto, la trucha del Ártico estaba deliciosa. Enhorabuena, querida.

Y levantó la copa en su honor. Yo hice lo mismo y agasajé a la anfitriona. Era la primera vez que probaba ese delicioso pescado. Anotaría la receta. Por su parte, Raymond parecía haber dominado completamente su pasajera irritación, y el vino y el puro le debieron de abrir el apetito porque dejó el habano sobre el cenicero que tenía al lado y devoró el pastel de carne que vino a continuación.

Entró de nuevo la sirvienta y le susurró a Raymond unas palabras al oído. Raymond pidió disculpas y se levantó rápido como atizado por un látigo. Debía atender otra llamada de teléfono. Miró a Alex de forma penetrante, y este dejó su servilleta sobre el mantel y lo acompañó. Fanny enseguida tomó la palabra y comenzó a parlotear sobre los osos polares de Manitoba en su migración hacia el sur, en el mes de octubre; un momento único para contemplar osos salvajes en libertad. Me estuvo entreteniendo durante los diez minutos que tardaron en regresar a la mesa nuestros compañeros. Cuando tomaron asiento, Raymond parecía un edificio en llamas y los ojos de Alexander estaban opacos y turbios como agua estancada. Alex me dirigió una sonrisa forzada según tomaba de nuevo su servilleta y se acomodaba frente a mí.

A continuación, llegó el postre. Una tarta de bizcocho y frambuesa y un licor de hielo, más un aguardiente de sidra. Raymond volvió a encender el puro que había dejado en el cenicero. Despacio, sin mediar palabra, su rostro recuperaba su color original. No recuerdo de qué hablaba Fanny para salvar las malas sensaciones que trajeron los dos a la mesa, pero lo hacía de un modo inquieto y nervioso. Poco a poco, el flujo de la conversación regresó a la normalidad. Enseguida pasamos a los sofás. Sobre la mesa del centro había una bandeja de *macarons* y una botella de coñac. Me di cuenta de que Raymond ya cojeaba un poco. Había un bastón apoyado en el mueble. Los azules y misteriosos ojos de ese hombre me miraron con viveza cuando me preguntó de pronto por mi familia, y en concreto a qué se dedicaba mi padre.

—Es economista. Trabajaba para un banco de inversión —contesté.

—Ah, qué interesante —exclamó Fanny.

Dune II hizo su aparición. No lo había visto en toda la cena desde que nos sentamos. Fanny lo tomó en brazos y comenzó a acariciarle la cabecita mientras le daba medio *macaron* de fresa. Hubo un silencio embarazoso.

Enseguida intervino Alexander para explicar que el señor del Valle llevaba unos años retirado por una enfermedad que lo había apartado muy joven de la vida profesional.

—Así es —confirmé.

No me gustaba hablar de ese tema. Siempre acababa por recordarme el hundimiento de nuestra familia. Aun así, debía dar una explicación. Los tres me miraban esperando mi pronunciamiento como dispuestos a darme el pésame.

—A los cuarenta y cinco años empezó a desarrollar la enfermedad de Wernicke. Posiblemente provocado por un severo hipertiroidismo que le sobrevino de repente, un año antes. Ahora vive en una residencia para enfermos de alzhéimer en Madrid, la mejor que hay. Le atiende su única hermana: lo adora. Son mellizos. Pero, aun así, debo viajar a Madrid sin falta este verano.

—Mala evolución esa encefalopatía... —dijo Raymond, pesaroso, con una mirada de comprensión—. ¿Podemos hacer algo por tu padre? Lo que necesite. Revalorarlo aquí en Montreal.

—Gracias, Raymond. Sería una tortura para él volver a empezar. Te lo agradezco. Está en una fase muy avanzada, pero estable. Creo que su enfermedad fue determinante para que yo estudiase psiquiatría. Viví, día a día, minuto a minuto, desde los once años, su atroz proceso de degeneración cognitiva. Nunca me rendí. Creí que hacerme médico era la única manera de poder ayudarlo. Me entregué a su enfermedad en cuerpo y alma e hice todo lo humanamente posible. Pero...

—Estamos seguros, *ma chérie* —me interrumpió Fanny—. Dios nos quita y Dios nos da. —Y miró a Alex—. Estamos contigo, *ma chérie*, para todo lo que necesites, ¿de acuerdo? Para todo.

En ese momento comenzaron los fuegos artificiales sobre la orilla del río. Dune II salió disparado de los brazos de su ama. Las ráfagas de luz y color llegaban hasta el cenit de la noche. Salimos a la terraza a disfrutar de la alegre fiesta que se celebraba muy cerca de nosotros. Los festejos del Día Nacional de Canadá del 1 de julio habían terminado.

Nos despidieron con auténtico afecto a la una de la madrugada. Alexander nos convocó para el siguiente fin de semana a dar un paseo en su lancha por el lago Ouareau —intentando retenerme en Montreal unos días más— y a un almuerzo en el restaurante de un paraje cercano a su casa. El más encantador de las Laurentides, según dijo Raymond.

—Nos parece divino —añadió Fanny con un destello de sonrisa y tres besos en las mejillas a la forma francesa para despedirnos, mientras su marido la sujetaba cariñosamente por la cintura en el rellano esperando el ascensor.

Esa cena inauguró una época en la vida que me alejó del pasado para tomar posesión de un nuevo territorio que anhelaba explorar.

14

Jacqueline Brenner

Cansada de la biblioteca, recogí en la sala de reproducción las copias que había mandado imprimir, incluido el documento de los niños liberados de Auschwitz-Birkenau. Niños de lugares recónditos y quizá ya inexistentes sobre el mapa de Europa. Niños cuyos nombres quedaron impresos en una lista perdida en los laberintos de una base de datos y que ya estarían superando la sesentena, en caso de seguir vivos en alguna parte del planeta; quizá en Israel, como muchos de los supervivientes.

El aire fresco del vestíbulo fue un alivio, tras recoger el bolso y el abrigo en la taquilla. Demasiados descubrimientos para un solo día. Al mirar el móvil, vi dos llamadas de Fanny y tres de Marie. Sin responder a ninguna, salí inmediatamente del edificio hacia el Cimetière Mont-Royal conducida por el estrés de lo descubierto.

Repetí el camino de la noche anterior. Tomé conciencia de mi cansancio, de mi aspecto, sin duchar ni cambiarme de ropa desde hacía más de veinticuatro horas. Volví a tomar el chemin de la Forêt y subí de nuevo por la montaña que sepulta miles de cuerpos distribuidos en tres cementerios. Pasé por delante de las verjas del Shaar Hashomayim. A escasos quinientos metros había llegado a la entrada del Cimetière Mont-Royal. Tras cruzar la entrada principal, a la izquierda de la rotonda, vi el edificio de ladrillo gris y tejados inclinados pintados de verde de las oficinas del cementerio. El sonido de una campanilla avisó al empleado de mi llegada. Tardó unos minutos en encontrarme en el ordenador el registro de Jacqueline Brenner. Me indicó la ubicación de la tumba y cómo llegar hasta ella, sobre un pequeño mapa. Pregunté si me podía proporcionar alguna información de la familia. Un marido. Una madre. Un hijo. Me respondió que lo lamentaba. «Lo entiendo», contesté. Le di las gracias y salí hacia allí, sin poder expresar las locas ideas que me rondaban.

El día iba apagándose. Enseguida se haría de noche. El viento me cortaba el rostro, sin una bufanda para protegerme. Me levanté las solapas del abrigo y caminé rápido entre las calles del cementerio con las últimas caléndulas de la temporada en los parterres. El recinto cerraba a las ocho de la tarde y yo necesitaba salir de allí cuanto antes, llegar a casa y descansar.

El día era tan gris que todo despuntaba más oscuro y tenebroso. Entré en una zona boscosa. Caminaba entre lápidas, mausoleos, ángeles y monolitos. Luego, se abrió el paisaje para dar paso a la imitación de un jardín inglés. Las suaves colinas y los setos podados se disponían en un orden sereno y lujoso. En unos minutos accedí a un terreno árido. Casi despoblado de árboles. Solo algunos pinos de forma aislada. Tumbas más modestas, sin ornamentaciones ni estatuas ni mausoleo alguno. Bajo un arce con las hojas escarlatas, el único en aquella explanada, encontré la tumba de Jacqueline Brenner.

Su nombre estaba grabado sobre una estela sencilla, de piedra blanca, medio cubierta por la hierba crecida. ¿Quién era yo para estar ahí, escarbando en la vida de otros? Creí entonces que había llegado demasiado lejos.

La conciencia me dictaba darme la vuelta, salir del cementerio y olvidar todo lo que había comenzado a averiguar. Miré a mi alrededor. No había nadie. Pero un murmullo de hojas crecía a mi alrededor. Me pareció oír unos chasquidos tras los árboles, en esa zona descuidada y solitaria. Escuché el crujir de la hojarasca. ¿Y si Jacob Lambert me espiaba tras los árboles? Escondido. Al acecho. Constatando mi enorme e indiscreta curiosidad. En el centro de la estela una hornacina preservaba una fotografía.

Me agaché y vi el rostro de una dulce mujer. Me resultaba familiar. Enfoqué mis recuerdos y me remitieron a la chica con cara de niña que abrazaba al hermano de Alexander en las fotografías familiares. No estaba muy distinta. Era una foto de juventud. Leí en el epitafio:

En memoria de Jacqueline Brenner
1940-1972
Tu amado esposo Robert Cohen y tu adorado hijo Nathan
te velarán en el cielo lo que no te velaron en la tierra.
Descansa en paz.

Unos segundos me bastaron para obtener la confirmación de que en esa tumba se hallaba el cuerpo de la madre de mi paciente. Esa mujer era la esposa de Robert Cohen. Y de pronto sentí vértigo. Todo se nubló.

No sé cuánto tiempo transcurrió hasta que abrí los ojos y vi la cara distorsionada de una figura agachada sobre mí. Era un hombre y me miraba con estupor. Me había desmayado y era de noche.

—¿Se encuentra usted bien, madame?

Asentí.

—¿Necesita un médico, una ambulancia?

Me incorporé hasta sentarme sobre la tierra y contesté que no.

—¡Por Nuestro Señor Jesucristo!, si no la llego a ver...

—Necesito caminar un poco. Eso es todo.

Me ayudó a levantarme del suelo bajo la luz de las farolas que alumbraban el cementerio como si me hallara dentro de un sueño.

—Ni hablar, usted se viene conmigo. ¿Ha venido en coche?

—Lo tengo en el acceso principal.

Fuimos hacia el camino y entramos en una furgoneta verde.

—¿Cómo me ha visto?

—Hacía la ronda. Ya está el viento del norte en su vieja labor de acabar con las hojas de los árboles y la vi en el suelo. Parecía usted muerta, a lo lejos. Me ha dado un susto espantoso. Menos mal que está usted bien. ¿De verdad, madame, que no quiere que avise a un médico?

—De verdad.

El interior del vehículo estaba caliente y confortable. Y él era un hombre mayor, extranjero, muy moreno, de cara amable y sincera. Tenía acento hispano y vestía de verde. Al fondo de la furgoneta traqueteaban los útiles de su oficio según girábamos entre los senderos hacia la salida. Entonces cambié de idioma y le hablé en español.

—Gracias por salvarme.

—Menos mal que la he visto, señorita —dijo, en perfecto castellano—. Esta noche helará. Podría haber muerto si no la llego a ver.

—No exagere.

—De madrugada alcanzaremos los cuatro bajo cero.

—Entonces estoy en deuda con usted. Casi me salva la vida.

—Quite usted el casi.

—¿Le puedo hacer una pregunta?

—Para servirla.

—¿No habrá visto alguna vez a un familiar de…? De donde usted me ha encontrado.

—No sabría decirle… Es una zona poco transitada. A veces se ve gente por allí, cuando hace buen tiempo, pero… no sé… Haré memoria.

Llagamos a las verjas de entrada. Paró la furgoneta en el lugar que le indiqué. Saqué de mi bolso una tarjeta de visita. Se quedó mirándola.

—Le agradecería que me llamase si viera a un hombre de unos treinta y siete años, alto y rubio, con el pelo rizado, acercarse a donde usted me ha encontrado. Estoy preocupada por él.

De los bolsillos de la falda saqué las chocolatinas de la máquina de la biblioteca y le ofrecí una.

—No sé cómo pagarle su ayuda —le dije con la chocolatina en la mano, que rechazó.

—Soy diabético, señorita. Y me doy por pagado si la veo otro día recuperada.

Agaché la vista y desenvolví mi chocolate con tranquilidad, sobre el abrigo. Hice una bolita con el papel dorado y le di de nuevo las gracias.

—Hace unas semanas —dijo— vi a un hombre allí mismo, por la mañana. Llevaba como un guardapolvo verde y parecía enfermo. Y a veces viene un joven que puede ser el que usted busca. Se sienta en el suelo con las piernas cruzadas y ahí se pasa las horas enteras, meditando. Nunca he hablado con él. No me gusta su aspecto.

—¿Recuerda cuándo fue el último día que estuvo por aquí?

—Hace tiempo que no lo veo.

—Usted dijo antes que era un lugar solitario.

—Yo voy a lo mío, doctora Laura —dijo, mirando la tarjeta—. Para mí todos los días son iguales y el tiempo no existe aquí dentro.

—¿Cómo se llama?

—Eloy Pérez.

—*Bonsoir*, Eloy. Muchas gracias por todo.

—Que Dios la bendiga. Y es mejor que el próximo día vuelva acompañada.

Entré en mi coche. Las manos me temblaban. Me sentía mareada y en una sombría introspección, conmocionada por ver la fotografía de Jacqueline Brenner y descubrir, por fin, quién era Jacob Lambert. Me dolía la garganta y el pecho y sentía en las sienes cada latido del corazón. Debía reordenar las locas impresiones de mi pensamiento atormentado. Solo deseaba un baño caliente y comer algo que me permitiera pronunciar las palabras que expresaban el vínculo real que me unía con Jacob Lambert. Que no era ni Jacob ni Lambert, sino el sobrino de Alexander y el hijo de Robert.

15

Paul Bonnard

Durante seis días me hallé en una terrible confusión, decidida a dar una tregua a la conmoción de mi hallazgo y a la perplejidad, e intenté poner en orden mis ideas.

La tarde del domingo salí a correr por el barrio, tras una semana en la que me había concentrado en los problemas ajenos para ahuyentar los míos. Según corría entre los edificios de mi calle y me aproximaba al 103 de la avenida Arlington, sofocada, con el placer de sentir los latidos del corazón bombeando la sangre necesaria para seguir adelante, encontré un Chevrolet Sedán azul marino aparcado junto a la rampa de mi garaje. Me paré en seco junto a una farola e inspiré el aire suficiente para bajar de pulsaciones.

El Sedán me puso en estado de alerta. Desde el jardín vi las luces encendidas de la sala de espera. Tras los estores se distinguían las siluetas de dos personas. Abrí la puerta de la cocina y enseguida acudió Marie a recibirme. Aguardaba impaciente mi llegada.

—¿Quién me espera un domingo, a estas horas? —pregunté, dejando las llaves sobre la mesa.

—Ay, madame. Hace media hora se han presentado un par de policías y están en la salita. No quieren irse sin hablar con usted. También ha llamado madame Lewinsky y…

—Tranquila. Subo a cambiarme.

—¿Va a atenderlos usted sola? ¿Llamo a monsieur Lewinsky?, ¿al abogado Zuckerman?

—No digas tonterías, Marie.

Tras cambiarme de ropa, lavarme la cara y extenderme en el rostro crema hidratante, me sentí dispuesta y valiente. Casi nueva. Y con unos pantalones negros, una blusa blanca, sencilla, bajé en busca de esos policías.

Tras la muerte de Alexander, había respondido a dos agotadores interrogatorios, uno a las pocas horas del accidente, y otro unos días más tarde. Se había abierto una investigación judicial y me empezaba a extrañar que no hubieran dado señales de vida en todo este tiempo. El juez había ordenado el secreto del sumario y creo que había olvidado completamente el delicado escenario legal en que me hallaba. Mi universo de preocupaciones había estado en otro planeta, a mil años luz de mi situación real.

Me sorprendió la actitud condescendiente del inspector cuando me estrechó la mano en la sala de espera y se presentó. Me fijé en su traje gris claro de buena lana, algo usado, sobre una camisa blanca que le sentaba muy bien. Por su aspecto era un métis, de piel oscura, con el cabello negro peinado hacia atrás y ojos verdes, sutilmente achinados. Me miraba con firmeza y sin ambigüedades. Venía acompañado de otro policía al que presentó como teniente Williams. Un hombre enorme, afroamericano, con un traje oscuro indefinido de una tela blanda que se le pegaba a las piernas, y que si te lo encuentras en una noche de tormenta podría quitarte el sueño. Me saludó con un francés terrible, de los suburbios; y desde luego era anglófono.

Los ojos entornados del inspector Bonnard me expresaban que algo no marchaba bien cuando los invité a seguirme. No era la cara de alguien que viene a decirte: se ha cerrado la investigación y puede usted dormir tranquila, que por nuestra parte está claro que han concurrido circunstancias totalmente accidentales para que el Porsche de Alexander Cohen chocara contra las protecciones de la carretera que cruza la Rivière-des-Prairies para lanzarse por el precipicio, contra las aguas oscuras de Montreal, en plena noche. Pero no fue así. Más bien, todo lo contrario.

Era lo último que esperaba ese día, ver a dos agentes de la Sûreté du Québec en mi despacho, sobre el sofá granate de la consulta dispuestos a confesarme sus preocupaciones. Yo necesitaba sentir la fortaleza de mi territorio. Había dejado abiertas las puertas correderas que separan el despacho del gabinete. Sabía que no se encontrarían cómodos sentados frente a mí como dos pacientes dispuestos al desahogo y la confidencia.

Ninguno de los dos iniciaba la conversación. Hubo una espera embarazosa. Marie entró con una bandeja, nos sirvió un vaso de agua y la puso sobre la mesita que nos separaba. Nos dejó inmediatamente y yo invité al inspector a comenzar.

—Bien, doctora Cohen. No sé cómo abordar el asunto.

—Muy sencillo, monsieur Bonnard. Solo tiene que utilizar algo que se llama «lenguaje» —contesté algo incómoda por la hora intempestiva y la lentitud de los dos hombres—. Y puede hacerlo en francés o en inglés. En español también, si lo prefiere.

—Si no le importa seguimos en francés. Salvo que prefiera una lengua algonquina.

—No hemos venido para hablar de idiomas —interrumpió el teniente, con una voz grave y cavernosa.

Monsieur Bonnard echó distraído un vistazo a los estantes de la librería, se acariciaba el mentón e intentaba cruzar las piernas, pero el teniente Williams se extendía en el sofá, y yo lo notaba rígido e incómodo junto a su compañero. Tomó su vaso de agua y dio un sorbo. Lo volvió a dejar en la bandeja. La piel del inspector parecía como desteñida junto al musculoso teniente. Hacían una extraña pareja: un mestizo, de probable padre francés y probable madre india, junto a un negro de origen africano.

—Hay novedades —dijo, al fin, ahuecándose el cuello de la camisa—. Creemos que el vehículo del doctor Cohen no cayó del puente de forma accidental.

Mi confortable butaca de piel marrón comenzó a atraparme como si hubiera abierto sus entrañas para triturarme. Solo pude balbucear: «Ya... No sé... Esto es muy duro, inspector». El teniente Williams miraba hacia otro lado y permanecía en silencio como si la noticia no fuera con él.

—Necesitamos su colaboración —me solicitó el inspector.

—Por supuesto. Colaboro.

—Recapitulemos el día 20 de septiembre.

—Ya lo he contado, minuto a minuto. Puede leerlo en mi declaración. ¿No pensarán...?

Intervino el inmenso teniente:

—¿Que no pensemos...? Si pensamos en la edad que le separaba de su difunto marido, los seguros de vida y las propiedades del doctor Cohen, no podemos dejar de pensar. ¿Entiende su situación?

—¿Me están acusando de algo?

—Disculpe la crudeza de mi compañero —dijo el inspector—. Usted no está acusada de nada.

—Ya... Creo que deberían marcharse. Se han presentado en mi domicilio sin avisar y es el momento de que salgan de mi casa.

—Tenemos que tomarle declaración, aquí o en comisaria: usted elige.

—¿Estoy detenida?

—En absoluto. Solo necesitamos su colaboración. Hace un instante ha dicho que colaboraría. ¿En qué quedamos, doctora? ¿Colabora o no colabora?

Bonnard sacó de su americana unas hojas mecanografiadas, dobladas con desorden, y distinguí tachaduras. A continuación, puso sobre la mesita una pequeña grabadora y me hizo un gesto para darme a entender que empezaba a grabar. Buscó en sus bolsillos una libreta y el bolígrafo, supongo que para anotar observaciones imposibles de registrar en una grabación. Me pareció un prestidigitador obteniendo de su frac elementos de artificio.

El teniente Williams no dejaba de observarme. Había analizado minuciosamente mi despacho y el gabinete. En un par de ocasiones sus ojos amarillos se habían posado lánguidamente en mi cuadro de Sorolla como si nunca hubiera visto una playa. «Le gustar el mar», pensé, por la expresión que adquiría su rostro de media sonrisa. Se arrellanó para acomodarse como un pachá y cruzó los brazos sobre el pecho dejando caer sus tristes ojos en mi escultura de Juan Muñoz, sobre un aparador bajo la ventana. La luz de una lámpara enfocaba el busto de escayola de cuya boca brotaban pequeños hombrecitos en miniatura.

—Es una alegoría sobre la esquizofrenia, la identidad y la incomunicación —informé al teniente.

Ese busto formaba parte de la pequeña iconografía española con la que Alexander había intentado aprehender algo más sobre mí. Como si pudieses entrar en el corazón de tu amada a través del arte de sus compatriotas.

El inspector se puso de pie; no había ni escuchado mi observación. Creo que no aguantaba un minuto más sentado junto a su compañero. Y comenzó el interrogatorio.

—¿Observó en su marido algún comportamiento extraño, distinto al habitual unas semanas antes del día 20 de septiembre?

—No. Todo normal.

—¿Tenía algún enemigo, alguien que quisiera hacerle daño? Un paciente enfadado, descontento por alguna terapia poco acertada, por ejemplo...

—No. Ninguno que yo sepa. Mi marido atendía en su consulta del hospital; yo no conozco a sus pacientes.

—Doctora, pienso que los profesionales que trabajan con la salud mental están expuestos a mayores riesgos que el resto de los humanos; por eso del factor humano, lo entiende, ¿verdad? Digamos que ustedes pertenecen a un colectivo que puede estar más amenazado, precisamente por el equilibrio mental de las personas con las que trabajan.

No le repliqué las insinuaciones erradas y de mal gusto.

—El día del accidente, el doctor Cohen regresaba a Montreal desde su casa del lago Ouareau, en Saint-Donat-de-Montcalm, ¿correcto? —Había pronunciado la palabra «Ouareau» como solo un indígena es capaz de entonar, dulce y nada afrancesada.

—Así es.

—¿Por qué no lo acompañó usted? ¿Qué tenía que hacer su marido un jueves laborable, sin su mujer, en una cabaña de fin de semana? ¿Iba con alguien más? ¿Había quedado allí con otra persona?

—Ya lo expliqué. Fue solo, estaba solo. Yo tenía consulta.

—Cuéntemelo a mí, por favor.

—No es una cabaña, es una casa de verano. La construyeron los abuelos de mi marido y él la obtuvo en el reparto de la herencia, a la muerte de su madre. Alexander adoraba ese lugar. Se había criado allí. Era el refugio familiar, su lugar de referencia después de Montreal. Entre esas paredes habitaban sus recuerdos de niño, su infancia y la infancia de su hermano y de sus padres. Y cientos de libros, expedientes y archivos de trabajo, y también del mío, que aquí ya no nos caben. Vamos y venimos por cualquier motivo. Me dijo que necesitaba unos informes. Y ya de paso debía pagar al albañil los atrasos de unos arreglos de la casa. Ni ese fin de semana ni los siguientes íbamos a poder acercarnos, y él necesitaba unos documentos para un congreso. Algo absolutamente normal. Muchas veces lo hacía. Yo también voy y vengo por cualquier motivo. Nuestro trabajo nos hace acumular demasiado: libros, tratados, manuales, informes, expedientes, cintas… No se puede hacer una idea de los papeles y escritos que pasan por nuestras vidas, y la casa del lago es el lugar perfecto, a hora y media en coche de la ciudad.

—¿Sabe qué informes eran los que debía recoger su marido?

—No. No me dijo nada por la mañana. Que se acercaría a Saint-Donat a por material que necesitaba para la conferencia. En una semana participaba en una jornada de psiquiatría en Ottawa. Me imaginé que lo hablaríamos después, a su regreso del lago. Como hacemos siempre por la noche, durante la cena. Recapitular nuestro día y contárnoslo todo con una copa de vino y un buen asado. Como hacen los matrimonios, supongo.

Según acababa de pronunciar la palabra «asado» me arrepentí inmediatamente por los ojos de asombro con los que me miró el inspector.

—¿Eso cree? —preguntó.

—Sí.

—Bueno…, hay hombres que cuando llegan a casa lo hacen disgustados o borrachos. A veces pegan a sus mujeres y a sus hijos. O cosas peores… ¿Sabe a qué hora salió el doctor hacia Saint-Donat?

—No tengo ni idea. Me imagino que lo hizo desde el hospital. Ese día no me llamó.

—¿Cuál era la rutina diaria del doctor? ¿Era un hombre con los mismos horarios o solía improvisar sobre la marcha?

—Por norma general salía de casa a las siete y media de la mañana y regresaba sobre las ocho de la noche. A veces, más tarde; en tal caso me llamaba.

—Entonces, la hora de la cena, con ese vino y ese asado, cada día podía ser distinta.

—No sé adónde quiere llegar.

—¿Qué hizo usted durante toda la jornada del 20 de septiembre?

—Estuve muy ocupada, en la consulta; tuve las horas completas. Lo puedo demostrar con mi agenda y mis pacientes. Empecé a las nueve de la mañana. Hice un receso de dos horas para comer, en mi cocina. Sola. Continué desde las cuatro de la tarde hasta las nueve de la noche. No salí de casa hasta que me llamó la policía.

—Veo que le va muy bien. ¿No la llamó su marido en ningún momento del día?

—No.

—¿Y usted a él?

—Lo llamé como a las nueve y media de la noche, al ver que tardaba. No cogía el teléfono.

—Entiendo que ese día usted no salió a la calle en ningún momento.

—Así es. Mi asistenta lo puede confirmar.

—¿Ha recibido usted o su marido en las semanas anteriores o posteriores al 20 de septiembre algún paquete o carta extraña? ¿Algo fuera de lo normal?

—No.

—Haga memoria. Alguna carta sospechosa que llegara a nombre de su marido y que él sacara de casa sin abrir, por ejemplo.

—No recuerdo nada de eso. La correspondencia la recoge Marie y nos la deja en nuestros respectivos despachos. ¿A qué se refiere con una carta sospechosa?

—A su marido le enviaron una carta explosiva al hospital, el 14 de septiembre. No llegó a detonar. Desconocemos, de momento, si recibió alguna más. Creemos que es probable, porque la gente que hace cosas así acostumbra a mandar más de una. Normalmente son amenazas y buscan producir terror. Suponemos que su marido pudo recibir alguna más.

—Eso es absurdo. Totalmente absurdo.

—No son absurdas las cartas bomba recibidas en la embajada de Estados Unidos el pasado 18 de septiembre, cuatro días después de la recibida por su marido en el hospital. Ni las cartas con esporas de carbunco enviadas a la CBS, NBC, *New York Post*, *National Enquirer*..., y a varios senadores demócratas. Hay veintidós personas infectadas que están desarrollando la enfermedad en nuestro país vecino, y varias a punto de morir a pocos kilómetros de nuestras fronteras. Eso no tiene nada de absurdo, doctora. ¿No lee usted la prensa? No quiero decir que la carta de su esposo esté relacionada con las estadounidenses, pero tenemos que investigarlo. Y todo esto, una semana después de los atentados del 11 de septiembre.

El inspector hizo una pausa, sin compasión alguna. Se pasó la palma de la mano por el pelo, retirándose un mechón de la frente. Seguía de pie, junto a la librería. De vez en cuando repasaba con la mirada el título de un libro. Prosiguió su exposición como si se tratase de un dictado, acercándose a la ventana y al busto de Juan Muñoz.

—Como usted sabrá, estamos extremando la seguridad en nuestro país. El mundo parece estar revuelto de nuevo. El carbunco es ántrax, doctora. Su marido era judío y muchas de estas cartas suelen enviarlas grupos radicales, neonazis, musulmanes fundamentalistas... No sabemos casi nada de la que recibió el doctor. Solo que era explosiva. Nos lo ha confirmado la dirección del hospital y parece que no contenía ningún agente biológico. No creemos que esté relacionada con esta oleada de cartas terroristas. Pero quién sabe...

Me quedé inmóvil. Mi memoria, en décimas de segundos, puso el foco en Unabomber y en quien me había hablado de él como un héroe o un patriota. Pero Kaczynski estaba en la cárcel. Jacob lo admiraba. Creí que me volvía a desvanecer como en el cementerio. Y me anegaba la autocompasión.

—¿Se encuentra bien? —dijo el teniente Williams, enternecido. Sus escleróticas amarillentas se habían posado en mi rostro hacía rato.

—Perfectamente.

Ahora parecía el poli bueno. Sin levantarse me acercó el vaso de agua con su brazo contundente. El inspector seguía de pie. Había dejado de moverse por la sala de esa manera tan propia de un policía que busca culpables debajo de los libros. Se acomodó en la butaca de mi mesa, en la que se sientan mis pacientes, y la giró hacia nosotros. Le dirigí una mirada de desconcierto y él me correspondió apartando la vista hacia la alfombra que pisaba.

—Esto es una locura —añadí.

—Puede ser. Es la forma de actuar de la gente desequilibrada, pero no todos lo están. ¿Usted desconocía el envío de esa carta al hospital?

—No tenía ni idea, se lo aseguro.

—Y tampoco sabrá por qué el doctor Cohen no se lo contó.

—No hay que ser muy listo para sacar una conclusión, inspector.

—Sobre todo si se tiene una mujer joven y guapa a la que se desea proteger y aislar del mundo y del pasado, ¿eso es lo que quiere decir?

—Deje de retorcerlo todo.

—Pensé que esa cualidad era parte de su trabajo, doctora.

—No le gustan los psiquiatras, ¿verdad?

Se levantó de la butaca, sin responderme. El teniente continuaba observándome y Bonnard volvió a la carga.

—¿Calificaría a su marido de hombre posesivo, celoso, amante de encerrar a su mujer en un mundo de artificio?

Pensé que ese hombre estaba loco, con sus ojos verdes y brillantes culpabilizándome de ser la mujer que él ni en sueños podría tener.

—¿Era tirano? ¿Desconfiado? ¿Posesivo? ¿Celoso?

—Esa radiografía que quiere hacer de mi marido es basura.

—¿Cómo definiría su relación con el doctor Cohen?

—Excelente. Todo lo que dos seres humanos aspiran y necesitan de sí mismos y del otro lo poseíamos en nuestra unión.

—Qué bien. ¿Lo ha memorizado? Otra cuestión, doctora: ¿cómo son sus relaciones con la familia Cohen?

—No existe ninguna relación con la familia Cohen.

—¿No conoce al hermano de su marido?

—Conocí a Robert en el cementerio, en el entierro de Alexander. Los hermanos apenas se veían, que yo sepa.

—¿Conoce usted al hijo de Robert, Nathan Cohen?

—No.

—¿Quiere decir que Nathan no fue al entierro de su único tío?

—Así es.

—¿Está usted segura?

Intenté mantener la calma, mostrarme convincente y rápida en la respuesta. ¿Por qué me preguntaba por Nathan? ¿Qué sabría de él?

—Completamente segura.

—¿Qué impresión le dio su cuñado?, un hombre al que usted no conocía; ni siquiera el día de su boda, y se presenta en el entierro del hermano, a quien no veía, según usted, desde hacía tiempo.

—No sé adónde quiere llegar, pero desde luego no todas las familias se llevan bien, y por eso no se las trata como a criminales.

—No estoy criminalizando a nadie, le estoy preguntando cosas muy sensatas. ¿Sabe usted el motivo por el cual los Cohen no tenían una relación, dijéramos, fluida?

—No, no lo sé. Mi marido era muy discreto.

—¿Nunca se lo preguntó?

—Nunca. Jamás quise meterme en sus asuntos familiares, y esperaba que algún día Alexander quisiera contármelo.

—Por lo que veo tampoco mantenían ustedes relaciones con su único sobrino.

—Así es. Yo no conocía ni su existencia el día del entierro.

—Pero ahora sí sabe que existe un sobrino...

—A decir verdad, sí.

—Sí, ¿qué? ¿Sabía o no sabía que existía?

—No, no lo sabía.

—¿Le habló el doctor Cohen alguna vez de la esposa de su hermano, Jacqueline Brenner? De su vida familiar...

—Nunca.

—Bien, doctora, parece ser que usted no sabe nada de nada de la vida familiar de su marido. Traemos una orden de registro. Su esposo recibió una carta explosiva. Seis días después, regresando de su casa del lago, un vehículo se interpone en la carretera para cortarle el paso con la clara intención de provocar el accidente que le produce la muerte. El vehículo en cuestión no lo hemos identificado, de momento, y por la investigación pericial, el ocupante estaba en su interior y no le importaba morir en el impacto que su marido, buen conductor, al final esquivó. Por lo que puede usted estar tranquila, porque nadie que encarga un asesinato lo hace de esta forma. Lo que no quiere decir que usted esté fuera de toda sospecha. Y más dadas las profesiones de ambos.

Desconozco cómo miré al inspector Bonnard, pero fue suficiente para tomarse un respiro y cambiar el tono de voz.

—Doctora, lo siento. Pero esa forma de atentado con inmolación, por llamarlo de alguna manera, es propia de terroristas, desequilibrados, dementes y desesperados por algún motivo y, por supuesto, de alguien que podría querer poner fin a su vida llevándose a otra por delante. Usted trabaja con este tipo de personas. Y su marido también, y durante muchos más años.

—Ahora, necesitamos hablar con su asistenta —intervino el teniente Williams con su escalofriante acento de barrio.

Me temblaban las piernas al levantarme, pero debía dar la sensación de control y desalojar las sensaciones negativas cuanto antes para recobrar la dignidad que creí perdida. Encontré a Marie en la cocina, sentada en un taburete, visiblemente nerviosa. Olía a tabaco y la ventana estaba abierta. Vi su paquete de cigarrillos medio escondido bajo el servilletero. «Puedes fumar, Marie —le dije—. Hoy no me importa. Hoy puedes saltarte todas las normas que quieras. Porque hoy todo va mal.»

Le expliqué que los agentes deseaban hacerle unas preguntas. Debía responder toda la verdad. «Qué preguntas son esas», dijo, mientras sacaba un cigarro del paquete y se lo guardaba en el bolsillo de su chaqueta de lana. «Tú contesta lo que te pregunten.»

Cuando entramos, el inspector continuaba apoyado en la librería, el teniente no se había movido del sofá y Marie se sentó en mi butaca. Era la primera vez que veía a Marie en mi lugar. Tuve una sensación extraña que me inquietó. El inspector se aproximó a ella con sus papeles en la mano, pero sin leer nada. Apretó el botón rojo de su grabadora y dijo:

—Vamos a grabar. ¿Marie Jelen es su nombre?

—Sí, señor.

—¿Cuándo empezó a trabajar para los señores Cohen?

—En 1982.

—Hace diecinueve años… —dijo el inspector calculando el tiempo. Guardó silencio. Pensó—. A ver si lo he entendido: usted trabajaba en esta casa con anterioridad a que el doctor Alexander Cohen contrajese matrimonio con la doctora Laura del Valle.

Me pregunté cuánto habría escrito el inspector Bonnard sobre nosotras en sus informes. Si anotaría en ellos sus impresiones personales y habría elaborado un diagnóstico y un tratamiento para saberlo todo de mí y de Marie y averiguar lo que se proponía. Tuve la sensación de que todas las respuestas de Marie ya las conocía él de antemano. Era como si estuviese cotejando información. Y al mismo tiempo iba registrándolo todo en su mente analítica, dato a dato. De vez en cuando, anotaba algo en su libreta. Una observación, un rasgo, una idea… Quizá como yo hacía con mis pacientes. Sentí que no estábamos tan alejados el uno del otro en nuestros respectivos trabajos.

—Así es.

—Entonces, usted conocía al doctor muy bien.

—Sí, pero yo no hago juicios del doctor.

—¿Por qué no?

—No es mi cometido.

—¿Y cuál es entonces?

—Ser su asistenta. Nada más.

—¿Conoce usted a Robert Cohen?

—Muy poco. Lo vi una vez, y de lejos.

—¿Y a su hijo Nathan?

—No, monsieur.

—Antes de prestar sus servicios para el doctor Cohen, ¿con quién y dónde trabajaba usted?

Marie se quedó pensativa. Creo que no se esperaba esa pregunta. Se llevó la mano a la frente y cruzó las piernas. El cordón de uno de sus zapatos se le había desanudado. La vi nerviosa. La sentí vulnerable.

—Para la familia Lewinsky.

La respuesta de Marie me sorprendió. Abrí los ojos y encontré en ella una fortaleza inusual en su siempre aparente fragilidad.

—Lewinsky… Lewinsky… Ese nombre… —dijo el inspector con una impostura absurda—. ¿No hubo un Lewinsky, profesor en la Universidad de Harvard y de McGill? Creo que Raymond, de nombre.

—Sí, monsieur. Yo trabajaba para sus difuntos padres. Me ocupé de la residencia Lewinsky durante treinta y un años. A la muerte de madame Lewinsky, a la que cuidé hasta sus últimos días, dejé la familia.

—Acláreme las fechas, Marie.

—Con la familia Lewinsky estuve de 1951 a 1982. A las pocas semanas de fallecer madame Lewinsky, monsieur Cohen me ofreció trabajo. Hasta hoy.

—¿Es usted judía, Marie?

—¿De raza o religión?

—Ambas.

—No soy una mujer religiosa. Mis padres eran judíos, de origen polaco.

—¿Me puede decir el nombre completo de sus padres?

El teniente dejó de mirarlo todo a su alrededor para atender a la pregunta de su compañero y clavar sus escleróticas sobre mi frágil Marie. ¿Por qué esa pregunta?, me dije. ¿Qué importancia podía tener para la policía el nombre de los padres de una mujer de setenta años? La madre de Marie había sido asesinada en una cámara de gas y su padre había fallecido en Montreal, exiliado del horror. ¿Lo sabría Bonnard? La cara del teniente Williams casi contestaba afirmativamente mi pregunta por la intensidad de su mirada y el reconocimiento que le estaba practicando a mi asistenta.

—Nazywal się Icek Jelen y Estera Rajza Szlamkowicz.

Era la primera vez que la oía hablar en polaco. Sentí compasión por ella. Esperaba que el inspector Bonnard no tratara de hurgar en sus heridas.

—Yo le pediría, inspector —intervine al ver la angustia de Marie—, que respetase nuestras vidas privadas. Es una mujer mayor, ¿no se da cuenta? No veo la pertinencia de esa pregunta.

—¿También es usted abogada, doctora Cohen?

—Marie… —dijo el inspector dirigiéndose a ella con un tono de voz tranquilo y cariñoso—, no son caprichosas mis preguntas. Lamento si le incomodan. Pero debe ser así, ¿lo comprende? Dígame…, ¿tiene usted la nacionalidad canadiense?

—Sí, señor.

—¿Dónde ha nacido?

—En París. Hace años que renegué de esa nación.

—Sí, pero usted fuma Gitanes.

—Así es. Me gusta el Gitanes. ¿Qué tiene que ver?

Pensé que la nariz de ese métis podía reconocer hasta las marcas de tabaco.

—¿Cuánto tiempo lleva residiendo en Canadá?

—Cincuenta y tres años.

—No está mal… —murmuró, y se acarició la barbilla—. ¿En los últimos meses, o alguna vez, da igual el momento temporal, ha recibido el doctor o la doctora alguna carta o paquete sospechoso de contener algo que les preocupase?

Marie titubeó, hizo como que pensaba…

—No que yo recuerde. Los doctores reciben numerosa correspondencia.

—Haga memoria si alguien dejó en su buzón o entregó en mano un paquete o carta que llamase la atención, en los últimos meses, a usted o a cualquiera de los doctores.

—No recuerdo.

—¿No recuerda o no hubo entrega?

—No ha habido entregas de cartas ni paquetes en mano. Todo lo trae el cartero, y los envíos certificados siempre los recojo yo. Las cartas que llegan son normales.

—¿Vio alguna vez al doctor Cohen alterado o preocupado tras recoger su correspondencia?

—Nunca. El doctor acostumbraba a tener cerrada la puerta de su despacho. Yo no cotilleo la cara que ponen los doctores cuando abren su correo.

El inspector dobló sus papeles mecanografiados por los mismos pliegues y se los guardó en el bolsillo superior de la chaqueta. Sacó su teléfono móvil y una tarjeta de visita que entregó a Marie. Le dijo que lo llamase a cualquier hora si necesitaba hablar con él. Nos pidió disculpas y se hizo a un lado para realizar una llamada.

Mientras, el teniente Williams tomó el relevo.

—Vamos a efectuar el registro de la casa, doctora. Nuestros compañeros estarán aquí en unos minutos con la orden del juzgado. No se preocupen, no vamos a destrozarles nada.

—Necesito llamar a mi abogado —dije.

—Por supuesto, está en su derecho.

La mirada de Marie me reprochó no haberlo hecho antes y yo intentaba comprender la naturaleza del interrogatorio del inspector Bonnard. Nuevas preguntas irrumpían en el horizonte de mis pensamientos. Pero había una que insistía en hacerse un hueco sobre las demás.

¿Sabría ese métis que Nathan era paciente mío bajo el nombre de Jacob Lambert, que había desaparecido y yo trataba de encontrarlo? En ese instante podría haber sido sincera. Aceptar la mano amiga del inspector Bonnard, contarle el relato de mi búsqueda para hallar a ese fantasma varado. Mis labios intentaron desahogarse, pero permanecían sellados, desfilando por mi cabeza cientos de preguntas y respuestas. Pero lo cierto es que me hundí en la mazmorra del silencio con un miedo inexplicable a la verdad. Todo podría haber sido distinto a partir de ese momento, con la espalda pegada al respaldo de mi butaca como atada por una cadena invisible de desconfianza y temor. Si el sobrino de mi marido había acudido a mí bajo otra identidad, debía primero averiguar por qué, hipnotizada entonces por la naturaleza de su mentira, antes de delatarlo y de poner sobre aviso a la policía.

Mientras, mi cabeza intentaba realizar un mapa de todos los acontecimientos que había vivido desde la muerte de Alexander en pos de los detalles que se me escapaban. Y sin dilación me levanté para telefonear al abogado Zuckerman. Un hombre al que había evitado durante las últimas semanas como si con ello tratase de negar el desastre de lo que había sucedido en mi vida.

16

El abogado Zuckerman

A esas horas de la noche el despacho de Zuckerman & Bird se encontraba cerrado, así que llamé directamente al móvil de monsieur Aaron Zuckerman, socio principal y fundador del bufete, y le informé de lo que estaba ocurriendo en mi domicilio. Creo que me puse algo histérica, apenas pude controlar mi estado emocional en cuanto escuché su voz reparadora y experta en todo tipo de dramas.

A los treinta minutos estaba en casa, junto a dos de sus abogados, hablando con el inspector y los empleados del juzgado que ya habían tomado mi territorio y clavado sus banderas. No quise presenciar la batalla; dejé que mi abogado los mantuviese a raya y me encerré en la cocina con Marie. Esa noche fue una pesadilla. Marie quería llamar a Raymond y yo no la dejé. Escuchábamos un tropel de personas zapateando por las escaleras, y las voces de Zuckerman y sus abogados como apisonadoras.

Durante la ocupación, Marie preparó un *pouding-chômeur*, a la velocidad de un rayo, que ni probamos, intentando mantenerse ocupada, mientras todos los rincones de la casa eran registrados, en plena noche. Se emplearon a fondo en el despacho de Alexander, en el garaje y el cuarto de herramientas. No me preguntaron nada antes de marcharse los del furgón del juzgado, tras haber revuelto la casa entera.

El inspector y el teniente se despidieron de nosotras, lamentando lo ocurrido y convocándonos para el registro de la casa de

Saint-Donat, a las nueve de la mañana, si deseábamos estar presentes. No obstante, los acompañaría un cerrajero. Monsieur Bonnard me recomendó que estuviese localizable para lo que surgiera.

—Cualquier sobre o paquete sospechoso, no se les ocurra abrirlo —nos aclaró el teniente Williams—. Nos llaman inmediatamente. Pero estén tranquilas y lleven su vida de siempre.

Marie y yo nos quedamos atónitas, sin saber cómo había sido posible llegar a esta situación. Parecíamos corredoras de una competición que habíamos perdido, exhaustas y desconcertadas. Aaron Zuckerman se quedó unos minutos para charlar conmigo y tranquilizarme. Era un perro viejo que se las conocía todas, con pelo abundante como bruñido en plata y arrugas considerables en sus finas mejillas. Le reproché el no haberme anticipado lo que me estaba sucediendo; ellos, el bufete más caro y temible de la ciudad. Eran unos incompetentes. Incapaces de advertirme de que podría ocurrir algo así. Se habían personado en la causa en mi nombre. Llevaban la investigación privada del accidente y de todos y cada uno de los aspectos legales de la muerte de Alexander: el testamento; los seguros; la liquidación con la compañía aseguradora del vehículo; las indemnizaciones pertinentes, si las hubiera; el traspaso de la titularidad de las propiedades a mi nombre una vez que se terminase el proceso... ¡No debía preocuparme por nada! Según Zuckerman, yo era una mujer rica e inocente. Pero en absoluto era así. En el fondo no controlaban nada. Me dio la sensación de que la policía iba muy por delante de ellos. O quizá no. Porque me pareció un mentiroso cuando me juró que no tenía conocimiento de la carta bomba. Alexander era colega y amigo del director del hospital en el que recibió la carta, y resultaba impensable que ni este ni mi marido les ocultaran algo así a Raymond y al abogado. Pero Aaron Zuckerman, con su voz de locutor de radio, un hombre mayor y sabio como pensé que era hasta ese día, me siguió endulzando el relato y me aseguró que todo estaba bajo su escrupuloso control; las averiguaciones eran lentas pero certeras y ellos barajaban datos casi cerrados de lo ocurrido. Lo empujé y casi lo echo de mi casa al oírle decir todo aquello.

Me besó las manos varias veces e intentó tranquilizarme, sujetándomelas como si fuera un padre protector. Yo no era sospechosa. La policía actuaba así. «Tranquila, tranquila», era lo único que decía con su mirada de viejo zorro. Hablaría con el juez a primera hora; lo conocía y era un hombre sabio, y yo debía estar en la casa del lago a las ocho de la mañana, abrirles amistosamente y facilitarles la labor, como una viuda afligida. Él acudiría al registro. Me recomendó que, a partir de ahora, no hablase con ningún policía si él o alguno de sus letrados no estaban presentes. Y, por supuesto, si recibía una carta extraña, nada de avisar a la Sûreté, él se encargaría de hacerlo; debía llamarlo a él, de inmediato; a él y solo a él. Me lo repitió varias veces con su voz modulada y maneras elegantes de hombre respetable. Lo noté preocupado, porque sus años le dictaban que yo no pensaba tomarme en serio ninguna de sus prescripciones. Y, por supuesto, y para hacer honor a su sabiduría, decidí no confiar en él ni en Raymond Lewinsky, para el que trabajaba el letrado desde que se había licenciado en Harvard, con veinticinco años.

Todo lo que estaba sucediendo a mi alrededor era una locura. Desde el día del accidente solo quise pensar en el suceso como un hecho desgraciado y fortuito, y entregarme así al dolor de la pérdida sin otra inquietud. Despedí al abogado con fría cortesía a las doce y media de la noche y le advertí que en cuanto el juez instruyera la causa y levantase el secreto, quería en mi despacho el sumario completo. El atestado y las diligencias policiales.

Le dije a Marie que a las seis de la mañana saldríamos para la casa del lago, y que se acostara. Pretendía quedarme un rato en el despacho. Necesitaba reflexionar. Pensar en la siguiente jornada. Mientras nos despedíamos, me comentó que ella misma anularía las visitas de los pacientes del lunes y del martes también, por precaución, por si el registro se demoraba y porque yo debía descansar y darme un respiro. Le di las gracias y ella se ofreció a subirme el desayuno a mi dormitorio a las cinco y media, e hizo algo que nunca la había visto hacer: me dio un abrazo inesperado.

—Pobrecita, cuánto tiene que estar sufriendo… —dijo—. Yo la voy a proteger, se lo juro. —Y me acarició el pelo con un cariño extraño y desconcertante—. No se deje confundir por la cara de ese inspector. *Bonne nuit, madame.*

Hacía años que no recibía un abrazo sentimental de esas características. Desde el último que me dio mi padre, cuando aún me abrazaba. Hubo algo en esa noche que me consternó especialmente.

—Una cosa, Marie. —Y le sujeté la mano según la apoyaba en la barandilla de la escalera con intención de bajar a su habitación—. Desconocía que hubieras trabajado para los padres del doctor Lewinsky, y tampoco que hubieses cuidado de su madre. ¿Por qué nunca me lo has contado? Ni una sola referencia a esa época de tu vida…

—Nunca me lo preguntó.

—Esa no es la respuesta que espero.

—Lo siento, madame. No me gusta hablar de mí ni del pasado. Yo no soy nadie.

—Alexander tampoco me lo dijo.

—Se le olvidaría. ¿A quién le puede interesar?

—A mí, Marie, a mí.

—¿Tan raro es haber trabajado para la familia Lewinsky?

—Lo raro es ocultarlo. En fin…, dejémoslo. *Bonne nuit*, Marie.

Se retiró a descansar y yo necesitaba escuchar la voz de mi padre y olvidar la visita del inspector Bonnard, del teniente Williams y de Aaron Zuckerman. Un nuevo calendario marcaba el paso de un tiempo incierto que revolvía los rincones de una nueva inquietud.

17

Gracias a Lola

Era la una de la noche en Montreal y en Madrid las siete de la mañana. Consciente de lo temprano que era en España, descolgué el auricular y marqué el número de casa de mi tía Lola. Enseguida oí su cálida voz, tan cercana como si estuviese presente, para decirme, como lo hacía mi marido, que todo iría bien.

Pero nada iba bien.

—Hola, cariño. ¡Qué alegría! ¿Qué hora tenéis allí, preciosa?

—La hora de hablar con la persona que más quiero.

—¿Pasa algo? ¿Estás bien?

Mi voz era un grito desesperado que intentaba disimular. Dije que todo estaba en orden, dentro de lo que ya sabíamos. La consulta me mantenía ocupada y distraída. Sin tiempo para pensar y dar rienda suelta a las emociones que se supone debe tener una mujer que acaba de perder a su marido en un trágico accidente, en espera de poder viajar a su país para buscar el consuelo necesario en su familia. Enseguida le pregunté por mi padre.

—Como siempre. Sin novedad. Tan guapo y tranquilo como un niño.

Guardé silencio. Solo pude decir que lo echaba de menos.

—Ya lo sé, cariño. Nosotros también a ti. Mantén el ánimo alto y piensa en lo poco que falta para vernos. He decidido pedir permiso en la residencia para sacarlo: seguro que te encantará verlo en el aeropuerto. Pero… no sé si va a ser posible.

La intenté convencer de que no importaba. Tendría todo el tiempo para estar con él si al final me era posible viajar en Navidades a Madrid, algo cada vez más lejano y confuso, según la vida palidecía y se complicaba para ofrecerme la libertad de unos días tranquilos y de reposo en España. Le pregunté por la evolución de papá y le dije que sin falta llamaría al doctor López para interesarme por los resultados de las últimas pruebas. Me avergonzó no haberme acordado en ningún momento de hacerlo en los últimos días.

Podía imaginarme los ojos grises de Lola, su rostro afable y pequeño, como pintado de sutiles motitas de una viruela infantil, con el pijama puesto y las zapatillas de lana con el talón aplastado, sentada en una esquinita de su sofá con el auricular en la mano y el corazón conmovido, entendiendo perfectamente lo que mis palabras le escondían. Siempre dispuesta a rescatarme en el último momento.

—Él está igual que siempre. Despacio, todo va despacio, gracias a Dios —la escuché decir—. Ayer me reconoció. Mi alegría fue inmensa. Yo acababa de llegar a la residencia, a la hora de siempre, sobre las once de la mañana. Salimos al jardín y nos sentamos juntos en uno de los banquitos a tomar el sol. Hacía un día maravilloso, un sol espléndido de otoño; de esos días claros y calentitos de Madrid, ya sabes… de esos que nos gustan a nosotras. Le acaricié la mano y comencé al leerle el periódico. Sé perfectamente que no me escucha, que se ha escondido en un lugar en el que jamás lo hallaremos, pero parece que le agrada y lo veo tranquilo mientras ocupo la mañana leyéndole, una por una, las páginas de *El Mundo*. Sobre todo las de economía. En ellas voy más despacito, y me da la impresión de que le siento alguna reacción, un esbocito de sonrisa o un brillo especial en los ojos. Igual son imaginaciones mías y es lo que quiero creer, pero estoy segura de que una luz pequeñita en el fondo de su mente se ilumina cuando le leo el diario. Y entonces, de pronto, ¿sabes qué pasó?: sin venir a cuento, me llamó por mi nombre y me dijo que dejase de hacer ¡tonterías! Se puso a reír igual que un niño, como cuando éramos pequeños. Creo que debió de acordarse de algún suceso de nuestra infancia. Me emocionó tanto que me eché a llorar. Y, ¿sabes qué te digo…? Que me encanta verlo así…, tan feliz. Eso es lo que nos tiene que quedar, Laura: LA FELICIDAD. ¿Estás ahí, mi niña?

—Sí, tía, estoy aquí. Solo que a veces no puedo soportarlo. Él es mi talón de Aquiles, y desconozco el tiempo que voy a ser capaz de aguantar en este país.

Le juré que lo estaba intentando y que luchaba por agarrarme a un futuro que había perdido, para destriparlo entero.

—No digas eso.

—¿Quieres que te cuente cosas peores?

—Ahora, de momento, nos vemos en Navidad, ¿vale?, y nos contamos la vida entera. —Quiso cambiar de tema. Cuando yo me ponía trágica sabía mejor que nadie cómo neutralizarme—. Ya he preparado tu habitación. Porque quedarte en un hotel ni se te pase por la cabeza.

—Así será, tía. Dale a mi padre mis besos y háblale de mí. Igual en algún momento recuerda que tiene una hija.

—Claro que sí.

Luego, cometí un error: le pregunté si sería oportuno llamar a la residencia. Solo para que me lo pusieran al auricular durante unos segundos y que escuchara mi voz.

—Ay, no sé…, Laura… Es muy temprano aquí. ¿Por qué no te esperas unas horas, y cuando esté con él yo te llamo y te lo paso? ¿Tanto te urge, mi niña?

—Tienes razón, como siempre. Tendré un día complicado; yo te llamo cuando pueda. Un beso, tía. He de colgar.

—Dale a Marie un abrazo de mi parte.

Hablar con Lola era lo único que valía la pena. Lo único que calmaba la melancolía. Ella siempre estaba ahí, tras un auricular para pronunciar las palabras mágicas que hacen de ti un ser humano que sabe quién es.

A Lola le debía todo. Su existencia la dedicaba a mi padre, en cuerpo y alma. Ellos dos eran mellizos y siempre estuvieron tan unidos que parecían vivir dentro de un círculo deslumbrante que los aislaba y protegía del resto de los mortales. Siempre fue una madre para él y cuando la mía me falló, lo fue también para mí. Nunca se casó y desconozco si tuvo algún novio o algo similar en su juventud. Y sin ella mi vida hubiera seguido resbalando por un tubo para estar cayendo eternamente.

Gracias a Lola pude estudiar, acabar Medicina, el MIR, trabajar como cualquier ser humano y venirme a Montreal a comenzar de nuevo. Gracias a Lola no fui una delincuente. Gracias a Lola mi madre no me destruyó. Gracias a Lola, yo, Laura del Valle, me convertí en una persona que pudo retomar el control de su vida. Gracias a Lola vencí la bulimia y el desconsuelo. Gracias a Lola mi padre superó ser abandonado por su mujer cuando perdió los fondos de inversión y se arruinó completamente. Gracias a Lola mi padre dejó de vagar por la ciudad, desorientado y sin memoria, hurgando en los cubos de basura de cualquier portal sin saber quién era porque había perdido la cabeza. Gracias a Lola no acabamos viviendo en la calle cuando nos echaron de la casa y nos quedamos sin nada. Gracias a Lola pudimos rehacernos, pero mi padre ya no sabía quién era Lola.

18

Un territorio minado

Salimos de Montreal en dirección a Saint-Donat-de-Montcalm. Era noche cerrada. No sé por qué me había guardado en el monedero la tarjeta que el inspector Bonnard le entregó a Marie, pegada con celo y reconstruida. La había encontrado en el cubo de la basura, en dos pedazos, cuando abrí la tapa para tirar unos papeles en el último momento, antes de bajar al garaje. Marie ya estaba en el coche, al volante, esperándome dentro.

La mañana había amanecido desapacible en la *autoroute* de las Laurentides. En ese tramo sur de la autopista transcanadiense el viento era constante y feroz y el termómetro del salpicadero marcaba un grado bajo cero. Marie conducía demasiado atenta a la carretera, y yo intentaba permanecer tranquila. Las dos nos sentíamos extrañas, la una con la otra, como perfectas desconocidas, en un silencio que erosionaba nuestra relación. Creo que las dos pudimos reconocer entonces la sombra de nuestro destino. En los asientos traseros iba una bolsa de Walmart con provisiones que llevaba Marie para la casa del lago, junto a su cámara de fotos.

La casa de Saint-Donat era un territorio minado que aún no había pisado por miedo a que una bomba estallase en un lugar en el que había sido feliz. Y justo ahora, lo iba a hacer acompañada por la policía.

Al abandonar el camino forestal y entrar en la pequeña explanada del aparcamiento, ya había un coche patrulla estacionado en un extremo, junto a la fachada sur de la casa. Dentro, dos policías hacían guardia discretamente. No vi el Land Rover en el aparcamiento. En cuanto salí del Mini di la vuelta al edificio por el camino enlosado y lo encontré bajo un árbol, cubierto de hojas amarillas. La escarcha teñía los cristales. Pensé que Alex lo habría dejado allí por algún motivo. Marie se acercó y dijo que debíamos entrar en la casa.

La hallé vacía y solitaria, extraña y ajena. Olía a cerrado y a madera quemada. Todo mantenía su orden cotidiano, como si él anduviese por el despacho clasificando sus papeles. O en el cobertizo, arreglando la lancha u organizando los aparejos de pesca; era el lugar en el que pasaba más tiempo, el santuario del *bricoleur*, como él decía parafraseando a Lévi-Strauss cuando se dedicaba a reciclar y a convertir en abono las malezas y hojarascas del monte que desbrozaba el jardinero. Yo intentaba sentir bajo el eco de mis pasos el sonido de los suyos, para verlo salir de la cocina con una copa de vino en la mano, darme su beso de bienvenida y decirme que seguía vivo en aquella casa. Pero ya era de día y los sueños se deshilachaban como nubes de verano.

Me senté en el sofá de Alexander en un salón revestido de troncos de madera con la piel de un oso extendida sobre la pared de la chimenea. El animal que había abatido su madre de un disparo cuando era joven y los niños pequeñitos correteaban por el bosque como hacen los niños, ajenos al oso que entraba en casa por la puerta de la cocina al olor de la comida. Rachel, con los guantes de goma puestos, cubiertos de espuma de lavar los platos, se dio la vuelta y vio al animal hambriento dispuesto a arrojarse sobre ella o sobre cualquiera que cortase el paso a su ávido instinto. Y a sangre fría, corrió hacia el armero, cogió la escopeta, introdujo un cartucho y volvió a la cocina, disparó el arma y derribó al oso que ya había desparramado el cubo de basura y husmeaba entre los desperdicios. Esa era la historia de la piel del oso de encima de la chimenea.

Oí ruido de motores, me desperté del espejismo y vi tras los visillos de la ventana el furgón del juzgado saliendo de entre los árboles del camino, seguido por el Chevrolet Sedán del inspector Bonnard y un coche policial. Antes de que nadie saliese de sus vehículos, ya accedía desde el sendero el Mercedes de Aaron Zuckerman con los letrados de la noche anterior.

Yo no deseaba ver a nadie. A Marie le pareció oportuno. Ella se encargaría de estar pendiente del registro, no fuesen a estropear algo, me dijo. No la vi tan conmovida como la noche anterior; algo importante había cambiado en ella, me lo decía su duro semblante y la mirada inexpresiva. Hasta su cuerpo enjuto y flexible me parecía distinto. Me recomendó que descansara e intentara olvidar la intromisión. Me mantendría informada, e hizo saber al inspector Bonnard y a monsieur Zuckerman que me sentía indispuesta.

Al cabo de unas horas tres hombres con pantalones azules y guantes de goma entraron en mi dormitorio. Aproveché y salí a tomar el aire. El día era gris y desamparado, y con el abrigo y la bufanda descendí hacia el lago por los peldaños de madera que había restaurado el carpintero el año pasado. Me senté en el banco que hay al final del embarcadero. Lo había construido el padre de Alexander. A él le gustaba disfrutar del crepúsculo sobre el bosque. En verano también servía para tirar el anzuelo y leer durante horas con un libro en la mano. Lo que nunca imaginé era que me sentaría en él mientras mi marido estaba muerto y yo esperaba a que registrasen el refugio de los Cohen. Esa propiedad me iba a pertenecer en breve, y pensé en Robert. En lo injusto que me parecía quedarme con la casa de su infancia. Aunque Alex le hubiese comprado su parte y le recompensara con mucho más de la mitad de su valor.

No podía comprender que Jacob Lambert fuera una ficción, un personaje creado por Nathan para mí. Esa pieza encajaba ahora en la imagen revuelta del puzle. Monsieur Lambert nunca había existido, por eso, sencillamente, no lo encontraba. Tampoco era imposible que pudiera ser el hombre que conducía el vehículo que se interpuso en el camino de mi marido. También el mensajero de la carta explosiva. ¿Por qué no?

Él admiraba a Kaczynski porque fue víctima, como su madre, de los experimentos de Harvard del doctor Murray; Jacqueline se había suicidado y Kaczynski convertido en terrorista. Nathan solo tuvo que copiar el *modus operandi* de Unabomber para mutarse en el propio Kaczynski. ¿Cuántas posibles cartas habría enviado Nathan y a quiénes, y dónde las prepararía? Si Alex había sido su único objetivo o habría otros más. Dijo que Kaczynski vivía en la cabaña de un bosque cuando lo detuvieron. Desde allí ideaba sus atentados y preparaba los explosivos. Y ante mí tenía una inmensa espesura de veinte mil kilómetros cuadrados con más de siete mil lagos. Un lugar perfecto para esconderse.

Podría estar ahora mirándome a través de unos prismáticos en cualquier punto del horizonte, al otro lado del lago, y venir a por mí en cualquier momento. Y si no había conseguido matarse provocando la muerte de mi marido podría hacerlo causando la mía. Pero, por otro lado, él había tenido en sus manos todas las oportunidades para deshacerse de mí y no lo hizo, solo buscó mi ayuda y consuelo, y quizá intentó hablarme de algo que al final no hizo. Debía averiguar de qué culpaba a su tío para causarle la muerte y atentar contra él. Ahora, más que nunca, tenía que encontrarlo. Y no estaba segura de si debía ser Bonnard el primero en hacerlo. Mi intuición me dictaba seguir ocultándole al inspector mi relación con Nathan en espera de nuevos acontecimientos que dictaran su inocencia y lo absolvieran de cualquier culpabilidad. Solo necesitaba dar con él y verificar que Nathan solo era una víctima metida en problemas.

Observaba las suaves ondulaciones del agua gris y oscura de un día encapotado. El banco de madera era el mejor observatorio para contemplar el lago en su inmensidad. Me sobresaltó oír la voz del inspector a mi espalda. Podía escuchar su respiración. ¿Cuánto tiempo llevaría ahí?

—Bonito paisaje. ¿Se encuentra bien, doctora?

—¿Han hallado lo que buscan? —respondí, sin darme la vuelta.

Pude oler su perfume, a pachulí, como humo y madera que evoca una fría noche al calor del fuego.

—Ya hemos terminado.

No contestó mi pregunta.

—Mi marido era un hombre bueno. Si alguna vez se vio envuelto en algo feo, estoy segura de que luchó para evitarlo. Desde que yo lo conocí siempre hizo el bien a sus pacientes. No se merecía una muerte así.

—Ni la vida ni la muerte discurren como deseamos.

—Dedicó su vida a combatir la violencia. Trabajaba con delincuentes, con mujeres que habían perdido toda esperanza de conseguir una vida mejor. Enfermos violentos a los que intentaba proporcionar nuevos códigos de comportamiento. Ayudó a tanta gente… En el Instituto Philippe-Pinel se dejó el alma. Me imagino que también habrán registrado allí su despacho y la consulta.

No dijo nada. Detrás de mí le sentía mirar el horizonte, los abetos del bosque, las casas escondidas entre la orilla y los rojos colores del otoño.

—¿Sabe lo que significa Ouareau? —dijo, pronunciando de nuevo esa palabra con una fonética impensable.

—Dígamelo usted.

—Algo así como «a lo lejos». Este lago se utilizaba para transportar los árboles que están aquí, entre nosotros; y los que están allí, al otro lado, «a lo lejos».

—¿Le gusta la poesía, inspector?

—Un poeta es quien busca la armonía, doctora. La que rompen asesinos y delincuentes como el que ha provocado la muerte de su marido. Estamos en el mismo barco, no lo olvide.

—¿Por qué no dice mejor «canoa»?

Creí que sonreía por primera vez. Pero sin humor para distensiones.

—Todos aquellos que hacen daño, y ustedes no saben controlar, nosotros los apartamos para que no puedan seguir causándolo. No soy su enemigo… Va a coger una pulmonía si permanece aquí fuera. Empieza a llover.

—¿Cómo era la carta explosiva? Dígamelo.

—Rudimentaria. Un conducto de metal, pólvora, un accionador y unas baterías. Puede hacerse en cualquier lugar. Idéntica a la reproducción de una bomba de los años setenta, fabricada por un terrorista. Está expuesta en el Newseum de Washington. Pudo copiarla de ahí perfectamente.

—¿A qué terrorista se refiere?

—A Theodore Kaczynski.

—¿Qué sabe de ese hombre?

—Bueno... Un tipo raro. Un pseudofilósofo. Atentaba contra científicos, objetivos tecnológicos... Elaboraba bombas caseras, idénticas a la que recibió su marido. Pero no es nada raro, hay muchos locos que lo imitan. Es una especie de héroe para grupos y gente radical antitecnología, aquí en Canadá y en todas partes.

—¿Puede ese hombre estar relacionado con la muerte de Alexander?

—No lo sé. Está en una cárcel de alta seguridad, en Colorado. Nunca va a salir de allí, se lo aseguro. Se dedica a escribir. Mantiene correspondencia con mucha gente. Es posible que pueda estar conectado con la persona que le mandó la carta a su marido. No tenemos ningún indicio, por ahora. Puede tratarse de un imitador.

—¿Qué documentos encontraron en el Porsche?

—No se lo puedo decir todavía.

—Váyase, inspector.

—¿La pongo nerviosa?

—Es posible.

—No tiene motivos.

—A lo mejor sí.

—¿Me los quiere contar?

—Ahora necesito estar sola.

A lo lejos se oían las voces de Marie y de Aaron Zuckerman. Me levanté despacio del banco y Bonnard ya había desaparecido del embarcadero tan suave y silencioso como había llegado. Lo vi cruzar la terraza de la casa, y decir adiós al abogado.

Aaron me pidió disculpas y se despidió de mí por segunda vez en las últimas catorce horas. Volvió a pronunciar espurias palabras de tranquilidad y me dejó en paz al constatar mi humor. No quise estrecharle la mano antes de que se diera la vuelta para entrar en su Mercedes, junto a sus abogados, que más parecían guardaespaldas que hombres de ley. La casa volvió a estar vacía a las dos de la tarde, bajo una lluvia fina y constante.

Por fin nos quedamos solas. Entonces le dije a Marie en la cocina, mientras ella se disponía a preparar un almuerzo:

—Te voy a llevar al pueblo para que tomes el autobús de las cuatro de la tarde. Mañana estaré de regreso en Montreal. Necesito quedarme sola.

Marie reaccionó crispando los dedos con la puerta de la nevera abierta. Intentó dominar la sorpresa. Cerró los ojos y reflexionó como si intentara suavizar las palabras que iba a pronunciar.

—Ni hablar, doctora. Quedarse usted aquí..., es peligroso. Puede andar suelto el hombre de la bomba... ¿Quién le dice que ese desequilibrado no va detrás de usted?

—No digas bobadas. Recoge tus cosas, tu cámara y entra en el coche.

A pesar de todas las reticencias que me expresó y de decirme que me iba a proteger por encima de todas las cosas, obedeció, entró en el Mini y la llevé a Saint-Donat. La dejé en la estación de autobuses. Estaba nerviosa, triste, extraña. Su preocupación me traspasaba y ella evitó el sinfín de recomendaciones y sugerencias que la situación requería.

—Debería viajar a Madrid, madame, tiene mala cara. Salga de aquí. Seguro que ese inspector estará de acuerdo.

Añadió que no dormiría hasta verme aparecer de nuevo por la puerta del 103 de la avenida Arlington.

De regreso, pensé que Marie podría haberse llevado el Land Rover y yo no haberla dejado viajar en autobús. Me sentí culpable pero liberada. Me di cuenta de que nunca, hasta ese momento, me había quedado sola entre las paredes de la casa del lago.

148

Siempre me acompañaban Alexander o ella, si precisaba acercarme. Romper viejas costumbres le resultaba difícil a Marie. Ya era el momento de hacerlo.

Necesitaba dormir. Pero estaba impaciente por inmiscuirme en los álbumes de Alexander y repasar sus fotografías familiares. Debía encontrar el rostro de Jacqueline Brenner y cotejarlo con la imagen de la mujer del cementerio que retenía en la memoria, antes de que el tiempo la hiciese desaparecer, porque algo misterioso debió de ocurrir en la familia que involucraba a Alexander, para que el hijo de Jackie, veintinueve años después, apareciera en mi consulta bajo otro nombre para contarme la muerte de su madre y a lo que fue sometida.

Si realmente mi marido había participado de alguna manera en los descabellados estudios de Harvard, algo encontraría en sus archivos de aquellos años que guardaba en su despacho de la buhardilla. Nombres. Participantes. Terapias. Informes. Investigaciones. Ensayos. Esperaba que la policía no se los hubiera llevado.

Me encaminé hacia el ático. Los suelos de madera y las alfombras amortiguaban el sonido de mis pasos. Crucé el rellano de la primera planta con dos dormitorios, un aseo y un pequeño despacho que yo utilizaba para trabajar y almacenar archivos y material antiguo. Era una casa sencilla y pequeña, acogedora. Construida con madera de pino y piedra de las Montañas Rocosas. Olía como un bosque encerrado en una cáscara de nuez. Me paré a mirar las fotografías colgadas en las paredes de la escalera, en toscos marcos de madera. Casi todas de peces y tipos de plantas. En algunas aparecía Saul, mi difunto suegro, exhibiendo trofeos de pesca.

El ático había sido reformado eliminando tabiques. La sala era diáfana, toda ella revestida de estanterías de madera y alfombras en los suelos traídas por Alexander en sus viajes de trabajo. Ya era de noche y encendí la luz. Repasé con la mirada el estado del despacho. Sin revolver. Quizá Marie lo habría ordenado tras el registro. Tampoco noté que faltase nada entre los cientos de libros de las estanterías, ni en los archivadores, ordenados por años y materias.

Abrí la puerta en la parte baja del mueble, detrás de su mesa. Retiré su sillón para acceder y encontré el álbum que buscaba. El de la chica rubia que acompañaba a Robert en los momentos captados por la cámara. Y ahí estaban las fotos, de nuevo, impasibles al paso del tiempo. Enfoqué mi atención en la de los cuatro, en la barca: Alexander junto a la chica morena y Robert con la rubia de pelo largo recogido con un broche. Mi memoria no me había traicionado en el cementerio cuando reconocí a la chica rubia de la fotografía en la imagen de la hornacina de la lápida de Jacqueline Brenner. Un rostro alargado y dulce, frágil, de mirada sincera. Ojos expresivos y claros. Me recordaba a las bellezas rubias de la época hippy, rostros alargados con el pelo lacio y una cinta sobre la frente. Pero Jacqueline no llevaba una cinta sino un broche que le otorgaba un estatus infantil. Ella volvía a aparecer en otras imágenes, siempre junto a Robert. En algunas se miraban como participando de un secreto y en otras se reían como novios. El paisaje de fondo siempre era el mismo: los alrededores de la casa del lago, bajo los árboles o escondiéndose de miradas indiscretas; no así del fotógrafo. ¿Sería Alexander quien las habría tomado? En ninguna de ellas Jacqueline debía de superar los diecisiete años. Se les había retratado tan felices y eran tan jóvenes e inocentes que me emocioné. Desconocían lo que el destino había preparado para ellos.

Moví la vista hacia el rostro de la chica que acompañaba a mi marido en la barca, con dos trenzas hacia delante. Me di cuenta de que él la tenía imperceptiblemente agarrada por detrás de la cintura. No se le veía el brazo, pero sí la mano sobre la estrecha cadera de la joven. Si la mirada de Jacqueline parecía sincera, la de su compañera era triste y de fría inteligencia. Intenté concentrarme en un ejercicio de análisis. Percibí en esa triste mirada un reto y un desafío. Una mujer con carácter, bajo el engañoso palio de la fragilidad y la juventud. Estaba segura de que esa joven era Rebeka Winter. Recordé que monsieur Lambert —ahora Nathan— me había hablado de las trenzas de la amiga de su madre y pareja de su tío, las mismas trenzas de esa chica morena.

Busqué desesperadamente. Pasé las hojas de todos los álbumes, inquieta, una por una. Revisé cada fotografía. Pero la morena no salía en ninguna otra, como si estuviese testimoniando su desaparición, como si estuviese anunciando que nadie la volvería a ver.

Ella era la novia de Alexander. La íntima amiga de Jacqueline. La mujer a la que llamó Robert la mañana que sorprendió a su mujer drogando al niño con LSD cuando vivían en Quebec. Rebeka se presentó con Alex. Él, como médico, reconoció al pequeño y a la madre el fatídico día en que Robert decidió quitarle el niño a Jackie y mandarlo con la abuela Alison. El resto no tenía ganas de recordarlo. Ni cómo había terminado la hermosa rubia de las fotografías.

Jacob —ahora Nathan, me costaba asignarle su verdadero nombre— dijo en sesión que su tío —Alexander Cohen, ahora conocía su identidad y le podía poner cara y todo lo que sabía de ese hombre, porque había sido mi marido durante ocho años— le dio un beso. El único beso que Nathan recibió de su tío en toda su vida. Me pareció tan trágico que Nathan recordara aquel detalle tan pequeño, pero tan poderoso; y que además dijera que nunca lo había visto antes, pese a que su madre y Rebeka fuesen íntimas amigas. Por lo que supuse que ellas dos debían de mantener el contacto, y quizá hasta se vieran en algún parque o en cualquier cafetería de la ciudad de Quebec o de Montreal, aunque los hermanos estuvieran distanciados mientras las dos novias confraternizaban como auténticas hermanas, usurpando así a los Cohen su relación fraternal, que se encontraba totalmente rota por motivos que a no tardar mucho pretendía averiguar.

Tomé conciencia del crujir de las maderas. El golpear de la lluvia azotaba los cristales. Marie no había encendido la calefacción. O estaba muy baja. Decidí quedarme en el ático y echar un vistazo a los archivos de mi marido, convencida de que algo importante podría encontrar. Nunca lo había hecho. Jamás entraba en su despacho. Nunca me dio por cotillear entre sus papeles, salvo que buscase un informe o él me encargara buscarle un documento. Con los álbumes abiertos sobre la mesa y todas sus cosas tal y como las había dejado él por última vez para retomar sus notas, comencé a buscar los archivos de aquella época lejana. Él no había estudiado en Harvard. La carrera y la especialidad las había cursado en la Universidad McGill y en el Hospital Royal Victoria. En él hizo las prácticas universitarias y luego entró como contratado, hasta el año 69. A partir del cual pasó al Instituto Douglas de Salud Mental y más tarde al Monte Sinaí. Sé que se tomó unos años sabáticos entre medias, dedicados a la investigación. Investigación. Veía nuevas connotaciones en esa palabra. Escribió varios libros y un gran número de artículos para publicaciones científicas y universitarias. Yo misma había leído todo lo escrito por él con la misma veneración que se leen las Sagradas Escrituras. Desconocía que existiese un solo trabajo que no hubiera caído en mis ojos devoradores sobre la actividad de mi marido, de la que me sentí orgullosa hasta el día de su muerte. Y jamás leí ninguna investigación que él pudiera haber realizado en la Universidad de Harvard, salvo un par de textos preparatorios para unas conferencias esporádicas del año 92.

No encontré ningún archivo anterior al año 63, en los que registraba los casos estudiados por él y su equipo. Cada caso era un estudio que incluía la metodología empleada, el diagnóstico y evaluación, el tratamiento, seguimiento y observaciones. Información confidencial que todo médico ha de guardar, custodiar y proteger. Muchas veces va acompañado de imágenes, vídeos, grabaciones... De todo el material empleado para el estudio y el análisis de los casos.

Todas sus carpetas y archivadores estaban en el mismo orden que siempre estuvieron. La policía apenas había tocado nada. Buscaran lo que buscasen, no les debía de interesar demasiado su trabajo. *Crassus errare*, inspector Bonnard, *crassus errare*. Porque mi instinto me gritaba que había una conexión entre la actividad profesional de Alexander y su muerte, que Nathan vino a contarme.

Tras remover los anaqueles, el armario archivador, los estantes y los cajones de su mesa no hallé ni una sola carpeta de aquellos años. Salvo un archivador de color verde, entre los artículos y estudios clínicos publicados en revistas, con una etiqueta blanca manuscrita por él en la que había subrayado la palabra MURRAY.

Abrí la carpeta sobre la alfombra y me senté en el suelo enfocándola con una lámpara. Ya era noche profunda y había poca luz en la sala.

La carpeta estaba vacía.

Aun sin hallar nada había conseguido un detalle. Un nombre vacío: Murray. Los detalles son brechas que se abren para mostrarnos que existe algo más de lo que vemos. Y este detalle decía que debía volverme a sentar junto a Nathan. Podría estar escondido en algún lugar de aquellos bosques. Pero no le tenía miedo. Más bien, compasión y lástima. Me acerqué a la ventana. Miré hacia la oscuridad. El agua del lago era una superficie negra y brillante. No había una sola luz al otro lado, ni en ninguna parte que mi vista alcanzara. Abrí la ventana y olí el frío, la humedad. Había dejado de llover. Debía encender la calefacción o moriría de frío envuelta en una voz heladora que me decía: «Eres la mensajera de la derrota y esta vida no es más que un sueño que no te pertenece. Así que corre y vuelve a tu casa, de donde nunca debiste salir».

No contesté a esa voz insidiosa y crucé el despacho. Recogí los álbumes de fotos, y antes de salir, una luz hambrienta en mi cabeza enfocó, como jamás lo había hecho, la temática de la mayoría de los viejos libros no científicos de Alexander. Todos sobre la Alemania nazi, la Segunda Guerra Mundial, el Holocausto y los campos de concentración en Europa. Una obsesión abarcaba mi mirada y mi estupor. Abrí un libro sobre los juicios de Núremberg que llamó mi atención por lo manoseado de sus bordes. Me sorprendieron las anotaciones a mano que había en el índice, sobre el nombre de cada uno de los enjuiciados. La lista era enorme. Eché otro vistazo y hallé doce libros que correspondían a los llamados juicios posteriores. Tribunales establecidos en cada una de las zonas ocupadas en Alemania, cuya finalidad era procesar a los funcionarios alemanes por su intervención en crímenes de guerra, contra la paz y la humanidad. Doce actas con sus sentencias y los encausados. El primer caso: el de los médicos, que no llegué a abrir porque el rechinar de la tierra bajo las ruedas de un vehículo acercándose a la casa me asustó. Apagué la luz y salí de allí. Bajé corriendo. En la cocina encendí las luces del porche y los focos iluminaron la entrada del camino, la terraza del lago y el perímetro de la casa. Pensé que Nathan jamás aparecería en un vehículo todoterreno que derrapaba y frenaba en seco en mi aparcamiento.

19

Guerra Fría

—¡Soy yo! —gritó Fanny.
Bajó de su automóvil en la rotonda de entrada vestida con un plumas blanco y unas botas de agua. Salí a recibirla. Se levantó la capucha y me abrazó con ternura.

—¡Hace una noche horrible...! —exclamó.

Me cogió del brazo y fuimos hacia el porche. Los focos nos iluminaban.

—Me llamó Marie, tan preocupada... —dijo excusándose por presentarse sin avisar—. No podía dejarte sola, esta noche, ¡en este paraje deshabitado! ¡Con ese loco suelto..., Dios mío! Se me han olvidado los dos días que llevo llamándote. Estoy verdaderamente inquieta. Ray ha estado a punto de acompañarme; pero le he parado los pies..., lo que faltaba, un viejo gruñón dando la tabarra; y no se encuentra nada bien. Pero aquí estoy yo, para hacerte compañía.

—Le dije a Marie que necesitaba estar sola.

—No ahora, *ma chérie*... Ya tendrás tiempo de soledad. Esta noche me quedo contigo y mañana nos vamos juntas a Montreal.

Antes de entrar en casa me dio un beso en la mejilla, de forma inesperada, y se dio la vuelta en busca del perro que ladraba en el interior del todoterreno. Dijo que «el chiquitín» la necesitaba. Entré en casa y en la cocina dispuesta a preparar algo para cenar mientras ella iba a por Dune, que no era otro que Dune III, sucesor de Dune II, toda una estirpe de blancos bichones malteses que correteaban a sus anchas por la vida de Fanny. No me sorprendió que apareciese con una bolsa de Marché Des Saveurs. La dejó sobre la mesa y sacó lujosos envoltorios con pastel de salmón, *tourtière*, jamón italiano, queso fresco, melón troceado y dos pequeñas *baguettes*. Ella era así, decidida y avasalladora, y jamás se rendía. Mientras Fanny colocaba los platos y abría una botella de vino, puse la calefacción y prendí la chimenea del salón.

Fanny extendió un mantel y encendió un par de velas depositando cuidadosamente los platos sobre la mesita, frente a la chimenea y dos butacas de deslucida chenilla. Yo la observaba moverse con la soltura y devoción de una madre. Me sentía incómoda en el papel al que Fanny deseaba condenarme. Nos sentamos en las butacas, junto al fuego. A la luz de las velas y al reflejo de las llamas, la vi más vieja que nunca. Unas nuevas arrugas en su cuello se descolgaban con flacidez, y la piel de la cara me pareció tan hendida como la superficie de los troncos que ardían en la chimenea. Aun así, conservaba una marchita belleza, con el broche de flor de lis de su amada Quebec prendido en el jersey de cuello alto. Dune se acurrucó junto al fuego y enseguida se adormiló como una bolita blanca sobre la alfombra.

No pareció complacer a Fanny mi repentino comentario cuando dije:

—Algo muy feo tuvo que suceder en el pasado para llevarse a mi marido por delante.

Se ocupó del vino con tranquilidad y me sirvió una copa.

—Cielo, lo que acabas de decir es una solemne tontería.

—Tú has sido la enfermera de Raymond en todos los hospitales en los que ha trabajado. Has participado en su actividad investigadora. Lleváis juntos toda la vida y creo que sabes perfectamente lo que ocurrió en la Universidad de Harvard cuando tu marido investigaba junto al doctor Murray unas terapias ilegales y degradantes con LSD. Tengo sospechas de que Alexander estuvo involucrado en esos experimentos que no sabría bien... cómo definir. Espero que tú me lo cuentes.

—Cielo, me imagino que habrás leído todas las exageraciones de las que sigue hablando la prensa sensacionalista cuando no tiene de qué ocuparse. No voy a desmentirlas, pero están sacadas de contexto. Y no eran ilegales, *ma chérie*. La universidad apoyaba a sus científicos en su contribución a la paz mundial. Qué despistada te veo, *ma chérie*... Era otra época. Europa se había convertido en una vieja esquizofrénica. Los soviéticos se hubieran apoderado de ella si no les llegamos a parar los pies. El mundo estaba dividido en dos: los malos y los buenos. La libertad y la represión. La democracia y el comunismo.

—Los buenos erais vosotros.

—Así es. Y los nazis los peores; no lo olvides. Los más sofisticados. Teníamos claro contra quiénes luchábamos. Conocíamos sus caras; la cara del mal. Ahora sus rostros se han desdibujado. El enemigo se sienta en un avión o camina tranquilamente por un aeropuerto dispuesto a inmolarse para quitar la vida a cientos de personas con una llamada telefónica. Y contra eso nadie puede luchar. Nos han ganado la batalla, *ma chérie*. El muro de Berlín cayó, y con él todo empezó a desmoronarse; él retenía a los enemigos de la libertad. Ahora, nos la dinamitan desde dentro. Nuestro lugar es América. Pero teníamos que salvar a Europa, proteger al mundo de Stalin, de Hitler..., del comunismo asiático, de las dictaduras latinoamericanas... Es muy difícil entender ahora cómo era el mundo hace cincuenta años: la guerra de Corea, Vietnam, Yom Kipur, Afganistán, Irak, el Golfo, los Balcanes... La Primera Guerra Mundial lo cambió todo. La segunda fue una barbarie. En el siglo xx el planeta entero estaba enloquecido... Definitivamente creo que nuestra especie es delirante.

—La locura es un invento humano, amiga Fanny.

—Como vayas diciendo eso, te quedarás sin pacientes.

Fanny resultaba ser más lista de lo que había imaginado. Sin maquillaje parecía una mujer más tierna y sencilla. Casi vulnerable en la vejez. Creí que su discurso pretendía alejarme del foco de mis intereses.

—Y como el mundo estaba loco —dije, intentando comprender—, la CIA se dedicaba a investigar despiadadamente con personas inocentes para hallar la fórmula mágica de manipular la voluntad de sus enemigos y ganar sus guerras. ¿Eso es lo que quieres decir? ¿Que sacrificó a cientos de civiles para ensayar con ellos desde dentro de su propia libertad y con sus propios ciudadanos...? Y ¿que no sirvió para nada?

—Es posible.

—¿Qué es posible?

—Ahora es muy fácil hablar así, *ma chérie*. Nos equivocamos; lo reconozco. Pero solo en cuanto a la interpretación y el método. Y has de saber que ellos actuaron siempre con absoluta integridad y solo se encargaban de la parte teórica. Son científicos, eran jóvenes; tenían su carrera por delante; el doctor Murray era un hombre poderoso, inteligente, manejaba con habilidad a la sociedad científica de América. Fundó la Sociedad Psicoanalítica de Boston. Fue un fiel servidor norteamericano. ¡Sus tesis de partida eran revolucionarias! Contribuirían a modificar la conducta del mal en el hombre. ¿No lo entiendes? Si daban con ello, el mundo sería un lugar mejor. ¿Qué podíamos hacer sino apoyar lo que pensábamos que era lo correcto?

—Por eso en Harvard convertisteis en una cámara de tortura las sesiones experimentales, con métodos vehementes, avasalladores, abusivos... sobre jóvenes universitarios.

—¿De dónde has sacado esa tontería?

—Los participantes fueron torturados con técnicas despiadadas.

—No lo creas... Pero eso no nos convierte en criminales.

—¿Y mi marido?

—Ayudaba a Ray con pequeñeces. No niego que pudo haber algún exceso. La CIA lo paró todo para tranquilizar a la opinión pública cuando empezaron a hablar algunos de los muchachos. Y te juro que Ray solo se ocupaba de interpretar los datos y las mediciones.

—¿Me estás diciendo que no había ninguna diferencia entre vosotros y los jefes nazis que obedecían órdenes?

—El poder es una máquina desalmada. Deshumaniza.

Me empezaban a cansar sus absurdas y desfasadas ideas de mujer de la Guerra Fría que intenta justificarse, y entonces pronuncié el nombre de Theodore Kaczynski.

—¿Qué sabrás tú de él...?

—He leído cómo llegó a hacer lo que llegó a hacer.

—Es un diablo. Y un mentiroso. Un esquizofrénico.

—¿También era un diablo Jacqueline Brenner?

Guardó silencio, inmune a mis palabras; bajó la mirada y se agachó, sentada en la butaca, para recibir el bienestar del calor de la chimenea. Cogió en brazos a Dune III. Con un gesto de ternura comenzó a acariciarle el lomo y cerró los ojos como buscando en sí misma una compasión que no existía.

—Aquello nos ha costado muy caro —susurró.

Abrió los ojos lentamente. Su mirada era introspectiva. Vi nuevas arrugas en la comisura de sus labios que delataban el paso criminal del tiempo.

—Pedimos perdón. No fuimos capaces de ver lo que estaba sucediendo. Lo siento...; qué más puedo decir. Si fuera posible viajar en el tiempo lo cambiaría todo. No somos monstruos, Laura. Somos viejos, estamos cansados. No te equivoques de enemigo. Hemos dedicado nuestra vida a la medicina, a ayudar a la gente. No se puede echar por la borda lo mejor que hemos dado de nosotros para quedarse con unos sucesos que nunca tendrían que haber ocurrido. Hemos intentado reparar los daños por todos los medios. Ray está enfermo; más de lo que puedas imaginar. Se hace el fuerte, pero ya no puede caminar. La muerte de Alexander lo ha hundido completamente.

—¿Qué le sucedió a Jacqueline Brenner? Hasta hace unas semanas ni conocía la existencia de la cuñada de mi marido.

Permaneció callada unos segundos. Volvió a cerrar los ojos, circunspecta. Su rostro intentaba acomodar una expresión sin emociones.

—Esperaba que algún día me hicieses esta pregunta. Lo que ignoraba es que Alexander estaría muerto para respondértela él mismo. Yo no soy quién para hablarte de las desgracias de los Cohen.

—Me lo debes.

—Estoy de acuerdo.

—¿Por qué tanto hermetismo?

—Tu marido decidió enterrar su pasado. Tú eras su nueva vida… Significabas todo lo bueno e inocente que necesitaba para seguir viviendo.

—Pero… ¿qué tragedia te estás inventando? Era un hedonista, un hombre alegre, le gustaba la vida. Arriesgaba lo que fuese con tal de conseguir lo que deseaba. Incluida yo y lo que se le pusiera por delante.

—Era su cara más superficial, *ma chérie*, la imagen que deseaba proyectar de sí mismo. Nunca te fíes de las apariencias. Eres psiquiatra, Laura. Creo que deberías haber aprendido a analizar mejor a las personas.

—Sé quién era mi marido.

—¿Eso crees? No seas tan arrogante, chiquilla. No tienes ni idea… ¿Cuántos años hay en tu cabecita? ¿Qué experiencia tienes de la vida? ¿La que has leído? Sé que has sufrido en tu infancia, pero créeme…, eso es una anécdota.

Fanny sabía emplear la crueldad y me miraba con ojos viejos y astutos, azote de sus enemigos.

—Volvamos a mi pregunta —dije.

—Claro que sí; a eso he venido. A contarte lo que quieras saber y que esté en mi mano contestarte. No te quiero como enemiga. Tú no, por favor. Eres lo único que nos queda de Alexander. Te quiero de verdad, por ti; por Laura del Valle. ¿No lo entiendes…? Si quieres la verdad, aquí la tienes:

»Jacqueline era la mujer de Robert. Nunca congeniamos ni estuvimos unidas en nada. Nos soportábamos, nada más. Era una joven realmente inteligente, su coeficiente intelectual la expulsó de inmediato de todos los colegios. Recibió educación especial para niños superdotados, y acabó en Harvard con una beca. Podría haberse quedado en McGill, con Robert, pero no era suficiente para ella. ¡La ambición personificada! Se consideraba por encima de todos nosotros. Y le gustaban las drogas y el movimiento hippy, de gente que odia el orden establecido. Cuando regresó de Boston ya era una drogadicta. No terminó Psicología. En Harvard estuvo metida en grupos que experimentaban con LSD, marihuana…, cualquier droga era buena para ella. Podría haberlo controlado, pero todo era poco para esa muchacha de ojos azules y carita de buena. Acabó metida en un movimiento espiritual, casi religioso, que la apartó definitivamente de los estudios y emprendió una vida nómada y absurda en una comuna en el norte de Nueva York. De allí salió destrozada, te lo aseguro. Robert era un muñeco en sus manos. La apoyaba en todo, el muy incauto. Él, en un principio, hacía sus pinitos con LSD y todo tipo de sustancias que le proporcionaba Jackie. En fin…, ya sabes…, estaban metidos hasta el cuello en esa corriente de la contracultura de los años sesenta. Nos criticaban porque nosotros estábamos en el sistema, porque ayudábamos a la gente de verdad, con nuestro trabajo y esfuerzo, a pesar de esa mancha negra del grupo de Murray en el que quiso entrar Jackie. Ella odiaba a tu marido porque era médico, y atractivo y con carácter, no como el bobo de su novio incapaz de decirle "no" a sus absurdos caprichos de drogadicta. Alexander no quería saber nada de ella porque arrastraba a su hermano a toda clase de porquerías. Una cosa es utilizar los fármacos bajo control médico y otra muy distinta volverse loco con ellos y usarlos sin control parar "viajar" peligrosamente. Nosotros trabajamos en hospitales y ayudábamos de verdad a los demás, ellos se divertían jugando con la muerte. Hay una sensible diferencia.

—Ya…, todo eso lo entiendo, pero… tuvo que pasar algo entre los dos hermanos.

—Por supuesto. Jackie no tuvo ningún reparo en insistir e insistir en que Alexander y Raymond movieran los hilos para que ella pudiera entrar en un experimento médico que realizaba en Harvard un equipo de la universidad. Alexander se negó rotundamente. Le avisó de los peligros y rechazó ayudarla a conseguirlo. Era un ensayo arriesgado. Formaba parte de un programa de la CIA. Y le dijo a Jackie que no intervendría en algo semejante. Pero entonces medió Robert, presionó a Alex hasta extremos insospechados con tal de satisfacer los caprichos de su novia. Al final, tu buen marido intercedió ante el doctor Henry Murray y Jackie entró en ese grupo. Era un proyecto siniestro, ya lo sabes, una técnica de barrido de la personalidad. Creo que aquel fue el mayor error que cometió Alexander en su vida. Raymond se lo dijo, se lo advirtió: «No intervengas, oponte, no dejes que la novia de tu hermano participe en el ensayo».

—En ese grupo estaba Theodore Kaczynski.

—Así es.

—¿Afirmas que el doctor Murray, Raymond y mi marido colaboraban con la CIA?

—Por supuesto. Para la CIA trabajaba mucha más gente de la que uno se cree. Sus tentáculos llegaban a todas partes, y más a las universidades y centros de investigación. Estamos hablando de la Guerra Fría... La mayoría de los científicos, investigadores e instituciones académicas de Estados Unidos y de muchos países, incluido Canadá, estaban subvencionados por ella. Y bueno... el grupo del doctor Murray fue un desastre. Jackie quedó más tocada de lo que estaba. Aunque esas sesiones de «medición de estrés» no fueron lo único que la afectó. Al poco tiempo, le dio por abandonar la universidad y seguir a un loco profesor, también de Harvard, al que echaron por malas prácticas. Un tal Timothy Leary, el inventor del absurdo movimiento de la psicodelia.

—Lo sé.

—Cuando Jackie se largó de Harvard, de la noche a la mañana, lo hizo tras el loco de Leary. Él le causó mucho daño. Era un excéntrico y un vividor. Se habían hecho muy amigos. Ella formaba parte de su club de psicodélicos absurdos. Como profesor de Harvard había experimentado con hongos alucinógenos en sus alumnos. Más tarde fundó una especie de secta que se registró como organización religiosa. Jackie siguió a ese grupo, primero llamado LSD y luego Fundación Castalia, a una enorme finca, en Millbrook, en el condado de Dutchess, de Nueva York. Los propietarios eran unos millonarios, herederos de una gran fortuna y amigos de Leary, al que prestaron la mansión y varios edificios para establecer la comuna. Allí debió de pasar de todo. Practicaban una especie de misticismo que mezclaba la psicodelia y la filosofía oriental. Vivian aislados del mundo y de sus familias, que temían por ellos. Robert iba de vez en cuando para estar con ella, y cada vez que regresaba a Montreal lo encontrábamos más extraño, sombrío y alejado de Alexander y de nosotros. Los laboratorios Sandoz fabricaban entonces píldoras de psilocibina que Robert y Jacqueline consumían descontroladamente, un derivado sintético de los hongos alucinógenos que Leary también suministraba a sus discípulos en la comuna.

—Todo esto me parece una locura.

—Entonces no lo era. Pero hay más. La mansión Millbrook se asentaba en una finca de mil hectáreas, con más de sesenta habitaciones en las que montaron la secta y en la que vivían niños con sus madres. Esa experiencia, como era previsible, acabó fatal. A Leary lo detuvieron y fue condenado a diez años de cárcel por tenencia de marihuana, y el grupo se disolvió. Más tarde Leary se escapó de la cárcel y huyó a Suiza. Por eso Jackie volvió a Montreal con Robert y se casó con él, por pura desesperación. A la boda no invitaron a nadie, ni siquiera a Alexander. Fue una ceremonia civil, casi en secreto. ¡Cómo odio a esos imbéciles! Eran así. Descastados y absurdos. Pero lo cierto es que Jacqueline llegó de Estados Unidos absolutamente destruida. Un auténtico zombi. Robert dejó de hablar a su hermano. Le acusaba de estar metido en el ajo de quienes mueven los hilos del imperialismo, y para colmo, le culpaba de lo de Murray. Jackie, a su regreso, odiaba más que nunca a tu marido. Yo, personalmente, pienso que siempre estuvo enamorada de él. Pero son conjeturas mías. Lo cierto es que la pareja se largó a Quebec y tuvieron un hijo. Nunca bajaban a Montreal. Vivían apartados del mundo. No sé qué hacían allí ni a qué se dedicaban en esa ciudad, solo sé que Alexander les enviaba dinero todos los meses, bajo cuerda, cuando nació el niño. Y Jackie no solo admitía ese dinero, sino que además mentía a Robert diciéndole que procedía de su madre. Le hizo creer que Alison mantenía a los tres. Por supuesto, Robert jamás hubiera aceptado un dólar de su hermano. Y así durante años, hasta que ella dio un pasito más y se quitó la vida. Creo que sus últimos años fueron muy duros. Hacía cosas horribles, como vagar desnuda por las noches, en medio de la nieve. Saltaba por la ventana y corría campo a través como poseída. Destrozó la vida de Robert y de su hijo. No lamento su muerte, lamento cómo la buscó. Solo una mujer perversa es capaz de hacer algo semejante a su familia.

—O enferma. ¿Y el niño?

—Pobrecito Nathan, no quiero ni recordarlo. Jacqueline drogaba a su hijo. Robert parece ser que lo ignoraba. No deseo pensar mal, pero no tuvo más remedio que enterarse, y alejó al niño de Jackie.

—¿Jackie maltrataba a su hijo?

—No que sepamos. Pero Robert lo mandó con la abuela Alison. Los Cohen habían fallecido y el padre de Jacqueline también. Se montó una buena en esa familia. Jackie se presentó en Montreal y casi asesina a Alison. Quería recuperar a su pequeño y le pegó un tiro en un brazo. ¡A su propia madre! Nadie supo de dónde sacó el revólver del que Alexander se deshizo en el río San Lorenzo. En esa época, Jacqueline actuaba como una auténtica psicópata. Sufría ataques de histerismo y profundas depresiones. En ese incidente tu marido intervino porque Robert estaba paralizado por el miedo, y Alexander impidió que Jackie secuestrara a su propio hijo y matase a su madre. También lo amenazó de muerte, le acusó de torturar a la gente y de haber sido el causante de que Robert le quitase al niño. Al final, ese drama terminó. Robert se rehízo y pudo llevarse a su mujer de vuelta a Quebec, sobornándola con una dosis de heroína, que era lo único que la calmaba. Y, por supuesto, Nathan se quedó en Montreal con su abuela. Los dos hermanos discutían terriblemente después de aquello. Alexander le censuraba a Robert el no haber sido capaz de controlar a su mujer y de destrozar la vida del pequeño. Y Robert acusaba a Alexander de ser un psiquiatra sin integridad y de no haber protegido lo suficiente a Jackie del doctor Murray. Todo una pura infamia de Robert, un hombre con la vida desgarrada, incapaz y fracasado, roto por los celos de ver en su hermano a un hombre que había triunfado en la vida.

Pude respirar la antipatía que Fanny le profesaba a Robert. En ese momento me expliqué, con absoluta claridad, el porqué ni Fanny ni Raymond habían saludado a Robert en el entierro de mi marido.

—Siento en el alma ser yo quien te tenga que contar esta historia, *ma chérie* —añadió con solemnidad—. Raymond y yo la vivimos. Y te aseguro que tu marido fue un excelente y abnegado hermano, y ayudó siempre a Jackie en todo lo humanamente posible. Los mantuvo durante años. Corrió con todos los gastos de esa familia hasta el último de los días de la vida de Jacqueline. Pero el odio y la soberbia de Robert son infinitos.

Dune se desperezó en su regazo, ella le dio un beso en la cabecita y lo dejó en el suelo.

—¿Cómo se suicidó Jacqueline?

—Se tiró por la ventana de la habitación de un hotel en Nueva York, el Pensilvania. En el año 72. Era una suicida en potencia. Tenía una personalidad obsesiva-compulsiva. Su vida sexual con Robert era algo enfermiza. Freud la hubiera definido como una relación evacuatoria, de carácter masturbatorio. Ella utilizaba a Robert para descargar sobre él la culpa sexual y la suciedad que esa muchacha creía llevar encima. Pobrecilla… No le faltaba de nada. ¿Por qué crees que Jackie estudiaba Psicología? *C'est la vie, ma chérie*…

—Hagamos una pausa, necesito una copa —dije.

—Me apunto. Y olvida a esa familia.

Eché un vistazo a la mesita. Los platos sin tocar, por la intensidad de la conversación. Me levanté y saqué del carrito de las bebidas una botella de whisky y la dejé encima de la mesa. Fanny trajo de la cocina una jarra de agua y una cubitera con hielos. Sirvió generosamente de la botella de whisky. La vi con la sed de los borrachos por rebajar la tensión que se había instalado entre nosotras. Guardamos silencio durante un rato. Me agaché y cogí en brazos al perrito. Le acaricié el lomo y pude entender el bien que hacen los perros a sus amos. Lo devolví a la alfombra.

—Tendrías que hacerte con uno —dijo Fanny con el vaso en la mano, segura de sí misma—. Es adorable. Cada vez prefiero más su compañía. La gente me aburre tanto… Ya sabes… los viejos nos hacemos asociales.

Dio un buen trago. Yo hice lo mismo. Fanny estaba sentada como una sultana. Su mirada era brillante y ciertamente maliciosa. Satisfecha de haber soltado su discurso y de haberme pasado a mí la responsabilidad de quien llama a una puerta y se encuentra un cadáver.

—Fanny, tengo otra cuestión para ti.

—Lo que quieras, *ma chérie*. Aprovecha, otro día lo negaré todo.

Aguzó los oídos acercándose a mí, con ojos astutos y sinceros.

—¿Quién es Rebeka Winter? No la has nombrado en tu historia.

20

Niños de Auschwitz

No se esperaba la pregunta y bebió otro trago de whisky.

—Cómo te explicaría... Déjame pensar. —Cerró los ojos buscando las palabras, inspiró con dramatismo y añadió—: ¿De dónde has sacado ese nombre?

—¿De un álbum familiar de mi marido, por ejemplo?

—Fuimos compañeras en la escuela de enfermería. Nos graduamos y tomamos caminos distintos. Alexander la conoció en una fiesta universitaria. Comenzaron a salir y estuvieron juntos una temporada. Eso es todo.

—¿Eso es todo?

—Bueno..., a grandes rasgos... Rebeka fue mi amiga durante un tiempo. Luego lo fue de Jacqueline. Las dos se llevaban muy bien. Yo preferí no meterme en esa amistad. Rebeka era una mujer con carácter: sabía lo que quería.

—¿Y qué es lo que quería?

—Bueno... No sé cómo explicarlo. Salía con Alexander y ellos... pues... No sé, no me acuerdo, fue hace tanto tiempo...

Bajó la mirada.

—¿No sabes qué?

—En fin, Rebeka no era canadiense.

—Yo tampoco lo soy. ¿Eso nos hace sospechosas de algo?

—No digas tonterías. Tú eres española. Ella era de la Europa del Este y, ya sabes..., esas mujeres son un tanto ambiguas y complicadas. Un día... pues se fue.

—¿Qué quieres decir con que se fue?

—Pues que de la noche a la mañana se marchó de Montreal.

—¿Se marchó o desapareció?

—No lo sé.

—Son cosas muy distintas.

—Se había establecido en la ciudad siendo muy joven. Pero siempre parecía como si estuviese a disgusto en todas partes. En Canadá no tenía a nadie. En 1970 desapareció. ¡Dios mío, aquello fue muy difícil! No sabemos por qué. Pienso que Alexander sabía algo, pero él no quería hablar del tema; por lo que Ray y yo supusimos que habrían discutido y ella, con ese temperamento endiablado, se habría largado de Canadá. Siempre decía que estaba harta de este país consumista y sin historia. Toda ella era de corte soviético. Con ideas comunistas y radicales, pero quería parecer moderada. No le gustaba ir de compras ni gastar el tiempo en arreglarse. Era austera. De carácter autoritario. A su lado, tenías la sensación de estar cometiendo un delito por comprarte unas simples medias. En invierno jamás se quitaba sus roñosas botas de lana. Las válenki de los campesinos que usaban los rusos para combatir ese frío estepario. Esa chica me recordaba a los cargos del Politburó de la Unión Soviética. No quiero darte la idea de que podría ser una espía, ni mucho menos, sino que había nacido con un tipo de personalidad imposible de encajar en América. Definitivamente Rebeka Winter no pertenecía a nuestro mundo, *ma chérie*. Esa mujer no ha de preocuparte.

—¿Y su hermano?

—Ni idea.

—Pero había un hermano.

—Sé que había un hermano, pero apenas entablamos Ray y yo relaciones con él. Éramos todos muy jóvenes. Alexander lo conocía algo más y nos contó que viajaba continuamente y nunca estaba en la ciudad. Cuando Rebeka desapareció, su hermano estuvo un tiempo por aquí y creo haberle oído decir a tu marido que terminó estableciéndose en Nueva York. Eso es todo lo que sé.

—¿Cómo se llamaba?

Dudó. Tomó otro trago del vaso. Creo que mentía porque dijo que no se acordaba.

—¿Podría ser Otto?

—Ahora que lo dices, podría.

—¿Qué sabes de ellos? ¿De dónde salieron, cuál era su pasado, sus padres…? ¿Si llegaron solos a Canadá?

—Lo siento, *ma chérie*. Poco puedo decirte de ellos. Y… ¿qué más da?

—Estás rodeada de judíos, Fanny: Raymond, los Cohen, Marie…, y ¿me quieres hacer creer que no sabes que Rebeka Winter y su hermano eran judíos ucranianos procedentes del Holocausto?

—Yo no he dicho tal cosa. No es nada extraordinario ser judío, y menos en Canadá. No es ninguna rareza digna de mención. Canadá no es España. Vosotros los expulsasteis hace quinientos años. Y no regresaron.

—Pues larga vida a Norteamérica —dije, y levanté mi vaso de whisky para brindar al aire—. Tu visión del mundo es horripilante, Fanny. Yo me he casado con un judío. Igual que tú. Pero los Winter no eran judíos normales. Los Winter estuvieron en Auschwitz, fueron liberados en 1945 y solo tenían once y siete años. ¡Eran unos niños!

—Eso aquí no es nada raro. ¿Sabes cuántos judíos entraron en Canadá expulsados de sus países por el genocidio nazi? Más de cuarenta mil; la mayoría a través de asociaciones judías canadienses y de la política de inmigración del gobierno. En este país, más del treinta por ciento de los judíos son víctimas directas o descendientes de los que vivieron aquellas terribles experiencias en Europa. ¿Todavía no sabes en qué país vives, *ma chérie*? La situación de los Winter no te voy a decir que fuese absolutamente corriente, pero estaba dentro de la normalidad. ¡Por Dios, Laura, abre los ojos! No te tiene que quitar el sueño esa mujer. Ahora tendría dos años más que yo. Un auténtico vejestorio.

—¿Por qué hablas de ella como si estuviese muerta?

—Es la forma de hablar de alguien que desapareció hace más de treinta años.

—¿Sabes cómo sobrevivieron ella y su hermano a Auschwitz?

—Ni idea. Era muy reservada. Estate tranquila, cielo. Tú has sido el gran amor de tu marido. Rebeka no pegaba con él. Se llevaban regular; él hubiese sido muy infeliz al lado de una mujer como Rebeka. No tengas ninguna duda, y no veas un fantasma donde solo hay una sábana.

—El whisky me ha provocado dolor de cabeza —dije—. Demasiadas emociones por una noche. Quiero que pase esta pesadilla. Me imagino que te habrá contado Marie lo que nos ha revelado el inspector Bonnard.

Asintió con la cabeza.

—Marie está muy asustada —dijo, llevándose el vaso a los labios—. No quiere que estés sola en estos momentos. Esa mujer te adora. Las palabras del inspector le han disparado al corazón. ¿No tienes ninguna sospecha de quién puede ser el tipo de la carta bomba? Si Alexander te comentó algo que pueda alumbrar una pista de algún paciente, no sé… Haz memoria. Cualquier dato nos podría servir para dar con ese demente que anda suelto.

—No lo sé, Fanny, no lo sé. Me he devanado los sesos intentando recordar algo. En las últimas semanas Alexander estaba de tan buen humor… La misma actitud de siempre, su risa cariñosa por todo… No entiendo cómo pudo ocultarme una cosa semejante y mantener la compostura. Algo tan grave… Pero lo que más me extraña es que no me pusiera sobre aviso. Estaba claro que no temía por mí. Fuera quien fuese el que le mandó el explosivo, Alex lo conocía lo suficiente como para saber que no iba a atentar contra su familia. O simplemente se comportó como un irresponsable, cosa que dudo. Y ahora yo te devuelvo la pregunta.

—Querida niña, creo que es hora de decírtelo. Espero que sepas entender nuestra reserva. —Dejó el vaso en la mesa y se concentró—. Siento muchísimo que te tengas que enterar así, pero Raymond recibió también, en nuestro domicilio, un artefacto explosivo el mismo día que se lo enviaron a tu marido al hospital. No puedes hacerte una idea de lo que han sido para

nosotros los dos últimos meses: ¡una auténtica tortura! Ray lo
ha puesto en manos de un investigador privado. Y hemos pensado en contratar seguridad. También para ti. ¡Es una imprudencia que estemos aquí esta noche! Esta casa es insegura, ¡no
debes volver hasta que detengan a ese criminal! ¿Me lo prome-
tes? Más aún, deberías deshacerte de esta casa. Venderla. Creo
que los recuerdos que hay entre estas paredes no te benefician,
y siempre serán dolorosos. Eres tan joven... Y tienes una vida
por delante...

No entendía qué narices me estaba contando Fanny. ¿Cómo
habían sido capaces los dos de ocultármelo? Creí que los Lewinsky habían enloquecido y, desde luego, pedirme que vendiera la
casa del lago era lo último que deseaba escuchar esa noche.

Volvió a coger el vaso. Bebió un sorbo enorme de whisky. Le
temblaban las manos arrugadas, envejecidas y borrachas. Guardé
silencio. Reflexioné. Quise saber si habían hablado con la policía
sobre la carta. Dijo que no. Yo pregunté: «¿Por qué no?».

—Muy sencillo: porque queremos vivir tranquilos. No necesitamos más publicidad. No deseamos volver al punto de mira y
que investiguen a Ray. Quiere morir en paz. Aunque por ello se
deje la vida al abrir una carta. Lo prefiere, a dar su brazo a torcer
y meter a los de la Sûreté en nuestras vidas. Si no lo puedes entender... solo te pido que lo respetes y me jures que no va a salir
de esta habitación. Solo eso, por favor. Te estamos protegiendo...,
créeme. ¡No sabes lo que me ha costado impedir que Ray viniera
esta noche y nos enviara a su guardia pretoriana!

—¡Han asesinado a mi marido, querida Fanny! Y vosotros
jugáis al ratón y al gato, en vez de acudir a la policía y contarles
todo esto. Y te pregunto lo mismo que le pregunté al inspector
Bonnard: ¿por qué?

—¡No lo sé! Pero lo sabremos; tarde o temprano lo sabremos, cielo. El inspector Bonnard es un hombre listo, hallará las
respuestas y, por supuesto, al criminal. Ahora, mantengamos la
calma, *ma chérie*. Dejemos a la policía y a los investigadores privados de Ray hacer su labor.

—No quiero tener guardaespaldas, no quiero que nadie me proteja, ni me siga; solo quiero respirar porque me estoy ahogando. ¡Y sobre todo, que me dejéis en paz! Estoy verdaderamente enfadada contigo y con Raymond. Manejáis mi vida como si os perteneciese. No soy vuestra hija, Fanny: ¡no lo soy!

—Tranquilízate. No seas tan española. Esta situación es muy dura. Lo reconozco, nos equivocamos continuamente; somos unos viejos cabezotas que te adoran. Perdónanos, te lo ruego.

—¿Y si un día recibo una llamada de la Sûreté para decirme que habéis muerto en una explosión o en un accidente?

—Eso jamás va a suceder, te lo aseguro, *ma chérie*. Confía en nosotros.

—Déjame en paz, Fanny —le dije—. Déjame en paz.

Me levanté y salí de allí con la urgencia de olvidar esa conversación en la penumbra del salón con aquel oso que había matado mi suegra, abierto en canal sobre la pared. La casa, a veinticinco grados de temperatura, me asfixiaba. El olor a madera quemada me revolvía el estómago entre los recuerdos de una familia que nada tenía que ver conmigo. Una familia a la que apenas le quedaban dos miembros, y uno, a lo mejor, era un asesino.

Entre las dos nos habíamos bebido casi toda la botella de whisky. Dune dormía al calor del rescoldo de los troncos y le recomendé a Fanny que se largara a primera hora de la mañana. No quería verla en mi casa. Y ya conocía el camino a la habitación de invitados. La vi levantarse de la butaca con la huella del alcohol en las mejillas, coger en brazos a su perro y perderse de mi vista en la oscuridad del pasillo. Con la viveza que me confería el whisky en la sangre, sentí que nada de lo que me había contado Fanny era casual, sino premeditado; un plan siniestro, elaborado minuciosamente por dos cerebros cautivos de sus errores.

Y en el sopor del alcohol, atinando a poner el pie en cada escalón de madera recubierto de moqueta con insoportables colores, intentaba anticipar mi futuro, con ganas de correr y dejarlo todo. ¡Sí, márchate! ¡Sal de aquí! Pero la siguiente sensación era: ¡no, no lo hagas! ¡Aguanta! Mañana será otro día.

21

El almacén de los Miller

Alcohol destilado. Whisky. Ardor de garganta y somnolencia. Como era de esperar, al día siguiente desperté con un insoportable dolor de cabeza. Sentía el hígado a punto de explotar. No había salido de la ducha cuando oí unos gritos desgarradores de mujer en el exterior. Con la toalla enrollada en el cuerpo abrí la ventana y vi a Fanny en el jardín, en camisón, con su pelo de plata revuelto, gritando como una desesperada: «¡Dune, Dune, chiquitín, Duuuneee!». Iba de un lado para otro, en zapatillas. Cruzó varias veces la terraza buscando bajo los muebles del jardín, por la barbacoa, tras los grandes tiestos; subió por la pequeña colina que asciende a la izquierda de la terraza y desapareció de mi vista. A través de los matorrales y, por los gritos desesperados que se iban deshaciendo en el aire, habría cruzado la vereda en dirección al bosque y estaría por la zona del pozo, hacia el camino de tierra que lleva al cobertizo. A los pocos minutos volvió a aparecer en mi horizonte y me vio asomada por la pequeña ventana.

—¡Se ha perdido, Dune se ha perdido!

La intenté tranquilizar, me vestí y bajé en su ayuda.

El día era claro. Había escarcha sobre la hierba y nubes blanquecinas en el cielo. Fanny irrumpió en la cocina, desquiciada. Me contó medio chillando que al despertar Dune no estaba en el dormitorio, y no lo había encontrado por ninguna parte. Vi el pánico en su mirada por primera vez en mi vida. Era increíble el poder que tenía el perro sobre ella. «Tranquila, aparecerá, vamos a buscarlo. Pero primero, abrígate», dije, apoyada en el fregadero, conmovida por su intranquilidad. Me contestó histérica, agarrándome de las solapas de mi chaqueta de lana: «¡Ha desaparecido! ¡Ha desaparecido como en las películas de terror! ¡Ese criminal ha descuartizado a mi perrito!

—Por favor, Fanny, serénate. Se habrá desorientado; no conoce la casa y la finca es muy grande. Abrígate, mira cómo estás.

Salió hacia el recibidor. Se echó por los hombros su plumas blanco y se colocó las botas que había guardado en el mueble. Preparé agua, le serví un té en la cocina y le dije que intentara reconstruir la situación. Estaba helada, con los labios blancos y el cutis reseco y agrietado. Dentro de su plumas parecía una pobre vieja, calentándose las manos con la taza de té.

—Habrá muerto de frío; eso, si lo encontramos —lamentaba—. Anoche hablé demasiado. El alcohol hizo su trabajo. Me desperté de madrugada y sentí calor. Sed. Desesperación. La conversación me había alterado los nervios. Me levanté a tomar el fresco y di una vuelta por el jardín. El lago estaba precioso a la luz de la luna, porque clareó sobre las cuatro de la madrugada. Fueron solo unos minutos, nada más. Recuerdo que no pensé en Dune. Volví a la cama sin darme cuenta de que podría haber salido del dormitorio. Es tan pequeño... Tan débil...

—¿Cuánto tiempo tardaste en entrar en casa?

—No lo sé, diez o quince minutos.

—¿No habías dicho que solo unos pocos?

—¡Yo qué sé...! ¡No llevo un minutero en el cerebro!

Lo buscamos por toda la finca. Me sentía dolida y enfadada con ella por las revelaciones de la pasada noche, pero aun así la ayudé a buscar a su perro sobre el terreno escarpado, entre la abundante vegetación, los escondites de la finca y el laberinto de troncos para la leña de invierno. Por la orilla del lago no vimos huellas de patitas. Pero lo encontramos. Estaba dentro del cobertizo. Lo oímos llorar por el hueco de la puerta al cabo de veinte minutos. Fanny, en su histeria, ni lo había oído por los alaridos que daba. Fui hacia la cocina, cogí la llave colgada, dentro del armarito, y abrí el cobertizo. Fanny cogió en brazos al perro enseguida. Lo abrazó fuerte. Comprobamos que se encontraba bien y ella se encaminó con Dune hacia la casa hablándole como la madre que recupera al hijo perdido. Yo me quedé a revisar el interior del cobertizo. Las ventanas, cerradas. Todo en perfecto estado: la lancha, cubierta con el toldo; el viejo patín de pedales, en una esquina; la estantería con los esquíes y las botas, con el orden acostumbrado; los trineos en su lugar y los mil objetos de bricolaje de Alexander tal y como él los ordenaba en el armario de la pared.

No hallé ningún lugar por donde pudiera haber entrado Dune. Qué extraño. ¿Cómo lo habría conseguido? El techo y la cubierta acababan de ser reparados, pero un perro tan pequeño jamás escalaría hacia el tejado. Lo único que se me ocurría pensar era que Fanny entrara por la noche, el perro detrás y se quedara dentro sin que ella se diera cuenta de que la había seguido. Por lo cual tuvo que coger la llave del armarito. Y así se lo hice saber en la cocina.

Me la encontré dando de comer a Dune con sus propios dedos del contenido de una lata. Había envuelto al perro en una manta eléctrica.

—¿Entraste anoche en el cobertizo?

—¿Cómo puedes pensar eso?

—¿Tienes una explicación mejor?

—Es muy chiquitín, se habrá colado por algún agujero. Tendrás que revisarlo, podría hacerlo cualquier animal. Hay coyotes por aquí, y topos y todo tipo de bichos y comadrejas que destrozan las casas.

Mentía. Estaba demasiado alterada y su aspecto era deplorable.

—No te preocupes —dije—. Lo importante es que Dune está bien y lo hemos recuperado. Como bien dices…, habrá entrado por algún hueco.

Fanny subió a arreglarse con el perro en brazos. Me preparé un café. Con el incidente me había recuperado y me empezaba a sentir yo misma mientras pensaba en la desperdiciada cena de la noche anterior.

En aquel momento recordé que tenía pendiente hablar con monsieur Olivier, el albañil del pueblo, para comprobar si mi marido le había abonado las últimas facturas. Me senté a la mesa con la taza de café en la mano, saqué mi agenda del bolso y lo llamé por teléfono.

Enseguida reconoció mi voz y se alegró de encontrarme bien y en la casa del lago. Le pregunté por el importe de los últimos arreglos y me confirmó que, efectivamente, el doctor Alexander le había liquidado la deuda. Monsieur Olivier le había entregado a mi marido la factura el último día.

—¿Qué día?

—El 20 de septiembre.

—¿Usted vio a mi marido el 20 de septiembre?

—*Oui, madame*. Se acercó a la tienda y me pagó en metálico. Y le doy mi más sentido pésame, madame. No tengo palabras… para…

—Tranquilo, monsieur Olivier. Recibo todo su afecto. No se preocupe. Me gustaría saber si algún agente de policía se ha puesto en contacto con usted.

—*Oui, madame*. A primera hora de esta mañana han venido por la tienda unos investigadores. Les he contado lo mismo.

—Está bien, monsieur Olivier, no se preocupe. Gracias.

—Ah, madame, se me olvidaba. Monsieur Cohen realizó un encargo en el almacén de los hermanos Miller. Me avisó el otro día un empleado y no he querido molestarla con estas cosas… Si quiere anular el pedido o recogerlo, yo mismo lo puedo hacer. No tiene usted que preocuparse por nada, madame. Yo me ocupo de todo.

—¿Sabe de qué se trata?

—No pregunté. Pero si lo desea lo averiguo.

—No, no se preocupe. Me tengo que acercar al pueblo; yo misma lo soluciono. Muchas gracias, monsieur Olivier. Sigo contando con sus servicios en cuanto necesite cualquier reparación. ¿Les dijo a esos investigadores lo del pedido?

—No, madame. No me preguntaron.

—Es usted un encanto. Le estoy muy agradecida.

—Para servirla, madame.

Terminé el café, la mitad del pastel de salmón y el queso de la noche pasada con dos rebanadas de pan negro que encontré en la despensa. Me preocupaba el inspector Bonnard. Estaba segura de que había registrado a conciencia el despacho de mi marido. No creo que pudiera resistirse a conocer las inclinaciones intelectuales de sus investigados, ni a echar un vistazo a sus objetos personales y entrometerse en su intimidad. Monsieur Bonnard se había llevado de la avenida Arlington el ordenador portátil de Alexander, y no creo que fuese el que vaciara la carpeta verde con el nombre de Murray. La sola idea de visualizar a Bonnard rebuscando en los archivos de Alexander la encontraba repugnante, era como entrar por la ventana en una casa mientras duermen sus dueños; solo que este dueño descansaba para la eternidad en el cementerio.

Fanny bajó del piso de arriba y se quiso despedir rápidamente. Parecía menos consternada por la pérdida de Dune. Restablecido su aspecto elegante y resuelto, se había aplicado unos polvos demasiado oscuros. Sus labios rojos eran una farsa sobre un rostro maquillado en exceso.

Solo quería perderla de vista, y acompañarla hasta la carretera era mi pasaporte hacia la tranquilidad. Me puse el abrigo y salimos juntas de la casa. En el aparcamiento, Fanny había recuperado completamente su astuta vitalidad, y a modo de despedida y abrazada a Dune, me advirtió:

—Madrid te sentará bien, *ma chérie*. Ve a ver a tu padre. Hazme caso.

Entramos cada una en su vehículo. Ella en su Mercedes verde todoterreno y yo en mi pequeño Mini. Tomamos el camino de tierra, una detrás de la otra, y nos separamos al llegar a la carretera. Me dijo adiós con la mano y me hizo un gesto para vernos pronto, mientras girábamos en dirección opuesta.

El gris y monótono día de otoño apresaba el pueblo de Saint-Donat-de-Montcalm en una tranquilidad intensa y brumosa, cuando llegué. La niebla vespertina se desplomaba sobre sus calles. La población, de cuatro mil escondidos habitantes, se cuadruplica en verano y durante el crudo invierno, cuando las pistas de esquí se llenan de nieve y la gente llega de Montreal los fines de semana y en Navidades. Durante los días laborables la mayoría de los restaurantes están cerrados y las casas de huéspedes sin clientes. Los letreros apagados. Las puertas cerradas. Las tiendas vacías. Los artistas que abarrotan en verano las calles de Saint-Donat con cuadros que imitan la inocencia de la tierra y las montañas heladas, ya habían replegado sus tenderetes de la vía principal que atraviesa el centro de un pueblo con diez cortas travesías.

Al final de la rue Brisson se encontraba el almacén de material de construcción y jardinería de los hermanos Miller. Tras cruzar por delante de idénticas casas de madera blanca con el césped perfecto, buzones de colores en la puerta y las bicicletas en los porches, me sentí dominada por la curiosidad, por saber qué habría encargado mi marido. Desconocía que tuviésemos alguna reforma o reparación pendiente sin que monsieur Olivier estuviese involucrado.

Entré en la nave. Ninguno de los Miller estaba por allí. Vi la luz encendida a través de los cristales de la oficina y enseguida salió a atenderme un joven pelirrojo. Me presenté. Le expliqué el propósito de mi visita y me invitó a entrar en la oficina. Miró en el ordenador y me dijo que monsieur Cohen había encargado cinco metros cúbicos de tierra. Lo había pagado por adelantado y ellos estaban a la espera de mandarlo en un camión con volquete, siguiendo las instrucciones del doctor. Desde la oficina habían intentado localizarlo. Lo habían llamado en numerosas ocasiones hasta enterarse del accidente. El joven se empeñó en devolverme el importe, por indicación de los Miller, y me ofreció sus condolencias. Se lo agradecí y firmé la factura de devolución. ¿Qué otra cosa podía hacer? Me extendió un cheque por un importe de doscientos ochenta y siete dólares canadienses. Le pregunté si mi marido había contratado a operarios para el trabajo. Dijo que no. Él, personalmente, había atendido el pedido y el doctor no hizo ningún comentario al respecto, solo dijo que a la entrega daría las instrucciones. El joven supuso que sería para nuestra casa del lago.

Eché un vistazo a la factura. La orden del pedido era del 20 de septiembre. El mismo día de su muerte y del pago a monsieur Olivier. Alex debió de acercarse al pueblo a realizar este encargo y a pagar al albañil. No entendía por qué no le había comentado nada a monsieur Olivier de la tierra vegetal.

Le di las gracias y salí de allí.

Intrigada, dentro del coche, en el aparcamiento, frente al almacén de los Miller, saqué la agenda y llamé a monsieur Isaac, el jardinero de la casa del lago. Se alegró de hablar conmigo y me dio el pésame, diciéndome con su hilo de voz de fumador empedernido que en la sinagoga rezaban en todos los oficios por nosotros. Isaac era un hombre mayor y religioso. Trabajaba para Alexander desde hacía décadas. Vivía en Saint-Donat y se encargaba de los jardines de medio pueblo.

—Monsieur Isaac, ¿necesita usted tierra para preparar el jardín este invierno?

—En absoluto, madame.

—¿Le pidió a mi marido que le comprara tierra?

—No, madame, yo me encargo de todo; como siempre.

—¿Cree que le vendría bien un arreglo al jardín?

—Vamos para el invierno. No creo que le haga falta hasta el deshielo. Espero que le guste mi trabajo, madame. Llevo en la finca veintisiete años y el doctor nunca tuvo que preocuparse de la parcela ni del muelle. Mantengo la ribera del lago y siempre reparo todo lo que haga falta. Espero que no tenga ninguna queja de mí.

—Lamento si le ofendo por meterme en su trabajo. Solo estoy asumiendo el control de lo que hasta ahora se encargaba mi marido. Eso es todo, Isaac. Yo lo valoro enormemente... Le tengo gran afecto... Y me quedo tranquila sabiendo que usted sigue ocupándose de la finca.

—Cuánto se lo gradezco... Que Dios la bendiga.

Ahora sí que estaba confundida por completo. Ni el albañil ni el jardinero tenían conocimiento del pedido. Una nueva preocupación se abría paso como una tormenta sobre un terreno anegado.

Mientras conducía despacio por la rue Principale, en mi cabeza despertaban suposiciones y desesperaciones. La tienda de las hermanas Bunner, de arreglos de ropa y costura, donde podías comprar desde un añejo perfume a un almohadón de plumas, estaba abierta. Cerca del escaparate vi a madame Evelina cosiendo a máquina una especie de colcha de patchwork con los colores del otoño. A doscientos metros de la tienda giré a la derecha para tomar la carretera de regreso a Montreal. Cuando dejaba atrás la curva de la salida del pueblo, me dio la sensación de que un vehículo me seguía, una camioneta Toyota negra, abierta por detrás. Creí haberla visto en el aparcamiento del almacén. Entré en la recta que cruza un bosque de pinos. En la siguiente curva volvió a aparecer por unos instantes, a la altura del lago Archambault. Un martes, a la una de la tarde, no era el mejor momento para cruzarse con ningún vehículo extraño en aquellos parajes deshabitados, a ciento veinte kilómetros de Montreal.

Comenzaba a chispear. En unos minutos la lluvia se había transformado en violentos copos de nieve. El Toyota me seguía a unos cincuenta metros. La suficiente distancia para no distinguir al conductor. Así recorrimos unos diez kilómetros. La carretera empezaba a acumular nieve y el Toyota no me adelantaba, a pesar de haber reducido en varias ocasiones la velocidad como para aburrir al conductor más tranquilo. Si aceleraba, él aceleraba; si frenaba, él también. Me alegré de haber colocado los neumáticos de invierno.

Me quedaban unos veinte kilómetros para llegar a la intersección con la autopista transcanadiense, a la altura de Sainte-Agathe-des-Monts. En ese nudo se concentra el tráfico y podría ocurrírseme algo: desviarme al pueblo, o qué sé yo… Porque en una hora no tendría más remedio que cruzar los dos puentes que me unían con mi destino y con el tramo siniestro en el que Alexander frenó bruscamente para chocar con la mediana y caer a la Rivière-des-Prairies en un golpe mortal. Si antes el Toyota no me lo impedía. Mi instinto me dictaba continuar.

Alargué el brazo hacia el asiento contiguo, abrí el bolso y saqué el móvil. Rebusqué en su interior hasta tocar el monedero, abrirlo y palpar la cinta adhesiva de la tarjeta del inspector Bonnard. A él se le ocurriría una idea salvadora, porque esa camioneta podría lanzar el endeble Mini a una mejor vida. El conductor podría detenerse, abrir la puerta y estrangularme, o pegarme un golpe que me quitase la vida. Pero el Toyota no daba signos de impaciencia. Seguía detrás. Su marcha a la velocidad de mi marcha. Si no había novedad, me quedaba una hora para atravesar la Rivière-des-Prairies.

El teléfono del inspector no contestaba. Rellamaba una y otra vez. Se me cayó al suelo, lo recuperé y volví a pulsar la tecla verde.

Pero… ¿qué narices le había hecho yo a Nathan o a quien me persiguiera? Imaginé parar, salir a la carretera, ponerme ante el vehículo y mirarlo a la cara. Mi paciente nunca me pareció un hombre peligroso y su aspecto vulnerable me había confundido. Cuánto odio guardaba su corazón para tenerlo a mis espaldas, si era él el conductor del Toyota. Pero quien fuese parecía no conformarse solo con mi marido.

Debía hablar con Robert. Localizarlo. Contarle lo que sabía de su hijo. Robert podría hacer algo para hallar el paradero de Nathan y convencerlo de que se entregara. Me imaginaba a Nathan en su cabaña, escondido en el bosque, viviendo como un eremita. Sin afeitar, consumido por el odio y el rencor, fabricando explosivos. Quizá también habría escrito su propio manifiesto de justificación de la barbarie. Un comportamiento habitual en los psicópatas que no pueden soportar la pulsión criminal, ni el deseo que les produce el placer de asesinar. Mis pensamientos se descontrolaban.

Iba a llamar a la policía cuando al salir de una larga curva desapareció el Toyota. Seguí conduciendo sin perder el control y aceleré en una recta al verme sola, por fin.

Al cabo de cincuenta minutos, un kilómetro antes de llegar a la Rivière des Mille Îles para entrar en Laval, volvió a aparecer la camioneta. Se acercaba a gran velocidad. Sonó el móvil.

—*Alló…?* Tengo llamadas de este número.

Respiré. Era su voz. Intenté explicarle la situación y el lugar en que me hallaba. Trató de tranquilizarme con un tono seguro y convencido de que nada malo iba a suceder. Dijo que no colgase; pero que siguiera atenta al Toyota.

—Estoy al aparato. Mantenga la calma y todo saldrá bien. ¿Lleva manos libres?

—Lo siento.

—No importa. Conduzca con cuidado y ponga el altavoz.

Tras dos eternos minutos volvió a hablarme Bonnard. En vano yo intentaba distinguir la matrícula de mi perseguidor entre los vehículos que circulaban en los tres carriles del tramo de la autopista que cruza la Rivière des Mille Îles. La carretera continuaba y yo dejaba atrás las dos orillas que separan el continente de la isla de Laval. El Toyota había desaparecido de nuevo.

—Enseguida localizarán su vehículo, doctora Cohen.

Dos coches patrulla surgieron de la nada. Se situaron a mi altura y paré el Mini en el arcén, a quince minutos de entrar en la isla de Montreal.

Se había levantado ventisca y descubrí la crueldad del paisaje, cubierto de nieve. Tras comprobar los agentes mi buen estado, me escoltaron hasta el 103 de la avenida Arlington. Cuando llegamos me sentía como un gato apaleado. El sedán del inspector Bonnard estaba en la puerta de mi casa y él dentro. En la entrada del garaje los agentes se despidieron y el portón se deslizó sobre la nieve para darme paso.

Mientras le abría la puerta de la calle a Bonnard, yo intentaba descubrir el significado de lo que me había sucedido, y que iba más allá de una simple persecución. Me era imposible descifrar su sentido, como si alguien quisiera decirme un secreto a través de un código desconocido. Reparé en los dos coches patrulla que me habían escoltado, al otro lado de la calle, aparcados, con la luz interior encendida, esperando nuevas órdenes para actuar.

22

Malas noticias

Antes de invitar a Bonnard a pasar a mi despacho, en el vestíbulo, comenzó entre nosotros una conversación a medio camino entre la familiaridad y la preocupación. Las emociones de la carretera se desvanecían, y lo que descubría en el gesto del inspector no auspiciaba nada bueno.

—Había visto sus llamadas entrantes, pero no reconocía el número y seguí conversando hasta terminar —dijo, a modo de disculpa.

Me pareció sincero y preocupado. Llevaba una cazadora de motero, un jersey gris de cuello alto y una barba incipiente y descuidada, como de náufrago; de un hombre que vive solo, en un pequeño y desordenado apartamento con un par de latas de cerveza en la nevera, platos precocinados y envases con restos de comida china sobre la mesa del salón. En su armario estarían sus camisas blancas dentro de las fundas de plástico de la tintorería.

—Lo cierto es que me encontraba en la puerta de su casa —añadió—. La estaba esperando, doctora. Lamento que mi teléfono estuviera comunicando y que usted sufriera más de la cuenta por mi culpa.

—Lo entiendo... ¿Qué hacía usted aquí?

—Prefiero hablarlo en su despacho.

Marie estaba en la cocina cuando cruzamos el pasillo. Nos sentamos uno frente al otro en las dos butacas junto a la chimenea que Marie había encendido. «Todo un detalle», pensé.

—¿Por qué me esperaba, inspector?

—Para darle una mala noticia.

—Estoy harta de malas noticias. ¿De qué se trata? ¿Han asesinado a mi perro?

—Usted no tiene perro.

—Estoy de acuerdo. Pero hoy hubiera muerto uno si no llego a encontrarlo.

—Enhorabuena.

—No consigo librarme de usted, monsieur Bonnard.

—Creo que no le disgustó mi llamada de hace un rato.

—Me hallaba en un aprieto.

—También de eso tenemos que hablar.

—Dosifique el interrogatorio.

—No la voy a interrogar.

—¿Ya le caigo mejor?

—Solo cumplo con mi trabajo. Y mi trabajo me dice que usted tiene un paciente llamado Jacob Lambert.

Eso no lo esperaba. Jacob Lambert no existía.

—Podría ser —dije—. Pero no le puedo proporcionar información de mis pacientes. Es secreto profesional.

—Eso es cierto. Pero ese secreto profesional, como usted dice, «se lo ha saltado a la torera» —expresión que dijo en un correcto español— al poner un anuncio en un periódico para intentar localizar a un paciente. ¿Me equivoco?

Guardó silencio por un momento. Me observaba con sus ojos achinados como si buscara en mis gestos la verdad que no le estaba contando, y yo me preguntaba el origen de mi resistencia hacia él.

—Y ese secreto profesional, doctora Cohen, ya no tiene ningún sentido, sobre todo porque a Jacob Lambert lo han encontrado muerto. Por eso, yo estaba en la puerta de su casa cuando recibí sus llamadas de auxilio. ¿Qué está pasando aquí, doctora?

—No lo sé. Ahora sí que no sé nada.

Fue lo único que pudo salir de mi angustiada garganta, como si fuera a detenerse el mundo frente a ese hombre barbudo con aspecto de haber desmontado de un caballo salvaje con la ropa de los domingos.

—No confía en mí —dijo, con cara de preocupación, al tiempo que se acariciaba la barba—. No hay que ser muy listo para darse cuenta. Pero es el único salvavidas al que puede aferrarse en un barco que se está hundiendo. ¿Cuánto tiempo tardará en convertirse en pecio? Espero que no se deje arrastrar hasta el fondo.

—No necesito ninguna de sus absurdas metáforas en momentos como este.

—Está muy sola en un asunto feo de verdad.

—¿Eso cree? Me da igual. No soy culpable de nada. Solo trato de proteger el secreto, la confianza de quienes se sientan delante de mí para contarme sus miserias, y he de tragármelas, procesarlas y devolverlas convertidas en bondades. Y, si no lo consigo, entonces los medico con fluoxetina, benzodiacepinas o neurolépticos para que puedan soportar por un día más sus miserables vidas con algo de esperanza. Y etiqueto sus emociones con nombres tan sugerentes como «estrés postraumático», «agorafobia», «trastorno bipolar», «distimia», «angustia crónica» y un largo catálogo para elegir y que paguen la factura sin ningún remordimiento, echándoles la culpa a factores neuroendocrinos, genéticos, psicológicos, orgánicos… Porque el yo autodestructivo está en el cerebro, inspector Bonnard, en sus conexiones neuronales, en las tristes vivencias que nos cambian la vida. Somos lo que nuestro cerebro quiere que seamos. Nos maltrata. Nos abofetea. Nos engaña. Nos escupe y luego nos deja sonreír durante un rato.

—Eso suena muy mal.

—Ya lo creo.

—¿Así de deprimente ve su trabajo?

—Desde que entró por esa puerta Jacob Lambert.

—Necesito la historia clínica y todos los datos que tenga de ese hombre. Y que me acompañe al depósito a reconocer el cadáver.

—¿Yo? ¿Está en su sano juicio?

—Creemos que el cuerpo encontrado corresponde a Jacob Lambert porque hemos hallado en el cadáver un recorte con su anuncio de prensa, doctora. La descripción que hace usted de su paciente no tiene desperdicio, y coincide con el cuerpo. No llevaba documentación, y sus huellas no están en nuestras bases. Necesito que nos proporcione la dirección y los datos personales de ese hombre. Me imagino que tendrá una copia de la identificación de su paciente.

—No la tengo.

—¿Cómo?

—En su ficha anoté los datos que él me facilitó. La relación con mis pacientes se basa en la confianza. Pero, dígame: ¿cómo ha muerto? ¿Dónde lo han encontrado? ¡Necesito detalles!

—Se los daré de camino. Soy yo quien debe preguntarle por qué buscaba a Jacob Lambert tan desesperadamente. ¡Con un anuncio en la prensa! Cada día me sorprende más, doctora.

—No es asunto suyo.

—Si usted lo dice… Y no entiendo cómo confía en un individuo sin cotejar su identidad.

—Las personas son más sinceras de lo que usted se cree. Pero no me extraña, porque su relación con ellas es de desconfianza, inspector Bonnard. Por eso es policía.

—Espero que Jacob Lambert haya sido sincero con usted y que su relación con él se haya basado en esa confianza que usted dice. De ser así, le daré la razón y la enhorabuena; de lo contrario, me la dará usted a mí.

—Esto no es un juego.

—Doctora, deje de sufrir por todo.

—Hoy han estado a punto de matarme.

Y le reconstruí detalladamente la persecución desde que salí del almacén de los hermanos Miller. Su rostro indio, atento y escrutador, escarbaba en mi relato para hallar cualquier detalle que le pudiera desvelar una contradicción o le proporcionara un dato revelador. Este hombre se parecía a mí. A cómo examinaba yo a mis pacientes.

—¿Tiene algún testigo que pueda confirmar su relato?

El único sonido del despacho era el crepitar de los troncos en la chimenea. El suave y reconfortante calor y la atmósfera que se había creado a nuestro alrededor, se me hacían de una intimidad insoportable. Su atractivo me desolaba y me hundía en un deseo inconfesable, golpeado por la noticia que portaba.

—¿Qué hacía usted en ese almacén de los Miller?

Le dije que fui a recoger una factura, nada más, solo eso.

—La han seguido, es preocupante y habrá que tomar medidas.

Se quitó la cazadora de motero. La dejó sobre el respaldo de la butaca. Debía de tener calor. Era un hombre fuerte. Yo intentaba no mirar su cuerpo ni su cara ni sus ojos ni su expresión audaz, aún en mi escepticismo, cuando lo escuché decir:

—Pero de querer causarle la muerte el individuo que conducía el Toyota, ahora estaría usted haciendo compañía a Jacob Lambert. De hecho, es muy sencillo matar a una persona en esos ciento treinta y cinco kilómetros de carretera. Más difícil es ocultar un cadáver.

—Dios santo, ¿ya me ve muerta?

Sonrió.

—En absoluto. No he terminado todavía... Para dar un voto de confianza a su teoría de la confianza, yo voy a dársela a usted para demostrarle que no poseo una naturaleza desconfiada, y le voy a poner protección si confío en que me ha contado la verdad sobre la persecución. Si no confío, no le pongo protección, porque de momento no existe prueba alguna de que haya sido acosada por una camioneta Toyota negra durante más de cien kilómetros, sin testigos ni ninguna otra prueba, salvo que me la proporcione. Es decir, voy a establecer una relación de confianza con usted si me convence.

—No pienso jugar a los convencimientos. Ni le voy a dar ninguna información sobre Jacob Lambert; si quiere un solo dato de mi paciente será con una orden del juzgado.

—¿Se niega también a acompañarme a reconocer el cadáver?

—A eso no me niego.

—Es difícil soportar la incertidumbre, ¿verdad?

—No es asunto suyo. Lo acompaño y eso es todo.

—¿Se le ha pasado el susto?

—¿Cuál de los dos?: ¿la muerte de mi paciente o la persecución?

—No sé por qué tanta hostilidad. Solo trato de protegerla.

—Y de acusarme. ¿Qué se le da mejor?

—Prefiero protegerla. Es más agradable.

—Deje de decir tonterías. ¿Me cree culpable de la muerte de mi marido?

—No puedo contestar a esa pregunta. Pero voy a encontrar a quien lo hizo; y si usted no ha intervenido y es inocente, estese tranquila porque no le va a pasar nada malo. Se lo prometo, palabra de policía. —Levantó la palma de la mano como para jurarme la paz—. Y aunque usted no quiera participar en mi juego de la confianza voy a confiar en usted y le voy a poner protección. En realidad, ya la tiene. No sé por cuánto tiempo. Pero ha de colaborar.

—¿Ahora chantaje?

—Es usted imposible.

—Vale, colaboro; me ha convencido: confiaré en usted el tiempo que dure la identificación del cadáver. Y espero que confíe en mi reconocimiento. Porque no tiene más testimonio que el mío y ese recorte de periódico que cualquiera le ha podido meter en el bolsillo del abrigo o del pantalón o dondequiera que lo hayan encontrado.

—¿Como grapado en la piel de la espalda de Jacob Lambert?

II
Tetragrámaton

23

En un dique de castores

Sentada junto al inspector, en su automóvil de policía con una radio que no dejaba de carraspear y la sirena portátil sobre el salpicadero, me sentía inquieta e intentaba hilvanar el orden de mis pensamientos, mientras cruzábamos Montreal, en silencio, atrapada en la violencia de mi imaginación y en el perfume de Bonnard a madera húmeda y asfixiante. Saqué el pañuelo del bolso y me tapé la nariz. Creí que me ahogaba escuchando su respiración, sofocada toda yo con su olor a feroz naturaleza. Sensaciones de ese tipo abrían en mí una brecha de desasosiego ante el reto de estar sentada junto a un hombre por el que sentía un deseo ineludible; alguien capaz de ponerme boca abajo, en un momento en el que tenía que encontrarme cara a cara con un muerto, asesinado, ultrajado. Sobre todo, si el muerto era Jacob Lambert o Nathan Cohen o ninguno de los dos o ambos en una sola persona.

Los límites de las dos identidades de mi paciente se mezclaban según alcanzábamos la morgue. El miedo a lo desconocido comenzaba a hacer mella en mis pensamientos, y eran de todo menos positivos. Me empezaba a dominar el pánico y la tristeza por mi desdichado paciente y prefería no nombrarlo hasta tener claro su verdadero rostro y cotejarlo con el mundo real por el que debió caminar perseguido por la muerte. ¿Y si me había precipitado al culparlo de alguna forma de la muerte de Alexander? Descargar sobre sus espaldas el peso del accidente en el puente había sido demasiado sencillo, infantil quizá. Ver el rostro de la muerte es la única certeza de conocer algo sobre ella.

Los párpados entornados de Bonnard, de indio salvaje al que no se le puede engañar porque hasta el olor del viento le susurra lo que has tomado para desayunar, trataban de hacerme entender una situación a la que yo me negaba. No pensaba interpretar el pasivo papel de viuda desdichada, siguiendo la recomendación de Aaron Zuckerman. Todo lo contrario. Deseaba engañarlo. Confundirlo. Ignorarlo. Mentirle. Hacer de paciente rebelde que quiere jugar con su analista para sentir que un ser humano se preocupa de verdad por ti, porque realmente mereces la pena. Mi animadversión hacia el sueño que Bonnard representaba crecía como una masa en fermentación. Quizá algún día lo viera despeinado, colocando unas esposas en las muñecas del culpable —o culpables—. Pero hasta que llegara ese momento, si es que de verdad se producía, no pensaba colaborar en su trabajo. Tampoco tenía muy claro cómo iba a afrontar este nuevo revés de ver al paciente que había protagonizado mis obsesiones sobre una mesa de autopsias.

Ahora necesitaba otra interpretación, una nueva exégesis de lo acontecido con lo que poder recobrar el equilibrio perdido en cuanto se abriera la cremallera de la mortaja hacia la que me dirigía.

—¿No me va a hacer ninguna pregunta, doctora?

—Ordeno mis pensamientos.

—¿No tiene curiosidad por saber dónde hemos encontrado a Jacob Lambert?

—Por supuesto.

—Pues pregúntemelo.

—¿Dónde han encontrado a Jacob Lambert?

—En el lago Ouareau. Atrapado en un dique de castores.

Levanté la vista del ahogado paisaje urbano que desfilaba tras la ventanilla hasta el cobrizo rostro de Bonnard. Observé atentamente su cara como si mirara en un museo una vasija de barro cocido. Me vino una idea súbita y sin aparente relación: un libro de Miguel Morey, *Deseo de ser piel roja*. Querría no haber oído lo que acababa de decirme Bonnard recordando una frase de esa obra: «Mi única certeza es ahora saber que solo se conoce lo que se ha perdido, lo que ya no está —como el trueno dice la verdad al rayo—. Como si solo fuera posible sentir en las cosas aquello que las hace ausentes, su irremediable distancia».

—¿Me ha escuchado?

Su voz parecía salir de un túnel: metálica, hueca, fantasma...

—Doctora, ¿me oye?

—¿Cómo no voy a oír sus siempre buenas noticias? Parece usted el mensajero del horror.

Paró en un semáforo en rojo.

—Lo siento —dijo, sin sentirlo.

—¿Cómo ha muerto?

—Lo drogaron, lo golpearon y..., o cayó al lago o lo tiraron pensando que estaba muerto. Pero vivía. Porque se ahogó —dijo con una voz tan oscura como su coche de policía secreto—. Y quien le grapó su anuncio deseaba implicarla a usted. Utilizó grapas quirúrgicas. Por lo tanto, o es médico o intenta que lo creamos. ¿No tendrá su difunto marido, o usted, una grapadora cutánea de la marca B. Braun?

—En absoluto. ¿Por qué íbamos a tener un instrumento de sutura? Alexander no era cirujano, yo tampoco lo soy. Nunca he necesitado nada semejante. Si me corto o me accidento, suelo ir al hospital, inspector, como todo el mundo. Los males que atiendo se hallan en otro orden de la medicina; no suelen causar heridas que suturar. Aunque a veces, *in extremis*, las puedan provocar.

—No la veo sorprendida con la noticia.

—Sé controlar mis emociones.

—Peor para usted. Acabará con úlcera de estómago.

—Ya la tengo.

—Lo suponía.

—¿Qué más supone de mí?

—Todo a su tiempo...

—Lo que usted diga.

—¿Por qué buscaba a Jacob Lambert? ¿Por qué puso el anuncio? Lo he pensado mil veces.

—Utilice el método hipotético deductivo. Es su trabajo.

—Tarde o temprano averiguaré lo que me oculta. ¿A quién quiere proteger? ¿Por qué se niega a ayudarme? No lo entiendo. A su marido lo han asesinado, a su paciente también, y usted está aquí, a mi lado, como una invitada de piedra. Ya sé que no desea asistir a esta fiesta, pero está usted en ella, precisamente, porque la fiesta se celebra en su casa.

—Estoy harta de sus metáforas.

—Sé que no va a soltar prenda. Pero sabré por qué.

—Me dan igual sus amenazas. Su obligación es averiguar la verdad.

—Muy bien... No merece usted un trato de favor. Mañana tendrá una orden del juez en su mesa. Confiscaré de su consulta lo que tenga sobre Jacob Lambert. Pondré todo patas arriba. Y volveré a interrogar a Marie Jelen.

—Estoy aprendiendo a convivir con usted, ella también. Y mañana será otro día, monsieur Bonnard. Hoy, voy a reconocer un cadáver. Eso es todo. No entiendo por qué se empecina con Marie. Sirvió a mi marido con devoción.

—Una devoción por la que ha heredado doscientos cincuenta y dos mil dólares. Una devoción bien recompensada por diecinueve años de... fidelidad, compañía, complicidad..., ¿qué más, doctora? Ella es de la generación de su marido, y les unían muchas cosas, empezando por su origen y por algo más que voy a averiguar.

—¿Ahora la va a tomar con los judíos?

—No saque conclusiones disparatadas.

—No es tanto dinero como parece. Con el actual sueldo de Marie, esa cantidad le da para vivir diez años. Si tenemos en cuenta la esperanza de vida de una mujer canadiense, le faltan aún dos años de sueldo para cubrir su futuro. Alexander la incluyó en el testamento para asegurarle un digno final a sus días, por si a él le pasaba algo. Era un hombre previsor y justo. Y la quería.

—Veo que lo tiene todo pensado. ¿Apoyó usted esa decisión de su marido?

—Completamente.

—¿También estuvo de acuerdo en la donación que ha dispuesto en el testamento a favor del Centro Simon Wiesenthal, de quinientos mil dólares? Me pregunto, doctora, ¿por qué a esa fundación en concreto, en Estados Unidos? Con la de asociaciones judías que tenemos en Canadá para las víctimas del Holocausto. ¿Se lo explicó él alguna vez?

—Esta fundación —le argumenté— recibe donaciones de todos los países del mundo, y de todo tipo de adscripciones personales. Solo hace falta tener dinero y ganas de ayudar. Alexander era un buen judío. Un buen hombre. Socorrió a quien pudo a lo largo de su vida, incluyendo a Marie. No hay nada de extraño en la filantropía, inspector. Él se lo podía permitir. El Centro Wiesenthal es una organización internacional de derechos humanos. Y tiene oficina en Toronto, para su conocimiento.

—Hemos llegado, doctora. Piense bien en lo que estamos hablando.

¿Cómo no iba a hacerlo?

24

Anatómico forense

Dejamos atrás el esqueleto metálico del puente Jacques-Cartier, al final de la rue Parthenais. Entramos en el aparcamiento al aire libre del personal del complejo, tras cruzar el control de seguridad del cuartel general de la Sûreté, y pasamos juntos por la puerta giratoria del edificio Wilfrid-Derome.

Sentía a Bonnard en su propia salsa. Saludaba con familiaridad y se movía por el enorme edificio con soltura y confianza mientras cruzábamos un vestíbulo como el de una estación. Su despacho probablemente estaría en una de las plantas altas. Tomamos un ascensor y bajamos hacia los sótanos, cuyo olor a desinfectante cortaba la respiración, hasta saludar a un hombre que nos salió a recibir, alto y enérgico, de mediana edad, con gafas de pasta y un traje gris bajo la bata blanca. Se mostró amable y cordial. Debía de conocer muy bien a Bonnard, por la forma en que se saludaron: un fuerte apretón de cómplices manos. Me fue presentado como Patrice Dofour, patólogo forense, director del Laboratorio de Ciencias Forenses y Medicina Legal.

Creo que hubo sintonía entre el forense y yo desde el principio. Entramos por una puerta batiente hacia un largo pasillo iluminado con luces de neón. Patrice Dofour me iba informando de los detalles clínicos de la autopsia, considerándome más una colega que una profana ciudadana dispuesta a reconocer un cadáver. Se dirigía a mí con franqueza y familiaridad y utilizaba el *tu* en vez del *vous*. Bonnard le habría hablado de mí y de mi especialidad. No existía fingida cordialidad y confié en él desde el principio de la conversación. Identificar el cuerpo les estaba resultando difícil. Nadie lo había reclamado. Ni denunciado una desaparición que concordase con la persona hallada, salvo mi anuncio. Las lecturas de las huellas dactilares no habían aportado ningún dato y las muestras de ADN tampoco. Hablaba deprisa, pero de forma agradable. Según caminábamos entre olor a cloaca al adentrarnos en el corazón de los sótanos del edificio, me explicó que el laboratorio contaba con tres salas de examen *post mortem*, y el depósito con una capacidad para 135 cuerpos. Realizaban entre 500 y 700 autopsias cada año. La mayoría, por muertes violentas o sospechosas de serlo. Las causas habían sido esclarecidas en el 95 % de los casos. Estaba satisfecho de que anualmente su equipo de Quebec aportara 1.000 identificaciones al Banco Nacional de Datos de ADN. También nos recordó que su trabajo consistía en atender las circunstancias de la muerte o el crimen, y en recoger las pistas que el asesino pudiera haber dejado en el cuerpo.

Monsieur Dofour sacó una llave magnética del bolsillo de su bata y entramos en una sala vacía, alicatada de azulejos encarnados hasta la mitad de las paredes. Olía a desagüe más que en ningún otro lugar. Por una de las puertas de acero inoxidable del cuadrilátero entró una camilla, empujada por un empleado con un mono azul, la situó ante nosotros tres y salió enseguida. Cuando monsieur Dofour deslizó la cremallera de la mortaja gris del supuesto Jacob Lambert, desde su inicio, cuidadosamente hacia abajo, me aproximé al cuerpo sin vida, conservado bajo cero. Era el segundo cadáver que reconocía en dos meses. En aquel instante mi memoria selectiva no recordaba ni siquiera el rostro de mi marido bajo el palio de la muerte al que tuve que enfrentarme para corroborar su fallecimiento como ahora debía corroborar el de su sobrino, presionada por la insistente mirada de Bonnard que caía sobre mí como una cuchillada.

—¿Es Jacob Lambert? —me preguntó Bonnard, impaciente.

Me sentí acorralada. Tenía que mentir delante del cadáver de Nathan Cohen. Mis sensaciones hacia él se habían transformado.

Era mi sobrino. El hijo de Robert y Jacqueline Brenner. El niño que vio saltar a su madre desde el hotel Pensilvania. Quizá también el hombre que enviaba cartas bomba a la manera de Kaczynski y que posiblemente había intervenido en el accidente de Alexander. Pero un nuevo actor en escena, quien conducía el Toyota, aportaba otra variable a mis conjeturas respecto a la culpabilidad de Nathan.

—Es mi paciente —susurré.

—Pero ¿es Jacob Lambert? —me preguntó otra vez, incidiendo en el nombre.

Bonnard esperaba mi respuesta. Los dos me miraban en silencio, suspicaces y alarmados ante lo que suponían una duda, como dos policías ante la máquina de la verdad que les parece que falla.

—Sí, es el hombre que apareció en mi consulta bajo el nombre de Jacob Lambert.

Bonnard reaccionó como si le hubiera clavado las uñas.

—¿Nos está diciendo que no sabe quién es este hombre? Mírelo bien, doctora, mírelo bien —me increpó con sus modales de colegio francés, a punto de perderlos.

Bonnard se acercó al cadáver por delante de monsieur Dofour y bajó aún más la cremallera del sudario gris de material sintético y dejó al aire el resultado del invasivo procedimiento de la autopsia. Los órganos y el cerebro estaban en bolsas de plástico, dentro de la cavidad abdominal. Y volvió a preguntarme:

—¿Es Jacob Lambert?

Monsieur Dofour dio dos pasos atrás.

—Nunca vi su identificación. Ya se lo dije y se lo vuelvo a repetir ahora. Pero lo natural es que lo sea. ¿Por qué iba a mentirme?

—Usted sabrá, es la psiquiatra. ¡Haga su trabajo! —dijo Bonnard, irritado como no lo había visto hasta entonces.

La cara de estupefacción del patólogo iba de uno a otro sin saber qué disputa nos traíamos. Le pedí amablemente a monsieur Dofour que me dejara ver la muñeca derecha del cadáver.

La serpiente había perdido su color sobre la piel del brazo, gris, amarillenta, como de cuero curtido. Moví la cabeza con signo afirmativo. El patólogo dio dos pasos al frente y deslizó la cremallera hasta cubrir el cadáver, ante el consentimiento de Bonnard. Empujó la camilla y se la llevó de la sala. Dijo que regresaba enseguida. Era un hombre discreto.

Nos quedamos en silencio. El eco acompañaba el roce de mi abrigo sobre los rojos azulejos cuando me apoyé en la pared. Bonnard se quedó plantado en medio de la sala con los brazos cruzados sobre el pecho con un rostro taciturno que parecía en trance. Ignoraba mi presencia y se mantuvo callado hasta que vimos entrar de nuevo a monsieur Dofour. Salimos los tres de allí deshaciendo el camino entre el laberinto de pasillos hasta el ascensor, dejando atrás el olor a mortuorio. Le solicité al patólogo ver los objetos personales de Jacob Lambert. Dije el nombre con absoluta seguridad, porque tanto si lo era como si no, para ellos sería Jacob Lambert hasta que no obtuvieran una prueba concluyente que lo desmintiera.

Monsieur Dofour nos hizo entrar en su despacho y nos sentó frente a su mesa. Sacó de un armario, bajo llave, una gran bolsa de plástico. Me sentía al rojo vivo, como un metal incandescente. Hacía demasiado calor y pensé que si tocaba la bolsa la fundiría. El patólogo la volcó sobre la mesa. Eran prendas. Secas. Maltratadas por el agua y el barro.

Unos pantalones de pana raídos y viejos.

Unos calzoncillos blancos, sucios y oscurecidos.

Un par de calcetines elásticos y térmicos, de color negro.

Una camisa de franela de cuatros azules y rojos.

Una camiseta interior de color gris, de manga larga.

Un cinturón de piel marrón con hebilla de metal.

Una pequeña bolsita de plástico con pertenencias.

—Esto es todo lo que llevaba puesto. ¿No echan de menos algo? —nos preguntó monsieur Dofour.

—Zapatos. Un abrigo o una cazadora, por ejemplo... —contestó Bonnard.

—Por lo cual, estuvo de un lugar interior antes de morir: una casa, un vehículo... Pudo haber perdido los zapatos en el agua. Pero fue antes de llegar a ella, por los restos que hallamos en los calcetines y las incrustaciones en las plantas de los pies y en los brazos. Deducimos que tampoco llevaba puesto un abrigo que pudiera perderse por la corriente del agua.

Dofour abrió la bolsa pequeña:

Un reloj de plástico Swatch con correa de color azul.

Cuatro monedas de dólar.

Un cordoncillo de cuero con una pequeña cruz de madera.

Un anillo de peltre, cuadrado, grabado con la letra jota.

«¿Jota de qué, de Jacob, de Jacqueline...?», me pregunté. Todo ese material componía la arqueología de un crimen.

Dofour nos iba proporcionando información acerca de la data de la muerte, el hongo de espuma sobre los orificios nasales y la boca, la piel con aspecto anserino, el agua en los pulmones, el volumen del líquido aspirado, el tiempo transcurrido hasta la parada cardíaca, las lesiones de etiología homicida, las heridas, la trayectoria del golpe en el cráneo, el objeto romo, el hundimiento óseo, las lesiones en muñecas y tobillos, el contenido visceral, la morfología del orificio anal, la normalidad de la región genital, la escasez de piezas dentales...

Luego habló del lugar en el lago donde fue encontrado para determinar que la muerte se había producido por asfixia por sumersión, con antecedentes inmediatos de violencia con destrucción de centros vitales encefálicos, a consecuencia de un objeto contundente, sin hallar. Con seguridad se hallaba en un estado de alteración cognitiva por la presencia de diazepam y escopolamina en la sangre. El informe toxicológico determinaba que había sido drogado con estas sustancias. Incluso con la intención de provocarle la muerte por la dosis administrada. Debió de permanecer atado y llevaba sin ingerir alimentos sólidos por lo menos cuarenta y ocho horas antes de producirse la muerte.

Necesitaba ver el informe completo de la autopsia, con las actas de intervención practicadas al cadáver, los exámenes, las tomas de muestras y sobre todo el informe toxicológico. La escopolamina es un alcaloide tropano, derivado de ciertas plantas solanáceas, como la belladona y el toloache. Muy tóxico. Funciona como narcótico y veneno. Puede provocar la muerte con dosis muy bajas. Depresor de las terminaciones nerviosas y del cerebro. Produce parálisis, delirios, sedación del sistema nervioso central. Es una sustancia que se utiliza para anular la voluntad de las personas y la memoria de lo ocurrido durante sus efectos. Algunos delincuentes la usan para adormecer a sus víctimas. Bonnard me observaba. Sus ojos me escrutaban severos e inflexibles. Eran capaces de ver como un halcón ve el movimiento del sol a través del cielo. Creo que oía hasta el latir de mi corazón.

El forense permanecía en silencio y los tres intentábamos administrarlo. A mi petición de ver el informe completo, el inspector Bonnard hizo un gesto negativo con la cabeza para hacerme saber quién mandaba. Como si le doliera tener que negarme aquello. Como revancha a mi falta de confianza en él. También como castigo.

—No importa —dije—. Lo entiendo, señores. Mis abogados me lo entregarán.

El forense abrió el cajón de su mesa, sacó una carpeta y me mostró varias imágenes. Creo que para rebajar mi decepción. Bonnard estaba demasiado serio. Incómodo. Diríamos que enfadado. No sé si conmigo o con la simpatía de Dofour hacia mí.

Las fotografías eran imágenes muy feas. Terroríficas. Pero las miré. Con atención. La luz de mis ojos se clavaba en las heridas de mi paciente, en los hematomas, en la brecha de su cabeza. Vi claramente el estado del cuerpo de ese pobre hombre y la violencia a la que lo habían sometido antes de morir.

Pero ¿quién haría una cosa así? ¿Por qué en el lago Ouareau?, a diez kilómetros de mi casa, siguiendo la ribera, hacia el sureste. Necesitaba con urgencia ver una fotografía de Nathan Cohen y cotejarla con el rostro del cadáver al que yo acababa de asignar oficialmente la identidad de Jacob Lambert.

25

Historial retocado

E ntré en el Sedán de Bonnard sobre una nube de terror. Me abandoné en el asiento y él arrancó sin pronunciar palabra. El silencio me amparaba. A la altura del puente Jacques-Cartier dijo, inesperadamente, que solo se puede acceder a Montreal por tierra a través de un puente.

—Dice Marie que tiene de ellos una buena colección de fotografías —contesté—. A ella le gusta todo lo que es frío, sin vida; lo retrata. Como ha retratado los veinticuatro puentes que entran en esta ciudad, entre ellos el Médéric-Martin.

No respondió nada.

—Ahora me siento más extranjera que nunca.

—Somos extranjeros en todas partes.

—¿Quién es Paul Bonnard?

—Un mestizo. De abuelo francés. Llegó a la Compañía de la Bahía de Hudson al olor de las pieles huyendo de la miseria de un pueblo costero de la Bretaña francesa. Nada original. Se casó con una nativa cree. De las tierras de Manitoba. Quizá es lo que me da la serenidad suficiente para ser policía y poder presenciar cosas como la de esta tarde.

Cuando Bonnard me dejó en la puerta de casa, sobre las once de la noche, me acerqué a su ventanilla. Él aguardaba a que yo abriera la puerta. Las luces del porche estaban encendidas.

—Vuelva mañana —dije—. Tendrá a primera hora de la tarde lo que busca de Jacob Lambert. No hace falta una orden del juez.

—Gracias. Lo anoto.

—¿Está entre sus notas el nombre de Rebeka Winter?

—Tendré que verlo.

—Tenía un hermano llamado Otto.

—Las revisaré. Y... no huya, doctora.

Parecía leerme el pensamiento.

Marie se encontraba en su dormitorio cuando entré en casa. Me había dejado en la cocina una tortilla de patata, cubierta con un paño. Poco hecha. Le costó aprender a darle la vuelta, pero acabó consiguiéndolo, tan buena como la de Lola. Y como las que yo preparo cuando me empeño y consigo la paciencia de pochar la patata. Marie sabe adivinar los deseos y conoce bien las flaquezas humanas. Enseguida comprendió lo que necesito comer para mejorar mi estado de ánimo. Nunca se lo pedí. Solo le enseñé a cocinar las recetas españolas de las que no puedo prescindir. Y creo que asignó a cada una de ellas un atributo español. Por eso de que la comida nos lleva a la infancia, al pasado, sugiere sentimientos y emociones. Placer. Amor. También aversión. Hacía lo mismo con Alexander. Era una mujer inteligente. Porque si había algo que esa noche ansiaba era, simplemente, una tierna y simple tortilla de patata. No una *omelette aux pommes de terre*. Necesitaba regresar al pasado, aunque fuese por unos minutos.

Me llevé la tortilla al despacho en una bandeja y la terminé mientras revisaba la historia clínica de mi paciente. No había abordado todavía las aclaraciones y rectificaciones que me proponía glosar en ella ante el descubrimiento de su verdadera identidad en la tumba de su madre. Pero lejos de ofrecerle a Bonnard la verdad, y atrapada por mi declaración en el depósito, vi las letras de ese nombre impostado, escritas a mano por mi caligrafía que ahora sabía lo que entonces desconocía. E hice como si el tiempo se hubiera parado en el instante en que él huyó de mi consulta y yo nunca hubiera visitado el cementerio donde yace su madre para saber que ese hombre era también mi sobrino.

Revisé los datos de filiación que había registrado, el motivo de su consulta, el histórico de enfermedades, antecedentes personales y familiares que me habían aportado una visión general. Del resto de la historia clínica, la exploración, la orientación diagnóstica, el tratamiento, la terapia psicofarmacológica y la evolución, me dispuse a eliminar los excesos de datos y aportaciones que había registrado. Máxime, en lo concerniente a la contratransferencia, a los sentimientos que mi paciente había movilizado en su entrevistador, a la ansiedad que producían en mí sus palabras intencionadas. Eliminé lo escrito sobre la proyección de los conflictos de Nathan en su terapeuta, y la forma en que yo exploraba esa esfera conflictiva hasta llegar a identificarme con él de la forma en que lo había hecho. ¡Como poner un anuncio en la prensa! Creo que a veces no supe desdoblarme adecuadamente. Me había identificado demasiado con su sufrimiento y ahora entendía por qué. No había controlado mi posición de observador. Quizá desorganicé el método en algún momento. Por lo que prescindí de los excesivos apuntes personales para no dar la sensación de una terapeuta involucrada en exceso.

Releí otra vez las sesiones, deteniéndome en las entrevistas. Valoré cada una de mis observaciones. Evalué su pertinencia y seleccioné lo que debía ser leído por los hechiceros ojos de Bonnard. Palabra por palabra, frase por frase. Algo en mi interior me impedía delatar a Nathan. Si realmente era el individuo que se le había cruzado a Alexander en el puente y el que le había enviado la carta bomba, ya había pagado por ello. Y si era inocente, más motivos se sumaban para protegerlo de las acusaciones inclementes de Bonnard. También era posible que no actuara solo. Pudo haberle enviado a mi marido la carta bomba, y el tipo del puente ser su cómplice, el que conducía el Toyota negro, y el que pudo asesinar a Nathan grapándole mi anuncio. Estudié todas las combinaciones posibles, incluyendo una reyerta entre agresores. No olvidaba en ningún momento la conversación mantenida con Fanny la noche anterior en la casa del lago. Los Lewinsky también habían sido objetivos a bombardear. Esa variable venía a sumar nuevas hipótesis para nuevas teorías. Entre ellas, que los Lewinsky estuvieran implicados en la muerte de

Nathan. O en la de Alexander. O en ambas. O en ninguna. Y que Bonnard lo estuviese investigando. O no.

Me estaba volviendo loca.

El inspector no necesitaba mi ayuda. Daría con el tipo del Toyota. Tarde o temprano lo detendría. Confiaba en Bonnard, en su instinto, en su inteligencia de rastreador. Leí en la prensa su rotunda estadística de resolución de casos. También era cierto que podría averiguar la verdadera identidad de Jacob Lambert. Cosa que me desagradaba profundamente; aun así, Bonnard no podría probar que yo había cooperado en el juego de Nathan por consolidar su ficticia identidad hasta sus últimas consecuencias. Como pensaba hacer.

Había otro asunto sobre el que reflexionar esa noche: Marie. ¿Y si ella estaba implicada en esta madeja que no hacía más que crecer sin control alguno? Yo también sabía utilizar el análisis de evidencias, y Marie era una variable a tomar en cuenta. Al fin y al cabo, ella había atendido al supuesto monsieur Lambert cuando se presentó en la consulta, y me insistió para que lo aceptara. El inspector estaba demasiado interesado en Marie, o quizá estuviese tanteando un nuevo territorio por explorar.

Ahora, con el nombre de Rebeka Winter y su hermano le había proporcionado trabajo extra a Bonnard. Y aunque él no quisiera compartir la información que obtuviese de los Winter, ya éramos dos reavivando la búsqueda de una misteriosa desaparición.

Pero Marie me lastimaba la conciencia. Nunca he podido vencer los sentimientos de desolación hacia las personas que han vivido los desastres de la guerra. Y deseaba que ella no estuviera manchada con las intrigas de Nathan. Porque si Alexander había confiado en esa mujer como para dejarle doscientos cincuenta y dos mil dólares en su testamento, yo no pensaba llevarle la contraria. De momento. Me parecía absurdo relacionarla a la ligera con la muerte de mi marido y de Nathan. Nadie como yo ha visto el terrible dolor en el rostro de Marie, en cada una de sus arrugas, en su forma vacilante de observar a los demás; y sobre todo, en la sinceridad de su sufrimiento. La bondad de su corazón en el trato hacia nosotros siempre la admiré. Cosa distinta era la donación al Centro Simon Wiesenthal, de la que nunca me habló Alexander.

Y con esos pensamientos reescribí esa noche la historia clínica de Jacob Lambert. Valoré la posibilidad de eliminar el relato del suicidio de la madre, las referencias a Unabomber y alguna que otra frase, sobre todo cuando él se extendía en las sustancias psicotrópicas que consumía Jacqueline. Y así realicé varias censuras. Borré cualquier rastro que pudiese conducir a Bonnard a la familia Cohen.

Lo curioso es que no me alarmara lo que estaba haciendo, de la evolución de mis sentimientos desde que había comenzado a buscar a Jacob hasta aquel instante en que cambiaba el rumbo de la lealtad a mi profesión. Ningún sentimiento de culpabilidad golpeaba mi moral, imperdonable para un médico. Quise convencerme de que sencillamente acomodaba la verdad. La verdad que necesitaba mostrarle a Bonnard. Solo intentaba practicar algo que se llama «verdad selectiva» para mantener una posición estratégica.

Y de ello me convencí durante toda la noche en que tardé, ante mi ordenador y todos los papeles emborronados con mi letra, tomando un café tras otro, en presentar mi versión de Jacob. Guardé la nueva historia clínica para el inspector en un sobre y me quedé con la original. Del ordenador prácticamente tuve que modificar pocos apuntes. No había demasiado material transcrito a los modelos electrónicos con los que trabajaba. Me gusta escribir a mano, me relaja y aliviaba de las tensiones de la consulta. Era una ventaja, por si Bonnard decidía en cualquier momento llevarse mi ordenador. Pudo haberlo hecho cuando registró la casa. Otro *crassus errare*, inspector. *Crassus errare*.

Pensé en mis siguientes movimientos, apoyada en el reposacabezas de mi sillón giratorio. Debía dar un vuelco a mi existencia y seguir mis instintos. Organizar un nuevo plan que diera como resultado satisfacer mi excitada curiosidad. Por primera vez en mucho tiempo abrí el último cajón de mi escritorio, en el que guardaba algunas cajetillas abiertas de Gitanes, de las que le requisaba a Marie cuando me las encontraba escondidas por la casa. Me encendí un cigarrillo. Era horrible y apestaba, pero a la quinta inhalación me excitó la humareda que se había formado en mi limpio y pulcro espacio, en el que había pasado los seis últimos años de mi vida, a una media de siete horas diarias. Todo un récord de reclusión en mi búnker de limpieza mental. Creo que mis pensamientos de esa noche apestaban tanto como el tabaco, porque simplemente había perdido el control. Y me gustaba.

Pasadas las cinco de la madrugada me acosté. A las seis de la mañana, sin haber dormido más de una hora, entré en la ducha, guardé en una bolsa de viaje ropa para unos días, metí en una carpeta la verdadera historia clínica de Jacob Lambert y todo el material que había recopilado en la Biblioteca Central sobre las vidas de Jacqueline Brenner y los Winter, junto a cinco mil dólares que saqué de la caja fuerte de mi despacho —tras el cuadro de Sorolla— que había mandado instalar a los pocos meses de que esos inocentes niños se bañaran sobre la pared de mi gabinete.

Bajé con la bolsa en la mano. Sobre la mesita del recibidor dejé el sobre para Bonnard con la historia retocada y una nota para Marie con la disposición de que anulara todas las citas con mis pacientes sin fecha de continuidad, junto a ciertas palabras tranquilizadoras que debía utilizar con ellos.

Antes de salir de Montreal, y después de romper resistencias, convencida de la locura que me animaba, el destino me abría un camino por recorrer sin mirar atrás. Y ajustar cuentas con Raymond Lewinsky.

26

Mike

Era demasiado temprano, aun para visitar a un hombre que ya está con los ojos abiertos a las seis de la mañana en la vigilia de la ancianidad. De camino hacia el viejo Montreal, creí necesario hacer una parada en la biblioteca pública judía. Esperé su apertura en un café kosher cercano leyendo los periódicos del día. Un par de bagels calmaron la ansiedad del viaje que emprendería en cuanto hablara con Raymond. En la sinagoga de enfrente habría un oficio en breve. Vi desde mi mesa un grupo de personas entrando en su interior. Se protegían del frío bajo sombreros y oscuros abrigos esquivando la nieve de la acera. Había un automóvil parado, tan cerca del mío como para observar que no estaba cuando había aparcado. Un Volvo blanco, utilitario y discreto con dos hombres dentro, del que desconfié de inmediato. Fotografié mentalmente la calle y los escasos coches estacionados en un barrio tranquilo, de bonitas casas entre americanas y francesas. En cuanto abrieron la biblioteca pagué el café y los bagels. El día era gélido, y en las calles desiertas la nieve embarrada se acumulaba en pequeños montículos junto a los edificios.

Alexander era patrocinador de la biblioteca, como cientos de *québécois* que sufragan la actividad del centro con aportaciones privadas. Hay una buena colección de libros de historia canadiense, sobre el Holocausto, Israel y estudios bíblicos. También de ficción y documentales. Sus archivos contienen fondos privados de donaciones particulares, instituciones, asociaciones y escuelas, relacionadas con la historia y la vida de las personas y de las comunidades judías. Los fondos incluyen correspondencia, programas, folletos, carteles, manuscritos, objetos personales, films y más de veinticinco mil fotografías donadas por todo aquel que desee dejar un testimonio de alguien o de algo relacionado con la historia judía.

En mi cabeza había un par de ideas muy claras sobre las que deseaba información. Saqué el carnet y accedí a su interior. Un bibliotecario me proporcionó referencias del Centro Wiesenthal desconocidas para mí. Me preguntaba por qué Alexander no me había explicado nunca qué simpatías o adhesiones le vinculaban a esta organización para que valieran los quinientos mil dólares de su testamento.

El Centro Simon Wiesenthal es un observatorio sobre la violencia. Una agencia judía de derechos humanos. Su misión: combatir la intolerancia y el racismo, entender el Holocausto y rendir homenaje a Simon Wiesenthal y su legado. En una enciclopedia encontré una maraña de datos sobre su biografía. Vive en Viena. Tiene noventa y tres años. Nació en la antigua Galitzia, en Buczacz; en la actualidad, Buchach, Ucrania. Otra vez volvía a leer el nombre de esa antigua región de Europa: Galitzia; el país de los Winter. Esa extensión comenzaba a adquirir valores míticos en mi memoria. Cuando se borra de la faz de la tierra un territorio y se renombra, es como si nunca hubiera existido. Pero existió. Y sus habitantes quedaron expatriados, deportados, vencidos y condenados a vivir como extranjeros adondequiera que fueran. Es como soplar una pompa de jabón hasta hacerla estallar.

Wiesenthal es arquitecto ingeniero. Se graduó en Praga. Durante la Segunda Guerra Mundial lo confinaron en cinco campos de concentración distintos. Del último, Mauthausen, fue liberado en 1945. Tenía treinta y siete años. Torturado. Enfermo. Los trabajos forzados en un ferrocarril aniquilan a cualquiera. Pudo reunirse con su mujer al final de la guerra. Trabajó en campos de desplazados. Lloró a los ochenta y nueve miembros de su familia asesinados. Recopiló los nombres de sus carceleros. Anotó en su memoria todos y cada uno de los criminales de guerra que habían cometido todos los delitos que vieron sus ojos o escucharon sus oídos desde el interior de las alambradas. Tras el final de la guerra, presentó sus investigaciones a la inteligencia americana y al tribunal militar de Dachau y de Núremberg.

Vivía exclusivamente por y para encontrar y procesar a los criminales fugados y ocultos tras el barullo de la guerra. Buscó a los miembros huidos de las SS y de la Gestapo por todo el mundo. Incansable. Tenaz. Con el recuerdo de la aniquilación en cada cicatriz de su memoria. Acumuló miles de expedientes de los asesinos de la maquinaria nazi y sus colaboradores, y un archivo con más de noventa mil nombres. Muchos de ellos los había entregado a las autoridades para ser llevados ante la justicia. Fundó un centro de documentación en Linz, Austria. Luego lo trasladó a Viena. Colaboró con la inteligencia israelí para capturar en Argentina a Adolf Eichmann. Recordaba un documental con las imágenes de su juicio en Jerusalén que había visto hacía años. Entonces me perturbaron. Simon Wiesenthal también encontró a Franz Stangl, detenido en Brasil, experto en el programa alemán de eutanasia, comandante de Treblinka y Sorbibor. Treblinka: 800.000 asesinados, ideado para eliminar a los habitantes del gueto de Varsovia. Sorbibor: 220.000 asesinados.

Es difícil hablar de números cuando es la muerte la que está detrás de palabras como: Zyklon B, monóxido de carbono, ácido cianhídrico, Aktion T4.

Simon Wiesenthal identificó a Karl Silberbauer, el *Oberscharführer** organizador de la redada que se saldó con la detención de Ana Frank y su familia, la mañana del 4 de agosto de 1944, en Ámsterdam. Localizó a Hermine Braunsteiner-Ryan, en Nueva York. Esa mujer, dicen, era hija de un carnicero vienés. Trabajaba como limpiadora antes de convertirse en *Aufseherin,*** en los

---

* Rango militar equivalente a sargento mayor o brigada, de la escala de suboficiales en la Alemania nazi.

** Guardianas de prisioneras en los campos de concentración en la Europa nazi.

campos de Ravensbrük y Majdanek. Pateaba con sus botas de remaches metálicos a las prisioneras. La llamaban «la yegua de Majdanek». Al final de la guerra la detuvieron, se escapó de un campo de prisioneros soviético y huyó a Halifax, Nueva Escocia. Eso me interesaba. A Canadá llegaron miles de judíos, pero también se escondieron sus ejecutores. La hija del carnicero continuó su huida desde Canadá a Nueva York. Vivía en Queens y allí la detuvieron. Estaba casada con un soldado americano llamado Russell Ryan.

La biografía de Simon Wiesenthal me pareció extraordinaria y poco común. Caballero Comandante de la Orden del Imperio Británico, Medalla de la Legión Francesa, Medalla de la Libertad de Luxemburgo, de la Liga de las Naciones para la Ayuda a Refugiados y la del Congreso de Estados Unidos. Un hombre en busca de asesinos en serie enajenados de toda piedad, buscados por crímenes contra la humanidad; por esa condición que habían perdido o porque simplemente habían nacido sin ella. Es posible nacer sin compasión ni misericordia.

El bibliotecario me indicó un dosier donde encontrar referencias de cine asociadas al Centro Wiesenthal. Documentales y películas. Hallé toda una sección sobre nazis que habían desaparecido por arte de magia tras la guerra. O ayudados por grupos de simpatizantes y exmiembros de las Waffen-SS, como las organizaciones Stille Hilfe e HIAG.

Y de pronto, como iluminado por un foco, vi el nombre de Otto Winter en un índice de autores cinematográficos. Era el director de una película. El título estaba en hebreo. Fui a pedir ayuda con el dosier en la mano. El bibliotecario me tradujo el nombre del film. Era algo así como *El dolor de la víctima*, del año 1974. No había más información.

El bibliotecario, un joven amable, con kipá y lentes de miope, bajito y de labios gruesos y sonrientes, me halló otra referencia de Otto Winter en su ordenador.

—Si quiere le traduzco algo más —dijo, poniéndome sobre el mostrador otra hoja impresa con lo que había encontrado.

Estábamos solos en toda la planta y él dispuesto a ayudarme. Se le veía satisfecho por tener a alguien tan temprano y me leyó en francés los títulos que aparecían en hebreo:

Winter, Otto. *Caza de lobos*. [Vídeo]. Montreal: Tetragrámaton, 1962.

Winter, Otto. *Las lágrimas de Yahveh*. [Vídeo]. Montreal: Tetragrámaton, 1965.

Winter, Otto. *El dolor de la víctima*. [Vídeo]. Toronto: Tetragrámaton, 1974.

Le pregunté dónde encontrarlos. Tecleó rápido y dijo, resoplando con desánimo y ajustándose las gafas:

—No hay fondos. Los hubo en una biblioteca de Jerusalén. Lo siento.

Y se encogió de hombros.

—Necesito información de este cineasta. Todo lo que pueda encontrarme sobre él.

—Veré lo que puedo hacer.

Agachó la cabeza y comenzó a buscar de nuevo. Me acerqué a la ventana. Empezaba a nevar. Desde ahí veía mi automóvil. Detrás, seguía el Volvo. Estaba segura de que en cuanto saliera de la biblioteca alguien entraría a preguntar al joven de las gafas y la kipá por lo que yo buscaba en una biblioteca judía. Uno de ellos le enseñaría la placa. Bonnard no pensaba soltar su presa. El bibliotecario les contaría lo que yo estaba buscando. Posiblemente.

Volví al mostrador. El joven me mostró la misma lista que había localizado en la Biblioteca Central con el nombre de Otto, junto al de su hermana Rebeka, escrita por los rusos tras la liberación de Auschwitz. Junto a ese papel me extendió otra hoja. Un pequeño índice de directores de cine judíos. El único nombre que me interesó:

Winter, Otto. Ucrania, 1934. Graduado en la Escuela de Cine de Montreal en 1961. Fundador de la productora Tetragrámaton.

Debajo, aparecían de nuevo sus tres películas. Sin más datos.

Eran ya las once de la mañana. De Tetragrámaton no encontramos nada en las bases que manejaba la biblioteca. Recogí mis cosas y me puse el abrigo.

—¿Sabe qué es un tetragrámaton? —me preguntó el bibliotecario cuando me acerqué a despedirme.

Me ajusté los guantes y levanté la mirada para contestarle que no estaba segura. «¿Quiere ver uno?», dijo, con ojos curiosos. «Sí, claro», dije. «Venga conmigo.» Se puso de pie. Cogió unas llaves de un cajón. Fuimos hacia unas vitrinas al fondo de la sala. En ellas había objetos interesantes sobre bases de terciopelo: relojes de bolsillo, camafeos, pendientes, pequeños libritos de oración en mal estado, kipás usadas, tefilines con el cuero raído, punteros, perfumeros de cristal. Eran donaciones. Habían pertenecido a personas que perdieron la vida en los campos de concentración de Europa. Al lado de cada objeto había un cartelito con el nombre de la persona a la que había pertenecido y su lugar de deceso: Bełżec, Chelmno, Majdanek, Maly Trostenets, Sobibor, Treblinka; Auschwitz-Birkenau el que más se repetía.

Me dejó mirar todo aquello durante unos minutos de silencio y me indicó un pequeño medallón de oro. Era un trabajo delicado de orfebrería, con siete piedras preciosas alrededor de una estrella flamígera de cinco puntas. A su alrededor, cuatro letras repujadas en plata: Y-H-W-H, con números y símbolos.

—Es el nombre de Dios, en hebreo antiguo, grabado en la superficie de la estrella —dijo el bibliotecario—. Y un tetragrámaton. ¿Le gustaría tocarlo?

—¿Me pasará algo?

—Si cree en el bien, le hará el bien. Si cree en el mal, será menos malo.

Sonreímos.

Abrió la puerta de cristal y me puso el medallón en la mano. Antes me quité el guante. Era ligero y fino; las piedras, talladas en cabujón: esmeraldas, zafiros y rubíes. O lo parecían. Le pregunté que si no tenía miedo de que robaran en la biblioteca. Dijo que YHWH los protegía.

Le di las gracias y le entregué el medallón. Cerró la vitrina y se guardó las llaves en el bolsillo de un pantalón negro.

—Cuando quiera vuelva y le explico el significado de los símbolos.

—Lo tendré en cuenta, gracias. «Tetragrámaton» es un poco esotérico para una productora de cine. ¿Usted qué opina?

—Depende de qué cine se trate. Por los títulos y fechas, parecen documentales de los que se hacían durante la Guerra Fría. Cuando todo lo que pasó en Europa estaba reciente.

—En su experta opinión ¿de qué tipo de documentales podría tratarse?

Me miró con credulidad. Sus ojillos pequeños sonreían ante mi candidez. No tendría más de veintidós años y era el vivo retrato del intelectual con gafitas redondas, de los que se encierran en su cuarto para ver maratones de cine, película tras película, durante el fin de semana. Estábamos en medio de la sala rodeados de vitrinas con objetos de otra época y él con las manos dentro de los bolsillos de un pantalón que se le caía bajo los flecos blancos *tzitzit** del *talit katan.*** Era el tipo de joven de los que llevan dos o tres tallas más de la que necesitan.

—Quién sabe... —Volvió a resoplar y dejó los ojos en blanco. Echó un vistazo a la lista de películas de Otto Winter y leyó en alto—: *Caza de lobos*: probablemente de cazanazis. *Las lágrimas de Yahveh*: desde campos de concentración hasta algún tema religioso. *El dolor de la víctima*: pues de lo mismo, de gente que sufrió el Holocausto, la Shoá o algo por el estilo. Hay mucho cine de esa clase. Más de lo que parece. En las bibliotecas judías estamos abarrotados de este tipo de cintas y de documentales. En realidad es lo que más compramos. La gente lo pide continuamente. Y... director judío, productora referenciada en las bases de Wiesenthal y con esos títulos..., seguro que van por

---

* Los cuatro flecos del *talit katan*.
** Vestimenta interior como un poncho abierto con cuatro flecos en cada esquina que visten los varones judíos religiosos por debajo de la ropa.

ahí los tiros. Y más aún si Otto Winter es el niño de la lista de Auschwitz que acabamos de ver.

Llegaban estudiantes de un colegio, niñas y niños de primaria con uniformes de cuadros bajo los abrigos.

—¿Puede hacer algo por mí? —pregunté—. Salgo de viaje y me gustaría que pudiera echarme una mano. Si es posible...

—Vale. —Y se encogió de hombros.

—El centro Yad Vashem, de Jerusalén —dije—, posee los mayores archivos del mundo sobre el Holocausto. —Asintió con la cabeza, para él era una obviedad—. ¿Podría solicitarles información sobre Rebeka y Otto Winter? Eran hermanos. Debe de haber documentos sobre la liberación, el destino y la historia de los supervivientes. Me haría un gran favor... si...

—Claro. Lo haré, no se preocupe. Me gusta investigar. Es lo que hago todo el tiempo. Soy licenciado en Historia.

—¿Le puedo llamar por teléfono? Salgo de la ciudad.

—Sí, claro. Llame cuando quiera. Pregunte por Mike. En información hay folletos, está el teléfono. En unos días podré tenerle algo. Estuve en Jerusalén el año pasado, conozco a gente por allí. Nos echarán una mano.

Me guiñó un ojo, nos despedimos y salí de la sala pensando en una frase de Simon Weisenthal que había leído: «La violencia es como una mala hierba, no muere aun en la mayor sequía». Y pensé que acababa de hallar la primera conexión con el libro que me entregó Nathan el último día que lo vi con vida.

A la salida apunté el número de teléfono de la biblioteca en mi bloc de notas y saqué de la máquina expendedora un par de Kit Kat. Me los guardé en el abrigo y salí al frío corrosivo esquivando a los pequeños escolares que entraban en el edificio.

Seguía nevando, ahora con suavidad sobre un día blanquecino y desapacible. Llegaban dos autocares con más estudiantes. Uno de ellos había aparcado delante de mi coche. Aproveché la confusión de un grupo de escolares y sus profesores para cruzar la calle y entrar en mi auto. Los niños se abrigaban con bufandas, gorros y guantes de colores. Parecía un colegio entero. Encendí el motor. Mientras un grupo terminaba de avanzar por el paso de peatones y otro se disponía a hacerlo, arranqué y salí de allí.

Aceleré hasta la rue Saint-Jacques y me perdí entre las callejuelas del viejo barrio de Ville-Marie hasta tener la seguridad de que el Volvo no me seguía. Paré en el callejón de la rue Saint-Paul. Pensé durante un rato en lo que le diría a Raymond.

—Hola. Quiero hablar contigo. Sin interferencias, a solas.

—¡Claro! Vente. Estoy solo —es lo que me contestó cuando me escuchó tras el auricular—. Fanny ha salido al veterinario con el puñetero perro.

—¿Tienes alguna plaza vacía?

—Claro. Sabes que sí. Apárcalo en la diecisiete.

—Estoy en dos minutos.

—El conserje te abrirá el portón.

Enseguida bajé por la rampa. La plaza diecisiete estaba vacía. Vi aparcados el Ferrari y el todoterreno verde, el Mercedes que conducía Fanny cuando apareció en la casa del lago y Dune se perdió. Estaba segura de que me había mentido. Fanny salió de madrugada no solo a tomar el aire. ¿Por qué entró en el cobertizo? ¿Para qué?

Raymond me esperaba en el rellano del recibidor, con la puerta abierta, apoyado en un bastón con el puño de asta. La piel cetrina y arrugada de su rostro y su mirada penetrante presagiaban una reunión hostil y lamentable entre dos amigos. Creo que no existía nada en el mundo que pudiera sorprender a ese anciano. No me dio sus dos besos acostumbrados; se imaginaba por qué estaba allí. Solo dijo, dando un golpecito con la punta del bastón sobre la moqueta: «Pasa. Hoy operan al perro de Fanny de una hernia».

Ray intentaba mantener una actitud de santidad dentro de un chándal Adidas. Cualidad que necesitaba para hablar conmigo con esa vestimenta. Al fin y al cabo, yo fui la esposa del hombre que él más había protegido en su tierra de Yahveh. ¿O era el infierno de Yahveh? Me condujo a la cocina. Era el mejor lugar para charlar sin solemnidades. Todavía creo que me consideraba «de la familia».

—He cerrado la consulta.

Fue la primera frase que articulé en cuanto me dejé caer en la silla, junto a la mesa.

Lo vi torpe y desmejorado. Había café recién hecho y me serví una taza. Le costó sentarse. Demasiado delgado. Un saco de huesos, a punto de venirse abajo dentro de su chándal azul marino con dos rayas blancas en los pantalones. Nunca le había visto en chándal, despojado de toda dignidad de juez o sacerdote.

—¿Qué te pasa, mi querida Laura? —dijo, y me cogió las manos con las suyas finas y blandas de anciano.

—Salgo de viaje. ¿Me dejas tu Ferrari?

Me solté de él.

—Bien, no hay problema. ¿En qué más te puedo ayudar?

No movió un pelo de sus cejas canosas mal arregladas. Lo de pedirle el Ferrari fue una idea imprevista, de última hora. Se me ocurrió de pronto que, cambiando de vehículo, despistaría a los sabuesos de Bonnard.

—¿A qué vino Fanny al lago anteayer? No sé qué buscáis. Pero has de saber que han encontrado muerto y ahogado en las aguas del Ouareau a un paciente mío que llegó a la consulta para hablarme de todos vosotros y de lo que le hicieron a su madre en el año 63 en la Universidad de Harvard. Yo doy la cara y no voy por ahí conspirando. Os mandan cartas bomba y os dedicáis a callar. ¡Han matado a Alexander! ¿Qué más ha de pasar para que mostréis algo de humanidad y me contéis lo que está ocurriendo? Alguien me persigue. Un tipo con un Toyota. La policía no me deja en paz. Espero y deseo que no te sumes a mi persecución. No me vigiles. No quiero detectives, y voy a desaparecer. Mi padre ya no me reconoce y mi marido está a dos metros bajo tierra. Marie me miente. Fanny me miente. Alex ocultaba una vida. Han aparecido fantasmas que estaban encerrados.

¿Quién los ha soltado? ¿O es que se han escapado sin vuestro permiso?

Le vi tan indiferente como si mi discurso fuera propaganda de un político en apuros. Pero estaba dispuesta a llegar hasta el final:

—¿Qué relación tenía mi marido con el Centro Simon Wiesenthal?

—Ninguna. Simpatizaba con su causa. Empatía.

—Empatía... —Y pensé unos segundos—. ¿Empatía con Marie, con Rebeka Winter y su hermano?

El anciano que tenía delante se había transfigurado en un perfecto desconocido. Su silencio me valía por respuesta.

—¿Te suenan los nombres de Jacqueline Brenner y Nathan Cohen? —proseguí, por si le despertaba la conciencia.

—He visto muchas guerras, mi niña. —Volvía a ser condescendiente—. Combatí en Corea. No pude hacerlo en Europa cuando mandamos nuestras tropas contra los nazis. Para la de Yom Kipur ya estaba cansado y era viejo. Pero estuve en la batalla de Kapyong. Allí sí había fantasmas. Ya lo creo... y enormes... para un capitán de treinta años del Cuerpo Médico del Ejército Real de Canadá.

No dijo nada más.

—Veo que no quieres hablar de los nombres que te he dado, igual prefieres el de Henry Murray.

Una chispa de fulgor se abrió paso en la fría mirada de Raymond.

—¿En Harvard qué hacías, Ray? —continué, contemplando la contención que sentía en él. Necesitaba ponerlo a prueba—. ¿Formabas parte del equipo de investigación del doctor Murray? ¿Ensayabas métodos experimentales en las universidades norteamericanas con estudiantes? Podrías por lo menos evocar el Yom Kipur verdadero y pedir perdón. No el que tú te inventas. No te pido diez días de arrepentimiento, solo te pido un instante. Dime por qué no os habláis con Robert.

—Toma mi Ferrari y márchate. No tengas prisa por regresar.

—¿Es todo lo que tienes que decirme? ¿Me estás quitando de en medio?

—Cuando vuelvas hablaremos, ahora no es el momento. Estate fuera una temporada. Es una idea excelente cerrar la consulta y desaparecer.

Lo tenía tan cerca, delante de mí…, tan mayor e indolente, jugando a parecer fastuoso. Intenté quitarle cuarenta años de encima en un acto de abstracción. Debió de ser tan arrogante y atractivo como lo era de viejo, y dueño del mundo entero, metido hasta el cuello en lo más sucio. Y tan oscuro como todo lo que quiso combatir durante su larga vida.

—El Ferrari tiene veinte años —dijo—. Pero lo he sacado la semana pasada y está a punto. Y lleno el depósito. Cuídate y no corras.

Tomó el bastón y se levantó aferrándose al borde de la mesa con la mano izquierda. Solo añadió, antes de dejarme allí plantada:

—Sara te traerá la llave.

Lo vi desaparecer tras el batir de las puertas de su cocina.

No me esperaba la cruda reacción de Raymond. Un hombre cariñoso y atento conmigo. Me desconcertó completamente. Habría preferido que me hubiese mentido, que por lo menos hubiera intentado protegerse de mi actitud acusadora. Era consciente de que acababa de perder algo imposible de recuperar: su confianza, si alguna vez había disfrutado de ella. Sentí por primera vez que ese hombre era más importante para mí de lo que me había tratado de convencer durante los últimos años. ¿Es que la muerte de Alexander lo había vuelto loco y yo no le importaba en absoluto? Ese anciano tenía dos caras. Un doble perfil que yo había descubierto, y eso Raymond no estaba dispuesto a consentirlo.

Entró Sara en la cocina ataviada con su bata azul y una llave en la mano, trabada a un llavero de cuero, triangular, con el caballo de la escudería. Le di las gracias a su atenta empleada y salí de allí con la desazón de quien ha cometido un atraco y tiene que correr.

27

Las obsesiones de Otto

Comenzaba a sentirme animada. La conversación con Raymond me había enervado, pero solo hasta que me senté en su Ferrari Testarossa. Guardé en el coche mi bolsa de viaje. Abrí la cremallera y comprobé que seguía dentro la carpeta de mis desvelos y lo recabado en las bibliotecas. Conducir un vehículo así anima a cualquiera y acostumbrarse a él fue una tarea más reconfortante de lo que había imaginado en la improvisación con la que empezaba a vivir.

Me acomodé en el estrecho asiento de cuero como para pilotar una avioneta. Un motor que alcanza trescientos kilómetros en quince segundos. Intentaba ser prudente y fui midiéndome con mi nuevo amigo rojo mientras cruzaba la isla. El estruendo de la aceleración era como una especie de detonación que asustaba a la gente. Llegué veloz al barrio Rivière-des-Prairies con la excitación de una nueva aventura y lejos de las nefastas sensaciones de los últimos días. Creo que necesitaba algo así.

Bajé del Ferrari en el aparcamiento trasero del edificio religioso y me dije: «Voy a entrar en el despacho parroquial. Y si voy a hacerlo…, ¿qué le voy a decir al pastor Hells? Le pondré delante de los ojos lo que pretendo enseñarle, y con ello comenzará o terminará nuestra conversación».

Me cubrí el cuello con la bufanda cuando pulsaba el timbre de la puerta, junto a una placa de latón deslucido con su nombre. Nadie contestaba. Silencio a mi alrededor. Pulsé de nuevo. Esperé. Di la vuelta al edificio. La puerta de la iglesia estaba cerrada. Faltaban dos horas para la siguiente ceremonia y regresé por la estrecha acera que bordea el edificio. Intentaba no resbalar sobre el hielo, entre el silbido del viento y las corrientes de aire. Me acerqué a una de las ventanas e intenté percibir un sonido. Enseguida oí un ruido como de cadenas arrastrándose. Un imperceptible gemido humano. Otra vez la cadena. Otro gemido. Silencio. Un susurro de mujer, indescifrable. Otro suspiro. Placer de una ronca garganta. De un hombre. Otra sacudida. Conté hasta ocho golpes de cadena. Unos pasos decididos se movían por el interior. Suelo de tarima. El lamento continuo de una correa estrellándose en el suelo. Me eché hacia atrás. Me recosté sobre la fachada. No había nadie a mi alrededor. El gimoteo aumentaba y la correa también. Me cubrí la cara con la bufanda y me fui de allí.

Al cruzar la avenida solitaria decidí esperar enfrente, resguardada en la esquina. A los cinco minutos la mujer japonesa que había visto la otra vez salía a la intemperie por la puerta parroquial con las mismas botas de montar y la fusta en la mano. Sin abrigo. Parecía sofocada. Entró en un vehículo aparcado junto al edificio, tiró la fusta sobre los asientos traseros y se marchó maniobrando hacia atrás. Cuando su coche se perdía entre las calles, atravesé la avenida y llamé al timbre.

La puerta se abrió y una voz dijo: «Adelante». Cuando me hallé ante el pastor Hells, supe lo que le iba a decir. El mismo perfume de magnolia, ahora lo reconocía, apestaba el ambiente. Dulzón, sofocante. El pastor, acomodado en su sillón de terciopelo amarillo, me invitó a sentarme en una silla de formica, al otro lado de su mesa. Yo tenía en la memoria la conversación que habíamos mantenido veintisiete días atrás. Creo que él también, por su manera de mirarme, curiosa y complaciente en cuanto me reconoció. Las rojeces de su cara de granjero irlandés iban palideciendo. Se había vestido apresuradamente, con la casaca blanca mal remetida entre los arrugados pantalones. Otra vez ese color mareante de las paredes violeta, hirientes y de mal gusto a mi alrededor. Parecía el nido de un proxeneta más que el despacho de un hombre de Dios.

—¿En qué puedo ayudarla, doctora Cohen?

—Me alegra saber que recuerda mi nombre.

—Tengo una excelente memoria. Sobre todo en lo referente a mujeres como usted.

—O como la que ha salido de aquí hace un momento.

—Misaki es mi compañera. Una mujer agraciada por dentro y por fuera. Llena de amor. ¿Ha visitado Japón?

—No he tenido el placer.

—Se lo recomiendo.

—Pastor Hells, ¿estaba usted aquí, en esta iglesia, hace veintinueve años, en 1972?

—¿Qué ha venido a buscar esta vez?

Abrí el bolso y saqué la esquela de Jacqueline Brenner. La puse encima de la mesa y se la acerqué.

—Esta mujer es la madre del hombre por el que vine a preguntarle.

—Ya… —dijo.

Se puso unas gafas de pasta. Encendió el flexo de la mesa y enfocó el papel. Levantó la vista y nuestros ojos se encontraron como se abrazan dos luchadores de sumo.

—¿Recuerda a Jacqueline Brenner? —pregunté.

Asintió con la cabeza y releyó otra vez las palabras del papel sin el valor suficiente para negarme que era su iglesia la que había oficiado la ceremonia del entierro de Jacqueline.

—Fue muy triste su final.

—¿Sabe cómo ocurrió?

Se recostó sobre el respaldo del sillón amarillo.

—Ella y su madre eran miembros de nuestra comunidad. ¡Cuánto rezamos por la salvación de esa muchacha! Madame Brenner, gracias a su fe, pudo soportar el triste fallecimiento de su hija. Una criatura perdida.

—¿Cuál era el nombre de madame Brenner?

Dobló la esquela por la mitad y me la entregó con la solemnidad de un responso.

—Alison Walker. Pero vive todavía. Reside en un hogar de ancianos, en Laval. Dios le ha otorgado la bendición del olvido.

—¿A qué se refiere?

—Alzhéimer. Tiene ochenta y ocho años y no reconoce a nadie.

Guardó silencio. Su mirada era profunda y de pronto triste; sus niveles de testosterona habían descendido hasta el mismísimo infierno.

Y sin pensar, le revelé que el hombre que había estado buscando era el hijo de Jacqueline Brenner y su nombre no era Jacob Lambert. El pastor evitaba contarme algo que sabía, porque el nombre de Jacob Lambert había conseguido volverlo a poner en guardia. Así que disparé a matar y dije:

—Ayer reconocí su cadáver en el depósito de la Sûreté. Y he mentido a la policía al declarar que era Jacob Lambert, alguien que no existe. ¿O sí?

¿Cuál sería mi siguiente paso?, deliberé. La verdad era como un animal insaciable y había entrado en mí para devorarme.

—¿Por qué ha mentido a la policía, doctora —me preguntó suavemente, acercándose a mí—, si cree que ese hombre no era Jacob Lambert?

—Porque es mi sobrino. Para protegerlo. A él, a su padre…

—¿De qué?

—No sé, puro instinto; del pasado, de la policía… Era el único hijo del hermano de mi marido. Y a los dos, los han asesinado. Necesito que me cuente lo que sepa.

—¿Qué quiere saber, exactamente?

—El 20 de septiembre mi marido murió en un accidente cuando circulaba sobre la Rivière-des-Prairies. Alguien se le cruzó en el puente Médéric-Martin. Once días después se presentó en mi consulta un desconocido solicitándome ayuda. Un hombre con la falsa identidad de Jacob Lambert. Lo acepté. Tras confiarme su triste infancia y las desgracias de su madre desapareció de mi consulta. No sé por qué comencé a buscarlo. Quizá asustada, intrigada, dolida; usted es testigo de esa locura, y hace unos días han encontrado su cadáver en las aguas del Ouareau. A pocos kilómetros de la residencia de verano de mi marido. Hay algo oscuro en el pasado de mi esposo, algo que ocurrió hace mucho tiempo, que es lo que vino a contarme ese desconocido y que no terminó de hacerlo porque lo han asesinado y...

Me interrumpió:

—Que Dios los acoja, a su esposo y a su paciente, en su infinito amor. El hombre por el que vino a preguntar lo bauticé yo mismo. Era el hijo de Jacqueline Brenner. Y si el Señor se lo ha llevado, Cristo le dará su gracia divina. Intentó ser un buen cristiano, renacido. Pero su mente desequilibrada lo apartaba del camino correcto, igual que a su madre. No puedo decirle más... Solo que Dios lo acoja en su gloria y repare con su infinito amor el mal que le han hecho y el que él haya podido causar a su prójimo. Rezaré por él y por su esposo. Yo solo puedo reconfortar almas. Hable con la policía.

—Confírmeme al menos el nombre del hijo de Jacqueline.

Cerró los ojos, apoyó la cabeza sobre el respaldo amarillo y susurró lentamente el nombre de Nathan, y elevando la voz:

—Residía al sur de la isla, en el barrio de Lachine. No sé el lugar. Apenas venía por la iglesia.

—¿Y Rebeka Winter?

Arqueó las cejas y no ocultó el malestar por la nueva pregunta. Se mordió el labio inferior y por un momento dudé de que quisiera contestarme.

—Vino alguna vez, con Jacqueline; eran amigas.

Me sorprendió la buena memoria del pastor.

—¿Qué me puede contar sobre ella? No era miembro de su comunidad, supongo, porque era judía, salvo que también se hiciera bautizar como Nathan. Desapareció hace treinta y un años sin dejar rastro.

No le vi ni un gesto de asombro.

—Jackie tuvo muchos problemas en su vida... Era buena chica, estaba muy confundida. Enfermó. Las drogas acabaron con ella. —Ahora era Jackie, y desde luego no deseaba contestar mi pregunta.

—Eso lo sé. Pero necesito saber sobre Rebeka. ¿Cómo era? ¿Qué tipo de amistad mantenían las dos? No sé..., cualquier cosa me puede servir.

—¿Servir para qué?

—Aún no lo sé. Esa chica era la novia de mi marido —dije, sin el temor del reparo—. Tras ella no hubo nadie para él hasta que me conoció, al cabo de veintitrés años. Hay algo extraño en todo lo que rodea a la desaparición de esa joven. Y dos años más tarde... Jacqueline Brenner se suicida.

—Rebeka sufrió demasiado.

—Conozco su historia de Auschwitz, más o menos, hasta que llegó a Montreal con su hermano. Aquí les pierdo la pista. Sé que era enfermera. Poco más.

—¿Sabe también que fueron niños del doctor Mengele?

—No. Eso no.

—Pues ya lo sabe. Rebeka era enfermera, sí, y muy trabajadora. Cooperaba en hospitales psiquiátricos. Día y noche. También en centros de beneficencia y en asociaciones de ayuda a los más necesitados. Una joven con un intenso dolor espiritual. Generosa. Se entendía muy bien con Jacqueline; esas dos muchachas hubieran matado la una por la otra. No le puedo decir gran cosa. Rebeka sufría de indiferencia ante los aspectos mundanos de la vida; creo que odiaba demasiado. De sus relaciones amorosas y sentimentales lo desconozco todo. Era atractiva, ya lo creo. Pero su carácter debía de espantar a los hombres, o era mi impresión. Las mujeres dominantes únicamente se soportan en el sexo; fuera de él y sin control, su dominación es siempre perversa.

—¿Piensa que dominaba perversamente a Jacqueline? ¿O a mi marido?

—Yo no usaría ese término.

—¿Es usted misógino?

—Deje de inventar bobadas. Yo entonces era un pastor joven y despistado, pero le digo que la personalidad de Rebeka eclipsaba a la de una chica débil y en posesión de una idea equivocada de la vida, como era Jackie. Creo que se conocieron en una fiesta universitaria. Desde ese día fueron inseparables. Rebeka adoraba al hijo de Jackie, y me consta que hizo lo humanamente posible para sacar a Jacqueline del ambiente de drogas en el que estaba atrapada.

—¿Qué me puede contar del hermano de Rebeka Winter? Se llamaba Otto y era director de cine. He encontrado en una biblioteca referencias de películas filmadas por él.

—No llegué a conocer al hermano de Rebeka. Jackie vino muy pocas veces con ella, casi siempre lo hacía sola. Se sentaba en un banco del templo y rezaba. Le gustaba la iglesia. Le reconfortaba mantener conmigo charlas espirituales, pero nunca me abrió las puertas de su alma. Estaban cerradas a cal y canto y había tirado la llave al mar. Después de todo, no era tan revolucionaria como hacía creer a todo el mundo. Solo recuerdo algunos comentarios fugaces sobre el hermano de su amiga. Creo que era judío ortodoxo, radicalizado. No se lo reprocho, motivos tenía para ello. No tengo mucho más que decir de ese hombre, a quien nunca conocí.

—¿Qué tipo de cine rodaba, lo sabe?

—Nunca vi nada suyo. Jackie me dijo una vez que era mejor no verlo. Parece que su cine era oscuro, realismo social. Le gustaban los cineastas excéntricos, como David Cronenberg y Denys Arcand en la época en que hacían documentales lacerantes y críticos. Recuerdo *Jesús de Montreal*. Salí descompuesto. Yo era demasiado joven para asimilar una película tan crítica con la Iglesia y la religión. Era algo confusa. Pero me da la sensación de que el hermano de Rebeka iba más allá a la hora de enfocar los temas.

—¿A qué se refiere?

Pensó bien lo que iba a decir.

—Creo que viajaba a menudo, sobre todo por Hispanoamérica. Era una especie de buscador, y de paso filmaba lo que buscaba. Jacqueline lo denominaba «las obsesiones de Otto». Es curioso que recuerde con exactitud, después de tantos años, esa forma de referirse al hermano de su amiga.

—¿De qué obsesiones habla, pastor? Sea más claro, si decide realmente contarme algo.

—No sé mucho más, doctora Cohen. Solo me comentó la pobre Jackie que Otto colaboraba en una organización internacional que buscaba gente. Gente que había cometido delitos contra la humanidad. Y cuando localizaba a alguien, la organización se encargaba de llevarlos ante la justicia. Es todo lo que sé. Y ya no deseo seguir hablando de todo esto.

—Igual desea hablarlo con la policía.

—No sé qué pretende. —Y cruzó los dedos de las manos sobre la mesa. Los hizo chasquear—. No hay nada ilegal en lo que le estoy explicando. Su hermana desapareció hace treinta años y nunca he vuelto a saber de ellos, ni a oír sus nombres hasta que usted lo ha hecho.

—Pero, pastor…, usted conocía al hijo de Jacqueline, él le debió de contar cosas que necesito saber.

—Doctora Cohen, márchese. Su sobrino venía muy poco por esta casa del Señor y es todo lo que le puedo decir. Que Jesucristo acoja el alma de Nathan y de su marido y la guíe a usted por su empeño por encontrar la verdad. Yo ya le he contado la mía.

—¿Dónde vivían los Winter?

—No lo sé.

—¿Dónde vivía Rebeka?

—Probablemente con su novio.

—Mi marido.

—Creo que debería serenarse. Hay pasados difíciles, y es mejor mirar hacia el futuro. Es usted una mujer valiente. Tómese unas vacaciones. Visite su tierra y estese con los suyos. Busque refugio y consuelo en ellos, le reconfortará. Y si cree en algo, acuda a su Iglesia. Deje a la policía resolver esas muertes. Ahora, discúlpeme. Espero y deseo no volverla a ver nunca más.

Era la tercera vez en los últimos días que alguien me echaba de la ciudad. Me levanté aturdida de esa espantosa silla de formica, por esas palabras hirientes y por todas las que había pronunciado el pastor Hells; lo más probable, por compasión. No se movió para despedirme. Se quedó en su sitial amarillo mirándome con piedad y preocupación, como pensando: «Ahí va otra oveja sin rumbo». Al alcanzar la puerta de la calle le escuché decir como despedida: «Tenga cuidado con ese coche y cuídese». Giré la cabeza y me quedé mirándolo como diciendo: «¿Por qué lo sabe?». «Hay cámaras en el edificio», dijo.

Lo único que podía hacer en ese momento era afianzarme, decirme bien alto lo que quería y, sobre todo, quién era yo: «Escúchate, Laura del Valle, este es tu verdadero nombre. Y desde él empieza a tirar del hilo que te recubre». Y el hilo del que deseaba tirar, cuando salí del despacho parroquial, era el de Rebeka Winter. Dejarla en cueros, desmadejar el capullo que la había ocultado durante tantos años. Desenmascarar esa parte de la vida de mi marido que todos habían tratado de esconderme. La morena misteriosa de la fotografía de la que Alex nunca me había hablado, y me acababa de enterar de que habían vivido juntos. ¿Durante cuánto tiempo? ¿En dónde? «Niños del doctor Mengele.» Palabras aterradoras.

Sentada al volante del Ferrari, las puertas de mi percepción se abrían para mostrarme la verdadera dimensión del infierno de los Winter. Otro capullo de opacidad —que también pretendía deshilvanar— recubría al hermano de Rebeka. Tan escondido en los laberintos del pasado como su actividad, que empezaba a mostrarse. Arranqué y salí hacia Lachine, al suroeste de la isla, antes de poner rumbo a Nueva Escocia y largarme de la ciudad para ir en busca de Robert, siguiendo la estela de consejos para desaparecer de Montreal que iba dejando en mi camino.

28

Dune

Marie conocía Montreal mejor que nadie. Creo que había fotografiado todos los rincones de la isla. También de las islas vecinas, las doscientas treinta y cuatro que forman el archipiélago de Hochelaga. Se distribuyen en la confluencia del río San Lorenzo y del Ottawa. Así que tenía información de primera mano de ese territorio a través de las descripciones de Marie.

Nunca pude ver ninguna de esas imágenes que ella atesoraba en carretes sin revelar. Pero Marie me había contado numerosos detalles de los lugares que frecuentaba y de cómo los capturaba. El tipo y la sensibilidad de la película, las velocidades óptimas de obturación, los filtros, la apertura de la lente... En fin... datos importantes para un fotógrafo. También me explicaba, a veces, cuando tenía ganas de conversar, lo que veían sus ojos, lo que descartaba o decidía apresar. Todo ese material estaba —o está, quién sabe— encerrado en la oscuridad de cientos de tubitos de plástico. Nadie sabe lo que hay en ellos, pero estoy segura de que la geografía de Montreal está enrollada en miles de metros de película fotográfica. Un misterio con diversas explicaciones. Cuando conocí esa singularidad de su conducta, la analicé desde varias perspectivas. Llegué a la conclusión de que era una manía provocada por la inseguridad y el miedo. Quizá por la negación del yo y de los objetos que retrataba. Una forma como otra cualquiera de renunciar al presente, y también de negar el pasado; pero a la vez, de un intento impotente por atrapar el tiempo, lo sucedido en él, y esconderlo de toda luz.

Sabía que Marie, en varias ocasiones, había bajado hasta La-chine con su ojo mecánico que miraba por ella y lo disparaba todo. Un día me explicó que el nombre de Lachine viene del francés *la Chine*, como se hacía llamar ese antiguo territorio de la isla de Montreal, propiedad en el siglo XVII de Robert Cavelier de La Salle, explorador de América del Norte. En su pretensión de buscar una nueva ruta hacia China, cada vez que regresaba de sus expediciones sin el éxito esperado, la gente, en su burla hacia él y sus hombres, los llamaban *les chinois*.

Desde que había aparecido en mi vida Bonnard, la historia del país comenzaba a adquirir nuevos significados en mi imaginación.

Había dejado atrás la iglesia evangélica. Bajé por el boulevard Louis-Hippolyte Lafontaine y crucé la isla de norte a sur. Recordaba la dirección de la casa familiar de los Cohen. Una vez estuvimos en Lachine Alexander y yo. Una noche llevados por el romanticismo de su infancia. Salíamos del cine. Habíamos visto *Montréal vu par... Six variations sur un thème*. Siete historias filmadas por directores diferentes y desarrolladas en los barrios de la ciudad. Era la época en que mi marido se había propuesto mostrarme todos los rincones de su vida. Ahora sé que no fue así. Era verano. Hacía calor. La película le ablandó la memoria y el recuerdo y bajamos hasta su antiguo barrio en el Porsche; el mismo en el que perdió la vida. Cenamos en un pequeño y ruidoso bar restaurante cerca de la vivienda de su infancia. Una humareda de cigarrillos apestaba el local. De la barra colgaban colas de castor; parecía la taberna de Daniel Boone. Alexander no dejaba de hablar, ni de explicarme la historia de cada una de las pieles de los animales que colgaban de las paredes, contadas estas por sus propios cazadores cuando en tiempos pasados iban por allí a beber whisky hasta caer redondos. Bebimos cerveza tras cerveza. Me narró una historia resumida de los exploradores de Canadá como si él formara parte de todos los descubrimientos y yo fuera Rebecca Bryan. Una de las pocas veces en que Alexander me había hablado de su país. Prefería recordar el éxodo de sus antepasados europeos y su huida de San Petersburgo hacia el sur de Rusia hasta llegar a Canadá. Creo que, en el fondo, siempre se sintió más de la vieja Europa que de la nueva América. Si rascabas bajo la superficie pulida y abrillantada del barniz americano de los Cohen, podías vislumbrar el alma desdichada del pueblo ruso. Los pogromos. La nostalgia. La tierra. Tolstói. Pasternak. Dostoievski. «Tienen la culpa», dijo una vez.

Pagamos la cuenta y entramos en el coche. Estaba eufórico. Enamorado. Todavía el sol iluminaba las destartaladas calles por las que él y su hermano habían jugado de niños con pantalones cortos y camisas remangadas. El barrio parecía un polígono industrial. Casas de dos alturas entre almacenes y talleres de aparente pobreza. Pero había buenos coches aparcados. Él me había pasado el brazo por el hombro y conducía despacio, casa por casa, calle por calle, solar por solar, entre talleres mecánicos y almacenes; todos escenarios de su infancia, hasta que paró delante de una casa normal y corriente. No entramos. Ni salimos del automóvil. Yo observaba el brillo de sus ojos claros cuando en silencio él miraba su casa como mirarías una fotografía en la que apareces joven, sin las cicatrices del tiempo, y quieres ser como antes, entrar de nuevo en aquel momento de tu vida para quedarte así. Pero es imposible. Ahora estás al otro lado de la fotografía y no puedes volver a entrar en ella.

Era una casa revestida de tablas de madera pintadas en azul oscuro. Los marcos de las ventanas, blancos. El tejado plano. Tenía una oxidada escalera de incendios, encaramada en la fachada como una columna vertebral. Sin valla. En el jardincillo delantero apenas había hierba. Parecía una casa cerrada desde tiempos inmemoriales. Me dijo que no sintiese lástima. Era la voluntad de su hermano. Robert se encargaba de mal conservarla.

—Está igual. Como antes de morir nuestra madre —me explicó—. Mi hermano quería la casa y yo accedí a que se quedara con ella. Lo negociamos y no me arrepiento. Me alegro. Para él es importante. Siempre fue un romántico empedernido.

También dijo que Robert le había rechazado numerosas veces el dinero necesario para reformarla, también para mantenerla. Tampoco lo dejaba entrar. Su hermano había cambiado las cerraduras. Por lo cual, Alexander se cuidaba bien de no traspasar el umbral prohibido. Le pregunté por los sentimientos que le produciría esa prescripción de Robert de impedirle la entrada en la casa donde había nacido.

—Ninguno. No me siento expulsado de mi infancia; nadie te la puede arrebatar. Mi hermano es un completo necio si piensa que puede conseguirlo.

Estaba contento de estar ahí conmigo, en esa calle mal asfaltada, delante de los recuerdos de su niñez. Yo lo amaba demasiado en aquella época como para curiosear en sus conflictos familiares.

Llegaba a Lachine. Pensé en comer algo; recordar la taberna de Daniel Boone me había hecho añorar los bagels del café kosher de la mañana. Parada en un semáforo en rojo, desenvolví los Kit Kat y mejoró mi ánimo. A la altura de la 32e Avenue apareció la biblioteca Saul Bellow. Nunca había entrado. Podría ser la ocasión, antes de comenzar mi viaje y de violar un domicilio particular como tenía planeado. Pero enseguida anochecería. No deseaba que la oscuridad se me echase encima antes de entrar en la casa a la que me había llevado mi marido siete años atrás. Estaba convencida de que en ella había vivido Nathan en los últimos meses. Quizá fuera su refugio en Montreal, ¿por qué no? Su padre era el propietario y vivía a mil cuatrocientos kilómetros de distancia.

Y aunque no hallara rastro alguno de mi paciente y sus actividades, vería con mis ojos el lugar al que se le había prohibido la entrada a mi marido, pues se abría ante mí un pasado preservado del curso de los años. Intacto desde que murió Rachel. ¿Cómo resistirse a invadir un lugar que nunca te ha pertenecido?

Creo que me estaba haciendo demasiadas ilusiones, incluido encontrar algún rastro de Rebeka por la casa.

Intenté reconstruir el mapa de la época de Rebeka. Reconozco que desconocía absolutamente todo respecto a ella y su hermano: el año en que llegaron a Canadá, si lo hicieron juntos, las edades que tendrían, a través de qué asociación o ayuda consiguieron entrar en el país, quiénes los asistieron, dónde vivieron, cómo empezaron una nueva vida en una ciudad desconocida, en un país con otra lengua y una historia tan distinta... Se abría un mar de interrogantes y yo intentaba cruzarlo a pie. Y con el volante del Ferrari entre mis dedos crispados, me di cuenta de que todas estas preguntas también valían para Marie y su padre.

Si Rebeka y Alexander se habían conocido en una fiesta universitaria, debió de ser a mitad de los años cincuenta. En la fotografía de la barca ella no aparentaba más de dieciocho años, pero era difícil saberlo con exactitud. Así que establecí la fecha orientativa de 1955. Rebeka tendría diecisiete años y Alexander diecinueve. Yo aún no había nacido. ¿Dónde viviría Rebeka en esa época? Pensé en las respuestas: en una residencia para estudiantes, en una casa con parientes de Ucrania, con una familia judía de acogida o en un internado en el que pudo residir desde su llegada a Montreal. ¿Habría vivido su hermano con ella? Probablemente.

En 1955 vivía Rachel. Es probable que ella conociera a Rebeka mejor de lo que me había dado a entender Alexander cuando le pregunté por la chica de las trenzas. Era imposible que su madre, una mujer buena y cariñosa, no se preocupase por una joven con semejante sufrimiento a cuestas. Los judíos se ayudan y protegen como ningún otro pueblo. Alexander quiso hacerme creer que la chica de las trenzas había ido ese día a bañarse a la casa del lago como un hecho aislado y único. Como si apenas la conociese. Porque él estaba seguro de que yo jamás encontraría ninguna otra imagen de Rebeka Winter. Aunque hubiesen estado juntos desde ese hipotético 1955 hasta 1970, en que ella desaparece: ¡quince años! Quince años que se habían esfumado de la biografía de Alexander Cohen por arte de magia. Como David Copperfield haciendo desaparecer la estatua de la Libertad.

Di un par de vueltas entre calles con el asfalto desgastado y pequeños reventones en las aceras. Nada parecía haber cambiado en aquella geografía de extrarradio, híbrido suburbio entre europeo y norteamericano. Serían sobre las cuatro de la tarde y estaba anocheciendo. El día era triste, gris, con una atmósfera opaca, como para entrar en un cine y volar hacia otro lugar y otra historia más alegres. Pero ya tenía mi propia película en el mismo instante en que los listones añiles de una casa con las contraventanas agrietadas y amarillentas por el paso del tiempo, aparecieron tras la luna del Ferrari.

Paré en la puerta. Volvía a nevar. Era la hora del regreso de los colegios y los trabajos. El Testarossa no pasaba desapercibido. Observé la casa con detenimiento: dos plantas, un modesto porche delantero. Ventanas pequeñas y cerradas. Sin balcones. La escalera de incendios oxidada. El número de la calle, sobre la madera, había desaparecido y en su lugar quedaba un relieve. No parecía que hubiese nadie. Permanecí unos minutos observando la quietud y la desolación del humilde chalet. Arranqué y entré despacio por el callejón lateral de la casa que terminaba al fondo de la parcela, en la misma tapia del canal de Lachine. Aparqué el Ferrari en el callejón, discreto y seguro. Las luces de la casa de al lado estaban encendidas.

Según invadía el jardincillo trasero, envuelta en el abrigo, se oía el sonido del agua en su discurrir por el canal. Parecía bajar con corriente. Enseguida reparé en viejos asientos de coches apoyados sobre la fachada de la casa, cubos de basura, tubos de escape, neumáticos apilados; piezas de carrocerías sobre la pared del canal cubiertas de nieve. El portón del garaje estaba cerrado. Empujé la puerta. Sonaba a oxidado. Había una ventana próxima al nivel del suelo y la abrí sin dificultad. Saqué el móvil del abrigo y alumbré el interior. Apenas se distinguía una mecedora y una mesa camilla y, sin pensar, mis piernas ya estaban dentro guiadas por una aflicción descontrolada.

Fui hacia el interruptor de la luz, junto a una puerta. Estaría cortada. Me tropecé con una linterna. Funcionaba. Había montones de linternas encima de un mueble viejo. Era un cuarto de estar, con un sofá de terciopelo desgastado y asientos hundidos por el peso entre paredes revestidas de viejo papel pintado. Olía a cerrado y a humedad. Era un lugar muy parecido a las casas corrientes de cualquier barrio francés o español. Empezaba a echarme atrás. El abrigo me agobiaba, pero solo era miedo y había que vencerlo.

Abrí los cajones. Cubiertos deslucidos, platitos de cristal descabalados, bandejas y objetos de comedor. Madejas de lana, agujas de tejer y paños bordados. A Rachel le gustaban las labores. Saqué un pañuelo de hilo tras levantar un papel de seda y me lo guardé en el abrigo porque de pronto deseé tener algo de Rachel que me recordara a ella, quizá para aumentar mi remordimiento por aquella invasión de su intimidad sin permiso de nadie.

La puerta hacia el interior de la casa estaba entornada. Entré en un pasillo estrecho, junto a la pared de una escalera, cuyo final lo cerraba una cortina de baño, preservando el acceso. Enfoqué con la linterna y alcancé a ver el espacio tras la cortina. Hice un barrido con el foco y alumbré una camioneta Volkswagen con las ventanas cegadas por cortinillas. Las puertas, cerradas. No pude acceder por ninguna de ellas. Era la camioneta de Nathan. Estaba segura. Por el modelo y los años que tenía.

Acababa de encontrar el garaje de mi paciente, con el suelo de cemento gris y grandes manchas de aceite. Enfoqué varios cajones de madera en el suelo, colmados de herramientas. A la izquierda había una cama pegada a la pared con una manta de cuadros por encima, junto a una mesa con un infiernillo de gas y un microondas. Vi latas de sopa y envases de cereales. También un paquete de pienso para gatos, tirado en el suelo. Distinguí un banco de trabajo y una estufa de leña.

Era un taller mecánico en toda regla. Sucio, desordenado, con esa alineación de las cosas que delatan su propio orden. Pensé que estaba violando la intimidad de Nathan. Pero a continuación me dije: «No, no es Nathan; no quiero que sea Nathan sino Jacob Lambert, el hombre que dijo ser. El que llegó a mi consulta para cambiar mi vida».

Me acerqué a una mesa de trabajo. Llevaba escrito en mis intenciones encontrar cualquier rastro de la bomba que Alexander había recibido en el hospital. Si existía un lugar apropiado para fabricar un artefacto así, me encontraba en el sitio adecuado. En un extremo de la mesa me disgustó hallar anclada una morsa que atrapaba una fina plancha de metal, junto a restos de virutas metálicas, trozos de cables y una bobina de hilo de cobre. Pero, sin duda, lo definitivo fue una cajita de madera con un cilindro metálico en su interior conectado a varios cables de colores, y estos a un paquete de pilas.

Me imaginaba la cabaña de Theodore Kaczynski. Similar a un cuchitril, un escondite de supervivencia, un refugio de ermitaño de apenas tres metros cuadrados en cuya mesa se habían extendido los mismos elementos que mi linterna alumbraba. Al amparo de la luz mortecina comprendí que aquel garaje era algo más tenebroso que un taller y una vivienda de una época extinguida.

Antes de salir de allí alumbré el camastro y una balda con libros, carpetas y papeles. Necesitaba echar un vistazo a las docenas de cuartillas con dibujos hechos por él, lo más probable. Atadas con una goma enfoqué unas fotocopias sacadas del *New York Times*, con el título: *Industrial Society and Its Future*.

Era el manifiesto de Unabomber, publicado por el periódico el 19 de septiembre de 1995. Había párrafos y párrafos subrayados, y anotaciones a los márgenes como: «retornar a la artesanía del medievo», «investigar el tema», «basura industrial», «el amo de la chatarra», «desechos», «comprar», «destruir», «ruina ecológica», y un largo etcétera... Por el número de glosas, Nathan había estado involucrado intelectualmente en lo que estaba ahí escrito, hasta el punto de sentirse el mismísimo Theodore Kaczynski.

Me acerqué a un marco de plata ennegrecida con la fotografía de un niño rubio con el pelo largo y rizado. No tendría tres años. Se parecía a Nathan, pero era una foto moderna. El niño sonreía a la cámara e iba montado en un triciclo. Levanté la mirada hacia los libros: *El almuerzo desnudo*, *El exterminador*, *La chica salvaje*, *Las puertas de la percepción*, *La isla*, *Cielo e infierno*, *Los demonios de Loudon*, *Un mundo feliz*. Poemarios de Allen Ginsberg y Neal Cassady. Cuentos de Carver. De Jack Kerouac,

En el camino y *Los subterráneos*. Y hallé, entre todos ellos, dos libros clave para entender parte de lo que él me había contado durante las sesiones: el libro de Timothy Leary, *La experiencia psicodélica: un manual basado en el libro tibetano de los muertos*. Y otro sobre los efectos de la psilocibina.

En fin, todo un arsenal de bibliografía contracultural y anti-globalización. No me sorprendió encontrar una Biblia, pero sí comprobar cómo al final del estante aparecía un libro en cuyo lomo estaba impreso el nombre de *Don Quijote*, junto a otros títulos españoles como *La noche oscura del alma*, de san Juan de la Cruz, y una guía turística de Madrid.

Abrí el *Quijote*. Pertenecía a la biblioteca pública de Mul-grave, de Nueva Escocia. Con el mismo sello del libro que me había entregado en consulta. Al pasar las hojas, mi intención deseaba hallar el capítulo en el que se encontraba la frase que me había recitado para conquistar mi empatía, pero emergieron de entre las páginas varias fotografías de una cámara Polaroid. Sacudí el libro y cayeron sobre la cama. Para mi sorpresa, ¡era yo! Me vi sobre su manta de cuadros. Estaba con Alexander, salíamos de nuestra casa para correr por el barrio, lo hacíamos los fines de semana y esa imagen era reciente, de finales de verano. Alex llevaba un pantalón Nike y una camiseta oscura. Ver el rostro de mi marido en ese garaje apestoso, guarida de su sobrino trastornado, me consternó sin reservas.

¿Cómo pudo fotografiarnos impunemente? Intenté calmarme. Me senté en un extremo del camastro. Tuve miedo por primera vez en mucho tiempo. En otra fotografía aparecía Marie, sola; llevaba su cámara de fotos colgada del cuello y también era verano, por su indumentaria. Lo peor fue comprobar que la foto había sido tomada en nuestra casa del lago, en el aparcamiento de entrada. Ella salía del Land Rover. Detrás de Marie, Alexander descargaba una bolsa. ¿Cómo se había atrevido?, sin que nos diésemos cuenta, escondido en el bosque o tras un árbol, o en su camioneta, que no oímos en ningún momento. En la tercera fotografía volvía a salir yo, sola y con ropa de *jogging*, regresando de correr, también en la casa del lago, con el bosque a mis espaldas. En la cuarta y última, Alexander y Raymond salían los dos del Porsche de mi marido. Estaba tomada de lejos, en algún lugar de la ciudad.

Me sentí desorientada. ¿Durante cuánto tiempo nos habría espiado? Y, sobre todo, ¿por qué?

El *Quijote* lo encontré todo él subrayado. El libro soportaba el recorrido de su bolígrafo y de sus intenciones para llegar hasta mí. Me lo guardé con las fotografías en el abrigo, desolada por haber hallado instantes de mi vida en aquel lugar, queriendo salir de allí cuanto antes, tropezándome con un pequeño comedero vacío. Podría toparme con un gato hambriento. Pero la curiosidad por indagar en la planta de arriba era una llamada difícil de rechazar en una impunidad que jamás se podría repetir.

Tras revisar los dormitorios, desolados, fríos y deshabitados durante décadas, y recorrer un pasillo estrecho y lóbrego sin un cuadro en las paredes que se estrechaban, descubrí el dormitorio de Alexander. Conservaba un banderín de su equipo de béisbol, pegado a la pared con una chincheta. Y una orla del instituto, del año 1952. Él había sido un buen estudiante, un obediente y esforzado hijo judío, cariñoso y amable, adiestrado en el cumplimiento de las demandas del padre, incluyendo el estudio de la Torá y el Talmud. Había tocado el clarinete en la banda del instituto, convirtiéndose en poco tiempo en el presidente del Club de Música y miembro del consejo estudiantil. Saul, el padre, era un hombre austero y distinguido, de grandes principios. Usaba trajes oscuros con chaleco, e incluso polainas y calcetines con tirantes. Era melancólico y de frágil salud. A su muerte, mi marido tomó la dirección del hogar con el mismo tesón y rectitud que le había transmitido el padre.

Me parecía desconcertante que la orla y el banderín hubiesen sobrevivido al paso del tiempo. Y más increíble que Nathan y Robert lo hubieran mantenido en su lugar de origen. Se oía el ruido del canal y abrí la ventana. El frío era intenso, feroz y estimulante, y el rumor del agua pacificaba aún más la atmósfera de otro siglo. Podía ver el Ferrari en la callejuela. Me encontraba más tranquila y emocionada, y encendí el teléfono. Decididamente tecleé un número mientras mis ojos descansaban sobre las oscuras aguas del canal.

—¿Dónde está? —preguntó Bonnard.

—A salvo de usted.

—Déjese de bromas.

—¿Ha recogido el informe de mi paciente?

—¿Dónde se encuentra ahora?

—Lo llamo para informarle de que voy a salir de la ciudad durante unos días. Eso es todo. No quiero que se preocupe innecesariamente. He despistado a sus sabuesos, no necesito protección. ¿O es vigilancia?

—Parece usted una niña. Deje de jugar a detectives.

—¿Qué le ha parecido la historia clínica?

—Se lo diré en persona.

—Claro.

—Tenga encendido el teléfono. La he llamado varias veces.

—¿Para qué?

—Para saber si está bien.

—Estoy bien, descuide. ¿Apuntó en su libreta el nombre de Rebeka Winter?

—Creo que está muy interesada en esa mujer.

—Si yo fuera usted también lo estaría. Y en su hermano.

—No estoy en condiciones de adelantarle nada.

—Eso significa que ya tiene algo.

—Podría ser. Y también de otras personas. ¿Dónde va a estar?

—Digamos que cumpliendo una obligación moral; algo que he de hacer antes de que sea demasiado tarde.

—¿Por qué no reflexiona y vuelve a su casa como una persona sensata que no quiere meterse en problemas?

—Solo intento ayudarle, inspector. He de colgar.

—Le voy a dar cuarenta y ocho horas, doctora. Pasado ese tiempo pediré una orden de busca y captura.

—Adiós, inspector —le dije, en español.

Apagué el teléfono. Era noche profunda. El dormitorio de la infancia de Alexander estaba helado y sumido en las tinieblas. Aun así, no era mal lugar para pasar la noche y reflexionar sobre él y su vida; sobre la vida que me había negado. Me senté en la cama. Saqué el *Quijote* de mi abrigo y miré las fotos durante un rato. Intentaba ponerles fecha a cada una: año, mes, día, hora, minuto, segundo... como si con ello pudiera ver a Nathan disparando la Polaroid, escondido en alguna parte, buscando la imagen perfecta que nos definiera. Las dejé encima de la mesilla y me recosté sobre el cabecero.

Hacía demasiado frío en aquel dormitorio. Los tubos de níquel se me clavaban en la espalda. Me deslicé hacia abajo y me abrigué con la colcha sin quitarme el abrigo. Miré hacia el techo durante un buen rato como hacen los niños. ¿Habría dormido Alexander con Rebeka en aquella cama? Hojeé el libro. Hacía mucho tiempo que no realizaba ese acto sencillo de abrir el *Quijote* para entrar en la novela que contiene mi propia novela y ser conducida a Madrid y a mi casa, a mi infancia y a mi juventud. Y a las hazañas que me había aprendido de memoria para encontrarme treinta años después, absolutamente sola, en una casa extraña, en un país extranjero, hurgando en la vida de otros, buscando fantasmas. Lo peor: me había puesto la misma armadura para imaginarme historias que a lo mejor no existían y solo luchaba contra mis propios molinos. Y así, me quedé dormida.

Un ronroneo me despertó a la mañana siguiente. El sol entraba hasta el fondo del dormitorio y había un gato acurrucado entre el hueco de mis piernas y mi vientre. Era una gata, negra como la noche, de ojos enormes. Me puse de pie enseguida. Era pacífica. Ni se movió. La cogí en brazos y le acaricié el lomo. Llevaba al cuello un cordel y una tablita de madera con su nombre esculpido a mano. Ponía: Dune.

¡Dune! Les pegaba a los Cohen tener una mascota con el nombre de una novela de ciencia ficción, más que a Fanny Lévesque, que ni le gustaba la fantasía ni las novelas ni la ficción. Mi coche seguía en la callejuela cuando me asomé a la ventana con la gata en brazos. El Ferrari llamaba demasiado la atención a plena luz del día, y más en un barrio como ese. Dejé a la gata en el suelo, cerré la contraventana, cogí las fotos y el libro y salí de allí; y de pronto, un teléfono comenzó a sonar en el piso de abajo. Me sobresaltó. Nunca pensé que hubiese línea telefónica, si no había ni luz. Me asustaba volver a acercarme por el garaje. El maldito teléfono seguía repicando cuando me hallaba en la puerta del salón. Llegué a sentir que alguien podía estar buscando a alguien con esa llamada, quizá los muertos llamando a los seres que amaban: Jacqueline a Robert o quizá Rebeka a Alexander. No me entretuve a comprobarlo y salí por donde había entrado la tarde anterior, esperando que nadie me viese abandonar la casa como una ladrona y avisara a la policía. Cuando arrancaba el Ferrari a toda velocidad, sin mirar a ninguna parte, marcha atrás, pensando que los vecinos tendrían los ojos pegados a los cristales, vi a la gata negra sentada en la nieve, al comienzo del callejón, mirándome fijamente. Abrí la puerta del coche y dije: «Venga, sube».

Fue el inicio de una bonita amistad.

III

Viaje a Inverness

29

El Ballena

Dicen que los gatos tienen poderes desconocidos y pueden sentir algunos de los acontecimientos que se van a producir. Me dieron ganas de ponerle a Dune el cinturón de seguridad, según salíamos de Montreal. Pero solo era un gato. Comenzaba una aventura cuyos inciertos resultados desconocía. Entonces, se me ocurrió preguntárselos a la gata, pero iba a lo suyo, a la carretera y al confortable calor, hecha una bolita negra en cuanto se acostumbró a mis aceleraciones por la ruta transcanadiense. Creo que a Dune le gustaba el Ferrari tanto como a mí. Paramos varias veces. En una de ellas, compré en una gasolinera un mapa de carreteras de Nueva Escocia, un paquete de pienso, un comedero y provisiones para el largo camino.

Nuestro primer destino era Mulgrave, su biblioteca pública. Pensé que las bibliotecas me perseguían como una maldición. Tenía previsto llegar sobre las diez de la noche. Dormiría en un Bed & Breakfast de carretera con colchas de patchwork de las que tejen las hermanas Bunner. A primera hora me acercaría a la biblioteca, para continuar después por las carreteras del este hasta llegar a Inverness, dar con la casa y esperar que mi cuñado no se hubiera ausentado del pueblo.

¿Viviría solo o con alguna mujer? ¿Tendría hijos, nietos? En unas horas mis preguntas se verían respondidas.

No había planeado lo primero que le diría. Pensaba improvisar sobre la marcha, como me estaba acostumbrando a vivir.

Desconocía con lo que me iba a encontrar, si sería bienvenida o me echaría a patadas; me pareció un hombre de carácter iracundo. Le adjudicaba los rasgos de un hombre agresivo, torpe para reconducir la violencia. No me atrevía a determinar si Robert podía ser víctima de un desajuste emocional. Recuerdo que huyó de mi coche sin compasión. Lo último que me dijo fue: «Aléjate de mí». Y lo que ahora pensaba contarle, no le iba a gustar en absoluto.

Hubo un momento en que creí que me seguían, a la altura de Saint-Leonard, en un tramo de autopista paralela a la frontera con el estado de Maine. Lo hubiera jurado, pero ningún vehículo se mantenía a mi lado por mucho tiempo. Solía pisar el acelerador en las rectas y era un placer sentir una velocidad atronadora que fulminaba el polvo a su paso. Era como una especie de sensación erótica, hundir la palanca y comprobar que nadie es capaz de alcanzarte. Sin embargo, sentía obstinadamente que me pisaban los talones. Miré varias veces al cielo por si algo me vigilaba. Paranoias de fugitiva. Todo estaba en mi imaginación, pero si aparecía el Toyota negro, mi Testarossa no tendría problema alguno en deshacerse de él.

Según dejaba atrás una pequeña población, tomé una carretera secundaria. Salí del coche en una zona boscosa y nevada y eché un vistazo dentro del capó y en los bajos del Ferrari por si encontraba algo sospechoso. Un localizador, por ejemplo. No me habría extrañado que Raymond tuviera algún aparato para controlar el vehículo —a él le pegaba hacer cosas así—. Bajo los asientos tampoco hallé nada sospechoso, solo había un botiquín de emergencia, y continué mi camino.

Mulgrave era un enclave diminuto, en las orillas del estrecho de Canso, frente a la isla de Cabo Bretón y la ciudad de Port Hawkesbury. Del pueblo sale una carretera que cruza el estrecho para comunicar la isla de Cabo Bretón con la península de Nueva Escocia. Una ruta sencilla, marítima, despoblada. Me imaginé el viento azotando sin piedad las costas del continente en el mes de noviembre. Donde termina el mundo.

Llegamos Dune y yo a las inmediaciones de Mulgrave, a las diez y cuarto de la noche, sin ningún contratiempo, tras cruzar el istmo de Chignecto. Y como había supuesto, avisté las luces de neón del Bed & Breakfast que había imaginado con colchas de patchwork.

Cogí una habitación y regresé a por la gata y mi bolsa de viaje. Rodé con el auto sobre guijarros hasta aparcarlo frente a la puerta de la habitación que me había asignado el recepcionista. Era una ventaja dormir junto a la ventana desde la que ver el Ferrari y a quien se acercase a él. Creo que Dune y yo éramos las únicas huéspedes del solitario motel en la inhóspita noche. Tuve que cogerla en brazos para sacarla del Ferrari. Maullaba electrizada y se aferraba al asiento clavándole las garras. Pero conseguí sacarla de allí. De madrugada llegaríamos a los cuatro bajo cero. En cuanto la solté en el desangelado dormitorio con cama *king size* y una horrorosa colcha que no resultó ser de patchwork, desapareció bajo la cama hasta la madrugada.

Me instalé cómodamente al calor de la habitación y esparcí sobre la enorme cama el delirante material recopilado de mi investigación como piezas de un rompecabezas que me había propuesto armar. Y atrapada por toda esa información, sobre unos personajes de los que apenas contaba con unas fotocopias, intenté escucharlos, encontrar su centro de gravedad y disposición adecuada para formar una imagen concreta de un pasado del que me había apropiado. Debía de estar loca para llegar tan lejos. Pero era placentero dejarse llevar por una corriente que a algún mar me llevaría donde encontrar lo que buscaba. Y preparé una estrategia para explicarle a Robert lo que había en mi cabeza y en la cabeza de su hijo. No contaba con ninguna garantía de que me ayudara en mi empeño, y menos cuando supiera que Nathan se hallaba en el depósito de cadáveres del edificio de la Sûreté.

Debía llamar a Marie. Conecté el móvil y ella descolgó inmediatamente. La noté alterada. La intenté tranquilizar con todo tipo de templanzas. Le dije que estuviese tranquila. «No, madame, ¿cómo voy a estar tranquila?», contestó, enfurecida. Le expliqué que no podría llamarla en un tiempo, que tratara de distraerse. Yo estaba bien, en compañía de una mascota que había encontrado como amiga. Creo que eso la desconcertó totalmente, porque me preguntó si estaba en mi sano juicio. «Si a usted no le gustan las mascotas, doctora», añadió, sin poder creer que en mi actual situación me dedicara a evaporarme con un animal de compañía. Apenas la dejé expresar sus temores porque apagué el teléfono. Misión cumplida, Marie: no me he muerto.

Me dieron las cuatro de la madrugada con Dune, por fin, acurrucada a mis piernas. Por un momento tuve dudas sobre el propio Robert; esperaba y deseaba que no hubiese sido cómplice de su hijo en ese asunto tan obsceno de las cartas bomba. Al fin y al cabo, era su casa. Pero me parecía absurdo que hubiera conspirado contra la vida de su hermano. Había que odiar demasiado para llegar a una situación tan perversa; no hallaba un motivo con peso suficiente. Aunque, todo lo que conocía sobre Robert era de segunda o tercera mano; a través de su hijo, de mi marido y de Fanny. Y lo que había en mi memoria era el hombre del cementerio con un gabán verde, hostil, atormentado y medio enfermo que rehusó verme de nuevo.

Por la mañana salimos la gata y yo en el Ferrari con un espíritu emprendedor. Llegamos sin dar rodeos al centro de Mulgrave. Apenas cuatro calles barridas por el viento y pequeñas y aseadas casas de madera, diseminadas en vías abiertas al mar. Parecía un pueblo costero, invernando, en espera de triplicar su población con el buen tiempo. Aparqué frente al 390 de Murray Street.

—Entre y cierre la puerta —dijo una voz tras un alto mostrador.

Una mujer mayor asomó la cabeza. De esas personas jubiladas que trabajan para la comunidad sin cobrar un centavo.

Le coloqué delante el *Quijote* y el libro del escritor polaco.

—Creo que son de aquí —dije.

Miró enseguida en una pantalla.

—Llevan un retraso enorme. Por Dios, tendría que haberlos devuelto hace más de dos años.

—Yo no los tomé prestados.

—Lo veré.

—Puedo explicarlo.

—Pues explíqueme qué motivos puede haber para hacer algo así. Y usted, desde luego, no es Jacob Lambert.

Me quedé de una pieza.

—¿Está segura de ese nombre?

—No hay duda. Lo dice el ordenador.

—Mire, yo tengo una consulta y pasan numerosos pacientes por ella. Me los encontré en la sala de espera, y he creído que lo mejor era entregarlos a su propietario.

—Oh, querida, ¡cómo se lo agradezco! Cuánta gente como usted hace falta en el mundo...

—¿Conoce usted a Jacob Lambert? —pregunté.

—Me temo que no.

—¿Podría decirme dónde vive? Junto a los libros había una carpeta con dibujos muy buenos. Me gustaría que los pudiese recuperar.

—Echaré un vistazo... Aunque usted entenderá que la información de los usuarios es confidencial.

Al cabo de unos minutos dijo que vivía en una *roulotte*, sin domicilio fijo, en la isla de Cabo Bretón, y salí de allí aturdida por la identidad que Nathan usaba con mayor soltura de lo que había imaginado.

Puse rumbo a Inverness. El estrecho de Canso se deslizaba veloz junto a las vías del tren hasta que lo cruzamos. Gaviotas. Barcos de pesca. Inmensidad. El sol plateaba el oleaje y un puente de hierro nos daba la bienvenida a la gata y a mí: WELCOME TO CAPE BRETON. Bordeé la costa a lo largo de la bahía de St. George y seguí hacia el norte, una vez alcanzado Port Hood.

Le pregunté a Dune si conocía la dirección de Robert Cohen. No se dignó ni a mirarme, encogida a mi lado como si padeciese la enfermedad del sueño. Di una vuelta por las calles del pueblo para situarme. Inverness era mayor que Mulgrave, a pesar de lo cual no habría más de mil almas viviendo por allí, en un poblado pesquero que en noviembre aparecía abandonado por los turistas veraniegos. El centro estaba desierto, con típicas tiendas de suvenires, bares y restaurantes al estilo de Nueva Inglaterra. Desde cualquier calle perpendicular se podía ver el mar. Un mar gris y arremolinado. Bajamos por la avenida principal sin encontrar un alma por ninguna parte y entré en el único café que vi abierto, llamado Los Mineros del Carbón.

El camarero vino hacia mí. Un joven con una visera y un mandil azul. A los diez minutos de estar sentada me sirvió una comida compuesta por salchichas y patatas asadas, una Coca-Cola y un pastel de manzana con canela. Cuando me trajo el café le pregunté directamente por Robert Cohen y se lo describí lo mejor que pude.

—¿Es tuyo ese Ferrari? —me dijo, sin atender mi pregunta.

Contesté afirmativamente.

—Si me das una vuelta te lo digo. Sé dónde vive.

Me quedé perpleja. No tendría más de diecinueve años y era tan gordo como la ballena dibujada en su gorra.

—A lo mejor…

—Yo mismo te llevaré a su casa. Es mi vecino —dijo. Me miró de arriba abajo y a continuación añadió—: ¿De dónde vienes?

—De Montreal.

Se dio la vuelta y desapareció. Cuando me trajo la cuenta venía sin mandil. Le dejé cinco dólares de propina y salimos juntos de Los Mineros del Carbón. Dune, en cuanto lo vio entrar, salió disparada del asiento del copiloto y se escondió en la estrecha parte de atrás. El chico no la vio. Al sentarse comenzó a estornudar. Arranqué haciendo el mayor ruido posible. Y una fuerte aceleración hizo el resto. El chaval puso los ojos en blanco y se agarró al cinturón como si el cohete estuviera en su cuenta atrás. «Esto es adrenalina pura, ¡yujuuu! —gritó, y cerró los ojos—. ¡Qué cacharro, la Virgen! ¿De dónde has sacado esta máquina? Le he dicho a mi padre mil veces que quiero algo así; ya lo creo. Es el dueño de Los Mineros… Y un tacaño, joder.»

Pisé el acelerador calle abajo. En unos segundos llegamos a la salida del pueblo. Continué hacia el puerto pegándome a las curvas. Di varias vueltas por los pantalanes y subí por una carretera, junto a la playa, para rodear Inverness por el norte. Hubo momentos en los que pensé que si me encontraba con la policía tendría un problema. Pero la cara y los ojos del chaval, con la gorra dada la vuelta, tenían su gracia. Era tan gordo, tan blanco y tan tontorrón… que me estaba divirtiendo por primera vez en mucho tiempo.

—¿Por qué se llama así el café de tu padre?

—Antes había minas de carbón por aquí. Mi abuelo trabajaba en una. Con la indemnización que le soltaron cuando la cerraron le montó el bar a su hijo. En unos años será mío.

—Enhorabuena —dije, acelerando un poco más cuando entrábamos en el pueblo.

El chico cada vez estornudaba más.

—¿Me puedes contar algo del hombre que busco? ¿Tiene mujer, hijos, dónde trabaja?

—Para, para el carro; que la vuelta no da para tanto…

El chaval era un verdadero capullo.

—¿Quieres que pare de verdad y te bajas de mi coche?

Y frené en seco el Ferrari con todas mis ganas, en el único semáforo que debía de haber en el pueblo, frente a un edificio que parecía el ayuntamiento.

—No quería decir eso… Y no te enfades, que te van a salir arrugas, bonita. No sé en qué trabaja ese tipo. Creo que en nada; se dedica a recoger algas en la playa, y en primavera brotes de helechos que intenta vender a todo el mundo. Es un borracho y un tipo raro. Antes venía por el bar y mi padre lo echó. Se mete en problemas y le gustan las putas. Aquí se sabe todo. Que yo sepa, se le ve con una india. Una *guidoune*, como las llamáis en Quebec. Trabaja en el bar de Jimmy.

—¿Quién es Jimmy?

—Otro viejo minero indemnizado. Ese tío fue más listo que mi abuelo, se montó un bar de *guidounes*; y eso sí que es ganar pasta. Le baja del cielo como el maná.

El chico ya tenía los ojos inflamados y dificultad para respirar. Le pregunté si tenía alergia a los gatos.

—Mucha —contestó—. ¿Por qué?

—Por nada.

Se le estaban hinchando los carrillos, gruesos y colorados. Tosía sin parar. Debía hacerlo salir del coche o podría tener un edema de glotis, si comenzaba a ahogarse.

—¿Me vas a decir de una vez dónde vive Robert Cohen?

—He de salir del aquí —dijo, agobiado—. Estoy respirando mal. Gira a la derecha, y luego la tercera a la izquierda. Vivo en la casa amarilla, donde acaba la calle.

Abrí las ventanillas para que entrara el aire. Enseguida apareció una casa amarillenta, con geranios helados en los alféizares. Paré en la entrada. Él abrió enseguida e inhaló profundo.

—¡Joder, qué mal me encuentro! No sé qué me ha pasado —exclamó, y salió del Ferrari inmediatamente.

Se apoyó en el cerco de la puerta. Recobraba la serenidad y la respiración.

—Gracias por el paseo, guapa. ¡Menudo carro! ¿Ves la casa del camino, a la derecha? Apenas se ve, pero ahí vive el que buscas. Tiene malas pulgas y es un capullo. No lo saludes de mi parte. Me odia.

—Cuídate de los gatos —me despedí.

Elevé la ventanilla, arranqué y le dije a Dune que saliera de su escondite. Y rodando despacio hacia una casa resguardada por matorrales, se extendían tras ella largas dunas invadidas por juncos y marjales. Un manto de vegetación se aferraba a una playa infinita.

30

Un comienzo desastroso

¿A qué se dedicaría Robert en aquel lugar desolado, en el fin del mundo y en medio del océano Atlántico?

Salí del coche y bajé entre taludes de piedra por un camino hasta la puerta de la casa. Llamé al timbre. Era una vieja vivienda con la pintura parduzca. No contestaba nadie y di la vuelta al edificio sin valla de ningún tipo, pero la vegetación era alta y se enmarañaba sobre los muros. Bajo un árbol desnudo encontré una pequeña camioneta eléctrica de dos plazas, cargada de espuertas con algas. No había nada alrededor, solo dunas hasta la playa. El blanco arenal se mostraba implacable detrás de la casa.

Regresé al coche y esperé dentro. Al cabo del rato decidí dar una vuelta por la playa y refrescarme las ideas. Le dije a Dune que vigilara el Ferrari y cerré con llave. Me entretuve caminando entre musgos, rocas y matorrales marinos. Avisté bandadas de pájaros, gaviotas que correteaban por el bancal y espuma desapareciendo entre los peñascos de una playa desierta. Anduve por una senda hasta aproximarme a la orilla, aplastada bajo un cielo que oscurecía por momentos.

Entonces vi una figura a lo lejos, cerca de las olas. Estaba agachada y parecía recoger algo. Me fui acercando. Era un hombre, junto a cestas de mimbre y un rastrillo. Sería Robert, estaba segura, con impermeable y un gorro de lana. El camino se terminaba y continué por la arena para encontrarme con él.

El día nublado se tornaba tormentoso y las olas se elevaban cada vez más violentas cuando tenía al hombre a unos treinta metros. No me vio acercarme, entretenido y agachado, recogiendo algas con las manos enguantadas. Cuando, de pronto, se incorporó, le vi la cara y nuestros ojos se encontraron entre la brisa del viento que revolvía mi pelo. Me reconoció de inmediato.

Antes de que pudiera alcanzarlo, me dio la espalda y se alejó con rapidez. Fui tras él. Los pies se me hundían en la arena. El viento soplaba muy fuerte. Creo que él odiaba escuchar mis excusas, las disculpas que yo iba soltando mientras lo perseguía. No me hablaba, no decía nada. El aire barría mis lamentos. Necesitaba hablar con él, que perdonara la irrupción grosera que había perpetrado en su vida, sin avisar, de improviso y de una forma impulsiva. «¡Estoy desesperada!», le grité, le imploré. Pero él seguía su camino, pisando los juncos con sus grandes botas de goma, todo lo grueso que estaba, con la cabeza gacha para no mirarme, caminando deprisa como temiendo que la lluvia que se avecinaba nos pudiera ahogar. Yo interceptaba su camino y me ponía ante él para que me viera, me oyera, me hiciera caso y decidiera decirme algo. Y lo dijo, por fin, en cuanto dejamos la playa y entramos en unos altos matorrales que conducían a su guarida.

—¡Olvídate de mí! ¿Tan difícil es dejarme en paz…? ¡Lárgate por donde has venido!

Yo no podía seguir su carrera. Me dio un flato horrible de los nervios que me entraron y de los trescientos metros que había hasta su casa, que alcancé en medio de una lluvia inclemente, con rayos y truenos cayendo en el mar, aproximándose a tierra. El viento agitaba las malezas. Llamé a la puerta trasera, por donde él había entrado. La mosquitera estaba abierta y golpeaba contra el marco. El viento era cruel. Llamé varias veces. Aporreé la puerta con toda mi furia suplicando que me abriese.

¡No pensaba marcharme por donde había venido! Se lo juré golpeando la portezuela con los puños, histérica, perdiendo el control. El zaguán no tenía un simple porche o marquesina en la que resguardarse del azote del temporal, de las ráfagas de viento que me empapaban. Daba igual, yo seguía sacudiendo su puerta, que temblaba bajo mis nudillos, entre la lluvia feroz de aquellas inhóspitas tierras, de ese mar del norte, gélido y cruel. Aquello parecía el resto de un huracán de los que bajan de Groenlandia. Se oía el rugir del océano. No sé cuánto tiempo transcurrió. Pero todo tiene un límite. Y desistí abatida y a punto de coger una pulmonía, con el humor de los fracasados. Bajo una cortina de agua entré en el Ferrari maldiciendo a los dioses que me habían empujado hacia aquel insensato destino.

Lo cierto es que nunca pensé en un comienzo tan desastroso como aquel para inaugurar una amistad con mi cuñado.

No sabía qué hacer dentro del coche, si llorar o maldecir por haber emprendido el viaje. Para consolarme recordé que la fortuna favorece a los valientes. Dune apareció, se subió a mis piernas, y con un agradecimiento humano comenzó a lamerme los dedos. Afuera, el agua discurría por la cuesta en pequeñas riadas hacia los bordes del camino, arrastrando la tierra. Me sentía helada y muerta de frío. Puse en marcha el motor. La calefacción templaba mi desconsuelo mientras me quitaba la ropa y sacaba unos leggings, un jersey de lana y las deportivas. Se me habían empapado las botas de piel de oveja, y entonces abracé a Dune. El contacto con su cuerpo huesudo y delicado me calmó la tristeza. Creo que esa gata comprendía mi desazón, porque ahora me lamía las lágrimas y quise pensar que me quería. Abracé a ese animal como si fuera el único superviviente de una catástrofe.

Ahora, debía elaborar una estrategia mejor que gritar y enfurecerme con ese hombre. La lluvia repicaba sin cesar sobre la carrocería del Ferrari. El viento parecía moverlo. Encendí la radio y encontré una emisora local. Narraba el parte meteorológico para las principales estaciones de pesca, desde Port Hawkesbury hasta Bahía Agradable. Recomendaban amarrar las flotas a puerto y emitían alerta de temporal. El centro de la tormenta se mantendría al norte de Nueva Escocia durante dieciocho horas. El sistema frontal se había detenido al sur de Terranova, con fuertes vientos en las costas de Cabo Bretón.

Genial.

Y pasaban las horas y el día: la una, las dos, las tres... Comenzaba a anochecer. Y nosotras dentro del Ferrari con el motor en marcha. Terminé las últimas patatas del cilindro y las galletas de mantequilla. La paciencia de Dune parecía infinita, pero se negaba a comer el pienso; creo que esa gata me ayudaba a soportar la espera. A las cuatro y media de la tarde subía por el camino la minúscula camioneta eléctrica de Robert. Pasó por mi lado ignorando que me encontraba en el camino de su casa. Al llegar a la carretera, giró a la izquierda y desapareció. Menudo tipo desagradable.

En aquel momento barajé tres opciones: ir tras él, seguir esperando o marcharme a comer algo y buscar un hotel. ¿Qué decidí?: esperar a que regresara. Pero antes había visto una gasolinera a unos kilómetros. Fui para allá y compré provisiones y una lata de comida para gatos. Eso sí le gustó. El olor del hígado enlatado inundó el pequeño habitáculo, y fue una alegría para ella y para mí cuando la vi acurrucarse en el asiento y quedarse dormida; mientras yo ahí sentada, con el cuerpo entumecido, continuaba empeñada en mi loca empresa de decirle la verdad y toda la verdad al hermano de mi marido. Necesitaba creer que Robert era la única persona con algo de honestidad que me quedaba en el país de la hoja de arce. Lo había forjado en mi imaginación como un hombre resignado, sufridor, víctima y desfavorecido por la vida. Loco y sin fortuna, al margen de todo éxito y felicidad, encerrado en su armadura, construida con los sinsabores del pasado.

Un perdedor, en definitiva.

Yo le disculpaba su agrio y desagradable carácter. Creo que Robert, en el fondo de su alma, presentía que le iba a dar uno de los mayores disgustos de su vida. Y yo lo apremiaba a recibirlo.

Por fin, sobre las once de la noche vi por el espejo retrovisor unos faros accediendo al camino desde la carretera. Era su vehículo. Pensé en salir del Ferrari y ponerme en medio del sendero. Tirarme al suelo o lanzarme sobre su cochambrosa camioneta de metro y medio. Pero no me atreví. Observé que la aparcaba delante de su casa. Vi una sombra en la oscuridad, envuelta en una gabardina y un gorro Barbour, bajar del vehículo y desaparecer rápidamente en el interior de la vivienda. Enseguida se encendieron varias luces, y un foco iluminó de pronto los cuatro escalones del diminuto zaguán.

Vi en ello una señal inequívoca.

Pero el tiempo pasaba y yo seguía esperando en mi coche de superlujo como una proscrita. A las doce de la noche me quedé traspuesta, incapaz de echar el asiento hacia atrás. Rígida como una momia. Encapsulada. En un vehículo incómodo para hacer de él un refugio. Según transcurrían las horas lo sentía encogerse, hasta que me sobresaltaron los nudillos de Robert golpeando en el cristal de mi ventanilla. Me incorporé al instante y lo vi desaparecer por el camino, bajo su gorro. Salí enseguida y la puerta de la casa estaba entornada. No lo pensé dos veces y me colé tras él, por si se arrepentía.

31

Andrea Lambert

Me deslicé por un pasillo oscuro y entré en una habitación iluminada por un hogar y una pequeña lámpara que irradiaba iridiscencias sobre una figura, sentada en un sillón, junto a una chimenea que lanzaba unas llamaradas como si Robert la hubiera alimentado para recibirme.

Parecía un lobo de mar, con la barba crecida y blanca y los ojos grandes y poderosos. Enojados. El calor era confortable y me acerqué para quedarme de pie ante él. En silencio. Me examinaba como si mirara el último ejemplar de una especie en extinción. Tenía un libro cerrado, sobre las rodillas, y en la mano un cigarrillo encendido. Dio una calada profunda y lo dejó en el cenicero, lleno de colillas. Se recostó sobre el respaldo, cruzó los dedos y me invitó a sentarme en otro sillón frente a él.

El silencio era embarazoso, pero a ese hombre había que mantenerle el pulso y esperar a que iniciara él la conversación. Y así permanecimos unos interminables minutos, hasta que aplastó el pitillo en el cenicero. Yo observaba el modesto saloncito que hacía de biblioteca, sala de música y cuarto de estar, decorado en los años setenta. Y él me escrutaba con una curiosidad displicente. Hubiera sido capaz de regalarle el Ferrari al Ballena por saber qué estaría pensando Robert de mí y de mi aparición en aquel pueblo, a mil cuatrocientos kilómetros de Montreal.

Intentaba encontrar alguna fotografía, una demostración irrefutable de que Jacob Lambert fuera su hijo, sobre el aparador del televisor, abarrotado de libros amontonados en polvorientos estantes, con cientos de discos de vinilo y un tocadiscos con la tapa levantada. Necesitaba visualizar una imagen de Nathan antes de comenzar a hablarle de él, en aquella estancia con olor a madera quemada impregnando las paredes, los muebles y las raídas cortinas.

Junto al tocadiscos había un marco. Con una foto en color. En ella aparecía Jacqueline Brenner, la mujer enterrada en el cementerio, con un niño, de unos cuatro años, en un parque de atracciones, montados los dos en un tiovivo. Reconocí inmediatamente al pequeño, el mismo pelo rizado y rubio, con la cara transformándose en la de un adulto antes de tiempo. Madre e hijo miraban hacia algún lugar más allá del fotógrafo, como si hubiera otra persona más interesante detrás de quien hacía la foto.

Seguía esperando.

Robert ladeó la cabeza y se encendió un nuevo cigarrillo. Yo suplicaba a los cielos para que acabara aquel castigo de silencio en el momento en que despegó los labios. Me preguntó por qué había realizado un viaje tan largo e inútil. Y le di la respuesta: necesitaba hablarle de su hijo. Ahí fue cuando se interesó por lo que a continuación le diría. Arqueó las cejas blancas y pobladas. Le dije que era una historia muy larga y él me ofreció toda la noche para escucharme. Solo me pidió que en cuanto terminara, cogiera el trasto ostentoso que conducía y me largara de allí para no regresar nunca más.

¿Por qué todo el mundo deseaba echarme de todos los lugares?

Entonces comencé por el principio de la historia. Cuando un desconocido entró en mi consulta para pedirme ayuda y dijo llamarse Jacob Lambert, a los once días cumplidos del accidente de Alexander. Cuando escuchó ese nombre dio un respingo sobre el sillón. Por su semblante, imaginé que ese nombre no había sido una elección arbitraria de Nathan. Seguí con un breve relato de las sesiones que empezamos cuando decidí aceptarlo como paciente. Y continué con parte de lo que me había contado Jacob hasta el instante en que salió de la consulta con un ataque de ansiedad, a la tercera sesión, el 17 de octubre. Le expuse con brevedad mi preocupación por el paciente, el diagnóstico psicológico que había elaborado sobre él y mi temor por su integridad. Hasta el anuncio que contraté en el diario *La Presse* para localizarlo.

—Pero me equivoqué —añadí—. Porque Jacob Lambert no existe. Era una fantasía del hombre que acudió a mí: tu hijo.

No expresó nada. Pero sentí como si le hubiera dado un martillazo en la rodilla. Robert estaba dispuesto a escucharme sin pronunciar una palabra. Proseguí con mi periplo por la ciudad de Montreal buscando el domicilio de mi paciente hasta encontrarme conversando con el pastor Hells, las dos ocasiones en que lo había visitado. En la última le llevé el recorte de un periódico con la esquela del entierro de Jacqueline Brenner. Robert asintió con la cabeza sin expresar nada en su astuto rostro, sin preguntar cómo la había conseguido. No me interrumpió en ningún momento. Pensé que no quería saber más allá de lo que yo quisiera contarle, cuando se levantó y salió del cuarto.

Regresó con una botella de agua y dos vasos. Ahora debía continuar más despacio. Seleccionar bien la información que le daría.

Se dejó caer en el sillón como un peso muerto y le conté pormenorizadamente, con mesura y prudencia, la historia que me había narrado su hijo de la infancia que había vivido, el paso de su madre por la Universidad de Harvard, las drogas y las sesiones experimentales con psilocibina y LSD, del doctor Thymoty Leary y más tarde con el grupo del doctor Henry Murray. Omití la información que había obtenido de Fanny, como la historia de Jacqueline en la comuna de Millbrook, que la condujo al desequilibrio total.

Se encogió de hombros, sin mover una pestaña. Ante su mutismo le expuse mis sospechas sobre la posible implicación de mi marido —su hermano— en los experimentos del doctor Murray con los alumnos de Harvard, a principios de los años sesenta, que afectaron a Jacqueline. Creo que no omití nada de aquella parte tan triste.

Le hablé de la infancia de Nathan. Me incomodó hacerle saber el papel que su hijo le había asignado hasta ser separado de su madre y mandado con la abuela Alison. Tampoco se despeinó cuando mencioné la desaparición de la mejor amiga de su mujer, Rebeka Winter; ni el posterior suicidio de Jacqueline en el hotel Pensilvania.

Había intentado modular la voz y ser selectiva en los términos usados para causarle el menor daño posible. Utilizaba un tono impersonal y cariñoso, neutral, sin juicios de valor. Pero él se había colocado la máscara de la indiferencia para poder enfrentarse a lo que le estaba contando en mi papel de imparcial observadora.

Me dije que no podía omitir el misterioso libro que me entregó Nathan sobre buscadores de criminales del Tercer Reich.

—¿Tienes alguna pista del porqué de ese libro que con tanto dolor me tiró tu hijo sobre la mesa de la consulta?, pronunciando una frase desconcertante: «Léalo, va de lo que hacían. Es horrible».

No me respondió. Pero la mirada de Robert se iba entristeciendo y se hacía cada vez más lánguida. Se debilitaba. Hallé por primera vez en su frente la misma arruga de su hermano. Y de pronto, al quitarle a Robert la barba, los kilos de más, me estremecí. Creí encontrarme delante de Alexander, confesándole los sombríos pensamientos que había guardado desde que empezó esta pesadilla. Y seguí hablando como si le hablara a él, a mi marido, desde la sinceridad, y me dejé llevar hasta escucharme pronunciar el nombre de Rebeka Winter por segunda vez, y reiterar lo que me había contado Nathan sobre ella.

Le confesé a Robert mis celos. Mis temores. ¿Por qué desapareció Rebeka? ¿Qué ocurrió? ¿Por qué nunca me había hablado su hermano de ella, como si no hubiera existido esa mujer y ese pasado en la vida de Alexander Cohen?

Robert se refugiaba en el cigarrillo que continuamente se llevaba a los labios, y cambiaba las piernas de posición. También le confesé, sin ningún pudor, el pánico que se apoderó de mí la noche en que su hermano no regresaba. Cuando llegó la policía a casa para notificarme el accidente. Noté un profundo dolor en su mirada, triste y compasiva por mí y por el futuro que se había terminado para todos nosotros, definitivamente.

Reconozco que en ese estadio de mi confesión, yo estaba mostrándome demasiado egoísta. Solo me interesaba lo que me concernía a mí. Deseaba removerlo. Estimular en él la compasión. Nada me iba a detener para sacarle lo que necesitaba saber sobre Rebeka y Alexander, y que Fanny me ocultaba. Pero él se mantenía impertérrito, dispuesto a no decir ni palabra. ¿Qué conjura existía para que nadie me hablara de Rebeka Winter?

La segunda parte de la epopeya desconocía cómo abordarla, animada por su indiferencia. Esperé, mirándolo con ternura. Se inclinó hacia la mesa, se sirvió agua y se la bebió de un trago, como si estuviera seco. Me dijo que continuara.

Mi narración se había detenido en el momento en que el inspector Bonnard había llegado a mi casa por primera vez para interrogarme —y de paso interrogar a Marie—, y a decirme que mi marido había sido asesinado, para después registrar mi domicilio y la casa del lago. Por supuesto, omití la segunda visita del inspector Bonnard en la que me comunicó la muerte de Jacob Lambert, y lo que venía a continuación. Esa parte la abordaría después, tras darle el tiempo suficiente a asimilar el relato y ganar una pizca de confianza para mi causa. Estaba segura de que Robert poseía la llave que abría todas las puertas.

Guardé silencio y me serví un vaso de agua, ya que él no lo había hecho. Estaba abusando de su paciencia, pero me sentía liberada. Le pregunté sin rodeos.

—¿Quién es en realidad Jacob Lambert? Esa pregunta me ha obsesionado hasta volverme loca.

—Es mi nieto —contestó, fulminante, sin rodeos.

Era la única respuesta que jamás hubiera esperado. Con parcas palabras me explicó brevemente la historia de su nieto, satisfecho por haberme sorprendido con la noticia. Parece ser que su hijo había dejado embarazada a una joven con un turbio pasado y un presente sin futuro. Camarera de un bar nocturno que frecuentaba Nathan en la ciudad de Quebec, donde había vivido durante una temporada. Robert desconocía los detalles de esa relación; Nathan era tan hermético como su padre cuando le contó por encima su excéntrica aventura con una camarera de un toples de un barrio turístico del centro de la ciudad. Para entonces, el niño ya había nacido.

Una tarde de septiembre se presentó Nathan con la chica y el bebé en Inverness. Dijeron que se habían casado. La joven era guapa, morena y muy alta. Se llamaba Andrea. Tenía los ojos oscuros y bastante tontos, así lo dijo. Una belleza singular. Sin estudios, y sin familia con la que quisiera relacionarse. La parentela de la chica vivía en un barrio marginal de Ottawa; de la que, por cierto, ella había renegado. Eran presbiterianos. Se largó de casa con dieciséis años, y se le había ocurrido la estúpida idea de tatuarse los brazos y las manos, que, junto a sus cejas perforadas de piercings, le hacían parecer la mujer serpiente. Aquella expresión que utilizó Robert me hizo recordar el tatuaje de Nathan; me imagino que se lo habría tatuado en la época de Andrea. Continuó Robert asegurando que el padre de la chica era un alcohólico y un maltratador y su madre una sufridora, detestada por su propia hija. Ella misma se lo había dicho a Robert, sin ningún pudor, mientras comían los tres langostas a la americana en un restaurante del pueblo.

—Andrea tenía tanta hambre que rechupó hasta las antenas del bicho. Sus modales son de auténtica cloaca —me juró Robert.

»¡Tampoco es buena madre! —exclamó—. Que chupara así las langostas no tenía mayor importancia, pero con el niño… En cuanto vi cómo trataba a mi nieto, supe con qué tipo de mujer se había casado mi hijo. Y también supe que era mi nieto, inmediatamente; su carita era el vivo retrato de Nathan.

Los tres se quedaron cinco días con Robert, en aquella casa azotada por el viento de Inverness. Ella vivía instalada en el sofá, liándose cigarrillos de marihuana y bebiendo cerveza, lata tras lata. Su hijo era incapaz de imponer una sola norma de convivencia a su mujer. Por las noches salía la pareja a los bares y dejaban al bebé con el abuelo. Llegaban borrachos de madrugada y discutían hasta el amanecer, tirándose los trastos a la cabeza. A los cinco días, Robert los echó a patadas; no pensaba ser testigo de otro desastre, y detestaba encariñarse con el pequeño. Solo tenía diez meses. Un año después, su hijo y su nuera ya se habían separado, como él predijo, y la pareja terminó odiándose a muerte.

Robert se alegraba de que la razón hubiera prevalecido en Andrea cuando ella accedió a deshacerse del niño por el módico precio de diez mil dólares anuales hasta que Jacob cumpliera dieciocho años, a petición del propio Nathan, y por consejo de Robert, que era quien soltaba el dinero y el que buscó al pequeño Jacob una institución judía y adecuada, en Montreal, lejos de la madre, según me explicó, muy convencido de que había obrado por el bien del niño. Y yo pensé que el destino se repetía y él separaba a su nieto de Andrea como había separado a su hijo de Jacqueline.

Robert suponía que Andrea visitaba al pequeño Jacob, y no tenía la menor idea, ni la quería tener, de lo que sería de ella en aquel momento. Él se limitaba a girar cada mes el dinero convenido a una cuenta bancaria a nombre de Andrea Lambert. También trató de disculpar a su hijo diciéndome que Nathan visitaba al niño todos los fines de semana. Por eso Nathan se había trasladado a vivir a Montreal. Por Jacob. Me juró que Nathan amaba a su hijo hasta el punto de hacerse llamar él mismo Jacob Lambert. Robert le había encontrado algún documento con esa identidad.

—¿Como un carnet de biblioteca, por ejemplo? —pregunté.

—Por ejemplo.

Robert lamentaba amargamente el apellido de su nieto. Le recriminaba a su hijo haberse dejado llevar por la idiota de Andrea cuando esta decidió, por cuenta propia, ponerle al bebé su apellido. Al majadero de Nathan le pareció una gran idea, y así se lo hizo saber a su padre; me imagino que por hundir un poco más en el fango a Robert, lo que provocó una disputa añadida a la maltrecha relación entre ambos.

Robert no perdía la esperanza de que su hijo recapacitase y decidiera darle el apellido que le correspondía a su nieto por nacimiento y derecho.

Le pregunté si veía al niño. Contestó despectivamente y dijo que procuraba mantener las distancias y evitar el contacto con el muchacho. Atendía los pagos del colegio y le cubría las necesidades económicas. Era un buen niño, estudioso, pero él ya había sufrido demasiado como para involucrarse sentimentalmente con una criatura de nueve años. Intentaba verlo alguna vez por Navidad, fue su respuesta. Y me contestó con una grosería violenta cuando quise saber si el colegio se encontraba en Dorval.

Levantó la voz para reprocharme que no esperaba que estuviera metiendo mis narices indiscretas en la vida de su nieto. Claro que me callé la respuesta para no acusarle de misógino por arrebatar a Nathan a su madre y a Jacob de la suya. Pero no deseaba ser injusta y dejarme llevar por el orgullo. Más bien me mordí la lengua y actué como una analista racional. Lo vi serenarse cuando le aseguré que había sido una casualidad haber encontrado el nombre de Jacob Lambert mientras buscaba a mi paciente. En ningún momento me había acercado a su nieto. Lo vi por azar, entre los nombres de un equipo escolar de hockey sobre hielo, en un centro de Dorval. Eso era todo. Hizo un gesto grosero con la mano para indicarme silencio.

Me pregunté de dónde sacaría el dinero Robert para atender esos compromisos económicos. Su forma de vida se veía modesta, casi precaria. Claro que yo no era quién para juzgar su situación financiera. Pero me intrigaba. No creo que pudiera cubrir los gastos con la venta de algas y helechos para los restaurantes de Cabo Bretón.

Tuve un instante de abatimiento. El cuarto apestaba a tabaco y a troncos quemados, y sobre todo a falta de compasión. Pregunté si podía abrir una ventana. Dijo que adelante. Al pasar junto a un sofá desvencijado, me imaginé a Andrea allí tirada, fumando canutos y viendo la televisión; lo que no era tan fácil de imaginar era a Robert con el niño en brazos preparándole la papilla en la cocina. Aunque a veces las apariencias engañan.

—¿Qué piensas de todo esto? —le pregunté, sentándome de nuevo.

—¿Has hecho tantos kilómetros para contarme mi vida? Me importaba un bledo la relación de mi hijo con su psiquiatra, y forma parte de la relación entre médico y paciente. Y al igual que mi hermano, tú has sido capaz de saltarte vuestras propias normas. El hecho de que Nathan te haya elegido a ti como psiquiatra es más que consecuente con el hijo curioso que tengo. No desconozco sus deseos ocultos. Desde niño se sintió atraído por conocer de cerca a una parte de la familia que se le había negado por las tristes circunstancias de dos hermanos enfrentados. ¿Esto es lo que quieres oír?

Se acarició la barba y dijo que a Nathan le había intrigado la vida de su tío Alexander. Y no le extrañaba que hubiese aparecido en mi consulta bajo el nombre de su hijo para saber quién era yo y cómo vivía.

Le pregunté si Nathan había contactado con su tío en algún momento. Contestó que ni lo sabía ni le importaba.

En ese instante un reloj daba las dos de la madrugada.

Creo que Robert no estaba seguro de las intenciones de su hijo, «ni de lo que hay en su cabeza», me aseguró, con auténtica sinceridad. Lamentaba mi preocupación por Nathan y me lo agradecía con cierto cinismo.

—Valora tú misma si te ha merecido la pena llegar hasta Inverness en medio de una tormenta. Pareces una buena persona, y te confieso que hace más de tres meses que no hablo con él. Espero que no esté metido en problemas.

—¿Qué tipo de problemas?

—No lo sé. Es un solitario. Nunca he podido hacer carrera de ese chico. Y siempre que aparece, discutimos; así que prefiero que se mantenga lejos.

Lo vi nervioso por terminar y daba por finalizada nuestra conversación. Cruzó varias veces las piernas con ganas de despedir-

266

me, y dijo que el fuego ya estaba ardiendo en sus rescoldos. Me daba igual la metáfora que utilizara ese hombre, que se esforzaba por ser profundamente hostil.

—¿A qué te dedicas, Robert? —ataqué sin miramientos—. Dudo que recogiendo algas de la playa puedas costear lo que me has contado.

—Yo no le pido nada a la vida; ¡no soy como vosotros! Sé atender lo que es importante de verdad. Cuando murió Jackie me mudé a Nueva Escocia con mi hijo. No podía soportar el pasado. —Pensó que si me daba algo lo dejaría en paz y me largaría—. Trabajé en una empresa pesquera durante años e y poseo unos ahorros. Enfermé de diabetes, y con la pensión me he dedicado a vivir tranquilo. Intenté que mi hijo tuviera un futuro a mi lado, pero no lo he conseguido. Para él siempre fui culpable de la muerte de su madre. Posee la mala virtud de culpar a los demás de los sinsabores de su vida. Es alguien difícil. Fue una mierda para él perder a su madre de aquella manera; y sobre todo presenciarlo. Te agradezco que lo ayudes, ya que te veo empeñada. Si crees que tiene apuros de dinero, no me importará abonarte las sesiones necesarias, si aparece y quieres seguir atendiéndolo. No será mala idea, ahora que te conozco. Pero me disgusta que metas las narices donde no te llaman.

Nathan no había sido capaz de realizar ningún trabajo determinado, añadió, nada que pudiera llamarse un auténtico empleo. Esperaba que alguna vez decidiera sentar la cabeza y perdonarlo de todo lo que le reprochaba. Robert necesitaba la oportunidad de ser un verdadero padre para su hijo. Miró el reloj de cuco y se encogió de hombros diciéndome que tuviera la atención de despedirme, ya que nuestra conversación había transcurrido en términos amistosos. Aquello me sonó a amenaza.

Para finalizar, me preguntó si no había vuelto a tener noticias de su hijo desde el 17 de octubre. Robert recordaba bien la fecha que le había dado.

En ese punto de la noche di por comenzada la segunda parte de nuestra conversación. Antes de responderle, pedí permiso para cerrar la ventana. Volvía a llover con furia, y debía estirar las piernas y recargar energía.

—Así es —contesté, mientras bajaba el cristal—, desde el 17 de octubre.

Me dirigí a él y, sin tomar asiento, lo miré con mi habitual sentido de la intriga cuando quiero sacar una confesión a un paciente, y le dije que necesitaba una copa con urgencia. Se dio cuenta al instante de que lo importante no se lo había contado aún. Desde su butaca me mostró dónde encontrar una botella de whisky. Abrí la portezuela batiente de un mueble, cuyo interior estaba revestido de espejos, y saqué dos vasos y la única botella que había en el interior.

Serví dos copas y le entregué la suya.

—No debería —dijo—. Pero creo que me va a hacer falta.

Robert era el Sísifo con la piedra a cuestas, cayendo por el precipicio continuamente, condenado a un esfuerzo inútil, y yo estaba allí para cargarle con un peso insoportable. Y comprendí, cuando lo vi coger el vaso y llevárselo a los labios con avaricia, que acababa de cometer un grave error con ese hombre.

32

Amputación

Robert se bebió de un trago los tres dedos de whisky, se limpió la boca con la agujereada manga del jersey y reventó de placer, mientras yo rebajaba mi copa con el agua de la botella de plástico. Cuando quise dar el primer sorbo, él se incorporó del sillón y volcó la botella de whisky sobre su vaso para servirse en abundancia y dijo que no me preocupara, porque no pensaba emborracharse ante una dama. Levantó el vaso, dio un trago elegante y lo dejó sobre la mesita.

Aquella declaración ya me pareció un desatino. Creo que intentaba prepararse para recibir la embestida que estaba esperando. Y así lo hice. Sin miramientos le expuse que la muerte de Alexander había sido intencionada, según el inspector Bonnard.

—¡Ya lo sé! —me gritó, abriendo los ojos como un loco—. ¡Esperaba que dejases de dar vueltas y vueltas para escupir el veneno de lo que has venido a contarme!

Cogió el vaso otra vez y dio un trago desesperado. Me asustó. No esperaba ni lo que dijo ni cómo lo dijo.

—¿Creías que no lo sabía…? ¡Eres una incauta! Ese Bonnard se presentó en la comisaría del pueblo. Y la Montada vino a detenerme. Me llevaron a declarar y a que les contara dónde estaba el 20 de septiembre. ¡A mí…, a su propio hermano! ¿Tú crees que la policía se chupa el dedo y espera que seas tú la mensajera? Pero ¿quién te has pensado que eres?

—No sé por qué me odias —contesté—. No sé por qué odias a todo el mundo.

A continuación, dijo que no tenía nada que ver con la muerte de su hermano, ni con la muerte de nadie. ¡Que me largara! Vació el vaso de un trago y se puso de pie para cogerme del brazo y echarme de su casa.

Creo que ya estaba borracho. Pero no me daba miedo. Lo tenía delante, con ganas de agarrarme por el cuello y estrangularme, pero no se atrevió a ponerme la mano encima.

—Lo que no te habrá dicho la Montada ni Bonnard —respondí— es que a Nathan también lo han asesinado porque solo lo sé yo: ¡es lo que he venido a contarte! Y perdona si he tardado dos horas en reunir el valor necesario.

—¡Qué coño estás diciendo! —empezó a gritar.

Se tambaleó, tan gordo y tan frágil. Me miró con un profundo odio y, si no me llego a levantar del sillón rápidamente, hubiera caído sobre mí para ahogarme con sus propias manos.

—¡Es la verdad! —Y me aparté de su lado—. Y, te guste o no, creo que tu hijo algo ha tenido que ver con la muerte de su tío y con la carta bomba que le enviaron al hospital seis días antes de que su coche cayera por el puente.

Ya estaba dicho: para bien o para mal.

—¡¿Es verdad lo que dices?! —volvió a chillarme.

Se empezaba a poner rojo. Congestionado. Se dio la vuelta y salió del cuarto corriendo. Yo fui detrás. Llegué hasta la cocina cuando empuñaba un cuchillo enorme. Lo levantó. Le temblaba la mano. Con la otra se apoyó en la encimera para no venirse abajo, de espaldas a mí. Y, de pronto, su brazo descendió. Un grito desgarrador inundó la cocina.

Vi sus dedos mutilados sobre la encimera y la sangre, que se extendía. Su cuerpo se tambaleó de dolor inclinándose hacia un lado. Pero antes de alcanzar el suelo y perder el equilibrio, se golpeó contra el borde de un armario y cayó sobre las baldosas, junto al fregadero.

Estaba inconsciente. Su mano no dejaba de sangrar. Le tomé el pulso. Lo primero, no perder los nervios y pensar con calma. Auxiliar a Robert y parar la hemorragia. «¡Soy médico! —me repetí varias veces—. No te bloquees, ¡actúa!» Abrí un cajón y saqué un paño limpio. Le presioné los cortes. Me acordé del botiquín del Ferrari y salí en estampida hacia el coche en mitad de la lluvia. A mi regreso le vendé los muñones amputados, conteniendo el sangrado. Seguía inconsciente y su cuerpo ocupaba la cocina entera.

Encendí el móvil y marqué el 911. Desconocía el nombre de la calle y el número. Pero creo que entendieron las explicaciones cuando volvieron a llamarme, a los pocos minutos, los del servicio de emergencias de Inverness. Le aflojé a Robert el cinturón, le desabroché el pantalón y le quité las botas y cualquier presión levantándole la cabeza con el cojín de una silla. Intenté recuperar sus dedos, índice, corazón y anular, diseccionados por encima de las falanges medias. Un corte limpio; una hoja afilada. Los puse bajo el grifo y los envolví con las gasas del botiquín, anegada en descontroladas emociones. Introduje los dedos vendados en una bolsa de congelado con cierre que encontré y la sumergí en una jarra de agua con hielos para dejarla en la nevera hasta que apareciera la ambulancia.

Robert seguía tendido sobre las frías baldosas con el vendaje empapado de sangre. Inconsciente. Le volví a tomar el pulso. Fui a su dormitorio a por una manta y lo arropé. Me senté a su lado y me quedé presionándole la herida hasta que llamaran a la puerta. Le hablaba. Le decía que se quedara conmigo; estaba a su lado y cuidaría de él. Se lo prometí. Le rogué que me perdonara. Le ayudaría a calmar la desgracia y la pena si confiaba en mí. Era mi especialidad, le aclaré, acariciándole la mano herida, por si me oía en ese túnel de la desconexión de la conciencia, de los sentidos, en el que se encontraba a salvo, sin recuerdos, sin dolor.

Creo que aquel acto de desesperación de Robert era la única manera que pudo encontrar para soportar el dolor por la muerte de su hijo. Con un arranque como aquel, instintivo, casi de supervivencia. Se amputó una parte de su cuerpo que doliera más que la noticia que acababa de darle. Evitar el inasumible sentimiento de perder a la única persona que creo que amaba. Quizá más que a su vida. Y se cortó los dedos por no apuñalar al mensajero, o quitarse él definitivamente de en medio. Creo que no se atrevió a tanto. Solo canalizaba la ira a través del dolor físico. Una especie de masoquismo funcional, un sistema primitivo de supervivencia. Como todo él.

Llegó una ambulancia con un médico y dos auxiliares. Serían las tres y media de la madrugada. Les expliqué el suceso, lo rodearon y me impidieron intervenir. Venían preparados con una nevera portátil y un auxiliar guardó en ella la bolsita que les entregué. Estoy segura de que se apiadaron de mí, y me dejaron acompañarlos en la ambulancia cuando les dije que era médico y cuñada del accidentado. El más joven me alertó de que una de las puertas de un Ferrari, aparcado a la entrada del camino, estaba abierta. Fui hacia allí. Había parado de llover, pero el viento era huracanado. Dune no estaba en el coche. La llamé varias veces. Pero debía entrar en la ambulancia antes de que me dejaran allí tirada los tres sanitarios que subían por la cuesta empujando la camilla. Fui hacia la casa y cogí unas llaves —esperaba que fueran de la vivienda—, colgadas de un clavo, y salí tras ellos.

El hospital se encontraba en James Street, al suroeste del pueblo. Tras ingresar Robert en la UCI, me solicitaron los datos de mi cuñado e informé de todo lo que me preguntaron relativo al accidente, en el mostrador de urgencias. Firmé unos documentos con mi declaración del suceso y durante tres horas estuve esperando cualquier noticia en un solitario pasillo, sentada en un banco de aluminio, hasta que un cirujano de guardia salió a informarme con mi declaración en la mano. Me hizo varias preguntas relativas al incidente, y de mis reflejos para auxiliar al accidentado. Me preguntó si Robert Cohen era paciente mío. Había leído en el informe mi profesión. Dije que no. Solo mi cuñado. Robert se encontraba en un momento difícil de su vida y algo estúpido debió de pasarle por la cabeza que lo llevó a autolesionarse.

—Lo siento, doctora, pero vamos a denunciarlo a la policía —dijo—. Hemos de seguir el protocolo de seguridad ciudadana.

—¿Es realmente necesario?

—No es mi competencia investigar un accidente. Usted afirma que su cuñado se ha autoamputado los dedos de la mano izquierda. Yo no lo dudo, pero tengo al paciente sedado y no puede confirmarlo. Lo lamento. Usted es médico. Debe entenderlo.

El cirujano era un hombre alto y desgarbado, pelirrojo, posiblemente de ascendencia escocesa, como mucha gente de la isla. «Se encuentra estable. Se recuperará, es un hombre fuerte», dijo. Y me explicó cómo habían procedido a conectar los tendones, los nervios y los vasos sanguíneos. Todavía era pronto, pero recobraría la movilidad de los dedos reimplantados. Por la tarde podrían decirme algo más. Me estrechó la mano y se dio la vuelta para dejarme en aquella soledad de madrugada con otra batalla por librar.

El hospital denunciaría las lesiones de Robert. La pequeña comisaría de Inverness llamaría a Montreal, seguro. Bonnard se había presentado en el pueblo, en persona, para informar a la Montada del caso y esta, a petición de la Sûreté, había tomado declaración al accidentado por la extraña muerte de su hermano. Cooperación entre cuerpos policiales. ¿Cómo era posible tanta adversidad? Yo había cometido un terrible error de cálculo creyendo que Robert era más fuerte de lo que sin duda había desmentido su acción desesperada. Deseaba estar a su lado en aquel momento. ¡Era el hermano de mi marido! Cuántas veces los había imaginado jugando en la orilla del lago Ouareau, de niños, compartiendo secretos de hermanos. Nunca perdí la esperanza de que volvieran a encontrarse. Quizá intentaba recuperar a la única persona que podría dar sentido a los Cohen; y a todo lo que yo estaba haciendo.

Mientras caminaba hacia la salida por los solitarios pasillos del hospital, a media luz, se encendió un brillo de esperanza: el pequeño Jacob. Me hizo sonreír el pensar en las transfiguraciones que había sufrido aquel nombre en mi imaginación y todos los quebrantos que había causado en mi vida.

Lo bueno: había encontrado al verdadero Jacob Lambert.

Pero cada acontecimiento que iba desencadenándose a mi alrededor me debilitaba. El asesinato de Nathan comenzaba a ser una losa. Y el de Alexander me había negado a asumirlo hasta el punto de haber puesto el foco en Nathan durante todo este tiempo con la esperanza de que él me condujera a la clave que me ayudara a descifrar lo que le había sucedido a mi marido. Tuve la sensación de que me hallaba en la casilla de partida.

Había amanecido. Un taxi llegó a la puerta del hospital y me dejó junto al Ferrari. Una riada había inundado de tierra el empinado camino que desciende hacia la casa. Llamé a Dune enseguida y me alegró oír su maullido. Me agaché y la encontré debajo del coche, en posición de alerta. Alargué la mano y me bufó. «Está bien, tranquila —le dije, de rodillas en la tierra—. Entiendo que estés enfadada. Pero Robert se ha amputado los dedos de una mano. ¿No te parece suficiente motivo para entender por qué he tardado tanto? Vengo del hospital y necesito dormir. Venga, Dune, sal de ahí y déjame abrazarte.»

Un nuevo día caía sobre la playa. El rugir de las olas se oía cercano. Abrí la puerta del coche y Dune salió de su escondite, subió al Ferrari y nos fuimos las dos a buscar un hotel.

33

La piel del oso

Tristeza y amor frente a un largo cristal cegado por una persiana de lamas al otro lado. Detrás de él, mi cuñado. Opacidad. Así estuve un tiempo indefinido, observándolo. No sabía si era de día o de noche, bajo luces artificiales, como si estuviera en una cápsula espacial. Enseguida comprendí la naturaleza de mis sentimientos.

Esperaba que alguien me explicara el estado de Robert. Habían pasado once horas desde mi conversación con el cirujano y eran las cinco de la tarde. Paciencia era lo único que necesitaba. En la sala de espera vi algo curioso. En la base del marco de la ventana de la UCI, tras el que se encontraba Robert, alguien había colocado una hilera de pequeñas piedras transparentes como puestas por un niño con ganas de jugar. Tomé una. Se veía al trasluz la pureza del cuarzo.

¿Quién las habría depositado con tal esmero? Alguien debió de llegar en las últimas horas, mientras yo descansaba en el hotel. Salí a preguntar al control de planta. Alrededor de las diez de la mañana llegó una mujer para ver a Robert y se fue a mediodía, me dijeron. No quise decir nada de las piedras. Me parecía un gesto bonito. Una delicadeza.

¿Qué mujer sería? Me hice varias preguntas. Una amante. Una amiga. La *guidoune* india de la que me había hablado el Ballena.

Mis reflexiones se rompieron cuando se acercó un médico, alto y moreno, con los ojos rasgados. Mestizo, probablemente. Me informó con un tono amable. El paciente se hallaba estable y fuera de peligro. Los niveles plasmáticos se habían normalizado y lo trasladarían a planta. En unos días lo enviarían a casa. Pregunté si podía entrar. «Imposible», dijo. No insistí. Me dejaría verlo a través del cristal durante un momento. Parecía que el doctor, mientras hablábamos, no se daba cuenta de las piedrecitas. Pero cuando se despidió tomó una, me la entregó y dijo:

—Le dará suerte, como se la ha dado a él.

La cogí y la apreté contra la palma de la mano. Ese hombre parecía verme necesitada de suerte.

—¿Las han puesto ustedes?

Sonrió y negó con la cabeza.

—Serán de alguien que lo quiere proteger. Cuando salga de la UCI se las llevaremos a la habitación.

Añadió que era habitual en la comunidad mi'kmaq dejar amuletos que acompañaran a sus seres queridos.

—En nuestro hospital se respetan todas las creencias —dijo.

Le di las gracias y, en cuanto lo vi alejarse, abrí la mano y miré la piedra. No era mayor que una avellana. Pensé que podía encerrar un misterio. Una enfermera abrió las lamas de la cortina y pude ver a Robert en una habitación con tantos aparatos y monitores que te dicen lo mal que está alguien para encontrarse allí dentro. La tristeza y la compasión se habían transformado en una terrible soledad: la mía y la de Robert.

No recuerdo el tiempo que permanecí allí de pie, observando su cuerpo bajo una sábana blanca. Él miraba hacia la pared y no se volvió en ningún momento. La mano vendada la tenía fuera de mi campo visual. Llevaba la vía en el brazo derecho y una cánula nasal de oxígeno alrededor del cuello. Nada más. Me alegré. Era una gran noticia. No quise golpear el cristal y llamar su atención. Si había decidido darme la espalda debía respetarlo.

En cuanto le dieran el alta me lo llevaría a su casa y haríamos las paces. El trauma del salvaje atentado contra su integridad se solapaba con el trauma por la letal noticia que yo le había dado, y harían de él un hombre en ruinas. Una ventaja quizá para que de una vez me aceptara. La persiana se cerró y decidí marcharme. Dejé un aviso en el mostrador para que me avisaran en cuanto Robert saliera de la UCI.

Di una vuelta por el pueblo. Tenía el ánimo por los suelos. Volvía a ser noche cuando entré en una pequeña librería en la calle principal, llamada Curiosity Bookstore. Compré varios libros sobre los pueblos mi'kmaq y los cree de Manitoba. Me costó trabajo elegirlos entre varios estantes sobre las primeras naciones que poblaban la sección de historia canadiense. Me senté en un sillón de lectura un buen rato, curioseando sobre aquella desconocida —para mí— provincia marítima que tanto me recordaba a la vieja Escocia. También compré una curiosidad, cuyo título era algo así como *El gaélico travieso de Nueva Escocia*. Oí tras de mí la campanita de la puerta cuando salía con mi compra a la intempestiva noche. El temporal había amainado y el frío de Groenlandia abrazaba con ímpetu la isla. Decidí cenar en Los Mineros del Carbón. Algo me darían a esas horas. Necesitaba ver caras conocidas, aunque luego me arrepintiera.

Encontré el café desconocido. Abarrotado de bebedores de cerveza y whisky, apostados en la barra, en lo que parecía un inocente bar restaurante durante el día. Todo el mundo fumaba. Vi a una rubia jovencita detrás de la barra sirviendo bebidas. Me pareció el lugar de encuentro de trabajadores sedientos al regreso de la mina mientras unos chalados comenzaban a cantar en una lengua desconocida. Tomé asiento en una mesa junto a la pared y vi al Ballena enfilarse hacia mí en cuanto me vio, sin el mandil, con la misma visera y una cazadora de piel sintética que le quedaba estrecha. Apenas cruzamos unas palabras. Me preparó, por ser yo, eso dijo, unos huevos revueltos. De postre me sirvió unos arándanos silvestres que él mismo recogía cerca de su casa. No desaproveché la ocasión para preguntarle si su simpático vecino disfrutaba de la compañía de alguna amiga especial. Antes de que contestara, me ofrecí a darle otra vuelta en el Ferrari.

—Pero mañana —añadí.

—No quiero que pienses que soy un aprovechado, guapa. Pero si insistes, puedo llevarte a las Highlands. Aquello es lo mejor del mundo. Vas a alucinar con las curvas, los acantilados...; y creo que, si no lo haces, con el pedazo de carro que traes, vas a arrepentirte durante toda la vida.

Le dije que no era una turista.

—Entonces... ¿qué mierda haces aquí? —me censuró, como echándome la bronca por no estar de vacaciones.

—He venido de visita.

Separó una de las sillas y se sentó frente a mí, sin preguntar. Ahora sí había despertado la curiosidad del Ballena. Debía preguntarle su nombre y dejar de llamarlo el Ballena.

—Vale...`—Suspiró—. Has venido desde Montreal para ver al borracho de mi vecino, una mujer como tú. Aquí hay gato encerrado.

Confieso que lo del gato me hizo sonreír y le respondí que así era. Pero, desgraciadamente, mi cuñado se encontraba ingresado en la UCI del hospital del pueblo.

—No es un pueblo, es una ciudad y un condado —me corrigió—. Y no me extraña; maldito *from away*, tu cuñado; anda más solo que la una de la tarde. ¿De una cogorza...?

—Problemas de salud, pero está mejor, gracias. Y no me has contestado... ¿Tiene mi cuñado una novia por aquí?

—¿Qué pasa..., la busca su parienta? Ya te lo dije, ¿es que no escuchas? Una india que trabaja en el bar de Jimmy. Esa mujer siempre anda merodeando; está loca, camina con patucos por todas partes.

Me explicó dónde estaba el bar de Jimmy haciendo un dibujo con la uña del meñique sobre el mantel de papel, y dijo que no era el lugar adecuado para que una dama se dejara ver.

—¿Tú crees...?

—Te acompaño —dijo, de pronto, con cara de pánfilo, como si la idea le hubiera iluminado la poca imaginación que debía de tener—. Si esperas una hora te llevo. Es difícil llegar, sobre todo de noche. Además, conozco a la india. Y le digo al viejo McCoy que nos invite a un whisky de los que él destila. Cuando vea tu Testarossa se caga en los pantalones. Venga, anima esa cara… ¿Es que tienes algo mejor esta noche que dar una vuelta en tu Ferrari a un tipo guapo como yo?

¿Qué iba a hacer yo en el bar de Jimmy? ¿Con qué argumento me iba a presentar delante de la amiga de Robert? Podría ofenderla. El Ballena, definitivamente, era un estúpido. Metí la mano en el bolsillo del abrigo y sentí la piedra. La prudencia debía guiar mi camino. Un bar de mujeres en medio del bosque, en aquella noche tan oscura y con ese tiempo, lejos del pueblo, hacia el interior de la isla, junto a Lake Ainslie, era lo menos prudente que podía hacer. Y otro lago no, por favor. Definitivamente, no iría. Me largué de allí y conduje hacia el hotel, a diez minutos del pueblo, por una estrecha carretera que bordea el mar y asciende por una suave colina. Mi hotel era una especie de *lodge* para veraneantes, compuesto por cabañas con vistas al mar, sobre la ladera de una verde estribación. Se oían las olas desde la cama. Y tumbada en la cama y acariciando a Dune reflexioné esa noche acerca de mis próximos movimientos: como llamar a Mike, de la biblioteca judía, y a Lola. Sobre todo, a Lola. Me moría por hablar con Lola.

Pero me conformé con la lectura adquirida en Curiosity Bookstore y leí hasta la madrugada. Había acertado con aquellos libros, pero me excitaban la imaginación y me robaban el sueño. La habitación era confortable y limpia e invitaba a la tranquilidad. A las tres de la madrugada me levanté, descorrí las cortinas y apareció la inmensa y oscura playa en una noche casi limpia, con la luna asomándose entre los nubarrones que se alejaban. Los mi'kmaq me habían desvelado. Era poderosa su presencia en aquel lugar. Almas agarradas a una tierra, asentadas en las provincias marítimas y la península de Gaspé, en Terranova y el noreste de Maine. Habían inventado el palo de hockey de madera de arce. El palo mi'kmaq es el más vendido en Canadá. Pensé en el tipo de palo que usaría el pequeño Jacob.

Los mi'kmaq eran buenos canoístas. Vivian de la pesca de arenques, bacalao y mariscos; recolectaban huevos de aves acuáticas y usaban arcos y flechas para cazar alces y caribúes. De los alces aprovechaban la piel, y los tendones y los huesos para fabricar herramientas. Obsequiaban con dientes y garras de oso. Con las púas de puercoespín fabricaban abalorios. En invierno almacenaban langostas en la tierra.

¿Se encontraría Robert bajo la influencia de la *guidoune* india?

Durante setenta y cinco años los mi'kmaq mantuvieron feroces guerras contra los británicos hasta firmar la paz, en un largo proceso de continuas batallas. Me alegró saberlo; no solo los españoles éramos los malos del descubrimiento. Los mi'kmaq habían sido un pueblo guerrero y valiente, y su antigua forma de vida, exterminada. El alcoholismo los arrojaba a la marginación y el desánimo. Pero su presencia en Nueva Escocia era fuerte, aun siendo una minoría, con trabajos mal pagados y alta criminalidad. Forman un subproletariado en las ciudades y se mezclan con los blancos.

Me quedé dormida con las pictografías de los mi'kmaq en la cabeza. Un sistema de escritura jeroglífica inventado por ellos. Ideogramas mnemotécnicos, logogramas cincelados sobre finas pieles curtidas, en la superficie de los árboles y en mi tejido nervioso. Y era en mi corteza cerebral, formada por un *totum revolutum* de neuronas agitadas, donde la percepción, la imaginación, el pensamiento y el juicio se confabularon esa noche para dar paso a un tormentoso sueño que me despertó a las once de la mañana del día siguiente.

Solo recordaba que en el sueño Bonnard me envolvía en la piel de un oso, pintada con signos extraños. Yo navegaba a la deriva, apresada en esa piel y tumbada sobre el casco. Las aguas turbulentas del río me zarandeaban. Veía a Bonnard desde lo más profundo de la canoa sentado en la orilla al calor de una hoguera. Se calentaba las manos en el fuego. Y yo no podía deshacerme de esa piel, que me ataba a su olor y a su fiereza. Quería tirarme al agua, nadar hacia Bonnard, pero desperté y vi a Dune jugando por el suelo con mi esponja de maquillaje. En cuanto me oyó, dio un salto silencioso sobre sus tiernas almohadillas y subió a la cama para frotarse contra mi hombro. Enseguida ronroneó para mí.

Creo que los gestos amorosos de la gata proclamaron el buen inicio de ese día. Y así se confirmó cuando llegué sobre las doce del mediodía al hospital. Robert había salido de la UCI. Al abrir la puerta de su habitación me sorprendió encontrar a la mujer que, por un momento, pensé en ir a visitar la noche anterior.

Di gracias por no haberlo hecho.

34

Nora Joe

La vi sentada en una silla, junto a la cama de Robert. En cuanto percibió que se abría la puerta se levantó como un rayo y se tapó la cabeza con una especie de chal de colores que llevaba sobre los hombros, acurrucándose en la esquina de un sofá, al fondo de la habitación. No pude verle la cara. Pero era alta, de tez morena, con el pelo muy largo y oscuro. Parecía una mujer mayor, de la edad de Robert.

A él lo encontré despierto, con la vía en el dorso de la mano y buen semblante para lo que le había sucedido. Su cara me pareció amigable. Me dijo que acabara de entrar de una vez y me sentara a su lado. Y así lo hice. Como si al avanzar por el enlosado se extinguiera la tormenta entre nosotros.

Me había presentado con las manos vacías, y lamenté mi falta de delicadeza, porque vi un trenzado de hierbas sobre la mesilla dentro de un círculo formado por garras de animal, atadas entre sí por un cordel. Posiblemente zarpas de oso. El oso de mi sueño, pensé, con el que me había envuelto Bonnard para arrojarme a las tripas de una canoa. O el oso al que había disparado la madre de Alexander.

—Forma parte de mi curación —señaló Robert, respecto a las hierbas—. Las ha traído Nora Joe.

Fue todo lo que dijo para presentarme a su visita.

—Ah... —dije—, bonito detalle. Ya ves, soy una desconsiderada. Yo no... No te traigo más que malas noticias.

—Cierto. Eres un pájaro de mal agüero, cuñada. Pero antes de irte quiero que me cuentes todo lo que sabes de mi hijo.

Aquel «cuñada» fue un rayo de esperanza. Me senté en la silla, caliente por el cuerpo de Nora Joe, y comencé en el punto en que Bonnard había llegado a mi casa para darme la noticia de la muerte de Jacob Lambert. No omití ningún hecho hasta hallarme ante el cuerpo de Nathan. Le revelé la falsedad de la historia clínica que le había entregado al inspector, ocultándole la verdadera identidad del cadáver que me había mostrado.

Robert me interrumpió.

—¿Por qué lo has hecho?

Le aseguré que desconocía el loco impulso que me había guiado para proteger a mi paciente, el hombre que había irrumpido en mi vida y en mi consulta para hablarme de Jacqueline Brenner.

—Pero Jacob Lambert existe. Es mi nieto —dijo—. La policía puede haberse presentado en el colegio del niño…

—O quizá no —repuse—. Si yo fui capaz de localizar al pequeño y desechar la pista, quizá ellos no profundicen en ella.

—Subestimas el olfato de un indio.

Para rebajar la tensión que parecía aumentar en él, le hablé de la gata que había encontrado en su casa de Montreal y que ahora se hallaba en mi hotel. Asegurándole que había nacido entre ambas una bonita relación.

La cara de Robert fue de perplejidad por mi arrojo cuando a continuación le detallé mi aventura en su casa de Lachine. Cómo fui capaz de entrar por una ventana hasta ver lo que Nathan fabricaba en la mesa del garaje. Allí estaba la prueba de la relación de su hijo con las cartas bomba que recibieron Alexander y Raymond. No abrió la boca cuando le expuse que había encontrado el manifiesto de Unabomber subrayado por Nathan, y le expliqué mi teoría respecto a la confraternización ideológica y sentimental de su hijo con el terrorista Theodore Kaczynski, quizá ante la necesidad de reivindicar y vengar a su propia madre de las drogas que le habían suministrado en Harvard, creyéndose, como Unabomber, un justiciero.

—¿Cuántas cartas de ese tipo habría enviado Nathan, a quiénes y durante cuánto tiempo?

Dejé en el aire la pregunta. Robert negó con todo su cuerpo. Se contuvo. Estaba postrado en la cama como quien escucha las notas de su propio réquiem. Intentó incorporarse y le doblé la almohada bajo la cabeza. Me acerqué más a él y susurré:

—Robert, debes ser tú quien decida lo que hay que hacer a partir de ahora. Lamento pasarte la responsabilidad de mis actos porque he sido yo la que ha mentido a Bonnard. Estoy dispuesta a hacer lo que tú digas. Puedo llamarlo ahora mismo y contarle toda la verdad. O volver a tu casa de Lachine para deshacerme de lo que hay sobre la mesa del garaje. Tú decides.

Nora Joe seguía con la cabeza bajo su chal. No se le oía ni la respiración. «Necesito recapacitar», contestó. Y cerró los ojos para hallar dentro de él una respuesta.

Entonces, algo misterioso ocurrió en la habitación. Robert sacó la mano izquierda de debajo de la sábana. Vi sus dedos vendados y me buscó con ella. Yo se la tomé y así estuvimos un rato, en silencio. Él le dijo algo a Nora Joe en una lengua indígena. Ella comenzó a cantar suavemente, bajo su chal. Era un canto, un lamento; vibrante, poderoso. Su voz sonaba cálida y fina. Luego subió de tono y se hizo más alegre. Parecía una llamada, una búsqueda, un consuelo. Robert y yo rastreábamos en el aire el beneficio de aquel sonido.

A los pocos minutos Robert habló.

—Nora Joe sabe encontrar respuestas. Y tú has venido a buscar las tuyas.

Eso fue lo que dijo, sin despegar de la cama un solo miembro de su cuerpo. La influencia de Nora Joe sobre Robert era mayor de lo que suponía.

Entró una enfermera con vendas e instrumentos de cura en una bandeja. Me invitó a salir. Pero solo a mí. Como si Nora Joe fuera transparente. Más tarde, regresé a la habitación. Robert estaba incorporado y el respaldo de la cama elevado. Nora Joe seguía en el sofá y se cubrió con el chal en cuanto me vio.

—Entra —me dijo—. Te voy a contar una sucia historia para que comprendas cómo Alexander fue un peón en manos de todos, primero de Raymond Lewinsky y luego de Rebeka Winter y su hermano. Pero no fue ningún idiota, porque supo jugar la partida y hacerse rico con ella.

»A finales de 1945 el hipócrita de Raymond fue reclutado para acompañar a Alemania a un importante psiquiatra norteamericano de la CIA. A este sujeto lo llamaremos Personaje B. Aquel viaje los hizo fuertes y poderosos. Los dos cruzaron el Atlántico hasta Baviera, para interrogar al auténtico Rudolf Hess. ¿El motivo?: valorar su estado psicológico, realizarle pruebas que despejaran cualquier duda sobre su identidad y pudiera ser juzgado en los procesos de Núremberg.

Esos juicios volvían a aparecer.

—Raymond, por entonces, tenía hacia los alemanes un odio solo comparable al que le producían los comunistas.

Luego dijo que el Personaje B escribía estudios sobre la cultura alemana para el gobierno estadounidense, en los que también intervenía Raymond; cómo no. Teorías absurdas sobre los ciudadanos alemanes como tendentes genéticamente a convertirse en una amenaza para la paz mundial. Me explicó que ese viaje a Alemania y las controversias que generaron los procesos de Núremberg contribuyeron a que el Personaje B y Raymond confraternizaran en su odio hacia la raza aria y, por supuesto, hacia la URSS, iniciando lo que sería después una colaboración muy fructífera. Recibieron de la CIA durante años una fortuna para sus investigaciones, que partían de estupideces como considerar a los alemanes propensos a cometer atrocidades, debido a su pasado histórico, su biología, su genética, su raza y cultura; es decir, a una psique congénita.

—Raymond y el Personaje B interrogaron al preso Rudolf Hess y le hicieron un examen físico en la cárcel de Núremberg; Estados Unidos formaba parte de la acusación y realizaba sus propias valoraciones psiquiátricas a los responsables que iban a ser enjuiciados.

Me aseguró Robert que Hess tendría una cicatriz en la zona del pulmón izquierdo, herencia de una herida de la Primera Guerra Mundial. Raymond y el Personaje B exploraron a Hess en la cárcel durante horas, pero no pudieron verle la cicatriz en el pecho. A su regreso de Alemania este dúo se hizo temible: habían elaborado el informe psiquiátrico para Estados Unidos del ministro alemán que se había lanzado en paracaídas sobre un prado escocés, enviado por Hitler a Inglaterra en un bimotor, probablemente para negociar la paz con los británicos. El informe decía que Hess no estaba loco desde un punto de vista clínico, aunque el verdadero dictamen no lo conoceremos nunca. Hess fue el último superviviente de los criminales del Eje europeo condenados a muerte por el Tribunal Militar Internacional de Núremberg, en 1946. Acabó suicidándose en la prisión de Spandau, en el 87.

—Así fue como Raymond conoció al maldito Rudolf Hess —dijo Robert con odio—. El loco de Raymond una noche, con dos cervezas de más en un pub de Montreal, delante de un grupo de amigos, se vanaglorió de haber interrogado al jefe del Partido Nazi, ministro de Estado y secretario de Hitler. Dijo de él que era un hombre insignificante, ojeroso y pálido igual que un fantasma, como si nunca hubiera provocado todo el mal que había hecho.

»Raymond y el Personaje B eran uña y carne, y metieron a mi hermano en sus conjuras. Este dúo realizaba informes secretos para controlar a la gente, con títulos del tipo: *Cómo crear histeria de masas entre la población civil alemana.* El Personaje B escribió un documento proponiendo que todo alemán mayor de doce años recibiera un tratamiento a base de electroshocks para eliminar de su mente cualquier vestigio de nazismo. El artículo está en archivos desclasificados de la CIA. Tú misma puedes comprobarlo.

Le pregunté a Robert qué tenían que ver las ideas germanófobas de Raymond. Pensé que se desviaba de lo sustancial.

—Mucho; lo tiene que ver todo —contestó—. Es importante que conozcas las opiniones, respecto a los alemanes, de Raymond, y también de Fanny. Porque calaron en mi hermano. He comenzado por el principio. Así entenderás lo que sucedió en la vida de tu marido años después. Esto es el aperitivo, querida.

»Todos los horrores —añadió— que hayas podido imaginar, como médico que eres, son pocos para lo que hicieron el Personaje B y Raymond a ciertos ciudadanos. A los fanáticos de la CIA se les había metido en la cabeza la estúpida idea de escribir manuales de tortura para usar contra los adversarios políticos de Occidente, y controlar la mente humana con los métodos que fueran necesarios. La psiquiatría al servicio del Estado. Me tienes que creer, aquello fue el comienzo del horror en la vida de mi hermano. Porque Raymond es y era, en alma y en convencimiento, tan inhumano como sus jefes de la CIA.

—¿Qué tiene que ver todo esto con Nathan? —volví a preguntarle—. ¿Con Jacqueline? ¿Con lo que le hicieron en Harvard? ¿Con la muerte de mi marido, de tu hijo…?

—Déjame continuar, por Dios. No entiendo cómo eres tan impaciente. Al principio, Alexander era el ayudante de Raymond, y joven y ambicioso. Se encargaba de estudiar ciertos tratamientos que se aplicaban en un lugar secreto sobre cierto tipo de gente. Hombres, la mayoría. Debían ser sometidos a una desprogramación. Alexander se convirtió en un auténtico experto en tortura clínica. Y te voy a ahorrar los detalles de las tareas de mi hermano bajo la supervisión y mandato de Raymond. Pero te digo que lo obedecía ciegamente, como si se tratase de un Dios justiciero que había bajado a la tierra para impartir penitencias.

Se detuvo. Comenzó a toser ligeramente. Me pidió un sorbo de agua y continuó.

—Nadie sabe cuánto dinero pudieron ganar durante los años que duró toda esa mierda que hacían. —Y volvió a toser—. Mi hermano estaba convencido de que obraban en nombre de la ciencia para proteger a la humanidad. Hasta que las evidencias comenzaron a destruir sus ridículas convicciones.

Entonces pensé: «¿Quién no aprovecharía la oportunidad para redimir a su único hermano?».

Robert seguía tosiendo y llamé a una enfermera. Nora Joe comenzó otra vez a cantar y Robert me pidió que volviera por la tarde. La enfermera me echó de la habitación para colocarle una mascarilla de oxígeno, como si estuviese sorda y no oyera a la india recitar su cántico cubierta con el chal, que igual la hacía invisible para ella. O solo era yo quien oía ese sonido que obraba de bálsamo y oración para el alma atormentada de Robert.

35

Una pulsera de plumas

Parecía que mi cuñado estaba dispuesto a reconciliarse conmigo, a no verme como enemiga. Aun así, no me fiaba de él, porque era de los hombres dispuestos a darte otra fea sorpresa en cualquier momento.

Mientras caminaba para llegar al coche, tras salir del hospital, el frío me cortaba el aliento cuando sorteaba los vehículos del aparcamiento para entrar en el Ferrari. Conduje hasta el centro del pueblo de forma temeraria y violenta, consciente de mi conducta arrebatada por los últimos acontecimientos y las declaraciones de Robert. Necesitaba algo fuerte y el Ferrari no me defraudó. Di una vuelta entre las calles acelerando y decidí bajar hasta el puerto. Luego, anduve un rato por los pantalanes, entre el frío atardecer y el regreso de los pesqueros serenando mi espíritu en el ambiente marino. Decidí llamar a Mike para interesarme por lo que había descubierto sobre Otto Winter y sus películas. Lamentablemente oí a otra persona al auricular de la Biblioteca Judía de Montreal. Mike disfrutaba de su día libre; le dejarían el recado. Colgué contrariada y regresé al hospital.

No encontré a Nora Joe en la habitación. Robert estaba solo y dormido. Me quedé de pie, observándolo, a los pies de su cama. Por la ventana se veía el cielo gris y revuelto del anochecer.

—Me alegra que estés aquí —dijo, de pronto—. En el cajón de la mesilla hay algo para ti envuelto en una servilleta.

Era una pulsera. Un cordón trenzado de cuero con plumitas rojas alrededor. Usada. Dijo que era un regalo para mí, de parte de Nora Joe, y quería que lo aceptara con el corazón abierto. Así que me la puse con el corazón abierto.

Pensé que no me vendría mal la pulsera. Era bonito que una desconocida te intentara proteger con su amuleto. Robert y Nora Joe cada vez me sorprendían más. Estaba segura de que eran pareja.

Pero nada más ponerme la pulsera tuve un presentimiento. Una sensación de peligro me invadió.

—¡Me va a suceder algo malo, ¿verdad?! —exclamé—. Ella ha visto mi muerte, por eso quiere que la tenga. Y que abra el corazón.

Aquello era una locura, pero no me pareció un regalo inocente. Robert dijo que no pensara en tonterías y me tranquilizara. Nadie iba a morir. Y menos yo, con mi edad y salud. Me senté en una esquina de su cama y le pedí disculpas. Era una pulsera realmente bonita, pero un presagio había golpeado a mi conciencia. Quizá estaba experimentando la misma revelación que impulsó a Nora Joe a regalármela. Robert cortó mis malas sensaciones cuando dijo que un oficial de Inverness de la Montada, llamado Mahler, había estado en el hospital tomándole declaración por lo de la mano.

—Me hizo unas cuantas preguntas, para cumplir. Es medio indio, un buen tipo. Hay mucho métis policía por aquí. Mahler conoció a tu inspector cuando este vino a Inverness a merodear y a preguntar por mí a todo el mundo. Pero Mahler no va a informar a la Sûreté por el tajo de los dedos.

Luego dijo que estaba pensando en hablar con Bonnard y contarle la verdad.

—Y si no lo he llamado todavía es porque no me pareces una mala persona. Pero voy a tenerte que dejar con el culo al aire, cuñada. Solo quiero recuperar el cuerpo de mi hijo, y me importa una mierda lo que haya en el garaje de mi casa.

»Yo no soy como vosotros —me reprochó—. No sé quién narices eres, Laura Cohen. No te conozco, no quiero conocerte ni tomarte cariño, solo deseo que me escuches y te marches de aquí. Haz lo que te dé la gana cuando sepas lo que te voy a contar, pero no me molestes más. Has venido a sonsacarme, a buscar información. Solo te importa proteger al infame de mi hermano y su nombre. Y cuando has descubierto que tú no has sido la protagonista absoluta en la vida de Alexander, has levantado este revuelo: has violado tu código ético, has mentido a la policía delante del cuerpo de mi hijo, has registrado mi casa de Montreal y has venido hasta mí sin importarte mis sentimientos para revolver y hurgar en el pasado de mi familia. ¿Y sabes por qué?: por celos.

Al intentar proseguir comenzó a toser. Esperó unos segundos y continuó:

»Una pregunta. Si no hubieras descubierto la existencia de Rebeka Winter, ¿estarías aquí? Sé que estás furiosa por todo lo que te has enterado, sé que ningún inspector lo puede investigar por ti. Has sido la mensajera de la peor noticia que se le puede dar a un ser humano, solo por saber quién es Rebeka Winter. Y lo has disfrazado con toda esta mierda de proteger a mi hijo y las miserias que te ha contado. Acepto que Nathan fuera un desequilibrado, y hasta puedo comprender lo de esa basura de las cartas bomba. Pero no era un asesino. ¡No mató a mi hermano, joder! ¡Eso, jamás! ¡Quítatelo de la cabeza! Te voy a decir lo que sé de Rebeka y después te vas por donde has venido.

»Esta mañana te he adelantado algo. Y aunque no lo creas, soy un hombre que sabe escuchar. Llevas mi apellido, te honro por ello, y respeto que seas la viuda de mi hermano. Yo nunca dejé de ser un buen judío, por mucho que me insulte el diablo de Raymond. Y lo siento por ti, pero si quieres la verdad, has de saber que mi hermano amó como un animal salvaje a Rebeka Winter hasta el punto de perder lo que le quedaba de su alma por esa mujer, a la que quisimos todos en mi familia como un miembro más. Pero estaba enferma. Enferma de odio, tras su aparente equilibrio y madurez. Es difícil entender lo que pasaba entonces; ahora vivimos en otro mundo; y que ella desapareciera fue lo mejor para todos, menos para mi mujer, porque Rebeka era imprescindible para ella. Y nos manipuló, como manipuló a Jacqueline y a mi hermano. Todos en mi familia tratamos de hacerle olvidar lo que sufrió en Auschwitz. Nos volcamos con Rebeka. Ella se dejó querer a su manera, por mi madre y por Alexander. Pero con una distancia sangrante. Era precavida y desconfiada con todo el mundo. Mi madre la acogió como a la hija que nunca tuvo. Le enseñó a cocinar kosher, a santificar las fiestas, a transmitirle lo que una madre ha de legar a sus hijas. Rebeka no se acordaba ni de la cara de la suya, y la mía deseó sustituirla y hacerle olvidar su tragedia. Pero fue imposible.

»La madre de los Winter había muerto de tuberculosis al poco tiempo de traer a Rebeka al mundo, trabajaba en un comercio textil, o eso nos dijo. El padre era mayorista de venta de madera, propietario de un aserradero en Drogóbich. En el año 41 los alemanes invadieron por segunda vez Drogóbich, establecieron el gueto y las leyes de persecución. En esa ciudad vivían diez mil judíos, casi todos empleados de una refinería. Al padre le confiscaron el aserradero y la casa y lo trasladaron al gueto con sus dos hijos. A un edificio abandonado, en ruinas, donde malvivieron hasta el día en que el padre fue tiroteado en plena calle, en el invierno del 42.

»Debes saber que el padre de los Winter el día de su asesinato había salido del gueto y se dirigía a casa de unos amigos a recoger unos documentos falsos para intentar salir del país con los niños. Pero nunca regresó. Todas las mañanas, en la plaza del mercado, amanecía sobre un patíbulo gente ahorcada. Pero el destino del padre fue otro. Lo liquidaron en plena calle. Los dos hermanos quedaron huérfanos y fueron protegidos por el *Judenrat** del gueto. A finales de marzo de ese año, Rebeka, con cuatro años, y su hermano, con ocho, fueron sacados del gueto por la *Schutzmannschaft*** y transportados como ganado en un convoy hacia el campo de exterminio de Bełżec, junto a dos mil

---

* Consejo judío establecido por los alemanes para el gobierno de los guetos.
** Policía local colaboracionista que prestaba sus servicios a los nazis en las zonas ocupadas por estos de la Unión Soviética y los Estados bálticos.

personas. A los pocos días, los Winter fueron trasladados a Auschwitz, a trescientos cincuenta kilómetros. En ese tren solo viajaban niños; había gemelos y mellizos, suponte para qué.

Le dije que descansara un poco. No había duda de su compromiso emocional con esa historia, de alta intensidad a pesar de los años que habían transcurrido.

—Toma un poco de agua, estás excitado.

—Quiero continuar. Yo intentaba mantenerme al margen de Rebeka; nunca me fie de ella, lo siento, porque detrás de esa chica se extendía la perturbada sombra de su hermano.

»Cuando Rebeka entró en mi familia, hacía unos años que había fallecido nuestro padre. Su muerte nos iba dividiendo a mi hermano y a mí. Y fue un duro golpe para mi querida madre. Yo le decía que no llorara, e intenté ser un buen hijo. Perder a un padre de cáncer en tres meses fue terrible. Mi hermano, como hijo mayor, llevaba el peso moral de la casa. Rebeka entonces no tendría más de diecisiete años. Estudiaba enfermería en el Hospital General Judío, con una beca. Vivía en una residencia para huérfanos del Comité de Acogida. Después de la Segunda Guerra Mundial, Montreal se había convertido en el hogar de una de las comunidades más grandes del mundo de supervivientes del Holocausto. Rebeka y su hermano, como miles de refugiados, entraron en Canadá desde Halifax, a través de la Jewish Immigrant Aid Services. Ya era novia de mi hermano la primera vez que él la trajo a casa. Me pareció una chica preciosa. Morena, con unos ojos que hablaban por ella. Resultaba imposible negarle nada a esa muchacha que me impresionaba. Yo era un adolescente. Ella solo me sacaba un año, pero disertaba como si fuera una vieja agotada por la vida.

»Te puedes imaginar la cara que se nos quedó a mi madre, a Alexander y a mí, sentados los cuatro a la mesa del comedor, al terminar una cena de *sabbat* de 1956, bajo la luz de las velas, tras el relato que nos había detallado Rebeka de su infancia. Yo no tenía más de dieciséis años y Alexander diecinueve. Creo que yo no estaba preparado para escuchar todo aquello, de lo cual voy a ahorrarte, querida cuñada, los sucesos más crueles a los que fue sometida esa niña durante dos años y nueve meses, en el bloque 10, el pabellón médico de Auschwitz. Aunque según ella, a veces, cuando se desmayaba, la ingresaban por unos días en el bloque 30, el hospital de mujeres, para recuperarse de lo que allí dentro se llamaba "la aportación de los judíos al Tercer Reich".

»Lo curioso es que aquella noche, mientras la cara de mi madre era de una tristeza infinita y el nerviosismo de mi hermano, desesperado, Rebeka no paraba de decir que no la trataron tan mal, que a veces se acordaba de *onkel* Mengele (así lo llamaban los niños) como un hombre cariñoso que siempre llevaba en el bolsillo de la bata un caramelo para ella, y su voz era cálida y daba confianza. Apenas se acordaba de nada verdaderamente malo, nos dijo. Siempre he pensado que la desmemoria sale en nuestra ayuda cuando más lo necesitamos. Pero Rebeka nunca podría concebir hijos. Le inyectaron sustancias en el útero y en los ovarios. En la pubertad no se le desarrollaron los pechos como a cualquier joven. Estaba plana como un hombre y carecía de menstruación. Su hermano fue esterilizado con rayos X y tardó años en recuperar la salud.

»Al final de la velada, Rebeka, con su habitual timidez y su media sonrisa, que nunca he podido olvidar, y esos ojos, todavía con hambre, nos dio las gracias y santificó aquel *sabbat* por estar viva, rezando junto a nosotros tres, por no haber acabado como los cientos de niños que pasaron por aquellos inmundos camastros: con una inyección de cloroformo en el corazón para ser después diseccionados en las sucias mesas de aquel pabellón. Y la escuché decir: "Tuve suerte, no fui vendida a la compañía Bayer para ser conejillo de los nuevos medicamentos que ensayaban con nosotros". A mí se me pusieron los pelos de punta y pensé que mi hermano se había equivocado de novia. Sé que ese pensamiento fue cruel, pero desde ese día intenté alejarme de Rebeka. Me daba miedo. Yo entonces era un mimado adolescente, y solo veía en ella la cara más fea del mundo. Y odié tener que escuchar, de una muchacha de diecisiete años, que la farmacéutica Bayer entonces formaba parte de la IG Farben que financiaba el nacionalsocialismo. Un consorcio de industrias alemanas que fabricaba Zyklon B,* un pesticida mortal para matar ratas con el que gasearon a millones de personas. Y que Bayer pagaba ciento setenta marcos por cada mujer que les llegaba en los trenes, aunque muchas morían en mitad de los experimentos. Mi hermano y yo teníamos el estómago revuelto y mi madre lloraba cuando Rebeka dejó de hablar como quien cuenta unas vacaciones fallidas.

»Nunca entendimos ni mi madre ni yo por qué Rebeka estudió enfermería. Jamás entró en mi dura cabeza. Yo, en su lugar, hubiera corrido lo más lejos posible de un hospital. Pero había un motivo. Un motivo sucio y oscuro que tú misma acabarás imaginándote, aunque yo no tenga ninguna prueba. Pero las habrá por alguna parte. Igual mi hijo descubrió lo que le ha llevado a la tumba.

»Rebeka pensaba que, al final, y después de todo, les había sonreído la suerte, tras ser liberados del campo de concentración por los rusos. "Tras lo que sufrimos —dijo ella—, acabamos prefiriendo a los soviéticos que a los nazis." Mi madre le sirvió otro vaso de agua y, de pronto, emocionada por esa joven adolescente, la dio un beso en la frente antes de volver a su silla, junto a mi hermano, que estaba tan blanco como la pared. Creo que Alexander no se esperaba aquel ataque de sinceridad de su novia cuando decidió presentárnosla. Rebeka dio unos sorbitos de agua como si la limpiara por dentro y siguió contándonos que la fortuna acudió a ellos cuando se los llevaron al Kloster Indersdorf: un monasterio agustino, en Baviera, acondicionado como orfana-

* El Zyklon B es un compuesto venenoso de ácido cianhídrico. En Alemania el Zyklon B fue fabricado por IG Farbenindustrie AG, un cártel alemán de empresas químicas e industriales, fundado el 25 de diciembre de 1925 por la fusión de las compañías BASF, Bayer, Hoechst (incluyendo Cassella y Chemische Fabrik Kalle), Agfa, Chemische Fabrik Griesheim-Elektron y Chemische Fabrik Vorm, entre otras. IG Farbenindustrie AG colaboró estrechamente con el régimen nazi empleando mano de obra esclava en condiciones infrahumanas en sus distintas compañías.

to internacional para los niños judíos de los campos de concentración, supervisado por el gobierno estadounidense.

»Recuerdo los negros y vibrantes ojos de Rebeka, cuando dijo: "Allí nos cuidaban. Nos atendieron con cariño. Nos ofrecieron su ayuda y el amor relativo en los tiempos de posguerra". Palabras bonitas de una joven pulverizada.

»Pero te preguntarás por qué los Winter acabaron en zona aliada, si Auschwitz se encontraba en territorio invadido por los alemanes, pero liberado por los soviéticos. Pues eso es un misterio que no nos contó. Ni tan siquiera a Jacqueline, que se lo preguntó alguna vez. Solo sabemos que los soldados rusos los trataron razonablemente bien. Efectuaron el recuento de los niños hallados en el campo y comprobaron su estado de salud. Y en plena nevada, los sacaron de allí, a más de diez grados bajo cero, en fila india, hacia camiones militares. Nunca entendió Rebeka cómo pudo sobrevivir al frío y a la humedad de la zona pantanosa de Katowice. Al día siguiente llegaron a Alemania. Fueron recibidos en un claustro nevado por unas buenas monjas cuyos rostros, tan blancos como la nieve que pisaban, lloraban de compasión.

»Parece mentira, después de tantos años, que sea capaz de acordarme de las palabras de aquella muchacha cuando ella recordaba en mi casa, con exactitud, que las monjas iban con enormes cofias, tan limpias…; y los abrigaron enseguida con suaves capas que llevaban en el brazo para ellos.

Yo me encontraba paralizada por el relato de Robert y me lo imaginaba de adolescente, apretando la mano de su madre por debajo de la mesa del comedor de Lachine, escuchando a una joven estudiante de enfermería como si se hubiera escapado de las páginas de una novela de terror. No sabía qué decirle a mi cuñado y dejaba que el pasado fluyera libremente por su memoria para convertirse en palabras. Se me había olvidado la mala premonición de la pulsera de Nora Joe. La miraba de vez en cuando y me calmaba la zozobra acariciando las plumillas. Era inhumano que hubiera historias así.

Robert me pidió un poco de agua. Le volví a preguntar si quería descansar un rato. Negó con la cabeza. Debía terminar de una vez por todas, así lo dijo: «De una vez por todas». Bebió un sorbo, le acomodé la almohada para incorporarlo más y continuó para contarme la peor parte de la historia.

36

Un pacífico apicultor

—La vida de Rebeka estará incompleta si no sabes quién era su hermano y a lo que se dedicaba. A principios del año 57 Alexander ya conocía a Otto Winter. Este tendría unos veintitantos años cuando mi hermano le presentó a Raymond Lewinsky en una reunión de amigos. Como ya te he contado, Raymond era un médico con oscuras y alargadas influencias, y mayor que todos ellos. Mi hermano en esa época ya era el más estrecho colaborador y discípulo de Raymond. Pero lo importante es que Raymond y Otto establecieron enseguida una amistad inquebrantable.

»Yo apenas mantenía contacto con ellos; eran mayores e iban a lo suyo. En mis primeros años de facultad me dedicaba a escuchar música, fumar canutos y leer filosofía política. Formaba parte de la Liga Comunista, aunque a Jacqueline lo que le iba era el rollo oriental y metafísico. Pero encontrábamos espacios comunes. Íbamos a manifestaciones, y a veces nos apaleaba la policía. Queríamos cambiar el mundo. Y yo hacía mi vida al margen de la de mi hermano y sus tinglados del hospital. No coincidíamos en nada. Intentaba mantenerme lejos de él y de sus amigos. Aunque a veces a Alexander le daban ataques de sinceridad y me contaba cosas que yo no necesitaba oír. Jacqueline me absorbía, me dedicaba a ella: a su salud y a sus problemas, y, cuando le dieron la beca de Harvard, yo pasaba largas temporadas en Boston. Todo lo que no nos contó Rebeka me lo contó Jacqueline, porque Alexander no abría la boca sobre su novia.

»El hermano de esa joven —Robert lo dijo con desprecio— estudió cine en la Escuela de las Artes de Montreal. Yo nunca vi ninguna de sus películas, aunque dicen que era un visionario, un artista raro y excéntrico que se rodeaba de gente más extraña todavía. Formó una asociación de jóvenes cineastas con intereses parecidos. Cuando salió de la residencia judía en la que vivía, se trasladó a un caserón en ruinas que rehabilitó en Le Village, en el que montó algo parecido a un estudio de cine. No sé con qué dinero lo pudo hacer, me imagino que con el de Raymond. Siempre iba con la videocámara a cuestas. Lo filmaba todo. Recuerdo que un día me dijo Jacqueline que el hermano de Rebeka era un auténtico depredador visual. Iba por la calle grabando a la gente, y en más de una ocasión tuvo problemas con la policía por varias denuncias. No tenía un dólar en el bolsillo, pero sí locos proyectos de películas más locas todavía. Puedo intuir cómo se las ingenió para hacer que Raymond financiara una productora de cine que se tragó cientos de miles de dólares.

—¿Quieres decir que eran socios?

—Otto odiaba a muerte a los alemanes, como es lógico, igual que Raymond. No le debió de costar ningún esfuerzo, dada su historia y la de su hermana, conquistar las simpatías de un anti-nazi virulento como era Raymond. También lo fue mi hermano, después de conocer a Rebeka. De esta forma, alrededor del año 59, inauguraron los tres una colaboración que duró más de una década (que yo sepa). Fundaron una productora con el nombre endiablado de Tetragrámaton. ¿Y qué hacían los tres juntos?, te preguntarás, dos brillantes e inteligentes psiquiatras, dueños de la ciudad, con un director de cine medio loco, víctima de un campo de exterminio.

En esta parte del discurso Robert guardó un silencio angustioso. Me dijo que pensara durante unos minutos qué se me ocurría. No fui capaz de encontrar una respuesta razonable. Respiró y tomó aire hasta llenarse los pulmones. Le pregunté si necesitaba descansar.

—¿Quieres que salga y te traiga una bebida?

Negó con la cabeza.

—Quiero hablar, quiero que sepas y quedarme tranquilo. Esto es complicado de entender hoy en día —continuó—, entonces las cosas eran distintas. —Eso ya lo había escuchado antes—. Otto, al principio de los años sesenta, filmaba cortos cuyos temas denuncia iban de los abusos cometidos en las guerras: crímenes contra la humanidad, masacres en bosques, devastaciones, matanzas, violaciones de los derechos humanos... Pero desde el mayor hiperrealismo que te puedas imaginar, cuñada; que, por cierto, lo llevó a discutir encarnizadamente con sus socios capitalistas, Raymond y mi hermano, que no acababan de estar de acuerdo con el punto de vista de Otto. Pero él era el artista, el autor, el creador; director y guionista, montador, escenógrafo, maquillador, peluquero; a veces también actor, y no admitía fácilmente las opiniones de sus socios. Solo te digo que ninguna sala de cine de Montreal exhibió jamás una película de Otto Winter, y mira que en aquella época Montreal era un nido de individuos contraculturales e insólitos. Te contaré un ejemplo de lo que podía rodar.

»Una tarde, Jacqueline había quedado con Rebeka en un café de la rue Émery, cerca del estudio de Otto. Jackie había venido de Boston para verme. Yo me encontraba en el hospital, recién operado de apendicitis, y ella tomó el tren del viernes para pasar conmigo el fin de semana en Montreal. Como Rebeka ese día estaba con su hermano en el estudio, las dos se citaron en el café Le Saint-Sulpice, a las siete de la tarde. Rebeka tardaba, Jackie se puso nerviosa. No se encontraba bien. Rebeka tenía que darle unas pastillas que sacaba del hospital para ella. Tranquilizantes y mierda de esa que necesitaba mi mujer, entonces estábamos solteros. Así que Jacqueline, impaciente y angustiada, pagó el café y se fue hacia el estudio de Otto.

»Ella nunca había estado allí, ni sabía el número de la calle. Pero no le fue difícil averiguarlo. Un viejo edificio de ladrillo rojizo, alargado, pintado de colores estridentes. El portal estaba abierto y subió al primer piso. Había un cartel en una de las puertas con el nombre de la productora. Así que llamó una vez y todas las que fueron necesarias hasta que la mirilla se abrió y se volvió a cerrar. Enseguida oyó la voz de Rebeka invitándola a que se largara de allí inmediatamente, que la esperara en el café. Jackie dijo que no, ni hablar. Llevaba esperando más de una hora. Rebeka le aclaró que era una hora lo que faltaba para la cita. Jacqueline, en su ansiedad por obtener las pastillas, se había presentado dos horas antes. Pero ya estaba hecho. Insistía. Comenzó a aporrear la puerta, a gritar, a suplicarle a Rebeka sus puñeteras pastillas: las necesitaba de verdad. Rebeka abrió y permaneció detrás de la puerta, como escondida, le extendió la mano con el paquete y dijo que se marchara. Jacqueline se quedó helada, porque en el ímpetu de su estado, empujó la puerta y se puso delante de su amiga, pasmada. Rebeka iba vestida de enfermera. Pero no era su uniforme del hospital. Era otro distinto. Llevaba una blusa y una falda de color gris, un delantal blanco por debajo de la rodilla y una cofia blanca sobre su bonito pelo negro. Jacqueline reconoció inmediatamente el uniforme, la insignia redonda con la cruz roja en el cuello de la blusa de enfermera nacionalsocialista. El mandil y los zapatos tenían salpicaduras de sangre. Jackie no podía explicarse aquello. Enseguida Rebeka se excusó diciendo que no era lo que parecía, que ayudaba a Otto en un rodaje. Porque Rebeka, a menudo, hacía de actriz para su hermano.

Esa visión me desconcertó como le tuvo que desconcertar a Jacqueline hace cuarenta años.

—Mi hermano nunca me hablaba de su participación en la productora de Otto, pero sé que discutía por ello con Rebeka; estuvieron a punto de separarse varias veces, aunque él era incapaz de pasar de ella y ella incapaz de pasar de Otto. La pareja tuvo crisis muy graves durante aquella época. Otto tenía sobre Rebeka una influencia enorme. Y esa asociación cinematográfica, que en un principio había comenzado como una aventura artística y de denuncia, acabó en algo más gordo. Otto, a mediados de los años sesenta, empezó a viajar. Continuamente se encontraba fuera de Montreal. Rebeka le contaba a Jacqueline que era para buscar localizaciones y asociaciones con otros cineastas. La verdad es que Otto recorrió toda Hispanoamérica en dos años y voló a Europa en tres ocasiones, que yo recuerde; dos de ellas a Viena. Parecía que esa productora iba viento en popa. Nunca nos enteramos realmente de lo que filmaban. Pero mi mujer y yo llegamos a la conclusión de que Otto colaboraba con Simon Wiesenthal. Solo tuvimos que atar cabos.

Me miró para escrutar si yo lo seguía.

—Sé quién es Simon Wiesenthal —dije—. Ahórrate explicaciones.

—Fueron años muy difíciles para los judíos supervivientes y sus familias. No había mes que no salieran en las noticias arrestos de nazis evadidos de la justicia al terminar la guerra, o fugados de cárceles o puestos en libertad por los jueces de los tribunales que fueron sucediéndose en Europa y en América. El 1 de junio del 62, Adolf Eichmann fue ajusticiado en Jerusalén. El juicio fue televisado. En Montreal, nuestra comunidad estaba hecha añicos. La detención en Argentina de Eichmann supuso una gran esperanza. Pero teníamos que soportar comentarios continuos y, a veces, hasta falsas denuncias de gente que decía haber visto a tal o cual asesino o colaboracionista, oculto en algún lugar del mundo. El hecho de que nadie descubriera el paradero de Mengele fue motivo de un gran sufrimiento para Rebeka, y para cientos de miles de personas. Ella estaba convencida de que tarde o temprano sería descubierto y detenido. Pero nunca ocurrió, que yo sepa, por lo menos públicamente.

»Y te digo una cosa, cuñada, y deja de mirarme con esa cara: estoy seguro de que Otto Winter formaba parte de una red de personas por todo el mundo que se dedicaba a localizar criminales de guerra, sobre todo a los que colaboraron con el régimen nazi y su método de exterminio. Rebeka le hablaba a mi mujer del trabajo de su hermano con un apelativo singular. Lo llamaba "las obsesiones de Otto" por conseguir la película perfecta, que elevara su arte al máximo realismo.

Las palabras de Robert eran amargas. Hablaba desde el corazón. Con ganas de sacar lo que había guardado durante toda la vida, supuse.

—Te contaré otro detalle. Una tarde, a finales del verano del 62 o 63, no me acuerdo bien, Otto se presentó con una fiebre muy alta en el hospital de Rebeka. Llevaba un tobillo hinchado y cojeaba. Ella trabajaba entonces en el Hospital General Judío. A Otto le había picado una abeja y tenía alergia a las abejas. Rebeka le inyectó un antihistamínico en la sala de curas y su hermano le contó, mientras se recuperaba, lo que le había sucedido. Venía de una granja de Ormstown, un municipio del Valle del Alto San Lorenzo, a una hora en coche de Montreal. Le dijo a su hermana que llevaba meses tras un hombre que vivía en una granja de una zona rural del valle de Chateauguay, bajo la apariencia de un pacífico apicultor. Otto había estado filmando al criador de abejas durante todo el día, y acababa de conseguir el mayor descubrimiento de su vida. Algo realmente importante, grande, inmenso. Estaba excitado y eufórico. Tenía la prueba definitiva, y llevaba el material en el coche.

»Otto había descubierto a Vladimir Katriuk en la plácida figura de un granjero, y lo filmó en el campo, entre colmenas y espliegos.

»Katriuk fue miembro de un *Schutzmannschaft*, del Batallón Ucraniano 118, bajo el control de las Waffen-SS. Su unidad había cometido atrocidades, incluyendo la muerte de miles de judíos bielorrusos, entre los años 41 y 44. Y, sobre todo, había sido el responsable de la masacre de Katyn. El 22 de marzo de 1943, toda la población de Katyn fue asesinada por el Batallón 118. Recuerdo que Jacqueline participaba de la excitación de Rebeka cuando me contó la historia mientras se liaba un cigarrillo de marihuana, tras salir de la ducha.

»Sabíamos que Otto tenía en su poder una lista de criminales refugiados en Canadá. Jackie le preguntó a Rebeka si Otto se dedicaba a cazar nazis. Rebeka le dijo que no, "¿estás en tu sano juicio? ¡Qué idea tan absurda!". Según ella, a su hermano le había dado el soplo un amigo para que filmara al apicultor; eso era todo.

»En este contexto, una noche de septiembre de 1964, sucedió algo muy extraño. Recuerdo el año porque acababa de nacer nuestro hijo, tendría unos meses. Las cosas ya nos iban fatal a Jackie y a mí y nos habíamos trasladado a Quebec. Pensé que el nacimiento del niño y alejarla de Montreal le ayudarían a centrarse. Yo me encontraba perdido, como lo he estado en toda mi puñetera vida. Intentaba hacer lo que podía por ella y por mí, y después por Nathan.

—Tranquilo, Robert. Me imagino...

—Creí que Jackie y yo teníamos otra oportunidad: comenzar de nuevo con el niño. Nuestra madre había fallecido, y Alexander y yo habíamos llegado a un acuerdo económico en el reparto de la herencia. Yo me quedé con la casa de Montreal y él con la del lago.

—¿En qué fecha fue eso? —le pregunté.

—Nuestra madre murió a principios del año 63, y él arregló la herencia muy rápido. En verano ya estaba todo repartido. Y ahora te cuento el extraño y último episodio de la panda de mi hermano. Jackie y yo habíamos bajado a Montreal para visitar a su madre. Alison quería ver al bebé, Jackie la había echado a patadas del hospital de Quebec cuando nació Nathan. A mi mujer se le había endiablado el carácter durante el embarazo; no podía meterse nada; limpieza total, decía, y la tomó con la pobre mujer. Jackie tenía remordimientos por la forma en que la había tratado, y aunque ellas dos se llevaban de pena, era su madre y una mujer razonable. Dejamos a Nathan con Alison la noche del sábado y salimos al centro, a divertirnos un rato por Montreal.

»Nos subimos a un autobús y recorrimos la ciudad como turistas. La echábamos de menos. Nos bajamos en Le Village y comenzamos a caminar. Estábamos contentos. Había una banda de jazz en la place Émilie-Gamelin. Allí estuvimos como una hora, bailando agarrados como una pareja que se acaba de conocer, hasta las once de la noche, más o menos. Luego fuimos dando un paseo por la rue Saint-Denis hasta que de pronto Jacqueline llamó mi atención y dijo que en el edificio de la esquina se encontraba el estudio de Otto Winter.

»La rue Émery es estrecha y corta. De edificios muy viejos, de ladrillo rojizo con ruinosas escaleras de incendios. Era una noche cálida y no había nadie por la calle. El café Saint-Sulpice estaba abierto. Salía música del interior y entramos a por un trago. Al rato salimos y Jacqueline sacó un cigarrillo de marihuana y nos sentamos a la vuelta por la calle, en los peldaños de una escalera de incendios, en un callejón. Dimos unas cuantas caladas de aquel cigarro. No debería haberlo hecho. Nunca debería haber fumado esa porquería con mi mujer. Nos colocamos un poco y empezamos a reírnos como idiotas. Recuerdo su cara de intriga, sus ojos claros y fumados, cuando volvió a rememorar el día en que vio a su amiga con aquel traje de enfermera de las SS, en la primera planta del edificio que teníamos enfrente. Parecía una vieja fábrica ocupada por artistas callejeros.

»Mientras Jackie me contaba a la luz de la farola lo que sintió cuando vio a su amiga disfrazada de esa manera, apareció por la rue Émery una camioneta de color oscuro. Tenía el nombre Tetragrámaton rotulado. Se paró frente al portal del estudio de Otto. Miramos hacia la primera planta. Las ventanas estaban cegadas por una tela negra. Era imposible saber si había luz en su interior. Entonces el portal se abrió. Nuestra posición escorada, a la entrada del callejón desde la que veíamos la camioneta, era el mejor escondite para observar lo que ocurría. Te preguntarás quién era el conductor cuando bajó de la camioneta. Nada más y nada menos que mi propio hermano. Tuvo que haber salido del hospital, porque llevaba la bata y los zuecos, como si no hubiera podido cambiarse. Pero en vez de entrar en el portal, Alexander abrió la parte trasera de la camioneta. A continuación, vimos salir del edificio a Otto, a Rebeka, a Fanny Lévesque y a una mujer joven. Para nuestro desconcierto, todos llevaban bolsas y cajas de cartón que fueron metiendo en el vehículo con cierta premura. Distinguimos focos de estudio, proyectores, una camilla. Contamos unos diez bultos. Parecía material de cine y atrezo. Pero ¿qué narices hacían ahí un médico y dos enfermeras?

»Cuando terminaron de meter todo en la camioneta, mi hermano la cerró con llave y entraron los cuatro en el edificio. Al cabo de unos quince minutos nosotros íbamos ya por el segundo porro de maría, y entonces salieron mi hermano y los otros tres, pero esta vez acompañados de Raymond.

—¿Quién era la tercera mujer?

—No lo sé, nunca la había visto hasta entonces. Era delgada, pelo castaño. Pero he vuelto a encontrarme con ella, treinta y siete años después, en el entierro de mi hermano. Estaba a tu lado, y cuando terminó la ceremonia se marchó con los Lewinsky. Estaba igual, pero más vieja.

—¿Cómo puedes estar seguro de que era la misma mujer? Han pasado décadas, y solo la viste una vez, en la oscuridad, a distancia, y bajo los efectos de la marihuana.

—Sé que era ella. Cuando esa mujer subió a la camioneta vi su rostro con claridad. Esa zona estaba iluminada. Tenía pinta de ortodoxa jasídica, ¿vale? Yo te cuento lo que vi y tú piensa lo que te dé la gana.

Ortodoxa jasídica, nunca había pensado en Marie de esa forma. Jamás la había visto acudir a la sinagoga ni vivir según las reglas del judaísmo ortodoxo, aunque vistiera según sus preceptos. ¿Cuántas cosas más desconocía de esa mujer? Podía creer a Robert o no. ¿Cómo sostenerle lo contrario si yo misma comenzaba a sospechar de Marie? Le pregunté si había estado alguna vez en la casa de su hermano de la avenida Arlington. Contestó que no.

—La mujer del cementerio es Marie Jelen, mi asistenta —le confesé—. La mujer que ha tenido tu hermano en casa durante diecinueve años. Y antes de servirle a él sirvió a los padres de Raymond Lewinsky. Trabajó para ellos durante treinta y un años.

—No está mal... Solo te digo que a Jackie y a mí, esa noche, nos pareció que estaban de mudanza, los seis, en plena madrugada, sacando cosas a escondidas. Y hubo algo muy extraño. Otto y mi hermano fueron los últimos en salir del edificio y lo hicieron acarreando entre ambos un baúl que pesaba lo suyo. Lo subieron con dificultad entre los tres hombres a la camioneta. Fue lo último que sacaron. Las mujeres ya estaban dentro cuando los tres subieron y mi hermano arrancó. Cuánto hubiera dado por un coche en aquel instante… Los habríamos seguido sin pensarlo dos veces. Pero solo pudimos salir del callejón para ver cómo se alejaban. Jackie me dijo entonces que sospechaba que mi hermano y Raymond estaba metidos en un asunto muy turbio con los Winter.

—¿Nunca hablaste de esto con Alexander?

—¡Claro que lo hice! Pero seis años más tarde, cuando desapareció Rebeka.

—¿Y qué te dijo?

—Nada. Se rio de mí. Como siempre.

—¿Qué ocurrió en esos seis años, Robert?

—De todo… Nosotros vivíamos en Quebec con nuestro niño. Ocurrieron cosas que no te interesan ni te voy a contar, pero te digo que la desaparición de Rebeka algo tuvo que ver con las películas de Tetragrámaton. Estoy convencido. Pero no tengo pruebas de las sospechas que te puedes imaginar nos rondaban a Jackie y a mí sobre esa empresa y lo que hacían…

—Me vas a volver loca… Pero ¿qué hacían? ¡Dímelo!

—¡No lo sé! ¡Lo que te he contado! —Se puso violento y subió la voz—. Ata cabos tú misma. Eres una mujer inteligente. Averígualo, como has averiguado lo que te has propuesto hasta hallarte aquí sentada, interrogando a un viejo que lo ha perdido todo. Y desde luego, no voy a acusar a mi hermano de buscador de nazis, por muy cretino y vil que haya podido ser. Porque no lo era, sencillamente. Tu marido vivió comprometido con la medicina, y no estaba para salir de caza; eso tenlo presente. Realmente desconozco qué mierda de mudanza hacía con Otto Winter y su panda aquella noche; no lo sé, te lo juro. Puedo imaginar las actividades de Otto; no hay que ser muy listo: cazar gente que torturaba Raymond con la colaboración de mi hermano. Porque Alexander era un débil y un gilipollas y no supo pararles los pies a Raymond y a los Winter. Vale, ya lo he dicho. ¡Lo siento por ti!

—¡No sientas nada!

—Raymond atrapó a Alexander en una empresa terrorífica. Mi hermano cometió el error de dejarse arrastrar por esa chica enferma de Rebeka Winter.

—¡No puedo creer algo así! Puedo admitir que Marie fuera la tercera mujer. Pero ¡acusar a Alexander de torturar a gente secuestrada…! Es ir muy lejos, Robert. Estás desvariando. Piensa en lo que dices.

—Me importa una mierda que no te lo creas. Cuando ella desapareció, él intentó suicidarse, ¿vale?, y mi Jackie perdió la poca estabilidad que conservaba y se derrumbó completamente. Daría los dedos que me he cortado por averiguar qué le ocurrió a Rebeka.

37

Los detalles del suceso

Robert acabó por explicarme todo lo que sabía sobre la desaparición de Rebeka, el 2 de febrero de 1970. Alexander la vio por última vez aquella mañana, cuando se despidió de ella para irse al hospital. Por aquel entonces, ambos compartían un pequeño apartamento en la rue Sherbrooke. Nadie la vio salir del edificio. Rebeka no llegó al trabajo ni a ninguna parte porque se había esfumado.

—¿Estás bien? —le pregunté, más serena, dispuesta a reconciliarme con lo que me había contado—. Siento todo esto y lamento que nos hayamos conocido en esta situación.

—Yo también.

Parecía sincero. Y yo necesitaba poner punto final a ese viaje.

—Antes de irme necesito tu opinión. Ya no sé qué más puedo pensar para explicarme el comportamiento de tu hermano el día que murió.

Y pasé a relatarle mi visita al almacén de los hermanos Miller. El encargo que había realizado Alexander y mis conversaciones con el albañil y el jardinero de la casa del lago.

—¿Para qué narices encargó cinco metros cúbicos de tierra? Pagado en metálico. ¿Y por qué no me dijo nada de la carta bomba que recibió en el hospital? Ahora sé que guardaba un silencio corrosivo sobre algo extraño, pero no puedo aceptar tu interpretación.

El corazón de mi cuñado se ablandaba, y me sonreía tristemente, como si ahora me considerara una mujer más débil de lo que en un principio creía.

—Es extraño cómo suceden las cosas en la vida —dijo—. Nunca sabes si conoces a una persona como crees que la conoces. Ni sabes si esa persona es como crees que es. Y esto va por mi hermano. Pensaré en esa tierra. La tierra sirve para enterrar. Busca en la casa del lago. Alguna respuesta hallarás.

Buscaría, sí, tenía que buscar...

—Marie es muy aficionada a la fotografía —le dije—. Al igual que Otto, siempre va con su cámara encima.

Me clavó su mirada de viejo zorro.

—Dios santo..., Laura. Ten mucho cuidado. —Y a continuación añadió—: Esta mañana he llamado al inspector Bonnard. En una hora ese métis estará por aquí. Voy a decirle quién es el muchacho del depósito de cadáveres. Y, probablemente, todo lo que quiera saber.

—Estás en tu derecho.

—He de darle un entierro digno a mi hijo. Y contar la verdad.

—Pero entrarán en tu casa de Lachine, verán lo que hacía Nathan, los artefactos explosivos... Lo culparán. Recaerá sobre tu hijo el asesinato de tu hermano, ¿lo entiendes?

—Vale, lo entiendo. Si mató a su tío que pague por ello, aunque ya esté muerto. Pero ¿y si es inocente? No pienso acusarlo de nada hasta que la policía haga su trabajo.

—Dejemos el tema.

—Como digas.

—Tengo la gata de Nathan en el hotel. ¿Quieres que la deje en tu jardín? Es un buen animal, te hará compañía.

—No, no la quiero.

—Si cambias de opinión Dune estará en el 103 de la avenida Arlington. Se alegrará si algún día vienes a verla. ¿Sabes que eres todo lo que le queda en este país y la única persona en la que puede confiar? Cuídate la mano.

Abrí el bolso y deposité la llave de su casa en la mesilla. Así terminó nuestra conversación, que duró cuatro largos y tortuosos días.

IV
Un mundo sin perdón

38

Huida a Nunavik

Era de noche cuando salí del hospital de Inverness por última vez. Puse en marcha el Ferrari al abrigo del viento que curvaba los árboles. Abandoné el aparcamiento con nefastas sensaciones, según dejaba atrás el recinto hospitalario. Mi obstinación por adelantarme a Bonnard y continuar mi búsqueda había provocado una mutilación, y el coste para mi cuñado había sido enorme. Tras salir de la rotonda, iluminada por focos, me crucé con un Chevrolet Sedán. Iba solo. Bonnard se giró hacia mí según desaparecía mi Ferrari de su campo visual, sorprendido de verme. Por el espejo retrovisor vi las luces traseras de su vehículo virar enseguida en la rotonda para cambiar de sentido. Lo perdí de vista al entrar en la carretera en dirección al centro del pueblo, y supe que me seguía.

Aceleré en la recta y aparecieron unas luces en la lejanía. Frené y dejé que se me acercara. Era él. Mi ánimo daba un giro inesperado. Pensé en detenerme, acudir a su encuentro, contarle lo que sabía y sofocar el deseo con realidades. Pero no lo hice. Debía dejar que Robert le contara lo que quisiera contarle y yo no deseaba formar parte de ninguna confesión.

En unos segundos lo dejé atrás y lo perdí en el horizonte. Solo oscuridad. Callejeé entre avenidas frondosas por las afueras del pueblo. Perdí de vista una línea de casas coloniales y abandoné la población hacia el sur. Di un rodeo para tomar la carretera de la playa hasta llegar al hotel.

En recepción pagué la cuenta. Guardé mis cosas en la bolsa de viaje y recogí el comedero, las latas de Dune y salimos las dos pitando. Ella se alegró de entrar de nuevo en el Ferrari; no le gustaba la cabaña y menos que la encerrara allí. La dejé caer en el asiento y se acomodó como si fuera su lugar en el mundo. Lo que no sabía Dune era que el Ferrari tenía los días contados. Y a lo mejor nuestra relación también.

Me imaginaba al inspector desorientado por los caminos de aquella inhóspita región. Perdido entre las callejuelas del pueblo con un viento capaz de volver loco a cualquiera, regresando al hospital en su fracaso y en las ansias de encontrarme. Mi empeño por huir de él me excitaba desde que lo había conocido. Deseaba tener su cara entre mis manos y besarle y no parar en mucho tiempo. Pedirle que mantuviese los ojos abiertos para ahondar en el deseo que, con él pisándome los talones, me hubiera gustado entregarle. Sentir a Bonnard tan cerca había cortado de raíz mis pensamientos catastrofistas.

Él pronto sabría la verdad. Me pregunté cómo reaccionaría al conocer que le había mentido como lo había hecho. Pensé entonces que mi carrera había terminado. Creo que esto sucedió en el instante en que decidí manipular la historia clínica del supuesto Jacob. Y mientras conducía para salir de aquella isla, con el placer de ser perseguida por Bonnard, creí que mi profesión había perdido, definitivamente, todo su sentido y ambición.

Nunca vi tan clara mi necesidad de respirar otros aires y alejarme del hedor humano: crímenes, accidentes, torturas, suicidios, amputaciones, experimentos, películas extrañas, Holocausto y sufrimiento. Pegar un portazo a la puerta del mundo. Necesitaba elaborar una nueva estrategia de supervivencia. Dedicarme a otra cosa; a pescar con mosca, por ejemplo, como hizo mi padre cuando su vida se derrumbó como ahora se derrumbaba la mía. Quizá retornar al estado salvaje, como Unabomber, ¿por qué no?, pero pacíficamente, sin dañar a nadie.

Podría haber cambiado el rumbo de mi vida en aquel instante

y conducir hasta llegar a Ivujivik, la población más septentrional de la península del Labrador, en las tierras altas de Nunavik, rodeada de blancos acantilados sobre aguas torturadas por el frío. Allí viven los inuit. Sin enlaces a la red de carreteras. Por sus aguas se desliza la trucha arcoíris más bella del mundo. Las corrientes marinas desplazan los témpanos de hielo que atrapan a los animales en su mortal movimiento. Bonita metáfora para aplicármela yo.

Pero aún conservaba una pizca de cordura y presté atención a la carretera. Me angustiaba la idea de volver a Montreal, y debía pensar en la conversación que mantendría con Marie cuando me sentara frente a ella. Pero antes, seguiría la recomendación de Robert de buscar en la casa del lago una respuesta al comportamiento de Alexander el día de su muerte. Conduje casi toda la noche. Me detuve a repostar en una gasolinera veinticuatro horas. Al pagar en la caja me llamó la atención una cesta en el suelo con palos de hockey. Compré uno con originales dibujos de colores a lo largo de la caña, en cuya etiqueta ponía: *Mic-Mac hockey stick*. Un pequeño capricho por el que pagué cincuenta dólares. Y Dune y yo descansamos un par de horas al abrigo de la marquesina en el aparcamiento de la gasolinera.

Llegamos a la casa del lago a las dos y media de la tarde. No entré por el camino habitual que sale de la carretera. Dos kilómetros antes hay una desviación hacia una propiedad vecina que comunica con la finca, entre el bosque y la orilla del lago. No parecía haber ningún vehículo por las inmediaciones y desconocía si Bonnard habría puesto vigilancia en la zona. Nada más llegar guardé el Ferrari en la cochera y cerré con llave.

La casa la encontré como la había dejado una semana atrás. Tuve la impresión de que Marie no había subido y dormí hasta las siete de la tarde, en que me desperté junto al cuerpo musculoso de Dune. Sentí agradable su compañía. De nuevo era de noche. Tuve la sensación de que mi vida transcurría en una noche perpetua.

Debía llamar al joven bibliotecario de la biblioteca judía. Había quedado en buscarme información sobre los Winter, así que encendí el móvil y marqué su número.

—Tengo algo para usted —dijo Mike, solícito y misterioso—. He realizado averiguaciones entre gente que conozco; ya sabe cómo es esto..., la información corre como la pólvora si sabes a quién recurrir. ¿Está en Montreal?

—No, pero podría estarlo. Me encuentro a hora y media.

—En breve cerramos la biblioteca, son casi las ocho. Sería importante que lo viera. Yo puedo acercarle el material, si me da la dirección. Tengo la moto en la puerta y nada que hacer. Mañana es mi día libre.

—¿De qué material estamos hablando?

—Fotografías, documentos... He sacado una copia de la fundación de Tetragrámaton en el Registro de Empresas, y algo más interesante todavía.

Guardó silencio. Luego dijo: «Una cinta de vídeo».

Le di la dirección y las indicaciones de cómo llegar a la finca por el sendero norte.

—Sea discreto.

—Descuide, soy una anguila. Ah..., en cuanto usted salió de la biblioteca llegaron un par de polis preguntando por lo que usted buscaba.

—¿Qué les dijo?

—Que leyó la prensa.

—Gracias, Mike. Sabré agradecérselo.

—*Shalom*, doctora; recojo todo y voy para allá.

Cuando colgué decidí llamar a Bonnard. Las nuevas expectativas me habían animado, y anhelaba oír la voz del inspector y conocer su estado de ánimo tras mi huida. Lo más probable era que todavía siguiera en Inverness. Ya estaría al corriente de todo, si al final Robert había cumplido su promesa de declarar la verdad. Pero ¿qué verdad? ¿Dónde se hallaba la verdad? A no mucho tardar mi cuñado viajaría a Montreal a hacerse cargo del cuerpo de Nathan, quizá también se acercara a visitar a su nieto; y yo deseaba volverme a encontrar con él. Participar de las exequias y ayudarlo en lo que fuera preciso. Hallar una reconciliación que marcara el comienzo de un nuevo ciclo. No sería tan mala idea marcharme de Canadá en cuanto todo se resolviera; y, si decidía hacerlo, no quería dejar atrás ninguna herida sangrando.

—Soy Laura Cohen —dije, nada más escuchar la educada voz de Bonnard.

Me imaginé que era lo último que él esperaría, una llamada mía. Y ahí estábamos los dos, en el silencio de una comunicación inalámbrica. Me mordía el labio inferior intentando percibir la variedad de sensaciones que tendría en ese momento mi querido inspector, por el que sentía una extraña atracción que me decía: «Aléjate de él». E intenté localizar en mi catálogo el término adecuado a su estado de ánimo en cuanto oí su voz. Me preguntó si me encontraba bien. Le dije que perfectamente.

—Es usted una caja de sorpresas, doctora.

—Y usted un perseguidor.

—¿De qué huye?

—De usted.

—¿Por qué?

—No le voy a contestar.

—Es usted una mentirosa.

—Me imagino que ha hablado con mi cuñado.

—Imagina bien.

—¿Qué le ha parecido su historia?

—Sincera.

—La situación de mi cuñado me sobrepasa —dije.

—No lo creo.

—¿Es que no va a creer nada de lo que diga?

—Nada.

—¿Por qué supone que lo he llamado, tras huir de usted en plena noche, en una isla tormentosa, a mil cuatrocientos kilómetros de Montreal?

—Para saber lo que me ha contado Robert Cohen.

—¿Y me lo va a decir?

—Por supuesto. Soy un hombre que dice la verdad; y previsible. Le puedo contar que hay un equipo judicial registrando y analizando el domicilio de Lachine de su cuñado, y espero que en unos días él pueda reconocer el cadáver de su hijo. ¿Satisfecha? No sé cómo tratarla, ni cómo convencerla para que deje de huir de mí. ¿O no es de mí de quien huye, sino de lo que represento?

—¿Va a hacer de psiquiatra conmigo?

—¿Dónde está ahora?

—De camino a Nunavik.

—¿Qué va a hacer allí? ¿Congelarse?

Sonreí.

—Voy a pescar truchas arcoíris. Es la reina del agua y la mejor luchadora. Yo antes era buena en la pesca con mosca.

—¿En noviembre? No hay comunicación por carretera, y menos con un Ferrari. La ruta en barco está terminando, no creo que salga ninguno; y por avión… no es sencillo.

—Estoy a bordo de un carguero. No me ha costado demasiado convencer al capitán.

—Deje de decir tonterías. Necesito hablar con usted.

—Me imagino que habrá hecho su trabajo, inspector. Y ya debería saber quiénes eran los hermanos Winter. Con lo que le ha contado mi cuñado podrá armar una bonita hipótesis.

—Doctora, de quien quiero hablarle ahora es de Marie Jelen. Y si está en Montreal debe conocer lo que sabemos de ella. Creo que ignora la identidad de la persona que tiene en su casa.

—Ya le he dicho que he embarcado. Dígame lo que sabe de Marie.

—Siéntese, doctora. Con los vaivenes del agua y, con lo que le voy a contar, igual se marea. ¿Está en un camarote o la han encerrado en la bodega?

—Estoy en el lugar adecuado.

—Bien… Igual es algo triste.

—Creo que terminaré odiándolo.

Se hizo el silencio y le oí sacar unos papeles de algún sitio.

—Tras la muerte de su marido, doctora, solicité informes a las autoridades francesas sobre Marie Jelen. Ayer, por fin, los recibí. Según la Gendarmería de París, la auténtica Marie Jelen murió el 23 de septiembre de 1942, a la edad de diez años, en una cámara de gas de Auschwitz II-Birkenau.

Un nuevo vacío entre nosotros. Demoledor. No pude decir nada.

—¿Sigue ahí? —preguntó.

—¿Quién es entonces la mujer que trabaja para mí?

—Estamos en ello. Es un delito usurpar una identidad y también la falsificación de documentos que lo acreditan, pero todavía no vamos a intervenir. Faltan algunas piezas y el juez no va a precipitarse. Esta información es confidencial, ¿me entiende? No sé por qué confío en usted, con todo lo que me hace... Pero creo que debe saberlo, y tomar precauciones. Este descubrimiento solo es una pieza de un engranaje complejo, doctora.

Necesitaba unos minutos de reflexión y pensar. ¡Pensar!

—Marie habrá tenido sus motivos para hacer algo así —dije.

—Inmigración posee los registros de entrada en Canadá de Marie e Icek Jelen, del 30 de noviembre de 1948. Su asistenta y un hombre, que se hizo pasar por su padre, entraron en Canadá como refugiados, bajo estas identidades, a través de Nueva York, amparados por una organización sindical norteamericana. Este sindicato ayudaba a salir de Europa a sindicalistas judíos y a sus familias, víctimas de las persecuciones, que los traían hacia Norteamérica como mano de obra, proporcionándoles visados y documentos. Pero legales. Miles de refugiados, tras la guerra, entraron como ellos. Pero su asistenta y el hombre que la acompañaba lo hicieron con una identidad falsa, engañando a todo el mundo. La supuesta Marie y su acompañante, una vez en Canadá, trabajaron ambos durante tres años en una fábrica de tejidos, en Laval. Sabemos que su empleada estudió un curso de imagen en la Escuela de las Artes de Montreal, en 1956. La única verdad es que es refugiada europea. Le puedo decir que el auténtico Icek Jelen, el padre de Marie, murió el 24 de julio de 1982, en Lille, Francia. Nunca pisó tierra americana, ni salió de su país tras la guerra. Respecto al falso monsieur Jelen murió de tuberculosis, en Montreal, a los tres años de llegar.

—Deme un respiro, inspector.

—¿Se marea en el barco, doctora?

—Hay marejada.

—No creemos que su asistenta haya sacado provecho económico por usurpar esa identidad —continuó Bonnard en un tono casi exculpatorio—. Ni que se haya lucrado con el engaño. La difunta niña pertenecía a una familia trabajadora.

—¿Qué sentido tiene hacerse pasar por alguien que murió a los diez años? De esa forma terrible.

—Tenemos sospechas de quién puede tratarse. Si es la persona que investigamos, tendríamos que pensar que puede haber varios motivos. Pero no nos adelantemos.

—Conozco la historia de Marie a través de Alexander.

—Pero ¿qué historia conoce? ¿La verdadera, la que su empleada le contó a su marido o la que su marido quiso contarle a usted?

—¿Cómo voy a saberlo? Hace demasiadas suposiciones.

—Es mi trabajo. Y la vida de la auténtica Marie no es ninguna suposición. La detuvieron junto a su madre en su domicilio de París, el 16 de julio de 1942. Fueron recluidas en el Velódromo de Invierno. Y luego trasladadas al campo de detención de Pithiviers, al sur de la capital. Monsieur Jelen no se encontraba con ellas porque entonces trabajaba en un campo agrícola al norte del país. La familia era de origen polaco. Desde el campo de Pithiviers, a madame Jelen la condujeron a Auschwitz, el 2 de agosto de ese mismo año, y a la pequeña Marie el 21 de septiembre. Murieron de la misma forma, con un mes y medio de diferencia. Tenemos dos imágenes de Marie que nos ha enviado el

Ministerio del Interior francés. Era una bonita niña, con un lazo blanco en el cabello. En una de las fotografías sale junto a su madre, pero no está muy clara. ¿Cree que el doctor Cohen conocía la verdad sobre su empleada? Piense si alguna vez él le hizo algún comentario... Me gustaría saber por qué su marido ha sido tan generoso con ella.

—¡Interrogue a Raymond Lewinsky! Marie, o como se llame, trabajó para la familia de Raymond durante treinta años. He descubierto que ella mantuvo en el pasado algún tipo de relación con los hermanos Winter.

—¿Por qué está empecinada con esos hermanos?

—Hay algo oscuro que los relaciona con mi marido, y ahora con Marie. Y estoy segura de que también con la muerte de Nathan. No tengo pruebas. Es un presentimiento. Una corazonada. Ahora ya sabe que el hombre del lago es mi sobrino.

—Pero no por usted. Y lo de un presentimiento no es muy científico, doctora; ni racional, salvo que me esconda un argumento más consistente, como es habitual en usted.

—Rebeka Winter puede ser la clave para desentrañar las dos muertes que han arruinado mi vida. Fue novia de mi marido durante más de catorce años, vivían juntos, y él jamás me lo contó; más aún, nunca pronunció el nombre de esa mujer delante de mí, como si no hubiera existido. Y Marie tampoco, y la conocía.

—No olvide que ambas eran europeas, judías y refugiadas; no hay nada raro en que se conocieran. He analizado en detalle la declaración de Alexander Cohen, del 3 de febrero de 1970, que realizó a la policía de Montreal por la desaparición de su novia, y también la investigación policial y el expediente del caso, doctora. Tengo en mi poder el informe completo de la desaparición de mademoiselle Winter.

—También conocerá la infancia de Rebeka y su hermano.

—También.

—¿Qué sabe del hermano?

—Venga a verme y se lo contaré.

—Buen intento, inspector. Voy a colgar; el barco se mueve y me estoy mareando.

—*Bon voyage*, doctora.

Mientras cortaba la comunicación pensé que Marie ya no era otra cosa que una pieza de una gran mentira.

39

Bloque n.º 10

A las cuatro y diez de la tarde oí la rodadura de una motocicleta entre los matorrales del camino norte de la finca. Bajé a recibir a Mike y guardamos la moto en la cochera, junto al Ferrari. Cada día anochecía antes y el ocaso descendía hacia el bosque. El termómetro del exterior marcaba un grado bajo cero, pero la casa caliente y confortable nos aguardaba. Dune dormitaba sobre una silla. Él la acarició. Ella erizó el pelaje y consintió en ser mimada por unas manos extrañas.

—Bonito gato. *Shalom*, gato.

Mike no llevaba puestas las gafas de pasta, pero sí la kipá y los cuatro flecos del *talit katan* por fuera del jersey, sobre unos pantalones negros de motero. Tenía un aspecto muy distinto a como lo recordaba. Lo vi más delgado y enérgico; no me pareció el sedentario ratón de biblioteca que había conocido, sino un muchacho con ganas de acción y aventura, por su mirada chispeante, deseoso de saber en lo que estaba metida. Parecía buen chico, voluntarioso y discreto.

Preparé té y nos sentamos alrededor de la mesa de la cocina. Mike enseguida abrió su mochila de nailon y sacó unas carpetas con documentos y una cinta de vídeo VHS.

—El material, doctora. Ha sido complicado hacerse con algo así —dijo, mientras me acercaba la caja negra de la cinta por encima de la mesa, sin etiquetar, con una pegatina roja en el centro.

Le pregunté a qué se refería con «algo así». Respondió que nuestro hombre se había dedicado durante años a rodar películas dirigidas a un determinado tipo de gente.

—Ninguna está en circulación —añadió—. Imposible conseguirlas si no estás en la red. Se las pasan entre ellos.

—¿Entre quiénes?

—Bueno...

Se encogió de hombros.

—¿Hay algo ilegal?

—En un principio, no —dijo, mientras sacaba los documentos de las carpetas—. Pero empecemos por esto. Aquí hay una copia del registro de empresas de Quebec de la Sociedad Audiovisual de Producción Cinematográfica Tetragrámaton. El año en que fue constituida, participaciones de los socios, año de disolución... En fin, aspectos fundacionales. Hay datos curiosos. —Me extendió el documento y continuó sacando folios—: Aquí van copias de unas fotos que me han enviado por fax desde Jerusalén, de Rebeka Winter y su hermano, fotografiados en 1945 para el registro de entrada en el orfanato para desplazados Kloster Indersdorf, regentado por las Hermanas de la Misericordia, en Baviera. También le traigo unos listados de supervivientes de Auschwitz donde aparecen sus nombres. Y una fotografía tomada en Auschwitz-Birkenau, por Dmitry Vasíliev —me la puso delante—, uno de los fotógrafos soviéticos que acompañaban a los soldados del Ejército Rojo en la liberación del campo, el 27 de enero del 45. Mire el grupo de catorce niños. Fíjese en el tercero de la segunda fila, el de la gorra. Y la cuarta niña de la primera fila. Son respectivamente los hermanos Winter. A pie de foto están los nombres de los retratados.

Vi una imagen granulosa de niños tras una alambrada. Todos con chaquetas de rayas que les quedaban enormes. Los chicos tenían caras de hambre y el pelo rapado, y las niñas llevaban pañoleta. No parecían demasiado delgados, pero en sus caritas se hallaban la desolación y el estigma de la muerte de la que habían escapado milagrosamente.

—Solo diez de los catorce chavales han sido identificados hasta ahora —dijo Mike—. Con el tiempo, seis emigraron a Israel, uno a Estados Unidos, otro a Australia y dos a Canadá: Otto y Rebeka.

Luego sacó más copias de fotografías, todas del monasterio Kloster Indersdorf. Una de ellas pertenecía al retrato de una niña, de unos siete años, con el pelo negro recogido hacia atrás. Llevaba un babi azul y un cartel que sujetaba a la altura del pecho, en el que ponía REBEKA WINTER, escrito por ella, seguramente. Las letras eran enormes, torpes e infantiles.

—Este tipo de fotografías, de niños con carteles, eran normales en la época —me explicó Mike—. Se publicaban en los diarios alemanes para ayudar a los pequeños a localizar a algún pariente vivo que pudiera hacerse cargo de ellos. Hay cientos de fotos como estas por todos los archivos.

Me entregó también una imagen de Otto. Abrazaba por el hombro a dos compañeros del orfanato. Llevaban los tres pantalones cortos y camisas blancas arremangadas hasta los codos. Él estaba en medio. Tenía un balón bajo el pie. Se los veía felices. La cara de Otto era arrogante, podría ser el líder. Guapo y moreno, como su hermana. Se parecían mucho.

A continuación, Mike me mostró dos hojas escaneadas con dos fotos respectivamente de Rebeka y Otto y sus biografías, encontradas en el Museo Memorial del Holocausto de Washington, a partir de tarjetas de identificación del año 1947. Ella llevaba un sombrerito blanco de paja y él corbata y chaqueta.

Mike se había empleado a fondo. Dijo que podría haber más imágenes e información sobre ellos. Existían miles de fotografías y documentos gráficos en los archivos sobre el Holocausto y en las instituciones que custodian la memoria. Pero le di las gracias de nuevo; aquello era suficiente.

El té se nos había enfriado. Él cogió su taza y bebió un sorbo. Luego dijo:

—No me ha dado tiempo a buscar sobre ellos desde que entraron en Canadá. Me he centrado en los registros del Holocausto y en las bases de datos de organizaciones judías relativas a las víctimas. Pero puedo indagar cómo llegaron a Montreal, a partir de sus salidas de Alemania. Creo que he nacido para esto.

—Ha hecho un gran trabajo, Mike. Me tiene asombrada. Vamos a ver la cinta.

—Yo ya la he visto; espero que no le importe. No he podido resistirme. Y tutéeme, doctora.

—¿Dónde la has conseguido?

—En Montreal uno puede agenciarse de todo.

—¿Has pagado por ella?

—Me la han prestado.

—¿Merece la pena?

—Bueno… Depende. Es una porquería. Pero creo que, para usted, sí.

Subimos a mi estudio. Encendí el reproductor e introduje la cinta. Apareció el título: *10 Block*, en alemán, con la tipografía usada por la caligrafía nazi. Luego el nombre del director, ya viejo conocido mío. La productora, Tetragrámaton, con un símbolo como de secta secreta. La cámara se movía constantemente. Imaginé una mezcla de documental y ficción, mientras el objetivo seguía a un hombre por las calles de un barrio de una ciudad colonial de estilo español. Al hombre se le veía de espaldas. Alto, rubio, delgado y ario. Llevaba un pantalón blanco y un poncho de rayas. Calzaba zapatillas de lona. El hombre aceleraba el paso y la cámara con él. La imagen lo enfocaba por detrás. Era algo mareante por el vaivén de la escena. Así transcurrieron cerca de cinco minutos, la cámara persiguiendo al hombre que cada vez corría más rápido entre intrincadas callejuelas, esquivando casas encaladas.

Las calles eran de tierra. El barrio estaba desierto. El único sonido era la respiración acelerada del hombre que cada vez se oía más alta. Tuve que bajar el volumen para no angustiarme en esa espera interminable a que ocurriera algo. Cinco minutos de persecución a un hombre que jadeaba como un animal acorralado, era un mundo. Mike permanecía en silencio, sin moverse de la silla.

De pronto, algo le sucedió al hombre del poncho porque cayó al suelo según cruzaba una calle ancha, empedrada. El jadeo cesó. Silencio absoluto. Pasos corriendo. Y en el plano, dos individuos recogían al hombre del poncho del adoquinado y lo tiraban a la parte de atrás en un viejo vehículo de carga. La cámara enfocaba al coche por detrás, e iba tras él. Tres minutos por las carreteras de una ciudad que parecía México D. F., hasta perderse de vista entre una multitud de vehículos en un gran atasco. La toma era desde arriba. La película debía de estar rodada más o menos en los años setenta.

Siguiente escena. Un hombre completamente enyesado, desde la punta de los pies hasta la cabeza, menos la cara, tumbado en una mesa de operaciones, boca arriba. Parpadeaba constantemente. Parecía el quirófano de un hospital de campaña. Las paredes de cemento, sin revocar. La cámara estaba estática, desde un punto fijo en el techo. Poco a poco aumentaba el sonido de una turba agitada, enfebrecida. Se veía un equipo de reanimación junto al hombre enyesado, y un carro con instrumental quirúrgico. Distinguía tijeras de distintos cortes, bisturís, pinzas de disección y hemostáticas, portagujas, separadores de tejidos. Había una palangana debajo de la mesa con gasas manchadas de sangre. El aspecto del angosto lugar era perturbador. Una lámpara móvil de quirófano iluminaba al hombre con una luz reflectante.

Según la imagen avanzaba hacia el cuerpo enyesado, el bullicio de la turba aumentaba. Una voz potente comenzó a gritar en alemán. Arengaba a masas enfebrecidas. Sobre una silla estaba el poncho del hombre que huía. De pronto, la cámara avanzaba y enfocaba algo que no había visto antes: un maniquí vestido con un uniforme nazi. Los gritos en alemán eran ya ensordecedores.

—Ahora empieza lo bueno —dijo Mike.

Entró un hombre en escena vestido de cirujano con una mascarilla blanca, sujetando una sierra eléctrica cortayesos en pleno funcionamiento. Caminaba despacio hacia el individuo escayolado. Cientos de secuencias de imágenes de campos de concentración se superponían, mientras el ruido de la sierra se hacía un hueco entre el alarido de la multitud y los gritos desgarradores del hombre enyesado. Se suponía. La cámara viró rápidamente hacia el maniquí y el escayolado, durante una décima de segundo, y toda la pantalla se cubrió de sangre y de esquirlas de yeso. «*Ende erster Teil*», apareció escrito en la pantalla. Fin de la primera parte.

A continuación la cinta daba a entender la retrospectiva de la vida del hombre enyesado vistiendo un uniforme nacionalsocialista. Se superponían imágenes de asesinatos y torturas en campos de concentración. Terribles visiones acompañadas de música de Wagner para terminar la cinta con la puerta de hierro del bloque 10, de la que comenzó a salir una avalancha de sangre hacia el exterior del campo hasta anegar la pantalla, igual que en la primera parte. La palabra «*Ende*». Avanzaron los títulos con los nombres del equipo técnico, de origen español, sin mención alguna a los lugares de rodaje ni a la música ni a los sonidos utilizados.

—El hombre escayolado no es un actor. ¿Ha visto el corte del final de la primera parte? —dijo Mike, levantándose de la silla y rebobinando hasta el fotograma exacto para verlo otra vez—. La cinta ha sido censurada.

—No lo creo —repliqué.

Lo volvimos a ver. En efecto, percibimos un salto en la última secuencia, justo antes de aparecer las esquirlas de yeso y la sangre.

—La película continuaba tras el corte —observó Mike—. Estoy seguro de que la cinta completa narraba el despedazamiento del escayolado.

—No es posible.

—Créalo. Está rodada en México. Según mis fuentes, todas las películas de Otto Winter son parecidas, con pocos recursos, equipo técnico hispano y rodadas en Argentina, Paraguay, Bolivia... Creo que nuestro director habla bien español. Esta es de las más comedidas, me temo. Las rodadas en Canadá no tienen exteriores, y parece que hay más de las que figuran en las bases de datos oficiales. Nuestro hombre se dedicaba a este tipo de vídeos que estuvieron circulando desde los años sesenta hasta principios de los ochenta. Y volviendo a esta cinta, si se fija en el uniforme del maniquí, pertenece a un militar con rango *Hauptsturmführer*, por los galones y los emblemas del cuello. Una categoría media de las SS, como lo fue Mengele.

—¿Das a entender que podría ser él?

—Mengele trabajaba en el bloque 10. Pero no se asuste. Se sabría, créame.

—Las películas en las que asesinan de verdad a la gente son anónimas. ¿Por qué aparecen las identidades del director y el equipo técnico?

—Por eso mismo. Es un juego. Hay todo un negocio alrededor de este tipo de films, entre realidad y ficción. Que cada uno piense lo que quiera; al gusto del consumidor. Y me lo hubieran dicho, doctora. Esta gente no miente.

—Da igual. Ya he visto lo que deseaba.

—Si hubiera pagado, habrían soltado una copia completa, sin el corte.

—No necesito ver nada más, Mike.

El vídeo era una auténtica basura y no me sorprendió. Luego eché un vistazo a los documentos sobre la mesa, mientras él curioseaba entre mis libros. Dijo gustarle la psiquiatría y los secretos de la mente. Me hizo sonreír.

—De no haber estudiado historia, hubiera sido loquero —dijo y abrió *Tótem y tabú*—. Me gustaría saber lo que hay en la cabeza de seres tan raros como Otto Winter.

—Te decepcionaría —le aseguré.

Los documentos del registro de los dieciséis años de actividad de Tetragrámaton sí me sorprendieron. Y mucho. Quizá porque no esperaba descubrir que el capital social para constituir la sociedad había sido de 200.000 dólares canadienses, del año 59, de los cuales Raymond Lewinsky había aportado 110.000, Alexander Cohen 75.000, y Otto y Rebeka Winter 7.500 cada uno. Me imaginé que las aportaciones de los hermanos serían créditos de los socios. Y así lo indicaba la escritura de constitución. El accionista mayoritario y el administrador era Raymond; por lo tanto, el que mandaba. Me pareció una cifra absurda para una humilde productora. El objeto social de la empresa era la actividad cinematográfica, producción y coproducción. Desde el primer año de actividad, la empresa había reportado enormes beneficios a sus socios, y también gastos: viajes, cenas, comidas, compras de derechos intelectuales a empresas con nombres estrafalarios. Estuve cerca de dos horas estudiando los balances, los impuestos, las cuentas de resultados de los ejercicios que mi nuevo amigo había conseguido. ¡Dios, qué locura de números! La actividad de Tetragrámaton me parecía frenética. Producía a razón de cuatro películas al año, lo que arrojaba un saldo de una película cada tres meses. Todas eran adquiridas por una distribuidora internacional de cine llamada Worldwide Films, por un precio que oscilaba entre 180.000 y 390.000 dólares canadienses. La simple suma de las cuentas reportaba un beneficio total de 11.327.000 dólares. Una verdadera fortuna por producir películas como la que acababa de ver. Cuando dejé a un lado aquellos papeles me sentía rodeada por una niebla que me ofuscaba el pensamiento.

—La veo agotada, doctora. Debería descansar, es tarde —me dijo Mike acercándose a mi mesa con un libro en la mano. Se agachó hacia mí y observó todo lo que yo había subrayado en los cientos de renglones de aquellos apuntes—. No se vuelva loca. La entiendo.

Le pregunté si había echado un vistazo a los números. Asintió con la cabeza. Le había llamado la atención Worldwide Films. Me señaló un número que aparecía junto al nombre de la sociedad en una de las hojas.

—Es el código de las empresas registradas en el extranjero —me explicó Mike—. Los cuatro primeros dígitos pertenecen al país de inscripción. Worldwide Films está domiciliada en las Islas Vírgenes Británicas. Es una empresa *offshore*. Sin control fiscal. Todo el dinero que entraba en Tetragrámaton era a través de Worldwide Films.

Llegamos a pensar que Tetragrámaton podía haber sido una empresa constituida con la finalidad de blanquear dinero. Si no cómo explicar los importes que pagaba Worldwide Films a Tetragrámaton por películas como aquella; viendo lo que habíamos visto en aquel vídeo, con cuatro actores desconocidos y un equipo de dos o tres personas para rodar y montar. Entonces pensé en Marie, en esa afición suya que ahora veía congruente con la actividad de Tetragrámaton. ¿Se habría puesto alguna vez detrás de una cámara de vídeo? ¿Habría hecho de directora de fotografía para aquella basura sin nombre?

Dejé los documentos a un lado y Mike y yo charlamos sobre todo aquello con varias tazas de té. Me confesó que admiraba a mi marido. No lo había llegado a conocer en persona, pero muchos en la congregación hablaban de él con fervor. El padre de Mike había coincidido con el doctor Cohen en la sinagoga Shaar Hashomayim en varias ocasiones. Mike me relató que fue Lyon Cohen, tío abuelo de mi marido, quien puso la primera piedra del templo de la avenida Kensington, construido en 1921, y había llegado a ser vicepresidente del Congreso Judío Canadiense de 1919. Mike se refirió a Alexander varias veces con la expresión «benefactor de los humildes», por su generosidad en el hospital judío. Yo se lo agradecí.

Hizo un gesto de fastidio cuando me juró que le había sorprendió desagradablemente hallar el nombre del doctor ligado a la productora. El interés de Mike por mis asuntos era evidente, no paraba de darle vueltas a todo y me ofrecía explicaciones, todas para exculpar a Alexander de formar parte de Tetragrámaton.

Pero ¿quiénes estaban detrás de Worldwide Films? ¿De dónde venía el dinero de Tetragrámaton que Raymond y Alexander se repartían, pagando un buen peaje a los Winter? ¿Tal vez de su trabajo para la CIA? Experimentar con seres humanos debió de ser un negocio lucrativo. Con esta fórmula, Alexander habría encontrado la manera de enriquecer a su novia y al hermano de esta.

Necesitaba dormir y dejar de dar vueltas a Tetragrámaton. Pensar con serenidad y benevolencia sobre todo el asunto. El viaje a Cabo Bretón me había debilitado. La esfera de mi universo daba vueltas a mi alrededor diluyendo los valores morales que había encarnado Alexander. Vi a Mike preocupado: algo en mí podía tener mal aspecto, y le rogué que se quedara a dormir en la casa del lago. No hubiera podido conciliar el sueño sin él en el abismo de miseria moral que había abierto Tetragrámaton y las confesiones de Robert.

40

Britte Jelen

Abrí los ojos, a la mañana siguiente. Acaricié las suaves plumitas de la pulsera que había estado en la muñeca de Nora Joe y me acordé de Robert y de su unión con ella, capaz de curar las heridas de todas las batallas, sintiendo el dulce calor de Dune pegado a mi vientre y el rumor de las oraciones de Mike en el piso de abajo.

Me levanté y descorrí las cortinas de mi dormitorio. Un día frío, despejado. El lago estaba sereno y calmado, tan brillante como la superficie de un espejo. Recordaba haberme dormido con el susurro de la voz de mi nuevo amigo cuando recitaba sus plegarias de la noche y desperté de nuevo al arrullo de su voz. Deseé que la *tefilá** matutina de Mike también me ayudara a encontrar el espíritu adecuado para afrontar lo que me quedaba por descubrir.

Me eché la bata por los hombros y salí del dormitorio. En el pasillo me senté en el primer escalón a escuchar a Mike y me cubrí la cabeza con los brazos. Así estuve un rato, sintiendo el calor de mi respiración. Dune se me acercó, silenciosa. Me miraba con sus poderosos ojos como si presintiese una desgracia y se sentó ante mí igual que un perro preocupado por su amo. La voz de Mike y su lenguaje en hebreo calmaban la inquietud de la conversación mantenida con él la noche pasada. Pude abando-

---

* Oración judía.

narme a sus lejanas y familiares palabras. Las mismas letanías de Alexander de cada mañana. Nunca pensé que las volvería a escuchar otra vez. Y ahí estaban, subiendo por el hueco de la escalera para llenarme de serenidad. Necesitaba confiar en la promesa de aquella oración. Recobrar el alma extraviada de Alexander y devolvérsela a su cuerpo, aun después del final de sus días, cuando los muertos justos se levanten de su sueño.

Quería recompensar a Mike por esa noche. Al fin y al cabo, yo era una perfecta desconocida para él y no me debía nada. Antes de que bajara de su preparación matinal, me esmeré en colocar sobre el mantel dos huevos cocidos, mermelada de arándanos, unos *blintzes* de queso y un plato con galletas de jengibre, alfajores, almendrados y diversos tipos de pan kosher que había encontrado en la despensa, junto a una jarra de té bien caliente. Cuando Mike vio la mesa de la cocina, vestido de motero, con la misma ropa del día anterior, dijo algo así como: «Caray, doctora, no lo merezco». Lo encontré de buen humor y se sentó a devorar. Pero me empleé en rebajarle el apetito y las expectativas de un agradable desayuno cuando le pregunté si de verdad confiaba en mí.

Dejó la taza de té, suspicaz, y se limpió los labios con la servilleta.

—¿Es que no se lo he demostrado? Yo haría cualquier cosa que usted me pidiera.

—¿Por qué, Mike? No me conoces de nada.

—¿Cree que en estos días solo me he preocupado por los hermanos Winter? He estado indagando sobre usted, doctora. Me parece que se encuentra bastante sola, sin hijos, sin familia, sin nadie en este país. Los judíos sabemos de este tipo de cosas. No me gustaría enumerarle los motivos que tengo para ayudarla, sin contar con los que me empujan por mi simpatía hacia el doctor Cohen y la tristeza por la forma en que ha perdido la vida. Y, ya que quiere saber, le diré que Otto Winter también me interesa a mí. Me intriga ese individuo. Es oscuro y no me gusta la clase de cine que rodaba. Yo soy un buen judío, caramba. Quiero que lo sepa.

—Yo no soy judía.

—¿Cree que eso importa?

—¿Qué importa entonces?

—Obrar con rectitud. Ayudar al prójimo. A quien sufre sin decírselo a nadie.

—En una palabra: a alguien como yo, ¿eso es lo que quieres decir?

—Eso lo dice usted.

—¿Me ayudarías en un asunto delicado?

—Mientras no sea despedazar a un nazi con una sierra... La violencia no va conmigo.

Sonreí y le expliqué brevemente mi relación poco amigable con la Sûreté, sin entrar en los detalles que poco le incumbían. Agitó la cabeza y resopló apresurado. Y para convencerme de su fidelidad y discreción dijo que le pidiera cualquier cosa, cualquiera; lo haría sin hacer una pregunta, caramba.

—Entonces, ayúdame a desvelar un misterio.

Le conté el encargo en el almacén de los Miller.

—¿Para qué pueden servir cinco metros cúbicos de tierra, Mike?

Debíamos encontrar la respuesta por alguna parte, sin montar un alboroto.

Durante toda la mañana revisamos la edificación entera. El sótano, los porches, el jardín de entrada y el de detrás, los cuartos de herramientas, el del jardinero, los caminos, el cobertizo; batimos las tres hectáreas de terreno y toda la ribera del lago hasta llegar a sus lindes. Buscamos alrededor del todoterreno que Alexander había aparcado bajo los arces. Los árboles habían perdido sus hojas encima del Land Rover. Nos empleamos a fondo en los alrededores de la casa y en sus muros, palmo por palmo. El tiempo transcurría imaginando, haciendo cábalas y posibilidades de uso. Sin resultados.

Agotados, abandonamos nuestra empresa y nos sentamos en el banco del muelle. El sol calentaba, a pesar del frío. Él no perdía la sonrisa. Entonces, se me ocurrió algo. Debía actuar, adueñarme de la situación rápidamente con la ayuda de Mike en su día libre.

—Tráeme a Marie, por favor. Es mi asistenta —le rogué—. Necesito que me explique algunas cosas y no quiero bajar a Montreal. Coge el todoterreno y ve a buscarla. La telefonearé para asegurarme de que esté en casa cuando tú llegues. Quiero que sea una sorpresa y no llame a nadie.

Con el motor en marcha limpiamos la carrocería del Land Rover, las hojas y la mugre de tantos meses. Los asientos traseros estaban abatidos. Me desconcertó lo que encontramos en el maletero cuando abrí el portón: herramientas nuevas, con sus etiquetas. Ante mi estupor, Mike fue enumerando cada una de ellas como si yo no tuviese claro lo que eran y para qué servían. Un par de paletas. Un cubo. Dos esportones de goma. Una pala. Un pico. Una radial. Un paquete con veinte rasillones machihembrados, de 70 × 24. Diez sacos de grava. Cuatro de arena. Uno de cemento. Cuatro ángulos de hierro. Un paquete con diez sacos de arpillera y otro con bridas.

Mike se sentó en un extremo del maletero abierto y se cruzó de brazos.

—¿Lo que hay aquí lo sumamos al encargo de los Miller, doctora?

Nuestras miradas se cruzaron. Se rascó la cabeza pensando en todo aquello. Mi cara de extrañeza la debió de juzgar como la cara de una infeliz, parada ante él, con las mejillas rojas por el frío y el asombro. Dijo que en el Land Rover había lo necesario para hacer hormigón. Con los ángulos y los rasillones se podría fabricar un pequeño forjado. Creo que yo necesitaba un cigarrillo con urgencia.

—¿Quiere que lo saque del coche?

Asentí con la cabeza y él entró en el Land Rover y lo condujo por el sendero hasta el cuarto de herramientas, junto a la casa.

—Necesito otra cosa —le dije cuando terminó de vaciar el maletero—. Un gran favor.

Creo que yo ya improvisaba sobre la marcha. Dispuesta a

336

cualquier cosa, por loca que fuera, animada por un escenario cada vez más sorprendente.

Le rogué que, una vez que llegase con mi asistenta, regresara a Montreal enseguida, y le entregué las llaves del 103 de la avenida Arlington. Cuando dejase a Marie en la finca, tenía que volver a mi casa de Montreal y entrar por la cocina. Ya sería de noche. Le di claras instrucciones de dónde encontrar una caja con carretes de fotografía, de los antiguos; botecitos de plástico gris con la tapa negra. Necesitaba la caja completa. Una vez aquí, debía dejarla en el cuarto de herramientas, en el lugar preciso que le indiqué, y a continuación avisarme por teléfono, sin llamar la atención. Marie debía pensar que nos encontrábamos solas en la casa del lago. Fui todo lo cariñosa y convincente que me permitió mi estado de ánimo y de euforia por aquel plan imprevisto para hacerle llevadera a Mike mi petición. Le aseguré que no allanaba ninguna propiedad, que era mi domicilio y un encargo de su propietaria. Le recompensaría por todo lo que estaba haciendo por mí.

—No es necesario —contestó, achinando los ojos tras sus gafas de miope—. Será suficiente con que comparta conmigo lo que está sucediendo.

Encendí el móvil para mantener la comunicación con él en todo momento. Le vi ponerse la chaqueta de motero y coger su mochila negra para abandonar la casa del lago en el Land Rover por el camino norte, entre la espesa vegetación del bosque, sobre las tres del mediodía.

A la hora y cincuenta minutos recibí su llamada. Se encontraba a una manzana del 103 de la avenida Arlington, frente al parque King George. A continuación, llamé a casa, según el plan previsto. Marie descolgó. Mike ya estaría en la puerta. Ella comenzó a enumerarme una lista de preocupaciones y desasosiegos por mi desaparición y silencio durante tantos días. Oí el timbre de casa a través del auricular; ella estaría en la cocina. Le indiqué a Marie que abriera y me dijese quién llamaba a la puerta. Y así lo hizo.

—Es un joven. Parece que viene a buscarme, de parte de usted. —Noté en su voz sorpresa y desconcierto.

—Así es; tienes que acompañarlo, Marie. Él te traerá a donde estoy, necesito hablar contigo. Vente enseguida y no llames a nadie.

Aceptó sin reservas mi extravagante petición. La noté asustada, humilde, y corté la comunicación sin darle oportunidad a ninguna pregunta.

Durante el tiempo de espera pude reflexionar en lo hallado en el Land Rover. La quietud era total a mi alrededor, las aves tranquilas en el cielo y el susurro de los árboles, el viento, los sonidos del bosque y la soledad de las montañas. Ni una lancha surcaba las aguas del lago; ni un pescador por esos parajes.

Antes de que llegara el bibliotecario con Marie, me dirigí al cuarto de herramientas y dejé un sobre a su nombre con dos mil dólares en el lugar donde él debía dejar la caja de carretes. Escribí la palabra «*Merci*». Preferí marcar un territorio económico al emocional que Mike quería establecer conmigo, determinar con él una relación de carácter profano antes que aceptar su ayuda de buen judío humanitario.

A media tarde oí el Land Rover de regreso por el mismo camino. Estaba sentada en la cocina, fumando un cigarro de los que le quitaba a Marie, cuando vi por la ventana las luces del todoterreno aproximándose a la casa. Se quedaron fijas, enfocando las ventanas de la cocina. Las dos puertas del coche se cerraron. Era completamente de noche. El jardín se hundía en las sombras de la luna llena y el cielo estaba despejado. Fui hacia el salón y me senté en la misma butaca en que había conversado con Fanny la última vez, bajo la tenue luz de las lámparas, sobre los aparadores. Me había empleado en cada detalle para montar una escenografía que arrullase a Marie.

Me puse unos zapatos de tacón, una blusa y una falda de las que uso para atender a mis pacientes. Si había alguien a quien debía examinar y comprender, hasta el último detalle, era a ella. Eso la impresionaba. De hecho, cuando ejercía mi rol de doctora, notaba en Marie un respeto ceremonial absolutamente distinto a cuando yo andaba por casa relajada, con deportivas y vaqueros; como si vestida de psiquiatra se produjera la transfiguración que me convertía en un ser al que se le debe respeto, reverencia y sometimiento. Puede que Marie articulase actitudes de sumisión casi masoquistas; claro que yo no disponía de datos relevantes de su vida privada para argumentar con solvencia esta hipótesis.

Realicé un verdadero esfuerzo mental durante el tiempo en que estuve esperándola para salir de mí y de mi vida entera. Vacié mi cerebro de sentimientos, recuerdos, sensaciones, pasado y también futuro. Sí, futuro; el futuro era lo peor. Me coloqué la máscara de la imparcialidad objetiva. «El caso Marie», ¿por qué no llamarlo así?, era todo un reto. Como también lo eran «El caso Lambert» y «El caso Winter». Sería la psiquiatra perito que un juez ha nombrado para emitir un informe y llegar hasta el alma de quienes la habían perdido. Porque desde que había empezado este baile siniestro de confesiones, «El caso Marie» era el que más me preocupaba.

Porque desde el minuto uno en que Alexander Cohen me invitó a pasar al 103 de la avenida Arlington, Marie me recibió con su característico afecto distante pero auténtico, casi sincero. Me hizo realmente sencilla mi nueva vida de esposa novata. Los siete años que habíamos vivido juntas bajo el mismo techo habían sido tontamente los más felices de mi vida. Y estaba empezando a pensar que Marie, en todo este tiempo, bien podría haber sido mi anticristo.

Vi la silueta de su falda y de su abrigo en la penumbra del pasillo. Llamó con sus silenciosos nudillos en la puerta abierta. Dije que pasara y tomara asiento en la butaca de enfrente, vacía, esperándola, como el trono que añora a su reina. Le presenté mis excusas por no tener la chimenea encendida.

—Pero, llegados a este punto, ya poco importa, ¿verdad, Marie?

Creo que se imaginaba lo que iba a pasar esa noche. Intenté ser ceremoniosa. Se acomodó desconfiada y se llevó las manos a la cara, como si le ardiesen las mejillas y deseara apagar el incendio que le quemaba por dentro. Porque Marie podría tener conciencia, y a ella debía apelar. Pero no hizo falta. Era demasiado lista para dejarme entrar. A su edad, me doblaba en experiencia y me centuplicaba en sufrimiento, con su abrigo desabrochado, unas medias de color carne, falda gris y una de sus solemnes blusas, abotonada hasta el cuello. Yo había colocado una botella de oporto y dos copitas sobre la mesa. Quería agasajarla con todo tipo de hipocresías a su más puro estilo. Las llené de vino y traté de comenzar de una forma sencilla y honesta.

—¿Quién eres realmente?

Durante tres horas se bebió toda la botella luchando contra el pasado y la desolación, mientras me relataba su historia con la honestidad que me debía.

—Me llamo Britte Jelen —así comenzó—. Marie era mi prima, usé su nombre para salir de Francia. Robé los documentos de mi tío Icek Jelen y de su difunta hija, en el año 1948. Solo necesité la partida de nacimiento de Marie, su libro escolar y el pasaporte de Icek que él guardaba en el cajón de su ropa interior.

De esa forma sencilla abordó su confesión. Supe que en la vida de esa mujer habían ocurrido sucesos extraordinarios.

—Con los documentos robados pudimos llegar a Canadá Samuel Vinsonneau y yo —dijo, entornando sus pequeños y agudos ojos de pez con un gesto de consternación, como si acabara de recibir una nefasta noticia—. Con el nombre de mi prima he vivido cincuenta y tres años, en los que no ha habido un solo día en que no rezara por ella. Para que pueda entenderlo, doctora, tendré que remontarme a la madrugada del 16 de julio de 1942. En París.

Inspiró con tranquilidad, como si hubiese esperado ese momento durante toda la vida.

—Mi madre y yo vivíamos en el 58 de la rue de Meaux, en el distrito XIX, en una habitación puerta con puerta con el cuarto de mis tíos Icek y Estera en el mismo rellano del edificio. Mi padre había fallecido años atrás y a mi madre la habían echado del taller de bordado de la rue Cambon, en el que trabajaba con tía Estera, la madre de Marie. Ningún empresario se atrevía a mantener a sus trabajadores judíos, y las dos fueron despedidas. Las nuevas leyes francesas antisemitas habían obligado a mi tío Icek a cerrar su pequeña sastrería. Malvivíamos como ratas de cloaca las dos familias. A mi tío, como judío extranjero, se le cerraban las puertas, pero pudo inscribirse en unas listas para trabajar en una explotación agrícola, cerca de Sedán, en zona ocupada por los alemanes. Hitler había invadido el norte de Francia y explotaba las tierras con prisioneros, judíos, agricultores de la zona, expropiados... por treinta miserables francos al día. No había otra cosa para Icek en Francia. Nos dejó solas a las cuatro en París para dar de comer a su mujer y a su hija, y también a su cuñada y sobrina.

»La noche de la detención, a las tres de la madrugada nos despertaron unos ruidos espantosos que llegaban de las escaleras del inmueble. Puerta a puerta los gendarmes entraban con frenética violencia. Se llevaban a todos los judíos que no eran franceses, tras requerir sus documentos. Las viviendas iban quedando vacías. Oíamos gritos, llantos de niños, voces desgarradoras de hombres por los rellanos. Nuestros cuchitriles estaban en el penúltimo piso. Mi madre actuó: "Métete en la carbonera, rápido", me dijo. Esas fueron las últimas palabras que escuché de mi madre. Con sus propias manos me enterró entre pedazos de carbón. Recuerdo las cucarachas escondiéndose bajo el peso de mi cuerpo. Solo tenía doce años. Mi madre salió corriendo para entrar en el cuarto de tía Estera. Ya estaban los gendarmes allí, golpearon su puerta hasta derribarla.

»Los inquilinos de medio bloque fueron obligados a entrar en filas y por la fuerza en autobuses negros aparcados en la calle. A mi madre se la llevaron junto a tía Estera y Marie. Nunca las volví a ver. Unos vecinos, los Gerber, me recogieron hasta que regresó mi tío. Yo esperaba angustiada el regreso de mi madre. No hacía otra cosa que vivir pegada al ventanuco de un ático en el que nos hacinábamos doce personas. Subida a una banqueta observaba un tramo de la calzada; hora tras hora, día tras día hasta que divisé a mi tío cruzando la calle, siete meses después. Me llevó con él a vivir a una pensión. Nuestras viviendas, si se podían llamar así, las habían ocupado desconocidos. Ahí comenzó nuestra búsqueda. Un hombre huido de un campo agrícola y una niña desesperada por tener noticias de su madre. Nadie sabía nada, nadie hablaba con nadie. Todo eran especulaciones, incertidumbre y noticias contradictorias. Odié París. Odié su inmunda hipocresía. Fueron las autoridades francesas quienes decidieron incluir a los niños en las detenciones. Habían dado la orden. Debían llevárselos junto a sus madres para entregarlos a los alemanes como carne fresca. El gobierno francés no solo conocía lo que hacían con nosotros, sino que además servía nuestras cabezas en bandeja de plata. Cuanto más pequeños, mejor; así se corta la caña, desde el tallo.

Fue duro lo que Britte me contó después. Me proveía de datos concretos de la vida de su madre en el campo de detención de Pithiviers, en el departamento de Loiret, al sur de París. Me preguntó si había oído hablar de la escritora Irène Némirovsky. Su madre la había conocido en el campo de Pithiviers. Irène recitaba fragmentos de sus obras para levantar la moral a las internas, según le contó alguien a su tío Icek. Irène Némirovsky murió de tifus un mes después de llegar a Auschwitz en el convoy n.º 6. Entonces recordé *Suite francesa*, uno de los pocos libros que guardaba Marie en el solitario estante de su dormitorio. Ahora entendía por qué.

Icek estuvo durante años buscando a supervivientes que le pudieran hablar de su mujer, de su hija, de su cuñada, de lo que había sido de ellas durante las detenciones, y en Auschwitz después.

En ese instante sonó mi móvil. Era Mike. Me levanté enseguida, me retiré unos metros y entré en la oscuridad. Vi la negra silueta de Dune tumbada en medio del pasillo. Mike había dejado mi encargo en el lugar convenido. Misión cumplida, sin incidentes. Su voz me resultó distinta, seca, enfadada. Lo había ofendido con el sobre del dinero. Le pedí disculpas, sabía que no era la mejor forma de actuar; pero era mi decisión. Hablaríamos al día siguiente. Ahora él debía regresar a Montreal y descansar. «Vale, como quiera, doctora. Si me necesita, llámeme.»

Cuando emergí de las sombras la gata se había acomodado como una marquesa en mi butaca. El rostro de Britte, a la luz de la lámpara del aparador, parecía de cera. No me hizo ningún comentario de la gata, más bien parecía no verla, y dijo, dando vueltas a una idea que le debía de carcomer el cerebro:

—A tía Estera la separaron de Marie el 31 de julio. Primero mandaban a las mujeres y luego a sus hijos. Mi tía fue la primera en salir. En un segundo tren metieron a mi madre, una semana después. La última en dejar suelo francés fue la pequeña Marie, en el convoy n.º 35, junto a ciento sesenta y tres niños, el 21 de septiembre.

Se llenó la copita y se la bebió de un trago. Se frotó las palmas de las manos sobre el abrigo como si tuviera una mancha y continuó.

—Creo que Icek no pudo seguir escondiéndose en París en el año 43. Nadie conseguía ninguna información de las autoridades francesas de lo que estaba ocurriendo en los campos alemanes. Huimos hacia el sur, en plena Francia ocupada. En Dordoña tío Icek y yo nos refugiamos en una granja de aves durante dos años, desplumando pollos y abriendo en canal a los patos, hasta terminar la guerra, en que regresamos a París y seguimos buscando. El horror pertenecía al pasado y había que hacer recuento. Un día Icek supo la verdad y no me la ocultó. Ahí empezaron nuestros problemas. Yo tenía quince años, y lo odié. Icek no nos había protegido. Se lo prometió a mi padre en su lecho de muerte: «Cuidaré a tu familia, hermano, como si fuera la mía». Había incumplido su promesa. No debería haberse marchado a trabajar lejos de nosotras. Fue un estúpido y desaprensivo judío. Incapaz de haber anticipado la desgracia con aquella tranquilidad suya que enervaba a una adolescente con odio en las venas.

»París estaba muy alborotado al terminar la guerra. Había

una gran confusión a nuestro regreso de Dordoña. Yo empecé a participar en revueltas sionistas. Pedíamos justicia. Nos habían eliminado como chinches. En una protesta por las calles de París conocí a Samuel Vinsonneau. Él estaba afiliado en un sindicato de trabajadores judíos. Nos hicimos amigos. Me invitaba a sus reuniones, a lanzar piedras contra las gendarmerías y cosas así... Me llevaba quince años y yo le gustaba. Pero no pasó nada entre nosotros. Él lo aceptó. Era un buen hombre. Me deseaba y yo deseaba largarme de Francia; alejarme de ella lo más rápido posible. Emigrar. No soportaba seguir viviendo bajo el techo de Icek en aquella pensión asfixiante de la rue de l'Odéon.

»Una tarde, en una manifestación contra los gendarmes nos detuvieron a Samuel y a mí, junto a cuarenta sindicalistas más, en el asalto a una comisaría del distrito IX. Íbamos armados. Yo llevaba una pistola que me entregó Samuel para usarla, si era preciso. Pero no me atreví, y él tampoco. Aunque hubo cinco gendarmes heridos. Nos apalearon como a salvajes. Me impusieron una pena de nueve meses en un correccional de menores. Tenía diecisiete años recién cumplidos. A Samuel le condenaron a siete meses de cárcel en la prisión de La Santé. Era un hombre listo, pero demasiado blando y con mala salud. Enfermó de los pulmones durante aquellos meses en el insalubre edificio de la prisión del boulevard Arago, al que daba su celda.

»La mañana que salí del correccional, Samuel me estaba esperando a la salida con un pitillo en la boca y un abrigo nuevo para mí. Pasamos juntos tres días y tres noches en la orilla del Sena, tirando piedras al agua. Conversando. Haciendo planes. Luego jugábamos a apedrearnos el uno al otro para sentir que vivíamos. Por fin nos encontrábamos de nuevo en las calles de una ciudad que nos había aniquilado. Como zombis. El sindicato de trabajadores de Samuel ya no nos podría ayudar a salir de la Francia liberada como refugiados de guerra porque habíamos sido condenados por un tribunal de justicia libre. Durante los nueve meses de correccional fantaseé un plan para salir de Francia. Mi tío permanecía indiferente a mi desgracia, conmocionado por la suya. Su pérdida lo había vuelto loco. Yo también las había perdido, y a mi madre con ellas. Pero la pesadilla había terminado. Teníamos que resucitar de nuestras cenizas.

»Recuerdo que cuando llegué a la pensión por primera vez, tras nueve meses de internamiento en ese cuchitril, hallé a Icek sentado, con la luz apagada, en el banco del pasillo que daba a nuestra habitación. Llevaba puestos el abrigo y el sombrero. Cuando giré el interruptor para encender la luz, el rostro de Icek parecía el de un muerto. Me asustó. No me dio la bienvenida, ni un abrazo, ni un beso; era un espectro. Y murmuró como quien susurra desde el infierno:

»—Hola, Britte, prepara sopa para cenar. Hay pan y un trozo de tocino. —Eso fue lo que dijo.

»Unas semanas después le robé a Icek el pasaporte para Samuel, y la cartilla escolar de Marie junto a su certificado de nacimiento, con el que mi tío había intentado localizar a su hija durante tres años. Le entregué a Samuel los documentos y preparó nuestra salida del país con identidades limpias. No podíamos tener problemas en inmigración con las autoridades extranjeras. Decidimos Canadá porque era el país que nos acogía con mayor garantía de protección. Podría haberme cambiado el nombre en Montreal por el mío propio. Pero debía saldar la deuda con Marie. Ella viviría a través de mí, de mis ojos, de mi respiración, de mi piel. ¿Por qué cree que lo fotografío todo? Para mostrarle, dondequiera que esté, el mundo que le fue arrebatado. Solo era una niña de diez años.

»Nadie sabe lo que yo la quería. Íbamos juntas a la escuela de la rue Armand Carrel. He llevado su nombre con orgullo y fidelidad, aunque usted no lo crea. Y he consagrado mi vida a vengarla. Sé que he hecho cosas malas en la vida, y usar su nombre también ha sido un castigo por haber sobrevivido a aquel espanto en el que debería haber muerto yo también, junto a mi madre. No debería haberme escondido entre el maldito carbón. Odio el carbón. Odio el color negro. Lo odio.

Le pregunté por Samuel Vinsonneau. Murió a los dos años de llegar a Montreal.

—Está mal decirlo —añadió—, pero no lo sentí. Ya estaba enfermo cuando salió de París. El viaje en barco a Estados Unidos fue un vía crucis para él. Tuvo suerte de pasar los controles médicos de inmigración. Pero no soportó el clima de este país, diez horas al día en un taller de confección junto al río, con humedades y un frío espantoso que acabó con sus maltrechos pulmones.

Llegué a la conclusión de que en Montreal tuvieron entre ellos poca relación. Britte se alejó de Samuel todo lo que pudo. Creo que lo utilizó para salir de Francia. Comenzó una nueva vida lejos de cualquier recuerdo de París.

—¿Qué fue de tu tío, Icek Jelen? —pregunté.

—No he vuelto a saber nada desde que me largué de Francia. El resto de mi historia ya la conoce usted, doctora.

—Te equivocas. ¿Qué hacías en el estudio de Otto Winter de la rue Émery sacando cosas de allí junto a mi marido una noche de septiembre de 1964? Lo sé todo. Pero quiero escuchar tu versión antes de que el inspector Bonnard venga a detenerte por impostora.

La vi frágil, cansada y con ganas de terminar. Sus setenta años caían como balas sobre su esquilmado cuerpo. Y yo lo aprovechaba para dar otra vuelta de tuerca.

—Solo ayudaba a sacar enseres. No tengo nada que ver con los asuntos de monsieur Winter. Yo únicamente limpiaba su estudio. Nada más —volvió a repetir—. Monsieur Lewinsky confiaba en mí. Yo jamás preguntaba qué les hacían a esos hombres.

—Dime qué hacían exactamente…, ¡¿qué hacían?! ¿A qué hombres?

Titubeó. Le autoricé a encenderse un pitillo. Le temblaban los dedos con la cerilla encendida.

—De eso hace una eternidad. Ya no importa. No hay que remover el pasado, doctora. Es peligroso.

—¿Qué es peligroso?

—Monsieur Winter. —Dio una fuerte calada al cigarro y añadió—: Ha vuelto.

—¿De dónde ha vuelto? ¿Por qué ha vuelto?

—No lo sé. Se marchó de Montreal a principios de los años setenta. Habrá estado por ahí…, en Sudamérica o en Europa. Quién sabe…

—¿Por qué ha regresado al cabo de tanto tiempo?

—Porque está arruinado. Él fue quien se le cruzó en el puente al doctor.

Me quedé paralizada mientras me daba ciertos detalles del accidente de Alexander.

—¿Por qué sabes todo eso?

—Lo sé, es lo único que debe importarle. Pero esté tranquila, ya se ha marchado. Monsieur Lewinsky ha pagado. Lo suficiente para otra vida.

—¿Me estás diciendo que sabes quién ha asesinado a mi marido, así de tranquila…?

—¿Qué quiere que haga…? ¿Que vaya a la policía?

—¡Por supuesto!

—Se lo estoy contando a usted. A su tiempo sabrá por qué no lo he hecho.

—¿Y mi paciente?

—¿A quien usted buscaba con un patético anuncio que daba ganas de llorar? Eso es otro tema que nada tiene que ver.

—¿Qué pruebas tienes de lo que estás diciendo?

—Yo ninguna, pero monsieur Lewinsky las tiene todas. Pregúntele a él.

—¿Qué le sucedió a Rebeka Winter?

—Lo ignoro. Nunca me lo dijo el doctor. Pero algo malo, seguro.

—Dime entonces qué hacían… Y quiénes lo hacían…

—Todos, lo hacían todos. Cada uno tenía su cometido. El mío era limpiar, y cerrar los oídos y los ojos. Y así lo he hecho hasta el día de hoy.

—¿Quiénes son todos?

—Los Lewinsky, el doctor, los Winter... Lo siento por el doctor, por usted. Porque estoy cansada y no quiero verla así, tan desesperada. Ha muerto demasiada gente. Tiene que saber la verdad y dejar de torturarse y de buscar fantasmas, doctora. No merece la pena, la vida pasa en un santiamén. Es posible que ese inspector averigüe cosas, pero quiero que usted sepa la verdad por mí, por Britte Jelen. Estoy segura de que al doctor le hubiese gustado que fuese así.

Le pregunté si mi marido conocía quién era ella realmente.

—¡Por supuesto!

A continuación se levantó de la butaca, aplastó el cigarro en el cenicero y me pidió que la siguiera.

—Póngase el abrigo, hace frío —dijo—. Le voy a mostrar algo que le va a explicar muchas cosas.

Entramos en la cocina y Britte cogió del armarito una llave, abrió un cajón y sacó una linterna. Me costaba llamarla Britte. Me era casi imposible. Y al mismo tiempo que pronunciaba su nombre, mi mente me llevaba al rostro de una niña del París de la ocupación de 1942.

41

El zulo

En plena noche seguí a Britte por el sendero de detrás de la casa que muere en el lago. Caían pequeños copos a la luz de la linterna que ella llevaba en la mano, alumbrando el camino. Esa mujer no dejaba de sorprenderme. Sus zapatos de cordones marcaban huellas sobre la nieve reciente y el barrizal que se iba formando.

Llegamos al cobertizo. Nos paramos frente a la puerta, me entregó la llave y dijo que abriera. Ella accionó el interruptor y la luz iluminó la nave. Me indicó que la siguiera.

Pasamos junto a la lancha, tapada con la funda, hasta la pared del fondo. Nos quedamos frente al mueble. Un armario compacto, hasta el techo, repleto de baldas, cajones y puertas y una superficie para arreglar los cachivaches con los que se entretenía Alexander en verano y en su tiempo libre. El mueble contenía miles de objetos: cuerdas, enchufes, cables, útiles de pesca y caza, elementos de bricolaje y viejos trastos obsoletos de sus padres y abuelos. Britte extrajo un destornillador del bolso de su abrigo. De un lateral del mueble desancló una pletina que lo ajustaba a la pared. No le fue difícil sacar las placas restantes de metal, atornilladas a cada lado del armario. Después lo empujamos. Para mi sorpresa no nos costó demasiado moverlo, unas ruedas bajo el zócalo lo hacían desplazable.

Las dos miramos una trampilla de madera en el suelo que quedó al descubierto.

—Ahí dentro, señora, hay muchas respuestas. Y también preguntas.

Tiró de una argolla y apoyó la trampilla en la pared. Ante nosotras se hundía una escalera de hierro. Junto al primer escalón Britte accionó un interruptor y se encendió la luz del escondite.

—Hace años que no bajo al infierno. Tenga cuidado.

Era una habitación de unos quince metros cuadrados, alicatada en blanco hasta el techo. Me llamó la atención, en la pared del fondo, una jaula metálica de las dimensiones suficientes para encerrar a una persona. Britte se sentó en el último peldaño de la escalera y se encendió un cigarrillo. Estaba tranquila, relajada, como si aquel espacio le fuera tan familiar como su propia casa.

—Aquí metían a los tipos que monsieur Winter secuestraba.

—¿Me lo puedes repetir?

—Muy sencillo, doctora. Monsieur Winter buscaba criminales, gente que había hecho cosas horribles en Europa. Alemanes, húngaros, polacos, ucranianos; colaboracionistas, en una palabra. Hombres y mujeres que habían huido al terminar la guerra y durante los años siguientes. Era un buscador. Si hallaba pruebas para asegurarles la cárcel o la muerte, ante los tribunales, los entregaba a la justicia. Y si pensaba que podrían quedar impunes por falta de pruebas, que cada vez le costaba más encontrar, se los quedaba; así de simple. Y los traía aquí. Y aquí —dijo, mirando la estancia y extendiendo la mano con el cigarro en el dedo— se hacían cargo de ellos los señores y sus novias.

—¡Eso es mentira!

Pensé que Britte había perdido la cabeza. No comprendía con qué parsimonia y premeditación me explicaba esa absurda fantasía de víctima del Holocausto.

—Está usted pisando el suelo de un quirófano, doctora. Y también mortuorio y plató de cine.

Dio una fuerte calada al cigarro, sentada tranquilamente, observándome como si ella fuera mi analista y yo la enferma en busca de la ayuda que me redimiera de todas mis obsesiones. Su cara se había dulcificado con ese abrigo de pelo de camello, anticuado, y esa ropa de mujer de otra época. No me parecía la vieja severa que vivía amargada su existencia. Sino todo lo contrario.

«¿Estará rematadamente loca Britte Jelen?», me dije, mirando por encima de mi hombro con auténtico desasosiego un vetusto desfibrilador portátil sobre una mesa. Vi una máquina de electroshock, una vitrina blanca que guardaba útiles quirúrgicos y una grabadora con sus cintas de radiocasete, colocadas en orden, sobre un estante de la pared.

—¿Tú fotografiabas lo que aquí se hacía?

—Alguna vez. Pero nunca a personas, ya conoce usted mi norma. Yo solo limpiaba. Cuando ellos se iban y me quedaba sola para sacar la basura… aprovechaba y fotografiaba los desechos. Era repulsivo e interesante; son escasas las oportunidades de retratar cosas así. En los cajones de la mesa verá todo tipo de barbitúricos y medicamentos, caducados, por supuesto, de hace más de treinta años. No encontrará ninguna huella de nadie. Yo me he encargado de hacerlas desaparecer. El doctor se tiraba las noches enteras aquí dentro escribiendo, anotando, estudiando, componiendo la gran investigación que lo encumbrara. Nadie sabe los libros que podría haber editado con los miles de papeles que escribió.

—¿Qué escribía?

—No lo sé. Ni me interesaba. Era un hombre de ciencia. Nunca valoramos a nuestros científicos lo suficiente, doctora. A veces me río cuando le oigo a usted todas las tonterías que les cuenta a sus pacientes. Sinceramente, ¿cree usted que los ayuda con esas bobadas? Su trabajo es pura farsa. Un timo. Debería haber aprendido algo más de monsieur Lewinsky, que era quien dirigía todo esto. Él mismo se remangaba y les hacía olvidarse hasta de su nombre. Más de uno parecía un muñeco cuando monsieur Lewinsky y su enfermera terminaban con ellos.

—¿Qué enfermera?

—Nunca me gustó Rebeka. Era lista y sabía mucho; demasiado.

—¿Qué les hacían?

—No tengo ni idea… Se los llevaban al terminar, antes de que yo entrara a limpiar. Iba a lo mío.

—¿Cuántos fueron?

—Nunca los conté. Pero no los suficientes... Yo solo intentaba terminar y marcharme de aquí cuanto antes. A nadie le podía gustar un lugar como este. Yo les traía comida a los doctores, y a ellas también, algunas veces; incluso colchones para que pasaran la noche cuando tenían que sacar adelante el trabajo.

—Pero ¿qué trabajo?

—Yo qué sé... Aquí bajaban a trabajar, doctora; entérese. Eran médicos. Investigadores. Genios. El doctor me aseguraba que no sufrían, que él lo remediaba con inyecciones. Servir a la ciencia, ese era el precio que debían pagar esos hombres; barato para las atrocidades que habían cometido. A mí no me remuerde la conciencia. Cosas peores hacían con nosotros en aquellos campos, pero sin escrúpulos, como salvajes. El único que parecía disfrutar de verdad era monsieur Winter, ya lo creo, era un auténtico *schadenfreude*.* Algunas veces me lo encontraba rodándolo todo con la cámara de cine anclada al trípode. Filmaba la mismísima cara de la muerte. Y cuando el doctor Cohen terminaba de anotar sus cosas, monsieur Winter se disfrazaba aquí abajo, y también la hermana. Eso era lo que más asco me daba. Pero yo me iba y los dejaba aquí, a lo suyo. Soy una pobre mujer que no entiende de cine. —Sentí que mentía—. Ignoro quiénes compraban esas películas. Lo que sé es que algunas veces discutían los doctores con monsieur Winter por el enfoque.

¿Por el enfoque?

Me estaba volviendo loca con su forma de excusarse continuamente, apelando a su condición de obediente limpiadora. También fotógrafa, pensé. Aquí todos sacaban provecho. «¿Y ellas? —pregunté—. ¿Qué hacían ellas?» Dijo que la hermana —así llamaba a Rebeka de forma despectiva, como si nunca le hubiese caído bien— era la que intentaba poner paz entre su hermano y los doctores, y parecía buena enferme-

---

* Palabra en alemán que expresa el sentimiento de alegría o satisfacción generado por el sufrimiento, infelicidad o humillación de otro.

ra. Se encargaba de todo lo que los doctores le encomendaban, que no era poco. Resopló para decir que Fanny Lévesque era la recadera; traía el material necesario para los tratamientos. «La hermana, en cambio, era totalmente activa, siempre al cuidado de los enfermos. Pero no llegaban enfermos. Se lo aseguro.»

Me explicó con detalle los métodos que utilizaban pinchando, cortando, taladrando. Les inyectaban sustancias venenosas, según ella. Las sesiones de electroshock duraban una eternidad. Les ataban auriculares a los oídos con los gritos repetitivos, exaltados y roncos del Führer. Llegó un momento en que le dije: «cállate». ¿Es que disfrutaba explicándome aquellos horrores que no dejaba de llamar «ciencia» continuamente?

Britte, sentada en el escalón, se encendió otro cigarro. La vi relajada, diría incluso que hasta cómoda en su papel de narradora testigo de una historia de terror.

—Un día me dijo el doctor que si daban con el descubrimiento, me haría una mujer rica y él pasaría a la posteridad. No sé qué andaban buscando en el cerebro, pero era algo importante de verdad. Porque había cerebros por todas partes. En aquella época el doctor era joven y ambicioso y decía que en nuestra cabeza están todas las respuestas a todas las preguntas del ser humano, solo hay que encontrarlas. Es como ese libro español que usted lee, su *Quijote*, que ve la realidad de otra manera. En cierta forma, a todos nosotros nos pasaba algo parecido hace treinta años.

No admití la comparación. Era injusta y equivocada. Buscar esa justificación no estaba a la altura de la inteligencia que yo le había atribuido. Pero quizá Britte no era más que un triste y tonto peón angustiado por una infancia aniquilada.

—¿En qué año se abrió este lugar?

—En el 64. Al año de morir la madre del doctor.

Las fechas encajaban, hasta la mudanza de aquella noche por la que le volví a preguntar a Britte.

—Al principio de todo, monsieur Winter llevaba a los enfermos a su estudio de la rue Émery. No sabían qué hacer con los cuerpos cuando terminaban con ellos. El lugar no era seguro, en el centro de Montreal. La noche por la que usted tanto se interesa, trasladábamos a este lugar el material que había en su estudio.

—¿Qué trasladabais?

—Parte de todo esto. Puede verlo usted misma.

Y me lo mostró, extendiendo el brazo para acaparar la habitación entera, con el cigarro entre los dedos.

—¿Qué había en el baúl de la camioneta? Alguien os vio sacándolo del portal.

—Ropa.

—No lo creo. Pesaba demasiado.

—Es mejor que lo crea, doctora, hágame caso. Y ahora hay que llevarse todo esto de aquí y sellar la habitación. Al fin y al cabo, esta casa va a ser suya, y era mi deber mostrarle lo que contiene. Desgraciadamente el doctor murió antes de terminar la labor.

—¿Por qué esperó tantos años para hacerlo?

—Vaya usted a saber…

—¿Iba a rellenar este lugar de tierra y a sellar la entrada con hormigón? ¿Te dijo cómo pensaba hacerlo?

—Ni idea.

—No te creo.

—Una semana antes del accidente, a las siete de la mañana, entró en la cocina con su elegante traje de raya diplomática de Waxman House. ¡Le sentaba tan bien! Iba tan guapo a la conferencia… Mientras saboreaba mi café y mis bagels, con el punto de tostado perfecto, me dijo que iba a cerrar «aquello» definitivamente. Dejó la taza vacía en el fregadero, me guiñó un ojo y salió de la cocina. Eso es todo lo que sé.

Britte recordaba ese instante de intimidad con mi marido como si evocara el pasado de un viejo amante. ¿Podría haber estado Britte enamorada de Alexander? La mirada de sus ojos, su tono de voz, ese cigarro continuamente en los dedos, fumando como una actriz de cabaret con ropa monjil, ya no me parecía tan recatada sino una especie de farsa, una caricatura. Su aspecto de ortodoxa se había trasmutado en el de una vieja y fracasada corista de Pigalle, del París de los años cuarenta.

Britte realmente no tenía ninguna necesidad de mostrarme todo aquello. ¿Por qué no se deshizo ella misma del zulo durante los días de mi viaje a Cabo Bretón? Incluso podría haberles pedido ayuda a los Lewinsky. Pero estaba aquí, contándomelo. Disfrutando de su puesta en escena. Entonces creí que no lo hacía en aras de la verdad, ni mucho menos por mí, sino para destruirme y devastar la imagen de mi marido.

—¿Tanto me odias?

—Ya no sé lo que es el odio, señora. Se quedó en París.

Fui a coger una de las cintas de casete, que estaban clasificadas, y me gritó. Se puso de pie rápidamente y se interpuso entre el estante y yo con implícita violencia y determinación. Con lo que mis ojos veían, tenía suficiente. Debíamos finalizar la inconclusa tarea del doctor. ¡Destruir el zulo!

Me di la vuelta y quise largarme de allí cuanto antes. Mientras subíamos por los peldaños oxidados y ella apagaba la luz, le dije:

—Tú sabías perfectamente quién era Jacob Lambert. ¿Por qué mediaste para dejarlo entrar en mi consulta?

—Pregunte a quien lo sabe todo.

Se agachó y abatió la trampilla en cuanto ascendimos. Sacó el destornillador del bolsillo del abrigo con intención de volver a atornillar el mueble a la pared. Tenía las pletinas de hierro en la mano.

—Ese chico metió las narices donde no lo llamaban. Si quiere la verdad, se la tendrá que sacar a monsieur Lewinsky. Yo no sabía quién era el muchacho cuando llamó a la puerta para pedir una cita con usted. Me asustó. Dijo que venía de parte del difunto doctor Cohen. Su mirada me fulminó y lo dejé pasar; me dio miedo. Tendría que haber llamado a monsieur Lewinsky en aquel momento, pero no lo hice.

—Pero ¿tú tienes miedo de algo?

—Quien lo va a tener es usted, con esto aquí abajo.

Le dije que pondríamos en marcha la destrucción del sótano,

antes de que me arrepintiese. Todo el material sería reciclado. Echaría abajo el cobertizo, lo destruiría. Una excavadora removería aquella tierra hasta sanear el terreno de toda podredumbre. No quedaría ni rastro de aquella historia. ¡Esa jaula en la pared del fondo! Plantaría árboles. Era lo mejor, borrarlo del mapa.

—Pero te voy a poner un precio —dije, sin pensarlo dos veces—. Te he robado tu caja de carretes. Me la voy a quedar. Pensaré si alguna vez te la devuelvo. Es lo que has de pagar por mi ayuda y mi silencio. De lo contrario, te despediré ahora mismo y saldrás de mi vida y de mis casas, y puede que hasta te entregue a la policía por todo lo que me has contado, Britte Jelen.

Ahora me tocaba a mí utilizar la crueldad, una tibia crueldad que no iba a ninguna parte. Y creo que me arrepentí en el mismo instante en que mis palabras salían del rencor hacia esa mujer.

Britte dio un paso al frente y me pegó una sonora bofetada. Me dejó estampados sus dedos en la cara, con una falsa sonrisa en los labios.

—¡Eso ya lo veremos! —me gritó, acercando su rostro a mi rostro.

Me quedé paralizada. Pero dije:

—Cuando terminemos quiero que te vayas. —Y me aparté de su lado—. No quiero verte jamás.

—Pero me dará lo que me ha robado.

—Ya lo veremos.

42

Campo de reciclaje

De madrugada regresamos al zulo para emprender la primera fase de su destrucción, lo que nos ocupó hasta la una de la tarde. Alexander había planificado al detalle las herramientas necesarias para romper con el pasado definitivamente, las que hallamos Mike y yo en el Land Rover, y que acabé utilizando con Britte. ¿Acaso Alexander desde el infierno, porque estaba segura de que no había pisado el *Gan Eden* ni otro lugar parecido al paraíso, estaría riéndose a carcajadas de mi absurdo destino viéndome usar las herramientas que él había dejado en el camino?

Con la radial troceamos la malla metálica de la jaula. Tiramos en los sacos de arpillera las cintas, el material de quirófano y los medicamentos. Destrozamos la camilla, la lámpara, el desfibrilador, el casete, los estantes y lo subimos todo por las malditas escaleras con gran esfuerzo y premura. Yo contaba los minutos. Se me hacían interminables. Britte sudaba. Me imaginaba a Bonnard pillándonos con las manos en la masa. Cómo explicar aquello.

Trabajábamos con rapidez. Pero no me pasó desapercibida, al volcar el contenido de un cajón de la mesa, una grapadora quirúrgica que cayó dentro del saco de arpillera. Britte estaba de espaldas, a lo suyo. Era de la marca B. Braun, actual, casi nueva. Con ella en la mano me di la vuelta y se la mostré a Britte.

—Con una máquina igual a esta le graparon a Nathan mi anuncio.

—¿Y...? —me contestó impertinente, con un saco en la mano, a medio llenar, y el moño deshecho—. No piense bobadas y échelo dentro.

Me quitó la grapadora y la dejó caer en el saco.

—Tú sabes más de lo que cuentas... No sé todavía por qué estoy haciendo lo que estoy haciendo, Britte Jelen.

—¡Claro que lo sabe! No se haga la mosquita muerta conmigo.

—¡Aquí estuvo encerrado Nathan!, no puede haber un lugar mejor. Aquí se le torturó. —Y la agarré del brazo y le clavé las uñas—. Seguro que en tu saco encuentro ampollas de escopolamina sin caducar y diazepam.

Me temblaban las piernas y ella me empujó.

—¡No piense en su sobrino! Era un pobre diablo que hurgó donde no debía en el momento más inadecuado.

Se dio la vuelta y cerró su saco con una brida y yo me incorporé pensando que Britte sería capaz de matarme allí mismo sin ningún escrúpulo, porque empecé a sospechar que podría ser una asesina.

Nos fuimos en el Land Rover hacia Saint-Donat para alquilar una camioneta, en silencio, sin hablarnos en ningún momento. Lo hicimos por el sendero norte hasta la carretera. En el kilómetro 97 había una carpa de alquiler de vehículos. Regresamos con una Ford blanca. Ella conducía la camioneta alquilada y yo iba detrás con el todoterreno. A las cuatro de la tarde abandonamos la casa del lago con el zulo vacío y la Ford cargada.

Yo la seguía de cerca. Comenzaba a nevar. Los copos eran ligeros. A los quince minutos estábamos en el 214 del Chemin du Long de la Rivière, la entrada del Compo Recycle Éco-Centre.

Un empleado nos indicó adónde dirigirnos para vaciar la camioneta de los diferentes materiales que contenían los sacos. Aparqué marcha atrás, situando la Ford junto a un gran contenedor subterráneo, y vimos cómo dos operarios vestidos de verde tiraban los pedazos de la trágica historia del zulo para ser triturados por los dientes de los rodillos mecánicos. Sin firmar nada, sin dejar rastro. Creo que yo deseaba arañarme en la cara cuando la camioneta se quedó vacía. Ya no existía huella alguna del sufrimiento ¿de cuántas personas?, le pregunté a Britte. La odié. Y me odié. Odié a Alexander. Pero respiré para no ahogarme. Entramos cada una en su vehículo y regresamos a la carpa a devolver la camioneta.

—¿Por qué motivo no lo has destruido tú misma y me has implicado? —la interpelé, justo cuando detenía el Land Rover en la estación de autobuses de Saint-Donat y ella se bajaba de mi coche y se largaba de mi vida para siempre.

Britte no contestó.

—¡Devuélvame lo que es mío! —Fue todo lo que dijo.

Abrió la puerta del Land Rover y la vi salir envuelta en su abrigo de pelo de camello bajo la nieve que caía sobre su aciago cuerpo. Se dio la vuelta, me miró y volvió a repetirme, a gritos, en medio de la calle: «¡Devuélvame lo que es mío!». «Lo haré», contesté, moviendo los labios tras el cristal de la ventanilla. Y pensé: «Cuando sepa la historia completa, Britte Jelen».

43

Cartas de una niña

Nunca nos llegamos a conocer lo suficiente, por mucho que uno se analice, como es la obligación de todo terapeuta. Había descubierto facetas desconocidas en mi personalidad y me di cuenta de que no era tan difícil transitar por los oscuros caminos del crimen; solo era cuestión de hallarte en la situación propicia con el pensamiento propicio que te exculpe de ciertos requerimientos morales. Sabía que me estaba ajustando al pensamiento adecuado. Dicen que las cosas empeoran antes de mejorar, y yo esperaba que lo adecuado hubiera tocado fondo cuando mi móvil comenzó a sonar en el bolso, mientras arrancaba el Land Rover para cruzar Saint-Donat tras dejar a Britte en la estación. Creí que jamás la volvería a ver.

Paré en el arcén de la carretera cuando escuché la voz de Robert. Era la última persona que esperaba encontrar al auricular mientras observaba con languidez la nieve que cubría los abetos del pueblo. No sé si era una voz amiga o enemiga la de mi cuñado, pero yo la tomé con la mejor disposición.

—¿Qué tal? —dijo.

Y en vez de decir: «Estoy bien», contesté: «Tengo puesta la pulsera de Nora Joe».

—Me alegro.

Robert se apartó del auricular y habló con alguien. Pensé que estaría con Nora Joe, pero hablaba en un francés demasiado correcto y educado.

—Laura, ¿dónde estás? —me preguntó muy serio, llamándome por mi nombre de pila con una familiaridad inhabitual en él.

—En Saint-Donat. Y tú, ¿continúas en Inverness? —indagué, recuperándome de la impresión.

—He llegado en un vuelo a Montreal esta mañana.

Le pregunté por su mano. No dio importancia alguna a mi interés y dijo que bien. Me empecé a preocupar por tenerlo tan cerca. Me había dejado llevar por la descontrolada presión del zulo, pensando en que Robert estaría a mil cuatrocientos kilómetros, pero no a ciento treinta. Eso lo cambiaba todo. Y, si cuando salí de Cabo Bretón deseaba verlo de nuevo, llevada por la piedad y la empatía, las cosas habían cambiado en las últimas veinticuatro horas. Enterrar ahora a Nathan, de repente, con tan poco margen de tiempo, lo sentí como una empresa demasiado espinosa. Y dije:

—Vale, me alegro de que estés bien. Te abandoné en el hospital. Por mi culpa... Tus dedos, esa mano...

—Olvídalo —señaló, muy serio.

Dijo que estaba en las oficinas de la Sûreté, en un frío pasillo, frente al despacho de un forense. Había terminado con las formalidades y firmado los documentos. Oficialmente se había hecho cargo del cuerpo de su hijo.

—¡Lo siento, lo siento! Tenemos que hablar... —lamenté.

Le pregunté si estaba con el inspector Bonnard, y a continuación le dije: «Creo que estoy metida en un lío con él».

—Sí, estoy con el inspector. Pero no creo que tenga nada importante contra ti, aparte de la actitud grosera y mentirosa que has mantenido hacia él, ¿verdad, inspector? —preguntó, retirándose del auricular brevemente. Hizo una pausa—. Me dice el inspector que regreses a Montreal enseguida.

—Dile que lo pensaré.

—Mañana entierro a mi hijo.

—Está bien. Quiero acompañarte.

Cruzamos unas cuantas palabras angustiosas referentes a los preparativos del entierro de Nathan. Robert le había contado a

Bonnard lo que sabía, incluida la existencia del auténtico Jacob Lambert, y había firmado una declaración policial. Oír el nombre del niño me hizo sonreír, y pensé que el futuro, a veces, ofrecía algún tipo de esperanza. Le dije que quería conocer al pequeño. Robert guardó silencio durante unos segundos. Pensaba una respuesta. Pero no me dio ninguna. Solo añadió que estaba alojado en el Best Western del aeropuerto. Le prometí que en dos horas estaría en la ciudad. Y quedamos en vernos en la puerta de la sinagoga Shaar Hashomayim. Robert había concertado una cita con el rabino para organizar el oficio y el entierro lo antes posible.

Nathan se había hecho bautizar por el pastor Hells. Debía decírselo en algún momento.

—Te espero allí —dijo.

Arranqué y continué el viaje hasta la casa del lago. Ya no toleraba seguir en aquellos parajes y en ese bosque por más tiempo. La inmensidad del lago y lo angosto del terreno apagaban mi ánimo y abrían un karma de desasosiego. Cerré el cobertizo con llave. Antes me aseguré del mueble y de su buen amarre a la pared, como siempre lo estuvo, sin levantar sospechas de lo que ocultaba, y pensé en el mejor momento para llevar a cabo la segunda parte del trabajo, con el barrido total del cobertizo y el zulo del subsuelo.

Entré en casa, recogí mi bolsa de viaje y llamé a mi querida Dune. La encontré dormida sobre un almohadón en el sofá, frente a la chimenea apagada. La cogí en brazos y la dejé en el Land Rover. Luego caminé sobre la nieve, sintiéndola crujir bajo mis pasos, hasta el cuarto de herramientas a por la caja de Britte y encendí la luz. Vi el sobre con el dinero para Mike como pago a su trabajo. «Qué chico tan testarudo», pensé.

Me quedé mirando la caja de Britte. Levanté la tapa y ahí estaban los carretes, bien colocados. Pensé en enviarlos a un laboratorio de confianza porque mi cabeza empezaba a escenificar instantáneas terroríficas, lo terrorífica que entonces me pareció Britte Jelen y su historia de superviviente, refugiada, ladrona y algo más que empezaba a vislumbrar... Imaginé miles de instantáneas capturadas de la muerte; de los objetos personales de los enfermos, de sus desechos. O incluso de los cuerpos torturados que me venían a la imaginación tras haber visto la película de Otto Winter. Pero Britte no mentía nunca, su código era la verdad, o en el peor de los casos, la omisión. Podría encontrarme con fotografías del París de la posguerra. Desconocía si esa afición la había traído de Francia. Me inquietaba pensarlo. Mi curiosidad adquiría un brillo morboso con el descubrimiento de la biografía de Britte y el triste final de su prima, Marie Jelen.

En un lateral de la caja encontré unas cartas atadas con hilo de rafia. Conté siete sobres marrones, grandes; de tan viejos, maltratados y planchados para restaurar el papel. Enviados en distintas fechas del año 1942. Los sellos llevaban la imagen del mariscal Pétain. Tenía en mis manos siete cartas de la auténtica Marie Jelen. De la niña de diez años a la que Britte le había robado la identidad.

Hacía un frío gélido en el cuarto de herramientas, pero me sentía arder. Las siete cartas iban dirigidas al padre de Marie: monsieur Icek Jelen. Frénois, Ardennes, France. Desde dos lugares distintos. La primera con remite del Vélodrome d'Hiver, rue Nélaton, Paris. El resto las había enviado la niña desde el camp d'internament de Pithiviers, Loiret, France.

Querido papá:
Nos llevan al Velódromo de Invierno, pero no nos escribamos ahora, porque no es seguro que nos quedemos aquí.
Un beso fuerte y otro de mamá, tu hijita que se acuerda mucho de ti,

MARIE

Querido papá:

Estoy enferma, tengo la escarlatina, no es nada grave pero dura mucho tiempo. Tengo que quedarme cuarenta días en cama, los primeros días no pude comer, así que nos dan leche. Estoy muy bien de salud. Hace dieciocho días que estoy enferma. Se come bien, puré de patatas, arroz, fideos.

Un beso muy fuerte de tu hijita que te quiere,

MARIE

27 de agosto de 1942

Querido papá:

Aprovecho mi tiempo para escribirte una segunda carta. Perdona por no escribir antes porque en la enfermería hay niños más pequeños que yo, y cuando la enfermera y la señora que se ocupa de los niños enfermos están fuera, los mayores deben ocuparse de los más pequeños. He vuelto a encontrarme con mis compañeros de París. He visto a Fanny con su hermano pequeño. Cuando no estaba mala, jugaba todo el tiempo con ella, y también me he encontrado a Robert con su madre y su padre, así que no me he aburrido.

Un beso muy fuerte de tu hijita que te quiere mucho,

MARIE

Por la fecha de esta tercera carta, Marie ya había sido separada de su madre, que estaría convertida en polvo de crematorio de Auschwitz.

29 de agosto

Querido papá:

Espero que no te aburras mucho y que las patatas crezcan bien. Yo estoy bien, pero me aburro un poco, de todas formas. Hace unos días nos lo pasamos muy bien. La señora que nos cuida nos dio pan de especias con peras y ciruelas, nos dimos una comilona. La señora es muy amable conmigo, nos mima mucho. La comida que nos dan está buena, lo único es que no podemos comer las cosas con sal y si no está dulce no está bueno. Me acuerdo mucho de ti, ¿estás bien de salud? Yo, cuando me canso de estar todo el tiempo en la cama, me levanto un poco. No se me ocurre nada más que contarte.

Un beso muy fuerte de tu hijita que te quiere,

MARIE

2 de septiembre

Querido papá:

Te escribo otra vez para decirte que ya estoy casi curada del todo. Tengo buen apetito, como bien, duermo bien y me lo paso bien. Espero que tú no te aburras mucho, y que tú comas y duermas bien como yo, y que estés bien de salud. No tengo ya más que contarte.

Un beso muy fuerte de tu hijita que te quiere mucho,

MARIE

Pithiviers, 11/9/42

Querido papá:

Perdona por no haberte escrito antes. Puedes enviarme un paquete dos veces al mes y una carta todas las semanas. En el sobre encontrarás otro en el cual va una ficha que deberás pegar en el sobre. La carta que me escribas tienes que meterla dentro del otro sobre. Te pido poco porque sé que no podrás enviarme mucha cosa. ¿Cuándo volverás a París? Yo aquí me aburro mucho.

Un beso muy fuerte de tu hijita que te quiere mucho,

MARIE

Querido papá:

Hace mucho que no te he escrito porque esperaba el permiso para escribir cartas. Puedes enviarme una respuesta en el otro sobre. Si puedes me gustaría que me enviaras mis fotos, de mamá y la tuya. Hace mucho tiempo que no te veo. Espero poder verte muy pronto. Trata de sacarme de aquí para poder estar contigo otra vez, aquí me estoy quedando sin fuerzas. He adelgazado mucho, todavía estoy enferma, he cogido otra enfermedad, la varicela, hay gente que dice que van a dejar libres a los niños que tengan menos de dieciséis años. Espero que me llegue tu respuesta lo antes posible. Que sigas bien, sobre todo no caigas enfermo como me pasa a mí. No lo pases mal como yo, que me pongo a llorar cada vez que me acuerdo de ti.

Tu hijita que te quiere y te envía un beso muy fuerte,

MARIE

Esta última carta la escribió Marie tres días antes de su deportación de Francia. Viajó en el convoy n.º 35, junto a mil quince adultos y ciento sesenta y tres niños. Llegaron a Oświęcim, Polonia, el 23 de septiembre y de inmediato fue conducida, con la promesa de reunirse con su madre, a una ducha de Zyklon B.

44

Espantosa ironía

Volví a guardar las cartas de Marie Jelen en la caja de Britte, y con ella en la mano cerré el cuarto de herramientas. Al arrancar el Land Rover me acordé del Ferrari. «Bueno…, creo que a Raymond no le importará que me lo quede unos días más», pensé. Y seguidamente salí del coche alentada por una idea, pensando en el pequeño Jacob, y entré en el garaje a por el palo de hockey en el maletero del Ferrari que había comprado en Nueva Escocia.

Durante el viaje a Montreal, con hielo sobre el pavimento que lo hacía una pista de patinaje, no paraba de darles vueltas al zulo y las cartas de Marie que me deprimían como a un animal derrotado. Deseaba leerlas de nuevo, con impaciencia. Pero en el fondo no era un animal derrotado lo que iba descubriendo en mi interior, sino un pájaro enfermo. E inexorablemente la historia de la niña me arrastraba a un submundo de caos y terror. Al sótano. A los Winter. A las aguas fecales del nacionalsocialismo, después de muerto, con sus *Hauptschuldige,** Belastete,*** Min-

---

* Término empleado tras la Segunda Guerra Mundial para los procesados por los crímenes nazis, considerados como principales responsables del genocidio del nacionalsocialismo.

** Término para los procesados por los crímenes nazis, considerados activistas y explotadores.

derbelastete* o *Mitläufer*** paseando por cualquier parque de Sudamérica, disfrutando de una vida apacible recolectando miel, o torturados en un zulo de cualquier lugar del mundo.

Debía marginar los pensamientos negativos y centrarme en la llamada de Robert. Y en Nathan, que había sido relegado del protagonismo de mis obsesiones. La voz de mi cuñado la había encontrado cambiada. Dijéramos que hasta razonable. Debió de ser un hombre amable y cariñoso en otra época. Y no era una casualidad que el hotel elegido para alojarse en Montreal estuviera a diez minutos de su casa de Lachine. Estaba segura de que ya habría inspeccionado a fondo la vivienda cuando me llamó, solo o en compañía del inspector Bonnard. Y suponía que habrían descubierto el material en la mesa del garaje. Y los libros, incluido el manifiesto de Unabomber. Bonnard podría con todo aquello elaborar una teoría concluyente sobre la personalidad de Nathan, sus ideas y razonamientos antitecnología, calcados de los ideales del neoludita Kaczynski. Lo que no hallaría Bonnard era el móvil definitivo de Nathan para atentar contra su tío y los Lewinsky. Con la dificultad añadida de haber sido también él una víctima asesinada. Pero ese material sería suficiente para sustentar la acusación de haber sido el artífice de los envíos de las cartas bomba. La muerte de Nathan y sus circunstancias abrían desconocidas posibilidades que aumentaban la tensión.

¿Quién asesinó a Nathan y por qué? La muerte de mi marido y de su sobrino estaban relacionadas en un triste lamento fúnebre. No pensaba meter a Britte en el asunto y delatarla. Demasiadas explicaciones. Tampoco me convenía, de momento. En el fondo, no pensaba de verdad que fuera una asesina, aunque no

---

* Término para los procesados por los crímenes nazis, considerados como responsables secundarios o menores.

** Término para los procesados por los crímenes nazis, considerados seguidores del régimen nacionalsocialista, sin pruebas suficientes para ser condenados. Los *Mitläufer* fueron declarados culpables *de facto* por apoyar el movimiento nazi, sin necesidad de estar comprometidos ideológicamente con las doctrinas esenciales, como el racismo biológico y la política de exterminio judío.

quisiera contarme todo lo que sabía; igual protegía a alguien, a quien grapó a Nathan mi anuncio, porque ella jamás se atrevería a hacer lo que le hicieron al sobrino de Alexander. Y estaba segura de que Britte jamás le diría a nadie lo que me había contado a mí, y menos a la policía. Yo era y sería la última destinataria de su verdad. Una mujer que se había salvado de los tentáculos del nazismo, sobrevivido a la guerra, escapado de Francia con un padre falso y usurpado la identidad de su prima fallecida, durante cincuenta años, no iba a amedrentarse por un pacífico inspector canadiense medio indio. Realmente no quería volver a verla, ni rememorar su recuerdo cuando todo pasara. Y si ella callaba lo que debía saber respecto a esa grapadora y la muerte de Nathan, los Lewinsky acabarían por contármelo con la presión adecuada.

Hallé Montreal anochecida, con más de cuarenta centímetros de nieve acumulada en las fachadas y a los lados de las calles. Me tropezaba con lentos vehículos quitanieves del ayuntamiento en cada semáforo. Cuando llegué por fin a mi destino, a las siete de la tarde, no vi a Robert en la puerta de la Congregación Shaar Hashomayim. Me quedé en el coche a esperarlo. Dune había vuelto a ser mi copiloto y su presencia me alegraba. Robert salió de la sinagoga y vino hacia mí. Su barba me pareció más limpia y más blanca, como nieve esponjosa sobre sus hombros caídos. Llevaba un plumífero negro, blanquecino por el cuello y los puños, cuando se apoyó en la ventanilla y me dijo con el semblante muy serio y muy triste:

—Todo solucionado. Te veo con muy mala cara, cuñada.

Esas fueron sus primeras palabras. Entró en el coche y nos quedamos en silencio. La ropa le apestaba a tabaco. Llevaba un pantalón de chándal y unas viejas zapatillas de tenis. Todo él parecía un desastre. Le miré la mano vendada y me interesé por ella. «Olvídalo. Ya está curada», volvió a decirme, harto de que le preguntara y de mi sentimiento de culpabilidad, y a continuación: «Me alegra verte. Raro, ¿verdad?, con todo lo que me has hecho... Y veo que estás sana y salva. Entera». Aquello me sonó a una declaración de paz.

—¿Acaso pensabas que podría estar por la mitad?

—Con lo que ha pasado en mi familia no sería extraño.

—¿Desde cuándo me consideras de tu familia?

De la sinagoga salía gente con sombreros y paraguas. Él miraba hacia la calle y no me contestó. Su rostro no me parecía el mismo, mermado y más blando, y las órbitas de los ojos, mortificadas.

—Mañana será el puto entierro —murmuró.

Le conté que Nathan se había hecho bautizar en la iglesia evangélica Rivière-des-Prairies, por el pastor Hells.

—Tú decides cómo quieres enterrar a tu hijo —añadí—, como cristiano o judío. Yo no digo nada. Solo te informo.

Aquello lo contrarió enormemente, creo que hubiese preferido no saberlo. Pero así estaba la situación. Resopló y se golpeó la frente contra el salpicadero como si no fuera posible, sabiendo que no solo era posible: era seguro.

—Debes actuar en conciencia —añadí.

«¿Por qué tendrás que meter las narices donde no te llaman?», creo que es lo que estaba pensando, pero dijo, apesadumbrado: «Voy a hablar con el rabino. Espérame».

En la oscuridad de la noche lo vi perderse por el jardín cubierto de blanco, a grandes zancadas, hacia la entrada trasera. Ya era tarde, la puerta principal estaba cerrada. Habían apagado las luces. Al cabo del rato volvió más tranquilo. Dijo que estaba solucionado. No pregunté, solo dije: «Me alegro».

El rabino saldría en busca del pastor de la iglesia. Juntos hallarían la decisión más adecuada para solucionar el conflicto.

Robert se dio cuenta de que Dune estaba en el coche. No dijo nada. Solo desvió la mirada como si la gata fuera invisible.

—¿Has resuelto la cuestión de la tierra? —me preguntó.

—Ah…, ya… No, todavía no… —¿Qué podía decirle?—. He intentado descansar y poner negro sobre blanco.

—Está bien. No hace falta que me lo cuentes, si no quieres.

Ahí terminó la conversación. Arranqué el coche y lo llevé al hotel. Un edificio impersonal, con un enorme aparcamiento entre el laberinto de autopistas y puentes elevados del aeropuerto.

Era la hora de cenar y me invitó a tomar algo en la cafetería. Mi estómago era una especie de saco vacío que se había acostumbrado a la desazón del ayuno. Durante la cena conversamos. Nuestra actitud era la típica de personas en duelo. Levantó la mirada de sus patatas fritas y me habló de la visita del inspector Bonnard al hospital de Inverness. El material del garaje no era de su hijo. Alguien lo había colocado allí. No encontraron ninguna huella en las pilas ni en los cables ni en ningún componente del explosivo casero a medio montar. Robert no entendía nada. Confiaba en Bonnard, le daba buena espina, y según sus palabras, ese métis se estaba tomando el caso muy en serio, tan en serio que Robert sospechaba que algún sentimiento de afinidad hacia el caso había empujado a Bonnard a desarrollar una investigación tan escrupulosa.

—También está preocupado por ti. Parece que has intentado engañarlo más de una vez.

—No me gusta la policía. —«Y ahora mucho menos», pensé—. No quiero que husmeen en mis asuntos, ni en los asuntos de tu hermano, que no eran ni claros ni buenos.

—Parece que ya te has dado cuenta. Bienvenida al mundo de los Cohen.

—Así es; lo mío me ha costado. Parecéis un parque de atracciones. ¿O es la casa del terror?

Sonrió.

—He averiguado cosas… —dije.

—¿Qué cosas, cuñada? No des tantos rodeos. —Dejó caer el resto del contenido de la lata de cerveza en su vaso de plástico.

Me daba igual, pensaba ser comedida. Robert, en el fondo, necesitaba confiar en la figura de su hermano mayor, aunque fuera bajo mínimos, y, por muy deteriorada que la tuviera, contarle lo del zulo acabaría de arrastrarla por el fango y la ignominia definitivamente. Y para ser fiel a mi estilo, le relaté otro suceso. Tenía donde elegir. Casi podía jugar a los dados con ellos.

—Tetragrámaton, ¿vale? —dije.

—Claro.

Bebió un buen trago del vaso de plástico y asintió. Muy atento. Le expliqué lo que sabía de la productora y el capital que se habían embolsado los socios durante más de quince años a través de ella. Era mi deber contarle por lo menos un pequeño apunte. Le dije que iba a hablar con el viejo Lewinsky. Ese hombre tendría el relato completo de lo que estaba sucediendo, porque Otto Winter había regresado a Montreal arruinado, después de tres décadas. Posiblemente habría extorsionado a Alexander y a Raymond por dinero. Me preguntó, con ojos fulgurantes, cómo sabía todo eso.

—No te lo puedo decir.

—Me imagino quién te lo ha contado.

—Qué más da.

—No te fíes de tu empleada. Y no debes protegerla. Recuerda que a mi hijo lo han asesinado, y no solo eso. Lo han intentado involucrar en el homicidio de su tío.

Bajó la vista hacia la espuma de la cerveza y se quedó pensativo. Luego dijo, con una mirada asesina:

—¿Qué hacían aquella noche mi hermano y su pandilla sacando trastos de la rue Émery? ¿Se lo has preguntado a tu inocente empleada?

—Según ella, solo le echaba una mano a Raymond a bajar del estudio de Otto el atrezo para una película. Luego, la dejaron en la casa. En esa época ella trabajaba para los padres de Raymond. Marie ayudaba en todo a la familia Lewinsky, lo que mandasen. Ella no formaba parte de la productora. Me gustaría que echases un vistazo a la contabilidad de Tetragrámaton.

—No me interesa —me cortó.

Robert pidió una segunda cerveza.

—No quiero saber nada de las andanzas de mi hermano. Si tuvo o no tuvo empresas o productoras o mierdas por el estilo. Ni lo que hacía o dejaba de hacer, solo o con sus amigos. Si te apetece se lo cuentas al inspector y que lo investigue. Y que sepas... —Y bajó el tono y se acercó a mí—. Sé que me ocultas algo importante. Pero allá tú...

—Necesito dormir, estoy cansada y no quiero ir a casa. No hasta que haya hablado con Raymond.

—Creo que deberías simplificarte la vida —me aconsejó, y dio el último bocado a su hamburguesa.

Tuve tentaciones de contarle que Marie no era Marie. Pero me detuve a tiempo.

—Duerme aquí esta noche —me sugirió—. Mañana enterramos a Nathan. Tenemos un penoso día por delante. Y quiero regresar enseguida a Inverness.

—¿Cómo le vas a contar al pequeño Jacob la muerte de su padre? ¿No te das cuenta de que ese niño es el único futuro que te queda?

—No te metas.

—Vayamos mañana a verlo. Llama al colegio. No puedes irte de Montreal sin ver a tu nieto. Además, la muerte de Nathan se tiene que aclarar… Y la de tu hermano.

— Yo aquí no pinto nada. No me presiones, ¿vale? El inspector está investigando. Esta mierda no es nada sencilla, va para largo. Y mira…, cuñada, te voy a revelar algo que el inspector Bonnard me ha contado: mi hermano atendía a Nathan en el hospital. Mi hijo estaba en tratamiento con su tío. Y, como era habitual en mi hermano, ni te lo dijo. Él era así. Nos despreciaba. Odiaba tener que atender a su sobrino. Le recordaba una y otra vez una mierda de mundo que trataba de olvidar. Decírtelo hubiera sido para él tener que hablarte de mi hijo, de mí, de Jackie…, y eso no deseaba hacerlo por nada del mundo. Quería enterrarnos a todos como había enterrado su puto pasado.

Y pensé: «En un zulo».

—Bonnard encontró los diarios de sesión —añadió Robert—. Estaban entre los expedientes de mi hermano, en su despacho del hospital. El idiota de mi hijo, tras el accidente de Alexander, se presentó en tu consulta. No sé por qué lo hizo. Siempre estuvo pirado, pero no como para matar a nadie, que quede claro. Pobre muchacho…, no se debía de encontrar nada bien.

Robert no quería seguir pensando en su hijo. Los ojos se le humedecían y bebió directamente de la lata, pero ya no quedaba. Luego dijo: «La semana que viene me quitan los puntos. Vayamos a descansar».

Pidió la cuenta a la camarera y apuntó en ella su número de habitación. Yo me instalé en el hotel esa noche. Pero antes fuimos los dos a por Dune al Land Rover. Con ella en brazos, en el nevado aparcamiento y bajo el temblor y el ruido que producían los aviones en su despegue, nos dimos un beso en la mejilla, hasta las siete de la mañana del día siguiente.

Por fin se habían roto algunas de las resistencias de mi cuñado. Pero esa noche y sin dilación necesitaba enfrentarme de nuevo a las cartas de una niña, y no sabía muy bien cómo hacerlo. Intentaba dilatar el encuentro con su letra y su inocencia, y las volví a leer varias veces. Perdí la cuenta. Las guardé en los sobres, los anudé con el cordón de rafia y las dejé donde habían estado durante cincuenta y tres años. Toda mi curiosidad por ver las fotografías de Britte se había esfumado como la nube de una hoguera. Ya no deseaba entrar en el agujero más secreto de su mente, porque olía a podrido. Y en esa habitación de hotel necesitaba cerrar el capítulo de la existencia de Britte Jelen en mi vida. Fuera lo que fuese lo que había retratado, formaba parte de su pasado: bueno o malo, terrible o sencillamente la vida misma corriendo por el visor de su cámara.

Conecté el móvil para hablar con Britte. Eran las once de la noche. Le dije que tomase un taxi hasta el Best Western del aeropuerto Trudeau, a primera hora de la mañana. En recepción le entregarían lo que era suyo. El silencio entre nosotras fue más elocuente que cualquier palabra.

—Cuando recojas en recepción lo que te pertenece —dije—, y no estoy segura de que «todo» te pertenezca, quiero que saques tus cosas de mi casa y salgas de mi vida.

Sé que Britte se dio cuenta inmediatamente de que había leído las cartas. Pero nunca supe cómo llegaron hasta ella porque no quise preguntárselo. Estoy segura de que se las robó al padre de Marie cuando le quitó el pasaporte y los documentos de su hija, en 1948. ¿Por qué lo haría? ¿Cómo fue capaz de robarle algo así?

Dejé la caja en recepción antes de acostarme. Un empleado la envolvió en papel de estraza, le pasó varias veces una cinta adhesiva para precintarla y yo escribí el nombre de Britte.

Me quedé dormida murmurando la última frase de la última carta de la pequeña Marie: «No lo pases mal como yo, que me pongo a llorar cada vez que me acuerdo de ti».

Por la mañana me confirmó un empleado, tras el mostrador de recepción, que el paquete había sido recogido a las 7.05 a. m. Y me entregó un recibo firmado por Marie Jelen.

Espantosa ironía.

45

Un rabino y un pastor

Dune se había acostumbrado al peregrinaje. Era la única presencia feliz en mi vida. Su mirada, al dejarla de nuevo sobre su asiento del Land Rover —porque ya era suyo, se lo había ganado—, a las siete de la mañana, se clavó en mí como diciendo: «¿Cuánto tiempo va a durar todo esto?». Hacía un frío insoportable que excitaba las normales sensaciones de cualquier cuerpo. Necesitaba mi ropa de invierno, entrar en mi casa y sentirme en un territorio amigo, ahora que Britte ya no estaba.

Robert miraba hacia la puerta de la calle de la cafetería. Había terminado un copioso desayuno continental. Restos de huevos revueltos y tostadas, sobre el plato de su bandeja, parecían haber sido desmenuzados por Dune. Mientras Robert me contaba el orden del día, sin ninguna solemnidad, el café y los bagels me confortaron. Me sorprendió su buen aspecto, aunque la venda de la mano me parecía más sucia. Llevaba el brazo izquierdo sujeto por un pañuelo como cabestrillo. Dijo que así no le dolían los puntos. Le pregunté por la medicación. Vi sobre la bandeja un blíster vacío de antibiótico.

Lo curioso es que Robert había dado un cambio considerable. Se había afeitado la barba. Le vi la piel de la cara saludable, con algún corte superficial de la cuchilla. Observé enseguida que no llevaba el pantalón de chándal ni las zapatillas de tenis. Vestía un curioso traje gris oscuro, algo anticuado, camisa blanca y corbata negra, finita; parecía nueva. Sus zapatos de punta tenían bordados granate sobre el empeine y había un sombrero de fieltro en una silla. Creo que esa mañana se había empleado concienzudamente en arreglarse. Mi cuñado era otro hombre. Apenas quedaban en él las huellas del anacoreta renegado que había conocido. Pienso que Robert necesitaba dignificarse para dar el último adiós a su hijo. Sentirse el hombre que fue alguna vez. Iba superando las etapas del duelo con cierta dignidad y resignación, habituado a los golpes más bajos de la vida.

Me explicó la conversación que había mantenido con el rabino a las seis de la mañana. Ya estaban los preparativos en marcha. A las tres de la tarde enterraríamos a Nathan. Lo iba a oficiar el pastor Hells, con asistencia del rabino Loew, en el cementerio cristiano de Mont-Royal. Robert actuó en conciencia y respetó la voluntad de su hijo. Se había enfrentado a peores derrumbes. «Al fin y al cabo su madre era evangélica, y creyente», acabó por decirme, resignado a aceptar otro escenario imprevisto.

Yo arrastraba un billete de veinte dólares sobre la mesa a la camarera, cuando lo oí decir:

—He llamado al colegio hace un rato. —E hizo una pausa—. La directora nos espera a las nueve.

Levanté la vista de los veinte dólares y me di cuenta de que todo ese esmero de Robert por su nuevo aspecto era por el niño. Nuestras miradas se cruzaron y vi, por primera vez en él, dos expresiones hasta ahora desconocidas: ilusión y piedad.

Mientras atravesábamos el aparcamiento hacia el vehículo nos tapamos los oídos y yo me agaché instintivamente. Un ruidoso avión sobrevoló nuestros cuerpos y él me abrazó como intentando protegerme de un peligro.

La escena siguiente fue también desconcertante. Durante el trayecto en el Land Rover hacia Dorval, Dune se asomó a olfatearlo desde el asiento de atrás y se dejó acariciar por Robert mientras él me indicaba cómo llegar al colegio. Intercambiamos unas impresiones superficiales sobre la evolución de la cirugía de los dedos. Me tranquilizó saber que iba por el camino adecuado a la curación definitiva. Luego, guardamos silencio con una familiaridad agradable. Él siguió mimando a la gata hasta llegar a nuestro inmediato destino como si estuvieran acostumbrados el uno al otro. Estaba segura de que los dos se conocían.

Llegamos a la avenida Lake, un barrio tranquilo y residencial. Buenas casas con jardines perfectos y césped jugoso cubierto de nieve. Pensé que nos dirigíamos a un sencillo colegio para familias de bajos recursos, alguna obra benéfica de la comunidad judía. Pero nos hallábamos ante un edificio moderno, rodeado por una verja elegante con flores de latón. Un gran chalet de ladrillo visto y tejados de pizarra a varias aguas. Ventanas de buena madera, sin rejas. Construido en los años ochenta, me dijo Robert. Detrás del edificio estaban las canchas de baloncesto y de tenis. Y una piscina climatizada, para orgullo de mi cuñado.

Esperamos unos minutos al calor del interior del Land Rover a que fuese la hora. Unos pájaros se posaron en el respaldo de un banco vacío, y el agua grisácea del río se empezaba a congelar por la orilla. Le dije que ese colegio parecía muy caro.

—El dinero ha de servir para algo bueno en la vida —contestó—. Es todo lo que puedo hacer por el chaval.

Se subió el cuello del abrigo para salir del coche. Se colocó el sombrero y le concedió a Dune una familiar caricia de despedida.

—Pero es un colegio, solo es un colegio —repliqué.

—El mejor.

—No lo discuto.

—Es la hora.

Dio un portazo a la puerta. Odiaba que le pusiera en tela de juicio. Salí tras él. En la acera me tomó por la cintura para cruzar la calle. El viento soplaba y volvía a nevar sobre la desangelada mañana. Me aclaró que era un colegio anglófono y hablaríamos en inglés. Llamó al timbre y se abrió la cancela para darnos paso.

La directora nos recibió en el vestíbulo de una casa elegante. No se veía ni un niño por las amplias escaleras que ascendían a la planta superior, ni se oían tras las puertas cerradas. Robert me presentó y ella se alegró sinceramente de ver a Robert por la institución, tras darle el pésame por la muerte de su hijo con un sentido apretón de manos. Parecía lamentarlo de verdad. Era una mujer muy delgada, de unos cuarenta años. Todo nervio. La conversación se desarrolló en un cordial y refinado inglés. El de Robert, perfecto y culto, y el de miss Douglas, de exagerado acento británico. Ella deseaba hablar en privado con Robert de un asunto importante y así nos lo hizo saber. Robert, haciendo gala de una inesperada elegancia y mano izquierda, logró hacerme partícipe de aquella conversación

Acompañamos a miss Douglas a su despacho tras cruzar el silencioso vestíbulo. Nos hizo sentar en un sofá Chester frente a una bonita librería. Ambos hablaron sobre la forma más adecuada de dar al pequeño Jacob la noticia de la muerte de su padre. Robert solicitó unos días más para hacerlo. A ella no le gustó otra prórroga; no tenía sentido ocultárselo al niño por más tiempo. Era una mujer sumamente delicada. Y Robert dijo con decisión: «Está bien, hablaré con él. Yo se lo digo».

—Es lo correcto, mister Cohen. Me alegro de que haya encontrado la solución adecuada, y sobre todo de tenerlo a usted entre nosotros. —Lo dijo con sinceridad y afecto, rozándole la mano con la suya—. Espero que no tarde en visitarnos. En especial ahora… que Jacob estará tan solito…

En un momento dado de la conversación miss Douglas dejó caer que madame Lambert hacía más de siete meses que no visitaba a su hijo. Y, en todo el año, le había escrito una sola postal, desde las cataratas del Niágara. Trabajaba en un hotel para turistas en la zona canadiense. A Robert se le encendió el rostro. Yo me mantenía al margen de la conversación. Vi a mi cuñado en apuros por contenerse y no perder los modales refinados que tanto me sorprendían.

—Su nieto se ha alegrado sinceramente de su visita y va a ser una sorpresa para él conocer a su tía —dijo ella haciéndose, supongo, preguntas sobre mí y mi presencia.

Ella me miraba con cierta condescendencia. Sus ojos inteligentes observaban discretamente la mano vendada de Robert, con la delicadeza suficiente para no preguntar por ello. Y sin rodeos me dijo directamente:

—Si usted está dispuesta a entrar en la vida del niño, me parece bien que lo conozca ahora. Si piensa que va a ser una visita entre muy pocas, le rogaría que se abstuviese y tuviera la amabilidad y cortesía de esperar unos años. Jacob es un niño muy sensible. No sería prudente que se creara falsas expectativas respecto a usted. Y más si su abuelo va a hablar con él de algo tan doloroso. Me imagino que no querrá que Jacob en el futuro la asocie con la triste noticia de la muerte de su padre.

Me quedé helada. Robert también.

—Por supuesto, miss Douglas —dije—. Me encantaría visitar a Jacob a menudo, claro que sí. Muy a menudo. Vivo en Montreal, a cuarenta minutos. Acabo de perder a mi marido, no tengo hijos y conocer la existencia de Jacob ha sido una gran alegría en mi vida. Pero creo que voy a esperar. Sí, voy a esperar. Es lo más prudente. Sobre todo, un día como hoy.

Aquello me desbarató por dentro. Ella se dio cuenta. Me había escuchado con verdadera atención y creo que sintió lástima de mí. Odié aquella situación, me levanté y le dije a Robert:

—Voy al coche a recoger el regalo para Jacob. Regreso enseguida.

Robert guardó silencio. Lo noté doblemente sorprendido. Se puso de pie como un caballero y se volvió a sentar cuando cerré la puerta tras de mí. Creo que esa mujer no deseaba ser grosera conmigo; debía proteger a su alumno e hizo lo correcto. Regresé con el palo de hockey en el momento en que Robert se despedía de ella en el vestíbulo para seguir a una profesora hacia el edificio de atrás donde le esperaba el niño. Robert puso cara de pasmo y sonrió abiertamente como hacía su hermano cuando de verdad le sorprendía algo.

—El palo mi'kmaq. —Y se lo entregué—. Te espero en el coche.

Él lo cogió y yo me despedí de miss Douglas.

Crucé de nuevo el jardín por el camino de piedra bordeado

de nieve que no cesaba de caer. No me sobreponía a la frustración. «No pasa nada —me dije—. Tranquila, respira, acaricia a Dune y relájate.» Y ahí estaba ella, mirando la calle, subida en mi asiento. Me hizo sonreír. Decididamente pensé que mis cualidades de análisis las había lanzado a un vertedero. Me sentía acabada como médico. Nunca podría ayudar a nadie. Ni tan siquiera intentarlo. Y mucho menos a mí.

Luego me tranquilicé y escuché la radio durante más de una hora. Cuando vi a Robert salir por la cancela, envuelto en su abrigo elegante con el cuello levantado y el sombrero de fieltro, saqué unas gafas de sol de la guantera y me las puse para evitar mirarlo a los ojos y que pudiera descubrir en ellos la pérdida de mi alma que yo había arrojado a un centro de reciclaje.

Entró muy serio, enfadado con el mundo. Se dejó caer en el asiento. Me dijo que siempre le pasaba, tras visitar a su nieto. Pero esta vez había sido catastrófica. Empezó a insultar a Andrea auténticas barbaridades. Estaba descargando su dolor sobre la madre de Jacob. Juró retirarle el dinero. Iba a suspender la transferencia hasta que no se comportara como una madre. Creo que Robert estaba fuera de sí. No solo había perdido un hijo, también tenía que recordar continuamente los errores de Nathan. Debía llamar a Andrea cuando estuviese tranquilo, le dije, hablar civilizadamente de la situación del niño.

—¡Ya lo sé, joder; ya lo sé! —gritó, agobiado, y a continuación añadió—: Ahora tenemos que ir al cementerio.

Y se golpeó la frente contra el salpicadero como un animal. No me atreví a preguntarle cómo había ido la visita con el pequeño. Pero él ya me había ofrecido la respuesta.

—Me ha dicho que rezará por su padre. ¡Qué buen niño! Jugará el próximo domingo como jamás lo ha hecho. Le dedicará a su padre el partido para que se sienta orgulloso desde el *Gan Eden*. No le he dicho que hoy es el entierro. Ni lo otro. —Y abrió los ojos, fastidiado. Se refería al impedimento de que Nathan recibiera un auténtico entierro judío. Luego dijo—: Gracias por el palo, le ha gustado de verdad. Le he hablado de ti. Le he dicho que se lo has comprado tú en Cabo Bretón a un verdadero indio mi'kmaq.

Guardó silencio y dijo a continuación, más sosegado:

—Y cuando quieras…, cuñada, puedes venir a verlo.

Aquello me sonó a una sincera reconciliación. Y pude percibir en su voz la esperanza por que se hiciera realidad. Arranqué y salimos de Dorval hacia el norte.

46

Un entierro compartido

No esperaba encontrarme con el inspector Bonnard, pero estaba arrebujado contra el asiento de su Chevrolet Sedán a la entrada del cementerio, junto al teniente Williams, con cara de pocos amigos. Salió de su interior en cuanto nos vio llegar por la rotonda de entrada del Mont-Royal. Otra vez volvía a pisar ese monte. «El monte de los olivos —pensé—, de la redención de los muertos, de las personas que quiero.» Porque míos consideraba a Nathan y a Jacqueline. Qué mal lugar para encontrarse con Bonnard.

Paré el Land Rover frente a la oficina del cementerio. El inspector se aproximaba a nuestro encuentro como diciendo: «Por fin nos vemos las caras tú y yo». Caminaba seguro de sí mismo, protegido por una gabardina forrada de astracán. Bajé la ventanilla. Bonnard se apoyó en el montante y se agachó.

—¿Va usted de entierro? —le dije.

—No ha perdido el humor. ¿Ha pescado lo que buscaba en Nunavik, doctora?

—Depende de cómo se mire. ¿Me va a detener, ahora que me tiene delante?

—De momento no.

—Creo que su investigación evoluciona, inspector.

Robert no entendía nada. Salió del coche enseguida y fue hacia Bonnard. Estuvieron charlando unos minutos bajo una especie de lluvia que no terminaba de ser nieve. Mi cuñado me dijo que lo esperara en el coche y lo vi desaparecer. Llegaron dos vehículos oscuros. De uno salió el pastor Hells y del otro un rabino con barba, bajito y delgado, con una kipá de terciopelo bordado. Los dos clérigos se saludaron con franca cortesía en la calle y entraron en la oficina del cementerio. Bonnard se quedó mirándolos unos instantes, se dio la vuelta y se aproximó de nuevo al Land Rover. Los rasgos de su rostro de indio me parecieron una mezcla del caos de la Europa enmarañada, con la vitalidad de la América domesticada por siglos de lucha y sometimiento. Dio unos golpecitos en el cristal de mi ventanilla y me hizo un gesto para que lo dejara entrar.

Abrió la puerta y se acomodó a mi lado. Vio a Dune enseguida. Creo que la olió nada más sentarse. A un indio no le pasa desapercibida la presencia de un animal. «Bonito gato —dijo—. ¿Ahora viaja con mascota?» No le contesté. Bajé mi parasol y me miré en el espejo. ¡Dios, tenía unas ojeras feroces! El pelo revuelto y sucio. Creo que no reconocí a la mujer que me contemplaba por el espejo.

—¿Le ha ido bien en Nueva Escocia? Va dejando heridos a su paso, doctora.

—No tiene gracia.

—Si no me hace caso, no la podré proteger.

—Hace una semana me iba a detener y ahora me quiere ayudar. Parece que ya se ha dado cuenta de que el mal campa a sus anchas a mi alrededor.

—Le dije que no saliera de la ciudad.

—Estoy aquí, ¿no lo ve?

—Tengo que hablar con su asistenta. Mañana la voy a citar a declarar. Pronto le presentaré al juez el informe con mis conclusiones. Tengo que atar unos cabos y...

—Estoy ansiosa por saber cuáles son.

—El mal que usted llama tiene un rostro y sé cuál es.

—El de Otto Winter.

—Tenga cuidado con ese hombre.

—¿Qué puede querer de mí? No lo conozco de nada.

—Nunca se sabe… Es un tipo peligroso.

—¿Está él en Montreal?

—Así es.

—¿Por qué lo sabe? ¿Lo ha visto?

—Lo sé. De momento es suficiente para usted. Ya que se ha dedicado a huir y a mentirme, no pretenderá que comparta con usted información.

—Mi asistenta ya no trabaja para mí. No sé dónde está, la he despedido.

—Me lo imaginaba. ¿Sabe qué?

—¿Qué?

—Es usted tan predecible…

—¿Por qué se lo imaginaba?

—Porque ahora sabe cosas sobre ella que antes desconocía, no le han gustado nada, y por eso la ha despedido.

—Muy listo, inspector. Marie, que no es Marie sino Britte Jelen, ha engañado a todo el mundo.

—Es posible… —me contestó muy serio con el rostro de quien conoce todas las formas que adopta la mentira—. Doctora, usted siempre supo que Jacob Lambert era su sobrino.

—¡Se equivoca! —Me enfurecí—. Lo supe cuando me hallé ante la tumba de su madre. Yo solo até cabos. Sabía que en el cementerio encontraría algo. Mi paciente me contó cómo había muerto la madre; su suicidio lo atormentaba desde niño. No fue difícil averiguar el resto. Le juro que no sé por qué acudió a mi consulta. Supongo que a encontrar consuelo. A conocerme. Él no provocó el accidente de Alexander, estoy convencida. Solo era un hombre desesperado en busca de ayuda. La muerte de su tío le partió por la mitad.

—Lo sé —dijo, por fin.

Y respiré. Bonnard se sentía relajado, casi en familia, por su actitud imperturbable, con la tranquilidad de indio de las praderas con un traje de quinientos dólares y una gabardina de astracán de otros quinientos, en la intimidad del Land Rover. Era agradable el calor junto a él, observando ambos por la ventanilla el exterior de un mundo helado. Oíamos a la gata detrás. Se afilaba las uñas en la alfombrilla del suelo. Y juntos y en silencio contemplamos el deslizar de la nieve sobre más nieve y más nieve. Todo blanco. Los árboles, el césped, los parterres, las lápidas. Manteníamos un mutismo demasiado agradable. Tan agradable que comencé a ponerme nerviosa.

—¿Desde cuándo estaba Nathan en tratamiento con mi marido, en el Philippe-Pinel?

—No puedo contestar a esa pregunta. Pronto lo sabrá. Hable con su abogado.

De repente me acordé de Zuckerman. Había borrado de mi memoria a ese viejo truhan, encadenado al servicio de Raymond durante toda la vida.

—Me gusta su pulsera —dijo Bonnard—. Son plumas de cardenal.

—Ah...

—Los cardenales tienen una máscara en la cara, como un antifaz. Anidan en los bosques y los pantanos. ¿Le gusta cómo cantan?

—Nunca los he oído.

—Claro que los ha oído. Su finca está llena de cardenales rojos. Lo que pasa es que nadie le ha enseñado a escuchar a los cardenales.

—*Touchée*, inspector. Deberíamos hacer las paces.

—Deberíamos.

Robert salía de la oficina. Y a continuación el pastor y el rabino. Los dos clérigos entraron juntos en uno de los vehículos aparcados en la rotonda. Robert venía hacia nosotros con el sombrero arrebujado en una mano, la otra en el cabestrillo. Se acomodó en la parte de atrás. Bonnard quiso salir del auto, pero Robert no estaba para cortesías y le dijo que se quedara en su sitio. Podía acompañarnos al acto, si lo deseaba; acabaría enseguida. Noté a Bonnard incómodo y creo que por educación no salió del coche. Me sentía tensa con Bonnard delante y mi cuñado detrás. Pero Robert tenía la cabeza y el corazón en otro lugar.

Apenas nos veía. Si a Bonnard se le hubiera ocurrido besarme, seguro que Robert ni se habría dado cuenta, cegado como iba por la pena, el desconsuelo y la rabia.

La rabia. Mal sentimiento humano.

Esperamos. Los tres en silencio. Enseguida apareció el coche fúnebre girando en la rotonda. Lo seguimos. Creo que al inspector le extrañó encontrar juntos a un rabino y a un pastor en un cementerio cristiano. Pero no preguntó nada, y yo volvía a la tumba de Jacqueline Brenner, acompañada por su marido. Dudaba de que Robert estuviera preparado para encontrarse con su mujer y depositar junto a ella el cuerpo de su hijo. Quise gritar. Pero debía permanecer serena y ayudar a mi cuñado en aquel trance en el que me veía implicada por los vaivenes de un loco destino. Recordaba el lugar, el arce erigido sobre la lápida de Jacqueline como el guardián de su cuerpo. Pero ahora la nieve cubría las praderas y los promontorios; quizá el arce conservara alguna de sus hojas.

Llegamos a la explanada. El arce estaba pelado. El coche fúnebre paró en el camino y Robert salió enseguida del Land Rover en busca de los clérigos. Los necesitaba para tener las fuerzas suficientes de seguir adelante.

—Yo no debería estar aquí —dijo Bonnard.

No supe qué responderle. No quería que se fuera. Aun así, le dije que lo entendía y salió rápidamente como si lo hubiera echado a patadas. Caminaba veloz pisando la nieve de aquel terreno destinado a los muertos. Su gabardina voleaba por el viento, y el crujir del invierno se apoderaba del cementerio en una frialdad de muerte.

La ceremonia transcurrió con la normalidad de un rito compartido. El pastor Hells me recibió con fría cortesía cuando me saludó con un apretón de manos. El rabino Loew agachó la cabeza. Ya estábamos ante el féretro y este dispuesto para descender. La tumba de Jacqueline estaba tal y como la recordaba, con la hornacina y la fotografía que tanto me había impresionado. Robert se acercó a su mujer y depositó sobre su lápida unas piedras, delicadamente, empujado por el viento que se había levantado, tambaleándose como un animal herido.

Nos situamos los cuatro asistentes alrededor del féretro, compungidos. El pastor Hells, con una Biblia en la mano, recitó un pasaje muy sentido del Antiguo Testamento que presumí pactado con el rabino. Cuando terminó, Robert se estiró todo él como si fuera el momento de escuchar lo realmente importante. El pastor Hells dio dos pasos atrás, el rabino Loew dos al frente, y comenzó su oración en hebreo. Llevaba un libro cerrado y pegado al corazón. Recitaba de memoria, con los ojos cerrados. El viento le agitaba su largo abrigo negro.

Robert y yo éramos los únicos depositarios del último adiós a Nathan. Mi cuñado se agarró de mi brazo y lo vi llorar. Sus lágrimas eran silenciosas, como todo él, que me necesitaba más de lo que se atrevía a reconocer. Sus gruesos dedos se hundían en mi piel con agradecimiento, dolor y fracaso.

Cuando el féretro descendía suavemente, sujetado por unas correas, Robert arrojó un escandaloso puñado de tierra sobre el ataúd de su hijo y comenzó a gritar palabras en yidis, mientras se desabrochaba el abrigo atropelladamente con la única mano libre y se rasgaba la camisa por la botonadura, descompuesto ante los ojos de todos nosotros. Creo que deseaba fundirse con la tierra que se llevaba a su hijo, tras haberle robado a su mujer, cuando, exhausto y abatido, dejó de gritar, se hizo el silencio entre los cuatro y el rabino pronunció el último *Kadish*.

Al terminar le abroché el abrigo a mi cuñado, botón por botón, sintiendo su respiración acelerada como un bombardeo aéreo. Se había destrozado la camisa. El pastor Hells, sumamente triste, se retiró a rezar unas oraciones ante la tumba de Jacqueline, con la Biblia abierta sobre las manos, y el rabino Loew fue hacia su coche y regresó con un pequeño cuenco y un paño de lino blanco colgado del brazo. Robert introdujo la mano en el agua, algo más tranquilo y recuperado, y el rabino se la secó con dulzura. Yo los imité y ungí las mías como muestra de mi respeto y dolor.

Me pareció todo tan extraño, tan inverosímil, como si hubiera aterrizado en un planeta helado. Y así terminó el entierro de Nathan Cohen, que un día había aparecido en mi consulta recitando a Cervantes. El hijo que soñaba con su madre.

47

Valedora de fortalezas

Robert se marchó de Montreal el mismo día del entierro. No me dejó acompañarlo al aeropuerto. Nos despedimos a la salida del cementerio de forma natural, como si fuéramos a vernos pronto.

—Conocerte casi me cuesta una mano —dijo, entre otras palabras—. Pero ha merecido la pena saber quién eres.

Y me abrazó bajo el alud de nieve que nos sacudía, en medio de la calle central del Mont-Royal. La primera gran nevada del año caía sobre nosotros como el palio que inaugura un comienzo. Pero era un final.

—No te puedes ir así —le demandé.

—¿Por qué no? Todo comienzo ha de terminar.

—Es que no ha terminado todavía.

—Claro que ha terminado. Solo que tú te niegas a aceptarlo. Cierra esta fea página de tu vida, cuñada. Solo encontrarás miseria. Te mereces algo mejor.

—¿Y Jacob?

—Tendrá que enfrentarse a su historia, como hacemos todos.

—Iré a verlo.

—Como quieras.

—Habla con Andrea.

—En cuanto llegue a las cataratas del Niágara. A esa no la salva nadie. Verá a su hijo o acabaré con ella.

Tras su marcha me encerré en el 103 de la avenida Arlington. Britte había vaciado su dormitorio. No encontré más que un colchón dado la vuelta, una mesilla con los cajones abiertos y un armario vacío. Recorrí la casa sin hallar una huella del paso de esa mujer por un territorio que le había pertenecido durante diecinueve años. El pasado estaba muerto. Pero vivía en mí. En cada cajón que abría y en cada puerta que cerraba. Britte había limpiado la nevera antes de irse y estaba desconectada. Acto de protesta, sin duda. Creo que no pudo desenchufarme también a mí. Los sentimientos hacia ella fluctuaban del blanco al negro pasando por toda la escala de grises. Con Alexander me ocurría algo parecido. Mi vida con él se alejaba como un sueño que nunca había sucedido, y la proximidad del invierno se cernía sobre el amor y sobre una negra página de la historia que había regresado a través de las cartas de una niña. Una niña que, entonces, cuando las escribió, tenía la edad del pequeño Jacob.

Marie Jelen tuvo la capacidad de conjurar la historia y hacerla retroceder cincuenta y nueve años para parar el tiempo. Porque siempre tendría diez años, así transcurrieran mil o diez mil o la eternidad completa, mientras sus palabras las leyera alguien como las había leído yo. Y tenía una sensación de que la historia de la humanidad era un invierno perpetuo de hielo y desolación. La desolación de los campos de exterminio.

Había puesto un CD en el equipo de mi dormitorio. Durante un tiempo indeterminado escuché el rumor de las olas que arrastraban a Alfonsina a las profundidades del mar. La voz de Mercedes Sosa era el martillo que golpeaba un corazón de papel como el mío hasta que descolgué el teléfono, presioné la tecla del contestador y rebobiné los mensajes. Hallé tres, de Lola.

Primera llamada: «He hablado con Marie… Es un cielo. Por Madrid todo bien, no te preocupes. Tu padre como siempre, un jovenzuelo. Adiós, cariño, mañana te llamo».

Segunda llamada: «Hola, cariño. Yo de nuevo, la pesada. Me dijo Marie que estabas en un congreso. ¿Hace tanto frío en Ottawa? Bueno… No quiero molestarte; tú disfruta. Me alegra que estés ocupada. Pero… ¿estás bien? Tu padre, estupendo. Te quiero».

Tercera llamada: «Hola, de nuevo. No logro hablar contigo ni con Marie. Tu padre bien, pero tú... ¿cómo estás? Me empiezo a preocupar. Llama, por favor. Te quiero».

Y llamé a Madrid. Lola no me contestaba y le dejé un mensaje.

«Hola, tía, soy yo. No has de preocuparte, ya estoy en casa. Han sido unas jornadas agotadoras, solo pienso en descansar. Y en veros: sobre todo en veros. —Intenté poner una voz convincente y relajada, casi contenta. La de alguien que vuelve a casa tras una estúpida convención—. No te preocupes. Estoy bien. Te quiero, y da un beso a papá.»

Volví a la cama y se sucedieron tres días seguidos, sin apenas hacer otra cosa que dormir. Me levantaba para ir al baño, ponía de nuevo el mismo CD de Mercedes Sosa y regresaba a mi largo sueño invernal, hibernal; no sé, o a los dos; qué más daba. Luego a la despensa, cuando el hambre me sacudía el estómago. La primera lata que pillaba estaba bien, lo que fuera, la tomaba ahí mismo, sin volcarla en un plato, y volvía al arrullo de las sábanas y el sueño. La primera noche cogí una indigestión. Abrí dos latas de piña en almíbar y otra de salchichas, más una sopa Campbell de pollo y unos bizcochos de una bolsa pasada de fecha. Volví a la cama, descalza y medio desnuda, como única superviviente de una catástrofe atómica.

El fin del mundo.

El fin de la especie humana.

El fin de los planetas.

Todos mis pensamientos comenzaban por la palabra «fin». Así terminan las películas. Fin. Fin. Como la película de mi vida, que pensé que también llevaba escrita la palabra «fin».

Pero el teléfono sonó por décima vez y el fin se convirtió en hola.

—Hola, tía, ¿qué tal estás? Yo escribiendo la palabra «fin» con una tiza desgastada por las paredes y en los muebles de la casa.

Así es como Lola me rescató de nuevo, con una llamada telefónica a tiempo. Conversamos durante toda una noche hasta convencerme de que el fin de mis días no estaba tan cerca como yo pensaba. Mi padre me necesitaba viva y Lola también. Pobre Lola, qué asustada la sentí mientras escuchaba mis tristezas, las de mi marido y las de todas sus vilezas. Si había alguien en el mundo que merecía la verdad era ella. Mi confesora. Salvadora de suicidas. Liberadora de almas. Valedora de fortalezas.

Tras colgar el teléfono entré en la ducha e intenté recobrar algo de mi aspecto original. De esa mujer que ya no existía dentro de mi ropa. La mujer espectro que iba a presentarse delante de Raymond Lewinsky para pedirle las cuentas que le debía, porque Robert salió de Montreal sin saber lo que yo había descubierto y destruido en la casa del lago de su infancia. Nunca se lo diría. Pensé que era mi obligación hacerlo desaparecer definitivamente y cerrar esa fea página, como me había aconsejado él. Escribí en mi libreta una lista de cabos sueltos, dispuesta a terminar de una vez con todo. Lo primero, hablar con Raymond Lewinsky. Y me puse en marcha con las sabias palabras que me había dictado Lola, recuperando la actitud combativa más adecuada.

48

La sombra de Rebeka Winter

Durante los primeros instantes solo sentí indiferencia ante Fanny Lévesque, en el rellano de su piso, según yo salía del ascensor en su recibidor de bienvenida, que de bienvenida tenía muy poco. No hubo los tres besos habituales entre nosotras, sino una sonrisa forzada que apareció en los labios de Fanny, rojos y abultados, inesperadamente artificiales. Era visible el nuevo aspecto de su rostro. Algo le había sucedido en la cara. Su piel parecía soportar un trágico estiramiento.

En cuestión de segundos me hizo pasar, expresando una alegría de verme tan falsa como su nuevo semblante. La seguí por el distinguido pasillo expresionista, entre chillones y mareantes cuadros que lo acribillaban, hasta su salón con vistas al río. Sin duda, tanto boato cumplía el objetivo de reafirmar su posición de dominio entre ambas. La sirvienta entró y me ofreció una bebida.

—Café para tres —ordenó Fanny.

—*Bien sûr, madame.*

Fanny también se había detenido a observar mi aspecto. La vi tan sorprendida como yo lo estaba con el suyo. No me iba a andar con preámbulos y dije que quería hablar inmediatamente con Raymond. Se giró hacia la cristalera para posar su lánguida y forzada mirada sobre el cielo cubierto por un halo blanco. La nieve era lanzada por la fuerza del viento contra el cristal.

—Ya llega el invierno —dijo.

—Con violencia —añadí.

Y suspiró. Como si fuera el personaje de una tragedia.

—El primer invierno sin Alexander —contesté.

—Ya han llegado las primeras y temibles nieves.

—A quién le importa...

—¿Qué tal con el Ferrari? ¿Te has acostumbrado a esa joya?

—Está en la casa del lago. Os lo bajo enseguida y me llevo el mío.

—¿Qué le has hecho a Marie? —me preguntó, dispuesta a entrar en conversación—. Dice que la has sacado de casa.

—Así es. ¿Te ha dicho también que es una impostora, una mentirosa y que no se llama Marie?

—No ha hecho falta. Siempre lo hemos sabido. Pero no hables así de ella..., *ma chérie*. Está realmente herida por ti. Le robaste lo que más amaba en la vida: las imágenes de su existencia. ¿Por qué has sido tan cruel?

—Le he devuelto los carretes —dije—. Y he renunciado a ver su contenido.

—No la volverás a ver. Te odia, la has enfurecido —dijo, recalcando «te odia».

—Yo tampoco quiero verla. Y no la odio. Siento lástima por ella.

La pose de Fanny era tan falsa como la dignidad de una decadente duquesa, descendiente de una estirpe de corrupción y escándalo que ha sido encarcelada. La Revolución francesa hacía más de dos siglos que había terminado y Fanny simulaba no darse cuenta. Aunque era posible que acabara en la guillotina. De forma simbólica, claro está.

—¿Britte también te ha contado que me ha descubierto vuestro zulo? Y todo lo que hacíais en él...

Se dio la vuelta para mirarme y se llevó el dedo a los labios para pedirme silencio.

Apareció la sirvienta con una bandeja de plata, una jarra de café y unas porciones de bizcocho. Nos sirvió y Fanny le dio la tarde libre. Había otro servicio preparado en la bandeja. Fanny se sentó en el sofá, frente a mí, cruzó las piernas como la duquesa que no era, y sopló en el borde de su taza.

—Así es, *ma chérie*. No había más remedio; le dijimos nosotros que lo hiciera. De una vez por todas debías estarte tranquila y dejar de enredar, ya que tan empeñada has estado. Pero antes, te informo de que las muertes de tu marido y sobrino son un tema con el que nada tenemos que ver.

—No quiero seguir hablando contigo —dije, irritada—. Dile a Raymond que salga de su escondite.

—Está descansando, ya sabes…, su siesta… Pero te atenderá. Él siempre atiende a sus amigos, por enfermo que esté.

Se volvió a llevar la taza a los labios hinchados, probablemente de toxina botulínica. Parecían paralizados cuando sorbía el café con una prudencia desmedida. Incluso los párpados parecían haber sufrido alarmantes infiltraciones de bótox. Con cerca de setenta años mantenía la belleza de una mujer en la plenitud de la vida, ahora rejuvenecida artificialmente. Pero solo era un reclamo. Una impostura. No me pasó por alto su alfiler de flor de lis prendido en el jersey. Fanny nunca descuidaba su aspecto, pasara lo que pasase en su vida.

—Dime por qué siempre has llamado Dune a tus perros —pregunté e intenté relajarme y reconducir la conversación, asqueada y hundida en el sofá.

—Si te empeñas, *ma chérie*… Como tú desees. Rebeka y Alexander tenían dos gatos siameses en su apartamento de la rue Sherbrooke. Les encantaban los gatos. Cuando desapareció Rebeka, y transcurrían los meses…, uno tras otro, Alexander decidió regalarle uno de ellos a su cuñada. Entonces Jacqueline se encontraba verdaderamente enferma, por decirlo de alguna manera. Pero yo también quería uno. Eran deliciosos, monísimos, se lo pedí con insistencia. Pero Alexander decidió que sería para Jacqueline y a mí me lo negó. Él, por supuesto, se quedaba con el otro; y con su bondad habitual intentó consolarme el bueno de tu marido. Él y yo sabíamos que Rebeka jamás regresaría, y Jacqueline adoraba a Rebeka, necesitaba algo personal de ella, se sentía profundamente deprimida, y además estaba el niño por medio, tan pequeñito. No te cuento lo pesada que se puso Jacqueline con lo del gato, y le prometió a Alexander que, en cuanto apareciera Rebeka, se lo devolvería para unirlo con el otro. Creía que el gato le iba a dar buena suerte. Pero ya sabes que no fue así. Sino todo lo contrario. Y no sé…, los gatos se murieron con los años, separados definitivamente, como era de suponer. Siempre me gustó el nombre de Dune.

Me parecía una historia significativa del carácter acaparador y envidioso de Fanny. Entonces me pregunté: «¿Qué tipo de sentimientos tendría Fanny hacia Rebeka para que el nombre de Dune haya perdurado por los años y los años en su vida a través de sus mascotas?».

—Nathan tenía un gato con ese nombre —la informé—. Parece que todos os habéis puesto de acuerdo en no olvidar a Rebeka.

—Si lo quieres ver así…, *ma chérie*. Pero no me extraña que Nathan hiciera lo mismo; si su madre tuvo uno… Y para informarte, desconozco completamente la vida de ese joven. Una lástima. Era un enfermo. Tu marido lo tenía bajo tratamiento. Nunca estuvo bien de la cabeza…, como su madre. A principios de la primavera pasada, sin venir a cuento, Nathan se presentó en la consulta de Alexander del Philippe-Pinel. Tu marido no había visto a su sobrino desde que era niño. Nathan sufría ataques de pánico y un fuerte trastorno de ansiedad. Siempre estuvo desquiciado por la trágica muerte de Jacqueline, y también por ese hijo que había tenido con una camarera de mal vivir. Lo atormentaba. No podía darle a la criatura la vida que se merecía. Pero ese era otro tema; un mal menor entre todos sus males. Tu marido se portó con él como un buen hombre y un buen tío. Si Nathan no se hubiera presentado en el hospital a pedir ayuda a tu marido, ese joven estaría vivo.

»Para que entiendas bien lo que está sucediendo, has de saber que Otto, el hombre por el que me preguntaste la última noche en tu casa del lago, es el verdadero causante de toda tu desgracia. ¡Y de la nuestra! Ese hombre está completamente desquiciado.

—En ese punto comenzó a ponerse dramática. A gesticular con las manos. A poner caras de desconsuelo—. Es un asesino, un verdadero profesional del crimen y el secuestro. En el año 70, cuando a su hermana le sucedió algo terrible, él se volvió loco de dolor. La adoraba. Ya sabes la tragedia por la que pasaron de niños... Sé, *ma chérie*, que has estado hurgando en la vida de los Winter, y sé que conoces nuestras actividades de investigación en el pasado. Quiero que sepas que no somos monstruos. Buscábamos los secretos de la mente. Sus parámetros más ocultos. No me arrepiento de nada. Pero si hubiésemos sabido lo que sabemos ahora, jamás habríamos perseguido esa quimera.

—Pero ¿qué narices buscabais?

—Dominar la mente, *ma chérie*. Controlarla. Ahora nos hace reír esa falacia. Pero entonces, al terminar la guerra, los gobiernos gastaban verdaderas fortunas y malgastaban sus poderosos recursos con la intención de controlar a sus enemigos políticos. Raymond y tu marido eran científicos y patriotas. Tenía que haber una droga o una forma de control mental que nos diera las llaves de la voluntad, antes de que los otros, las fuerzas del mal, se nos adelantaran. No debían ocurrir otra vez las guerras que había destrozado Europa y el mundo entero, enviando a la muerte a sesenta millones de personas.

—No quiero un mitin político, Fanny. Ahórratelo.

—Pero ¡es la verdad..., *ma chérie*! Otto nos proporcionaba lo que hoy llamamos terroristas. Gente malvada. Criminales de guerra. Genocidas. Cuando se cerró el quirófano y paramos las investigaciones, Otto se llevó una suma de dinero escandalosa para vivir tranquilo el resto de sus días. Desapareció de Montreal y de nuestras vidas. Pensamos... que para siempre.

—Pero no fue así.

—Correcto. El pasado verano regresó completamente arruinado. Raymond y Alexander tuvieron con él la primera conversación el 4 de julio. ¿Te acuerdas...? Nuestros maridos iban a una reunión con un colega de Boston y yo te invité a la exposición de Otto Dix, en el Musée des Beaux-Arts.

—Claro que me acuerdo. No parabas de mirar el móvil.

—El colega de Boston no era otro que Otto Winter. Ha estado recorriendo el mundo durante treinta y un años. Nunca dejó de buscar asesinos escondidos en Argentina, México, España, Uruguay... Está rematadamente loco. Obsesionado. Enajenado de toda cordura. Torturado por un pasado atroz. Otto nos pidió cinco millones de dólares por su silencio. Él no tenía nada que perder, ya lo había perdido todo.

Hice un gesto para interrumpirla. Pero ella, con sus largos dedos de manicura impecable, me contuvo para continuar su historia que por momentos me parecía una digna ficción de David Cronenberg.

—Lo cierto es que Otto regresó a Montreal a por dinero y se encontró con que el enamorado novio de su hermana estaba felizmente casado con una preciosa española, veintitrés años más joven y también doctora. Eso no lo pudo soportar. Lo revolvió mucho más que estar arruinado. Y Alexander no le iba a consentir a Otto que se inmiscuyera en vuestra vida, teníais todo el derecho a vivirla. Pero así estaban las cosas: Otto vino a por dinero y se encontró contigo. Mala suerte. Tu marido se negó a darle un solo dólar. A Ray no le importaba pagar; más aún, quería hacerlo. Nosotros no vamos a vivir eternamente. No tenemos hijos. El dinero también sirve para procurarse tranquilidad. Pero Alexander no estaba de acuerdo. Y entonces, el demente de Otto, al ver que no soltábamos prenda y tu marido no reaccionaba a sus amenazas, nos envió unas cartitas explosivas. Muy de su estilo.

»Tu marido entonces quiso ir a por él. No te imaginas cómo reaccionó al paquetito bomba que recibió en el hospital. Y aunque era una advertencia y una chapuza, Alexander temía por ti. Lo que más le preocupaba era que te pudieses enterar de la existencia de Otto Winter y Rebeka. No entendíamos por qué esa obsesión de protegerte de su pasado; quizá hasta de él mismo. Pero desconocíamos el paradero de Otto en Montreal. Se escondía como una anguila y Alexander acabó por aceptar los requerimientos de Otto; pero a su manera, y le dimos doscientos mil dólares en varias entregas para ir apaciguándolo. Otto empezó a actuar como un auténtico chantajista. Nos llamaba por teléfono con las indicaciones de entrega: en el banco de un parque, en el faro de la isla de Santa Elena, bajo un asiento de un ferri. Lo tuvimos entretenido unas cuantas semanas. Alexander intentó por todos los medios pillarlo, se puso muy agresivo. Pero sin éxito. Otto quería todo el dinero, rápido y junto. Comenzó a espiarte, *ma chérie*. Controlaba los pasos que dabas. Tu marido casi se vuelve loco, quería matarlo. Otto nos mandaba fotos de nuestra vida cotidiana para que tuviéramos claro que se había convertido en nuestra sombra, la maldita sombra de Rebeka Winter.

»No teníamos más alternativa que pagar íntegramente los cinco millones. Y aquí entró en juego tu sobrino Nathan. Pobrecito, le costó la vida.

»Durante aquellos días de negociaciones con Otto comenzaba el mes de julio. Alexander suspendió las sesiones con su sobrino durante cuatro semanas. Necesitaba tomarse un respiro. Le recetó medicación. Pero una tarde, a finales de julio, Nathan se sintió muy mal. Fue al hospital y no pudo localizar a Alexander. Entonces, insistió y fue a buscarlo a la avenida Arlington. Tampoco lo encontró. Comenzó a espiarte. Y no tengo ni idea cómo se le ocurrió ir a vuestra residencia del lago. Nathan era un chico que conocía al dedillo vuestra vida, atormentado por vivir al margen de la familia. Su padre lo separó de niño de Alexander, y el joven creció sin atreverse nunca a miraros de tú a tú. No ha de extrañarte que entrara en tu vida y en tu consulta, engañándote, para saber quién eras.

»Pero a lo que voy de ese día fatídico del mes de julio. Nathan estaba muy nervioso, y es cuando decidió acercarse a la finca. Pero en la casa del lago no solo encontró a su tío, también se encontró con Otto Winter. Fue una auténtica serendipia, *ma chérie*, créeme. Alexander, sin hacernos ni caso, había quedado con Otto por su cuenta y riesgo; al final conseguía encontrarse cara a cara con el hermano de Rebeka, después de tantos años.

Ni nos lo dijo. Pensaba el muy inocente que podría convencerlo para que nos dejara en paz. Alexander quería agotar su último cartucho, no solo por el dinero. Ray estaba dispuesto a poner la parte de Alexander; nosotros lo haríamos por él. La cosa es que ese día Nathan fue hacia Saint-Donat en su cochambrosa furgoneta de hippy. Pero se le averió antes de llegar a la casa, cerca del camino de la Rocher. Continuó a pie lo que le quedaba de trayecto. Ni Alexander ni Otto se dieron cuenta de que un hombre entraba en la finca y se encontraba tras un árbol oyéndoles la conversación.

—¡¿Cómo sabes todo esto?!

—Nos lo contó tu marido. Porque descubrieron a Nathan. Otto se dio cuenta de que había una presencia tras los árboles. Su cara de perturbado y sus palabras debieron de asustar al joven, que ya de por sí iba excitado, con una loca necesidad de ayuda psicológica. Nathan solo quería hablar con su tío. Buscar consuelo a su atormentada existencia. ¡Cuánto se parecía a su madre!

—¿De qué estaba hablando mi marido con ese hombre?

—Te puedes imaginar... Otto le reprochaba que hubiera suplantado a Rebeka por ti. Y nos acusaba de habernos enriquecido a su costa, con lo que él nos había traído durante años, arriesgando su vida. Nadie le pidió que lo hiciera. Pero ese infame también ganó una fortuna con esas películas indecentes que vendía por su cuenta. *Ma chérie*, Otto Winter filmaba la muerte de esos desgraciados.

—¿Ahora te parecen desgraciados? ¿Qué les hacíais a esos desgraciados?

—Ahórrame los detalles, querida.

—¿Y los cuerpos?

—No lo sé. Yo no me ocupaba. Ni Alex ni Ray. Cuando terminábamos con ellos Otto y Rebeka se encargaban de sacarlos de allí, tras montar una especie de escenario y grabar los últimos minutos en este mundo de esos bandidos.

—¿A cuántas personas...?

—Vamos, vamos, *ma chérie*... No lo sé... A ver si te crees que aquello era un desfile nazi. Desgraciadamente, no fue así.

Fanny se levantó del sofá. Le costaba mantener su habitual majestad. Me dio la espalda y volvió a mirar por la ventana hacia el infinito para continuar.

—El pobre Nathan, al oír aquella retahíla de reproches, echó a correr por el bosque. Tu incauto marido metió la pata parándole los pies a Otto, porque este quería perseguir a Nathan por toda la finca para darle alcance, y no se le ocurrió otra cosa a Alexander que decirle a ese psicópata que el mirón no suponía ningún peligro. Era su sobrino; él se encargaría de silenciarlo. Te podrás imaginar que el demente de Otto se puso en marcha en cuanto se despidió de Alexander en el lago Ouareau.

»Desgraciadamente, al final ese día no llegaron a ningún acuerdo. Más bien se enzarzaron en otra violenta discusión por temas del pasado. El villano de Otto comenzó a investigar a Nathan. Es su especialidad. Ha dedicado su vida a ello. Es un buscador. Debió de controlar todos los movimientos del joven, dónde vivía, a qué se dedicaba... En fin: todo sobre él. Y hasta que no lo mató no cejó en su empeño. Es un maníaco-obsesivo. Otto sufre una profunda regresión a estadios sádico-anales, según Ray. Adolece de un profundo asco por el mundo, donde lo repulsivo, lo desagradable y la muerte están presentes en todo lo que hace.

»En una de sus últimas llamadas, Otto nos dijo, absolutamente alterado y paranoico, que el chico del bosque le había visto la cara. Y que su cara no se le puede olvidar a nadie. Ray procuró tranquilizarlo. Y decidimos entregarle el resto de los cinco millones. Creíamos que con el dinero se largaría de una vez y se olvidaría del joven y de nosotros. Pero no fue así. Te juro que intentamos proteger a Nathan.

»Pero antes de que nos diera tiempo a transferir todo el dinero a una cuenta suiza, Otto decidió encargarse de Alexander. No sabemos por qué. Desearía ser ejemplarizante. Conseguir el dinero y vengar a su hermana. Desconocemos lo que se dijeron en la casa del lago y lo que allí pasó entre ambos. Pero el hecho es que Otto fue a por Alexander. ¿Cuándo lo decidió? Lo ignoramos. Pero que el sobrino metiera las narices en sus asuntos pudo ser un acicate. Tú también. Que suplantaras a su querida hermana lo debió de hundir completamente. Pero, por otro lado, es posible que realmente Otto no quisiera matar de verdad a Alexander. Solo darle un susto. Una advertencia. Un juego macabro. ¿Quién sabe…? Lo cierto es que Alexander no sobrevivió al impacto cuando Otto se le cruzó en el puente.

»Esta es la verdad que has estado buscando.

»Ray, al día siguiente del accidente de Alexander, le hizo la transferencia a Otto por el importe total del dinero. Y desapareció de nuestras vidas. De la tuya también. Porque no te hubieras salvado de ese hombre si no llegamos a pagar. Ninguno nos hubiéramos salvado. Con Alexander se cobró la supuesta deuda moral que habíamos contraído con él y con su hermana. No has de preocuparte por ese hombre, *ma chérie*. No creo que regrese nunca.

—¿Lo habéis matado?

Una lágrima corría por su paralizado rostro botulínico cuando se dio la vuelta buscando mi compasión.

—¡No, *ma chérie*!

—No acabo de entender por qué Otto tuvo que torturar y asesinar a Nathan —dije, pensativa—. Si le disteis lo que pedía… Y ya se había resarcido con Alexander: venganza consumada y dinero cobrado. No me convence tu explicación de motivos. Nadie asesina a alguien porque le haya visto la cara. ¿Por qué decidió ir a por Nathan?

49

Un mundo extinguido

Apareció Raymond por la puerta del salón. Venía hacia mí, en pijama, apoyado en un bastón y arrastrando los pies. Fue él quien contestó a mi pregunta, con absoluta solemnidad, como si llevase puesta una mortaja.

—Muy sencillo, muchacha. Lo asesinó porque Nathan descubrió la tumba de Rebeka Winter.

Me quedé paralizada. Fanny no acudió al auxilio de su enfermo marido para ayudarlo. Él se desarmó de su guadaña de bastón y se dejó caer en su sillón ergonómico.

—Muchachita, muchachita... Cuántos quebraderos de cabeza nos estás dando... Me preocupas, muchachita. Preguntas demasiado y no tienes buen aspecto. Si te viera tu marido...

—No te atrevas a convocar la memoria de Alexander.

Lo vi agotado, consumido, ojeroso, más delgado que nunca. Raymond, definitivamente, tenía algún tipo de cáncer.

—Tu sobrino político no solo vio al hermano de Rebeka discutiendo con su tío —dijo Raymond—. Otto estaba desenterrando los restos de su hermana para sacarlos de vuestra finca. Sí, pequeña Laura: Rebeka Winter está enterrada en tu casa del lago. Otto se la quería llevar. No pensaba dejar a su hermanita a tu lado. Para la mente de un psicópata es un planteamiento con cierta lógica, ¿no te parece?

Me sentí como si Raymond me hubiera metido en la boca el cañón de un rifle.

—El último día que me presenté en tu casa del lago —intervino Fanny—, no solo iba a verte a ti, que por supuesto nos tenías absolutamente preocupados, lo hice también empujada por la idea de examinar la tumba de Rebeka y el estado del sótano. Marie salió de la finca muy alarmada por el registro de la policía, cuando la llevaste a la estación de autobuses. Me rogó que no te dejara sola y que inspeccionara la finca. Por la noche entré en el cobertizo a revisarlo, y fue cuando se quedó encerrado mi Dune III. No me di cuenta en la oscuridad de que mi perrito me había seguido. Casi muero del disgusto por mi torpeza. Tú lo encontraste dentro por la mañana, y yo, mientras buscaba a mi perrito por todas partes, me acerqué a la tumba de Rebeka. Lo peor de ese día fue comprobar que Otto no la había exhumado.

—Cuando apareció Otto, después de tanto tiempo —terció Raymond, arrebatando la palabra a su mujer—, decidimos que había que eliminar cualquier rastro del pasado. A tu marido, por desgracia, no le fue posible destruirlo. Mira que yo se lo decía... Durante todos estos años el muy desaprensivo evitó enfrentarse a su deber. Era irresponsablemente feliz contigo.

—Y yo lo he rematado, ¿verdad? La idiota. La ignorante de la mujer le hace el trabajo sucio al marido, empujada por su empleada.

Me sentí vilipendiada por todos ellos, manteada por los cuatro.

—No lo veas de esa horrible manera, *ma chérie*. Solo has cumplido con tu obligación de esposa.

—No tengo palabras... —dije, a punto de apretar el gatillo del rifle simbólico que veía como una alucinación apuntando a mi garganta—. ¡¿Queréis también que sea yo la que se encargue de los restos de esa mujer?! ¡¿Os habéis vuelto locos?!

No entendía absolutamente nada. Los veía a los dos tan serenos como si estuviéramos discutiendo sobre un paciente o un caso que nos preocupara. Fanny sirvió un café a Raymond y se lo acercó. Yo tenía la garganta seca y reventada.

—No creo que quieras vivir en tu casa del lago sabiendo lo que hay en ella —dijo Fanny—. Podemos encargarnos nosotros,

¿verdad, Ray? —Este afirmó con la cabeza mientras se llevaba la taza a la boca con el temblor de la vejez y la enfermedad, carente de cualquier vigor—. Todo esto es demasiado para ti, *ma chérie*. Ahora, que no está Alexander, hay que deshacerse de lo que queda. Entiéndelo. Sé comprensiva.

Trataban de involucrarme. De hacerme partícipe y responsable de algo que yo aún no había comprendido del todo, y los interrogué por la muerte de Rebeka y por qué estaba enterrada en la casa del lago.

—Nada malo le hicimos. La amábamos —me contestó él, complaciente, mirándose las uñas como si acabara de pulírselas, tras dejar su taza en la bandeja—. Tuvo un accidente. Nunca regresó a Montreal con Alexander. Por eso nadie la vio salir de la rue Sherbrook la mañana del lunes para ir al hospital. Fue una catástrofe lo que le ocurrió a nuestra amada Rebeka. Un desatino imperdonable.

—Pobrecilla —dijo Fanny—. No merecía un final así.

—Estoy de acuerdo —afirmó Raymond, extendiendo las arrugadas palmas de las manos y encogiendo los hombros hasta el punto de desaparecer bajo el cuello del pijama.

—Nadie tuvo la culpa —recalcó ella.

—Así es —confirmó él.

Mi cabeza iba de uno a otro.

—No pudimos evitarlo, créeme, *ma chérie*.

—Siempre fue muy valiente —dijo él—. Ya le advertí de que algo así podría ocurrir.

—Se saltó la norma de seguridad.

—¿Me lo queréis contar de una vez?

—Cuéntaselo, Ray. *Ma chérie* quiere saberlo.

Por un instante creí que se mofaban de mí. Me sentía acorralada entre dos personajes dignos de haber escapado de un psiquiátrico.

—Rebeka estaba recogiendo el quirófano —comenzó Fanny para estimular a su marido, sentándose en una silla junto al ventanal—. El paciente CR61 no sobreviviría unas horas más. Rebeka le había aplicado unas inhalaciones de óxido nitroso para enviarlo con placer al otro mundo y aliviar su dolor. Rebeka siempre se apiadaba de ellos en el último momento. Con CR61 avanzó la investigación, era un paciente proactivo, ¿verdad, Ray?

—Demasiado proactivo —contestó, asintiendo con la cabeza, como un hecho irrefutable.

—También era agresivo —continuó Fanny—. Y tan fuerte y resistente que, hasta con los lóbulos prefrontales abiertos, fue capaz de hacerle a Rebeka lo que le hizo.

—¡Otto cometió una imprudencia! —exclamó Raymond—. Salió al exterior, el muy desaprensivo, dejando sola a Rebeka con CR61.

—Ella lo había desatado —prosiguió Fanny—. CR61 estaba sin respuesta, en muerte clínica. Rebeka no pensó que pudiera revivir, pero él se levantó de la camilla y se abalanzó sobre ella, que limpiaba el instrumental, de espaldas a él. La mesita de mayo cayó al suelo y CR61 alcanzó un bisturí y le cortó el cuello a nuestra querida Rebeka. CR61 perdió el conocimiento y cayó muerto. Cuando regresó Otto, halló los dos cuerpos en el suelo. Así es como murió Rebeka Winter, asesinada por un nazi.

—Cruel destino para una víctima de Auschwitz —exclamó él—. ¡Pobrecita, mi Rebeka! Fue una terrible tragedia para todos.

—Otto se volvió muy agresivo. Sufrió una fuerte depresión que a punto estuvo de acabar con él. —La cara de Fanny lo decía todo—. Te puedes imaginar lo que también padeció el pobre Alexander. Además, tuvo que mentir a la policía, a su familia, ¡a su hermano!, a todo el mundo. Ya nunca fue el mismo hombre, ni el mismo médico. El quirófano lo cerramos y Otto acabó marchándose de Montreal, destrozado. Eso es lo que pasó, *ma chérie*. Ya conoces la verdad sobre Rebeka Winter. Y por qué tu marido, bajo ningún concepto, quería hablarte de Rebeka.

La voz de Fanny se había alterado dramáticamente, sentada en su silla tapizada de seda salvaje. La ansiedad me invadía. Me levanté del sofá y di unos pasos por el salón. Miré tras los vidrios el colapso del cielo. Empezaba a anochecer y solo eran las cuatro de la tarde. Raymond me observaba como se observa a una leona enjaulada y decidió tirarme un trozo de carne para que lo devorara.

—Alexander y Otto enterraron a Rebeka bajo el castaño que tenéis detrás de la explanada del embarcadero, muchacha, donde el terreno comienza a escarparse —me reveló—. Yo les recomendé que se deshicieran del cuerpo, pero Otto no consintió profanar el cadáver de su hermana. Alexander no se opuso, quizá convencido por Otto. Y nos aseguró que la finca era el lugar más adecuado. Tu marido tenía sus principios.

—Bajo el castaño ha permanecido durante treinta y un años —dijo Fanny completando la historia—. Siempre tuvimos una espada en lo alto, con el temor de que Otto regresara para cortarnos el cuello.

«Dios mío —pensé entonces—. Esta gente está trastornada. Son un peligro.»

—Rebeka purgó por todos vosotros —les reproché—. Os enriquecisteis con Tetragrámaton.

—*Ma chérie...*, era inevitable —me contestó Fanny en un tono chulesco—. Nuestro trabajo era recompensado.

—¡Sé lo que hacía esa productora! —dije, ya totalmente alterada—. Era una tapadera. Quienes fueran los que os pagaban esas atrocidades, lo hacían a través de una sociedad *offshore*, llamada Worldwide Films.

—Ya hemos llegado al tema del dinero... —intervino Raymond—. El dinero interesa a todo el mundo. También a ti.

—¿A mí?

—Sí, a ti, *ma chérie.*

—Eres más inteligente de lo que aparentas, muchacha —volvió a hablar él, sonriendo, con la satisfacción de ver a su pupila progresar—. Tetragrámaton nos dio de comer a todos.

El cinismo de Raymond era absoluto. Formaban el dúo perfecto. Fanny me observaba tan meticulosamente como su marido, que entornaba los ojos y recostaba la cabeza en el sillón ergonómico para escuchar a su mujer con unas orejas desmesuradamente grandes.

—Zuckerman te pondrá al corriente de ciertos aspectos económicos de tu marido que has de conocer —me dijo Fanny como si realmente me interesara el dinero—. Como veo que te has informado, sabrás que Tetragrámaton la disolvimos en su día, cuando dejamos de vender nuestro conocimiento. Pero Worldwide Films está en activo. La sociedad es de Raymond y de Alexander al cincuenta por ciento, bajo dos testaferros. Worldwide, en aquellos años, era la empresa encargada de pagarnos por nuestros servicios, y lo ingresaba en Tetragrámaton por conceptos legales, como la producción de películas. Películas que, evidentemente, Worldwide Films no quería para nada porque era una empresa constituida para pagar por nuestro trabajo científico. Tetragrámaton nos sirvió para legalizar un dinero. Y a Otto para producir sus películas que vendía en un mercado negro de gente con gustos extraños, quedándose él íntegramente los beneficios. Nosotros no vimos un centavo de las películas de Otto. Ni lo queríamos. Eran unas cintas horrendas, con las que ganó una cifra considerable. Pequeños resarcimientos en el mercado por los sufrimientos del pasado. No se le puede reprochar. Al fin y al cabo, lo que filmaba no era peor que lo que esa gente les hizo a él y a su hermana, y a millones de seres humanos. Nosotros, en cambio, no los hacíamos sufrir. Los respetábamos. Siempre ha habido categorías de personas.

—¿Quiénes os pagaban esas cantidades a través de Worldwide Films?

—La Guerra Fría —contestó Fanny—. Dejémoslo así.

—Con Tetragrámaton todos ganamos. Incluida tú, muchacha —musitó Raymond.

—¿Yo? ¡Cómo te atreves!

Me estaba empezando a fastidiar esa falta de respeto de llamarme «muchacha» continuamente. Nunca me había hablado así. El verdadero Raymond salía de la madriguera.

—Deja de ser una Elektra de una vez por todas —me recriminó Raymond—. ¡Tu marido te ha convertido en una mujer rica! Tienes una cuenta en las Islas Vírgenes, ¿qué más quieres?

—¿Cuánto dinero hay, cariño? Tú que tienes tan buena memoria para eso —le preguntó Fanny a su marido.

—Después de lo que le traspasamos a Otto..., tendría que hacer la cuenta... Pero los pormenores te los explicará Zuckerman para que te hagas cargo de lo tuyo. Eres fiduciaria de Alexander.

A Raymond se le notaba irritado y de mal humor cuando incorporó la cabeza del respaldo. Me hubiera estrangulado con placer en su visible debilidad, y parecía decirse a sí mismo: «Domínate, es solo una estúpida española. Fue un error que Alexander se casara con ella».

—Tú también estás manchada, *ma chérie* —me reprochó Fanny—. Has gastado un dinero considerable de Worldwide Films. La mitad de esa empresa te pertenece, lo quieras o no. ¿Qué me cuentas de la vida de opulencia que has llevado durante siete años de matrimonio? No olvides que eres una extranjera, que llegaste sin un centavo. Como llegaron los antepasados de toda la gente de este país.

—Nunca debemos olvidar quiénes hemos sido, Laura del Valle —ironizó Raymond—. Ni de dónde venimos. Has heredado una fortuna, así que no te pongas tan digna, diantres. No tienes derecho a juzgar ninguna de las explicaciones que, por cariño y respeto a Alexander, te estamos dando.

—Nos preocupas —dijo ella.

—Me voy a retirar —anunció él.

Agarró el bastón, pero permaneció sentado. Le temblaba la mano. Yo estaba a punto de retorcerle el cuello. Pero dije:

—No te vas a ir sin contarme lo que le ocurrió a Nathan. ¿Dónde estuvo durante el secuestro? ¿Otto le torturó en el zulo de mi casa? ¿Cómo lo asesinó? Hay preguntas que debéis contestarme. Cuando hallaron el cadáver, Nathan tenía escopolamina en sangre y llevaba grapado en la espalda el anuncio que yo había puesto en un diario para intentar localizarlo cuando desapareció de mi consulta.

—¡Nunca serás una buena psiquiatra! —me recriminó Raymond.

Ese viejo era un diablo.

—No lo sabemos. ¡Qué horror! —me contestó Fanny—. ¿Por qué haría tal cosa ese loco? Es posible que Otto quisiera expresar la rabia de tu existencia. Yo no soy psiquiatra, analízalo tú misma. En cuanto a la escopolamina, en algún momento la usamos, bajo control, por supuesto. Pero hace mil años. Es muy tóxica. Otto la utilizaba en sus cacerías para adormecer a sus presas. A Otto le encantaban los alcaloides. Adoraba doblegar a esos verdugos. Hacerlos vulnerables. Desorientarlos. ¡Pobre Nathan!

—Sois despreciables.

Raymond arqueó las cejas y me miró como a un gusano al que aplastar con el bastón.

—Otto no nos dio la oportunidad de preguntarle nada —respondió ella para liberar a su marido, que no hizo ni un gesto de misericordia—. Cuando le pagamos se largó. Nos quedamos paralizados con la muerte de Alexander. Es lo peor que nos ha pasado en la vida. Tú lo sabes. Otto se comunicaba con nosotros a través de escuetas llamadas telefónicas. Eran intimidatorias. Incluso obscenas. Siempre desde lugares distintos y teléfonos públicos. Tras el accidente de tu marido, recibimos una única llamada. Que obedecimos, como te imaginarás, al pie de la letra. No nos dio ninguna explicación por mucho que Ray lo insultara hasta quebrarse la voz. Solo nos repetía el número de su cuenta bancaria. Y es todo. Nunca nos ha vuelto a llamar. Ni a enviar ninguna de sus cartas. De la muerte de tu paciente nos enteramos por el inspector Bonnard cuando vino a interrogarnos por segunda vez. La primera fue a los pocos días del accidente de tu marido. Desconocemos los detalles de cómo ese malvado pudo raptar a Nathan y asesinarlo en el lago. Solo podemos hacer suposiciones. Igual que tú. El inspector Paul Bonnard algo tendrá que decir de cómo ocurrió. Es una rareza de hombre, por cierto. El informe forense dará la explicación.

—Es la obra de un demonio —aseguró con solemnidad Raymond, con un hilo de voz—. Señoras, si me disculpan…, he de tomar mi medicación.

En ese instante Fanny corrió hacia su marido para ayudarlo a levantarse del sillón ergonómico y me susurró que regresaba enseguida.

—¡Espera, Fanny, dime una cosa! ¿Por qué CR61?

—Nombre, apellido y edad.

—Digno de vosotros.

Fanny llevaba a Raymond de la axila como a un muñeco, y los vi desaparecer. El cojín del sillón ergonómico tenía un rodal de orín ensangrentado. Supe que iba a ser el último invierno del viejo Raymond Lewinsky. Llevaba la muerte dibujada en la cara.

No esperé el regreso de Fanny. Salí del piso inmediatamente. Hui lo más rápido que pude del edificio, de su calle y de su barrio. Jamás volvería a sus vidas. Y, si por casualidad me los volvía a encontrar, sería por una trágica serendipia, como la que marcó el final de la vida de Nathan.

Era de noche. Cuarenta centímetros de nieve habían arrasado Montreal, y yo salía del centro de la ciudad rumbo al lago Ouareau con el frenesí de la verdad de un mundo extinguido.

50

Terreno escarpado

Los Lewinsky habían elevado su relato a un espectáculo de macabro ilusionismo. Y por fin pude ver, entre todo el artificio, sus verdaderas almas. Qué sencillo habría sido abandonar para siempre una ciudad sepultada por la nieve. Pero me dejé arrastrar por la excitación de comprobar por mí misma la tumba de Rebeka. Sabía que no era buena idea subir a Saint-Donat de noche, con el temporal de las últimas horas, cuando cruzaba la rue Dalcourt, entre las máquinas quitanieves que circulaban con lentitud por las calles. Aparecieron las luces de un bar concierto veinticuatro horas. Un antro oscuro y cavernoso, de música *new age*, para copas de madrugada y música en vivo por el que desfilaban tipos originales.

Necesitaba algo fuerte, una copa que me endureciera la memoria para tomar distancia antes de enfrentarme en plena noche al terreno escarpado de detrás de la explanada, y abandoné el Land Rover en un parking veinticuatro horas, enajenada por completo. No sé el tiempo que estuve dentro del Champ de Fraises, sentada a una mesita redonda en un lado del escenario, viendo pasar músico tras músico con ropajes melancólicos. Sus instrumentos sonaban con pasión y decadencia. Xilófonos gigantes, bandoneones, balalaicas, flautas traveseras, panderetas y cascabeles que producían vibraciones peculiares en las membranas de mi cerebro. Voces agudas y graves, exóticos lamentos y cantos quebrados que yo escuchaba como si hubiera mordido la carne de Dios de un hongo psilocybe, en un ángulo oscuro del local en el que pasé desapercibida durante un tiempo indeterminado. Tras beberme tres margaritas y dos daiquiris, pedí un café irlandés y pagué la cuenta.

En plena madrugada, el mismo gorila que me había abierto la puerta del Champ de Fraises, me arrojó al crudo paisaje de una ciudad fantasma. Crucé la calle, entré en el aparcamiento a bandazos, me arrellané en el asiento del auto y los efluvios del alcohol me lanzaron a un sueño absurdo y remoto. A las seis de la mañana me despertó el vigilante. Sus nudillos golpeaban el cristal. Me saludó y siguió su ronda tras comprobar que la mujer del Land Rover que había visto en las cámaras de seguridad no era un cadáver sino una durmiente. Antes de arrancar llamé a Mike. No contestaba. Fue entonces cuando vi su mensaje de texto:

> Creo que sé para qué es la tierra, llámeme, no la localizo, tengo algo importante, voy para su casa del lago.

Y lo hice. No contestaba. Esa tierra debía de tener la explicación que ayudara a cerrar la historia, porque estaba segura de que su destino no era rellenar el zulo como había supuesto. Y llegué a la finca en dos horas de carretera.

En el camino que se hunde en la casa del lago estaba aparcada la moto de Mike. Bajé del coche con el teléfono en la mano llamando a mi amigo. Se me hundían las botas en la nieve que cubría la grava del camino. Había dejado de nevar y comenzaba a clarear el día. Pero el frío era intenso y el sonido del aire, crispado. El hielo crujía a mi alrededor y mis zancadas eran lentas y pesadas según me acercaba hacia la casa, entre los árboles. Vi la puerta de la cocina entreabierta. Volví a llamar a Mike. Sin señales de vida. Seguí intentándolo con el teléfono y la voz, con todo el cuerpo según cruzaba la terraza.

Me sujeté en el marco de la puerta cuando vi los armarios de la cocina abiertos y la mesa con envoltorios de galletas desgarrados y vacíos. No podía ser obra de un oso o de una alimaña, sino de un ser humano. Alguien había dejado la cafetera sobre el mármol de la encimera, junto a latas de conserva abiertas y vacías. ¿Habría sido Mike? Intenté pensar que sí, que había sido él; se encontró la puerta de la cocina abierta y entró a refugiarse. Luego el apetito lo devoró, impaciente por localizarme. Pero la cerradura estaba forzada. «No, no es posible. Él no actúa así —me dije—. Pero si no ha sido él, ¿quién entonces y dónde está Mike?»

Podría encontrármelo en el piso de arriba, dormido. Registré las habitaciones, los baños, los estudios y la buhardilla. Por supuesto no encontré a Mike por ningún lado. Pero según me asomaba al salón giré la cabeza. Me acerqué y hallé rescoldos encendidos en la chimenea. Olía a madera recién quemada. Me giré y examiné la habitación. Alguien se había tumbado en mi sofá. Y comprendí que tenía que huir.

Corrí hacia el frío exterior. Bajé por el camino, borrado por la nieve, alocada por encontrar a Mike.

Seguía intentándolo por el móvil cuando oí el timbre lejano de un teléfono. Corrí hacia el sonido, pero mis pasos eran torpes y lentos. Me acercaba a la zona del pozo. Era de su interior de donde salía mi llamada. Encontré en el suelo la plancha de hierro, el candado y la cadena. La entrada del pozo, a ras de tierra, se abría ante el cielo. Me arrodillé. Traté de escuchar. Agucé el oído. El sonido del teléfono de Mike escalaba por las paredes del pozo hasta que corté la comunicación.

¿Un accidente? ¿O era tan solo el móvil? Lo llamé. Grité su nombre. Solo oía el eco de mi voz. Nunca había visto el pozo abierto. Estaba condenado por una placa metálica desde antes de fallecer sus abuelos, me había explicado Alexander; no era más que un pozo seco. Volví a llamarlo y guardé silencio. Necesitaba una voz, un murmullo, un eco que tranquilizara las ideas que desfilaban por mi cabeza.

Miré hacia el bosque. Silencio absoluto. No encontré escalón alguno por las paredes del pozo para descender. Entonces una idea iluminó una esperanza: Bonnard. Era el momento de llamarlo, de liberarme de la piel del oso que me amordazaba desde que lo había conocido.

Cuando escuché la voz del inspector, el sol se abría paso entre las nubes. Me enviaba un par de patrullas y me ordenó que saliera de allí, entrara en la casa y me encerrara en un lugar seguro. Pero no lo hice. Solo corrí como pude hacia el castaño, con una temeraria idea en la cabeza. Desenfocada. Irreal. Crucé la explanada del embarcadero hasta encontrarme sin aliento delante del árbol, sin hojas, despojado de toda belleza.

Me arrodillé en el escarpado terreno. La tierra estaba revuelta y sin nieve, hundida y hueca. Solo pensaba en la mujer de mis pesadillas. La chica de las trenzas y la mirada triste, de esa foto que revolvía mis sueños. Levanté la vista. Un sonido, un chasquido entre los matorrales. Un golpe me lanzó a la nada y caí de rodillas sobre la tumba vacía de Rebeka Winter.

51

Fernando Mendoza

Una vez más conseguí sobrevivirme, como la canción. Como la cigarra que sale al sol después de un año bajo la tierra. E igual que una superviviente que vuelve de la batalla, resucité. Tantas veces me mataron, tantas veces me levanté. Cuántas noches pasé desesperando. Y a la hora del naufragio y de la oscuridad alguien me rescató. Y desperté junto a Robert, que sentado en una silla junto a mi cama me miraba con clemencia.

—¿Cuándo vas a dejar de meterte en líos, cuñada? Siempre dándome disgustos...

Me tomó la mano en cuanto me vio despertar. Sentí la calidez de su piel, áspera y leal, honrada. Las emociones se agolpaban en mis ojos según recobraba la memoria y lo que había sucedido.

—¿Dónde está Mike?

—Está bien, tranquila. Ya lo han rescatado y se recuperará. Gracias a tu llamada a Bonnard y a que llevaba el casco de la moto. Alguien lo empujó a un lugar horrendo.

—¿Cómo de horrendo?

—Al pozo de la finca. Y ahora descansa... Todo ha terminado.

—¿Cómo que todo ha terminado? ¿Cuánto tiempo llevo aquí?

—Treinta y seis horas. Estás en el Hôpital Laurentien, en Sainte-Agathe-des-Monts. Te golpearon. No digas nada..., quiero estar a tu lado. El inspector me llamó. Ahora, descansa y no pienses, cuñada. Voy a buscar a la enfermera.

Me quedé dormida y volví a despertar sin el sentido de la razón que dictamina el paso del tiempo. Se abrió la puerta de la habitación y creí ver al enorme teniente Williams. Robert le estrechó la mano. Me pregunté por Bonnard entre la nebulosa del recuerdo. ¿Volvería a verlo alguna vez? El soliloquio de mi mente se truncó al oír la potente voz del policía afrocanadiense.

—Adelante —me indujo Robert, mirando al teniente—, cuéntale lo que sabes. Ya nada puede hacernos daño, sea lo que sea.

Dijo que esperaría en el pasillo, y lo vi salir.

El teniente me ayudó a incorporarme. Sacó una libreta y un bolígrafo de su chaquetón azul de policía y se acercó a la cama dispuesto a escucharme. Estuvo escribiendo como cerca de una hora. Me alegré de que fuera el teniente el depositario de mi confesión. En realidad, era mejor así. Neutral. Tener que declarar lo que me había mostrado Britte, bajo el cobertizo, suponía un duro golpe a mi orgullo y a la naturaleza de todo en lo que había creído hasta entonces. Delatar las actividades del hombre con el que me había casado, y a lo que estuvo dedicado durante la primera etapa de su vida profesional, y con quiénes, fue lo peor de todo. También, el triste pasaje con mi asistenta, cuando sacamos y destruimos en el ÉcoCentre de Saint-Donat los instrumentos que quedaban en el sótano. Tuve el valor necesario para confesar mi estupidez de dejarle destruir a Britte una grapadora B. Braun. Y al igual que a Alexander, alguien me impidió terminar con el sucio trabajo de su vida. Cuando mi querido Bonnard bajara al infierno de ese zulo, se encontraría con una habitación vacía y toda su imaginación.

Claro que…, podrían no ser ciertas, en su totalidad o en alguna de sus partes, las historias que me habían narrado cada uno de sus protagonistas. Y así le expresé mis dudas al teniente. No hizo ningún comentario. Su piel oscura, en aquella habitación verde hospital, destacaba como un dibujo naíf. Se empleó a fondo en sus preguntas y no dejó de escribir en ningún momento.

Pensé que estábamos terminando porque el teniente se levantó de la silla, se retiró unos metros hacia la puerta y realizó una llamada desde el móvil. Su voz era un abrupto susurro para ocultarme que hablaba con su jefe. Me imaginaba a Bonnard en mi territorio, midiéndolo centímetro a centímetro, con su equipo de hombres uniformados, buscando el armamento suicida de toda una época.

Había llegado el fin de mi historia a la libreta del teniente Williams cuando volvió a sentarse junto a mi cama. Sacó una fotografía y me la mostró.

—¿Reconoce a este hombre? ¿Lo ha visto alguna vez?

Era la imagen de un rostro agradable. Serio. Con el pelo tan negro de haber sido teñido, muy liso y la raya a un lado para tapar la calvicie. De unos sesenta años. Un hombre absolutamente corriente, con cierto atractivo en su mirada profunda y verdosa.

—Sí, lo reconozco —dije—. Vino a verme una vez. Pero hará más de un año.

—¿Está segura de que este hombre estuvo en su consulta?

—Sí, estoy segura.

—¿Qué quería de usted?

—Necesitaba unas recetas para un tratamiento que tenía pautado. Dijo que se encontraba en Montreal por negocios y se le había terminado la medicación. No vi nada extraño en él. ¿Por qué me lo pregunta?

—El hombre de esta fotografía es Otto Winter.

Me llevé la mano al cuello para retirarme un mechón que me estrangulaba como esa noticia. Comprendí que el juego de identidades no había terminado.

—¿Qué medicación le recetó?

—No lo recuerdo con exactitud. Psicofármacos.

—¿No lo recuerda?

—No.

—¿Está segura de que no vio a nadie en su finca antes de que la golpearan?

El teniente hizo un gesto negativo para reafirmarse y convencerme de que yo podía haber visto a alguien y no recordarlo, como no recordaba la medicación prescrita.

—Completamente.

—¿Ha vuelto a ver a este hombre otra vez? —Y miró la fotografía que sujetaba.

—Nunca. Ni me acordaba de él, hasta ahora.

Fue monstruosa mi sensación de vulnerabilidad y desamparo. Pensé fugazmente en el día en que apareció en mi gabinete. No estaba Britte esa mañana, iba a acercarse a correos y a unos recados. La cita era únicamente para recetas y estaba prevista para las diez treinta, media hora antes del paciente de las once. Yo misma le abrí la puerta a Fernando Mendoza, siguiendo el horario de mi agenda. Britte me la había preparado, como siempre, y había escrito junto a la cita, una nota: «Solo medicación. Paciente desplazado del doctor Frissas». Un colega que conocía de Nueva York con el que no me unía ninguna conexión más que una coincidencia en un simposio de hacía varios años.

—Necesitamos toda la información que tenga de ese hombre y de la sesión.

Creo que el teniente Williams me debía de ver, postrada en la cama, como una hormiga a la que han pisoteado el hormiguero, y me dijo como conclusión al interrogatorio:

—No hemos encontrado ningún resto humano bajo el castaño, doctora. Antes de golpearla habían removido el terreno. Estamos analizando si en ese lugar pudo estar el cadáver de Rebeka Winter. U otro.

Hizo una pausa y su voz adquirió un grave matiz para decirme:

—Hay algo que debería saber. Suponemos que quien la golpeó se llevó el Ferrari de su garaje del lago.

Esperó unos segundos para continuar y observó mi reacción.

—Quien se lo robó, lo condujo hasta Montreal y lo hizo estallar en medio de una vía pública, en el centro de la ciudad. ¿Adivina en qué lugar?

Vi un interés siniestro en sus ojos amarillentos. Fulguraban como las llamas de la noticia que portaba.

—No juegue a las adivinanzas conmigo, teniente.

—En la place d'Youville. Frente al número 285.

Volvió a guardar silencio.

—¿Le suena la dirección?

—Es el domicilio del doctor Raymond Lewinsky.

—Así es. El Ferrari era propiedad del doctor, como bien sabe. Ha sido una suerte que viva frente a una plaza arbolada. Podría haber causado una catástrofe. Pero quien lo hizo sabía muy bien cómo detonar controladamente un automóvil.

—¿Qué quiere que le diga…?

—Hallamos algo interesante, doctora, cuando el equipo de extinción sofocó el incendio. Hay una estación de bomberos a dos manzanas.

—Me alegro. ¿Me va a decir lo interesante?

—Por supuesto, lo estoy deseando: los restos de Rebeka Winter, carbonizados por el incendio. Nos lo ha confirmado el laboratorio forense.

—¿Está bromeando?

—No estaría mal… Pero no.

—¿Quién ha podido hacer algo así?

Se encogió de hombros falsamente.

—¡¿Quién empujó a Mike, por qué…?! —grité enfurecida.

—Probablemente la misma persona que la ha golpeado y ha hecho explotar un automóvil que cuesta una fortuna. El inspector le pondrá al corriente de cierto hallazgo.

—¿Otro más? Dígamelo usted.

—No estoy autorizado.

—Llame al inspector y que lo autorice. O lo hago yo. —E hice un gesto de levantarme de la cama, retirando las sábanas.

El teniente se alejó hacia la ventana y realizó otra llamada. Apenas pude oír lo que decía, se tapaba la boca con su gran mano negra. Pero estaba hablando con Bonnard. «Bonnard, no te escondas. Como yo me he escondido de ti desde que apareciste en mi vida.»

—Usted gana —dijo. Dio dos zancadas con sus gruesos zapatos de goma hasta quedarse delante de mi cama—. Ha de saber que toda su finca y la casa del lago Ouareau están precintadas por orden judicial. No puede usted ni nadie, sin autorización, entrar ni acceder a ninguna parte de su futura propiedad hasta que lo ordene el juzgado. Tenemos un equipo trabajando. Dentro del pozo no estaba solo el bibliotecario.

—¿Qué quiere decir con que no estaba solo?

—En el fondo del pozo había restos humanos. Cadáveres completos cubiertos de cal viva. Deben de estar ahí desde hace décadas. Y no me pregunte nada porque no le voy a dar ninguna respuesta a las preguntas que se está planteando. Lo veo en su cara; ya me da usted miedo, doctora. Menudo lío tiene montado. Quién lo iba a decir… cuando la conocí en su despacho…, tan inofensiva.

Este tipo era un estúpido. «Pobre Mike —pensé—. Pobre de mí y de todos los muertos de esta historia.»

Meditando la situación, Mike debió de tener una sospecha sobre el uso del encargo a los Miller. La mañana que buscamos una respuesta a la tierra por toda la finca, nos paramos junto al pozo y revisamos el terreno. Por lo tanto, Mike conocía la existencia del pozo y creyó haber encontrado una posibilidad que se nos había pasado por alto. Simplemente se acercó a comprobarlo. Pero…

—¿Mike encontró el pozo abierto? ¿O lo abrió él? —le pregunté al teniente.

—Ya estaba abierto. Quien lo hizo deseaba descubrir el pastel y servírselo a usted y a la policía en bandeja. El bibliotecario se asomó y lo empujaron, por curioso.

Otto se debió de topar con Mike. Otto era quien había entrado en mi cocina y se había comido mis víveres, dormido en mi salón, encendido mi chimenea y campado a sus anchas en mi territorio. Pero no quiso matarme. ¿Por qué? ¿Es que me veía tan inofensiva como el teniente Williams? Y no solo eso. Otto había consumado su venganza contra todos. Y con los Lewinsky por partida doble: les había incendiado el Ferrari frente a su casa, con Rebeka dentro. Atormentado criminal. Mente siniestra. Pobre Rebeka.

El teniente se despidió de mí llevándose la mano a la frente con desaliento, abandonándome en la cama, exhausta y conmovida. Por expresarlo de alguna manera.

Pero dicen que tras la tormenta llega la calma y toda desgracia lleva su dicha.

52

Una visita inesperada

Al día siguiente llegó al hospital una visita inesperada. A primera hora tenía el alta firmada. Me encontraba sola, recogiendo mis cosas por la habitación. Me había vestido y esperaba a Robert para bajar juntos a Montreal. La puerta se abrió y vi aparecer a un niño. Tras él entró mi cuñado con un abrigo elegante sobre el traje de las ocasiones especiales.

—Hola, tía.

Esa voz solo podía pertenecer al auténtico Jacob Lambert.

Me quedé paralizada ante el niño. Se parecía tanto a su padre que creí ver a mi angustiado paciente regresando a la feliz infancia que nunca tuvo. Jacob me sonreía como si estuviera delante de Santa Claus. ¿Qué le habría contado Robert de mí para motivar la sincera e inocente sonrisa? Según me estrechaba la mano, como un hombretón, encontré matices reconocibles en el dibujo de sus ojos y en su nariz. El inconfundible sello de los Cohen. Llevaba un abrigo azul marino con un escudo rojo en la solapa. No había en el mundo mejor recompensa que conocer a esa criatura. Se me hacía extraño pensar en él como Jacob Lambert.

Le di dos besos en las mejillas tras el apretón de manos. Enseguida me dio las gracias por el palo de hockey con absoluta cortesía.

—Es una pasada —dijo, más relajado—. Tiene que venir a verme en el próximo partido, contra La Salle, en la isla de las Monjas.

—Gracias, lo intentaré. —Y juntamos los nudillos.

No sabía cómo mostrarme ante él. Me relajé y me dejé llevar. Le acariciaba el pelo, algo rizado y cortito, mientras me sentaba en el borde de la cama y yo lo traía hacia mí para darle un abrazo. Noté a Robert tan orgulloso de su nieto que no me extrañaba que le doliera despedirse de esa criatura tan bien criada. No encontré en Jacob ni un rasgo del carácter melancólico y violento de su padre y de su abuelo. Era presumido y buen niño. Me emocionó cuando sacó del bolsillo del pantalón una piedrecita transparente de cuarzo.

—Tome, para usted —dijo, mientras abría la mano—. Es la piedra de la suerte, no la extravíe.

Me busqué instintivamente la pulsera de Nora Joe en la muñeca. No le quedaba una pluma, solo el cordón pelado confundido con mi piel.

Salimos los tres del hospital hacia un vehículo de alquiler. Jacob estaba contento por haberse saltado un día de colegio y de estar lejos de la ciudad. Supuse que era una aventura para él conocer a una tía imprevista que había sufrido un accidente.

En el centro del pueblo entramos en una heladería, a pesar de la nieve en las calles de Santa Águeda. *Crème glacée à chaud*, anunciaba un cartel en los cristales del comercio. Comprobamos que lo de «caliente» era una especie de chocolate líquido sobre dos bolas de vainilla. Mis sensaciones iban del amor a la felicidad, como en los buenos tiempos, le dije a Robert.

Regresamos a Montreal como viejos amigos. Olvidé por una tarde los últimos meses, en los que tantos sucesos habían acontecido a mi alrededor y en mí misma. Con imprevisibles muertes y descubrimientos que socavaban mi naturaleza para convertirme en un residuo de algo que aún no podía comprender. Y desconocía si alguna vez tendría el valor suficiente para ponerme ante el diván y analizar y medicar a un ser humano mirándolo a los ojos.

Jacob resultó ser un charlatán. No paraba de contarnos su vida en el colegio y lo mucho que le molaban sus compañeros del equipo de hockey, con los que había ganado un montón de trofeos. No nos habló de su madre, pero sí lo hizo de su padre, de lo que disfrutaron un domingo en que Nathan lo había llevado a un festival de pesca en el parque regional de Longueuil. Le expliqué cómo fabricar una mosca. Una preciosa ninfa real para embrujar salmones que algún día pescaría.

Robert me dejó en el 103 de la avenida Arlington y nos despedimos en la puerta. Se marchaba a Inverness y quedamos en vernos de esa forma indefinida y fría, con un apretón de manos de quienes probablemente jamás se encontrarán. Antes de que huyera de mí, de Montreal y de su nieto, le juré a mi cuñado que no volvería a pisar la casa del lago Ouareau, ni sus inmediaciones.

—Véndesela a los Lewinsky. Seguro que te la pagan bien, aunque sea para quemarla. Me encantaría verla desaparecer entre las llamas. —Eso fue lo que dijo.

Antes de entrar en casa, con las llaves en la mano y el corazón fracturado, me quedé en el porche, parada, junto al rosal amarillo al que solo le quedaba los tallos espinosos, para ver desaparecer en el auto de alquiler, bajo una dulce nevada, a dos personas que jamás olvidaría.

53

La caída de la casa Usher

No tardé en comprender que Montreal había terminado para mí. Llamé por teléfono a Lola y conversamos sobre mis próximos días en Madrid. Llegaba el momento de preparar mi viejo dormitorio de juventud; adelantaba unos días las vacaciones. Pese a mi esfuerzo por aparentar normalidad, mi voz era portadora de un estado de ánimo catastrófico, nervioso e introspectivo. Intentaba asimilar el desastre, sin estoicismo ni resignación. Sin embargo, a mi pesar, la historia no había terminado.

Intenté permanecer unos días más en la ciudad y atender a Mike en su recuperación. Tres costillas rotas y un esguince cervical eran la consecuencia de haber involucrado en mi vida a una buena persona, de recta conducta. E inteligente. Lo suficiente para haber deducido que el destino de la tierra era el pozo, inundarlo: era la sospecha que había conducido a Mike a mi finca y que trataba de comprobar.

—No he tenido más remedio que compartirlo con el teniente Williams, lo siento —se lamentaba.

Procuré tranquilizarlo sosteniendo que había obrado con buena voluntad, cuando lo vi por última vez, postrado en una cama del Hospital General Judío. Él intentaba aparentar que ninguna parte de su cuerpo amoratado le dolía. Me juró que había merecido la pena haber caído en el pozo para descubrir unos criminales del pasado.

—No caíste, te empujaron —maticé.

—Qué más da, el resultado es el mismo. Y estoy entero.

—De milagro.

—¿Sabe una cosa, doctora? Creerá que soy un idiota, pero me hace ilusión pensar que fue Otto Winter quien me empujó al abismo. No me mire así, entiéndalo; por primera vez en mi vida he estado en el ojo del huracán; no lo he leído en un libro. Y eso, hay que celebrarlo.

Al teniente Williams se le ocurrió decirle que probablemente sería condecorado por la Sûreté. Eso levantó el ánimo de mi amigo como si lo hubieran propuesto para el Nobel de la Paz. Lo vi emocionado con la noticia. Le dije al teniente que no jugara con los sentimientos de Mike. Me contestó muy serio que era un policía de palabra y lo iba a plantear al departamento. Pretendía colocarle él mismo la insignia. Creo que Mike y el teniente se entendieron bastante bien en las sesiones de interrogatorios que habían mantenido. Y Mike no hacía más que darme las gracias por haberme conocido, sorbiendo por una pajita el contenido de un vaso, con medio cuerpo enyesado.

—Mi escayola va a tener un final feliz —dijo, y me guiñó un ojo.

Nos despedimos. Mike esperaba verme con mejor aspecto a mi regreso de España. Teníamos mucho de lo que conversar.

Pero el 103 de la avenida Arlington era mi ataúd. Supe que no podría vivir en aquel lugar. Todo a mi alrededor, nauseabundo y deplorable, me dictaba una huida irremediable. Mi agitación nerviosa me envolvía en un estado repugnante de sobresalto y estremecimiento, solo comparable al relato de Poe, *La caída de la casa Usher*. Una perturbable noche de terror perseguía mi existencia en Montreal.

Horas después de haberme despedido de Robert y de Jacob, hasta los pasos silenciosos de la gata me sobresaltaban, siempre agazapada tras el respaldo del sofá, cuando se me tiraba a las piernas para buscar mi calor y las caricias muertas de mis manos.

Decidí no entrar en mi gabinete y lo cerré con llave tras enviar al teniente Williams un fax con la sesión de Fernando Mendoza, la identidad que me había proporcionado el hombre de la fotografía que me había mostrado en el hospital de Sainte-Agathe-des-Monts. Era sorprendente el español del señor Mendoza. Mientras tomaba sus datos, tras la mesa de mi despacho, me aclaró que era natural de México D. F. Se encontraba durante unos días en Montreal por asuntos de trabajo, aunque residía en Nueva York. Su acento era el normal de un nativo mexicano que vive en Estados Unidos, como me explicó en un impecable inglés para continuar en un perfecto español cuando me habló de su procedencia y yo le respondí en castellano, simplemente como empatía hacia un paciente desconocido. Me preguntó si yo era española. Le dije que sí y le pregunté si él tenía antepasados o familia en España, en la provincia de Valladolid. Dijo que no. Yo le contesté que había conocido a un Fernando Mendoza. «Sin duda, mi nombre es producto de la colonización española», me respondió. Aparte de este comentario hostil, no observé nada extraño en él. Era el perfecto hombre de negocios, distante y seguro de sí mismo. Le realicé las preguntas protocolarias para este tipo de consulta: problemas de salud, estado de ánimo, medicación, duración del tratamiento, sintomatología… Me mostró unos envases vacíos de los medicamentos que necesitaba. Me habló con absoluta naturalidad del terapeuta que lo trataba en Nueva York y le extendí dos recetas sin encontrar nada raro y convencida de la veracidad de su trastorno. La consulta se desarrolló de forma cordial, y se mostró atento y educado. Cuando salió por la puerta me besó la mano y me dijo que no me olvidaría. Aunque yo sí lo olvidé, completamente.

«Pero… ¿qué le receté?», me dije, angustiada, maldiciendo mi traidor inconsciente: diazepam y un preparado con escopolamina.

Toda esta información se hallaba escrita en la historia de Fernando Mendoza, archivada en su expediente. Bonnard ya la tendría en su poder. Todo el mundo me había vapuleado hasta convertirme en la figura de un payaso. El inspector, con los pies encima de su mesa, y con la sonrisa a medio esbozar, se estaría riendo de mí, una vez más. Y quizá por piedad o por altruismo, me había autorizado a abandonar el país durante dos semanas, como le solicité al teniente Williams por teléfono, al acuse del fax de Fernando Mendoza.

Los restos humanos encontrados en el pozo de la casa del lago estaban siendo identificados; tarea nada sencilla para el equipo forense policial, y todo presagiaba un nuevo retraso en las conclusiones del inspector Bonnard. La investigación del caso Cohen no solo se circunscribía al accidente del doctor y de su sobrino asesinado, sino a un escenario más complejo y enloquecido. Delirante. El hallazgo de los restos de Rebeka Winter en el Ferrari y los cuerpos del pozo auguraban complicaciones para Raymond Lewinsky y su esposa, también para los desaparecidos Britte Jelen y Otto Winter, en busca y captura por la Sûreté. Así me lo hizo saber el teniente Williams. El pasado de estos personajes era de lo más siniestro que había investigado el teniente en toda su carrera. No había conocido a ningún delincuente que hubiera quemado los restos de su hermana en un Ferrari. «No me extraña que necesite unas vacaciones, doctora. El inspector Bonnard la espera restablecida. Y esté localizable en Madrid», me dijo, antes de colgar el teléfono y dar por concluida nuestra ultima conversación.

No entendía muy bien qué oscura estrategia le dictaba a Bonnard permanecer alejado de mí tras ser golpeada por Otto Winter, guarnecido tras la rotunda figura de su teniente. Su corrosivo silencio me incomodaba tanto como a él le corroía mi falta de sinceridad y colaboración, pero era algo que Bonnard comprendería, tarde o temprano, a mi regreso, como la manzana madura cae del árbol. Y aunque yo hubiera conducido carros de estiércol para tirar sobre los huesos de los muertos, y como el arado obedece las palabras, Dios recompensaría mis plegarias.*

Mientras tanto, me apremiaba salir cuanto antes de Montreal. Los teléfonos no dejaban de sonar por toda la casa. Aaron

---

* Fragmentos adaptados de los «Proverbios del Infierno», de William Blake (1757-1827).

Zuckerman insistía continuamente en localizarme. Se había atrevido a llamar en dos ocasiones al timbre de mi puerta. Sé que sus letrados hacían guardia dentro de un Lexus en la esquina con Sherbrooke. Pero yo había tomado la decisión de no hablar jamás con Zuckerman y no involucrarme en ninguno de los censurables asuntos económicos de Alexander. Claro que, tarde o temprano, debía buscarme un honrado abogado que me representase y le comunicara al letrado que mi relación profesional con su bufete había llegado a su fin. No solo pensaba rechazar ser beneficiaria de Worldwide Films, debía encontrar la forma de dinamitar ese dinero. Quizá lo quemara en el elegante portal del condominio de los Lewinsky, siguiendo la estela de Otto Winter. «Pero no —me dije—. Tú eres Laura del Valle. Una persona que intenta ser honrada.»

De esta manera me hallaba en la puerta de embarque 51 de la terminal internacional del aeropuerto Pierre-Elliot Trudeau para tomar mi vuelo con destino a Madrid. Sentada en un banco de aluminio, frente a un monitor con las salidas de los vuelos, acariciaba a Dune por la cremallera abierta de su transportín. Estaba rabiosa conmigo por el angosto lugar del que intentaba escapar. Ni el terciopelo ni la esponjosa felpa le proporcionaban la seguridad que necesita un gato. Me parecía extraño que mi vida volviera a la tranquilidad. E intuía que era cuestión de tiempo que sucediera algo nefasto, por lo que me apremiaba salir cuanto antes del país.

Eran las siete y cinco de la tarde y habíamos pasado las dos por el control de pasaportes. Adquirí en las tiendas unos perfumes para Lola y unos pañuelos de seda para mi padre. Hacía demasiado tiempo que no realizaba un gesto tan sencillo como comprar una revista española de moda que encontré, para mi alegría, en los estantes de una librería de la terminal. Intentaría ponerme al día. Comprarme un vestuario nuevo y cambiar de imagen, pensé. Alimentarme mejor e ir a la peluquería. Debía empezar por la indumentaria para hacer resucitar a Laura del Valle, si es que la encontraba por alguna parte caminando solitaria entre las calles de Madrid, intentando olvidar la caricatura que había sido de mí misma en Montreal. Cerré la cremallera del transportín y abrí el bolso. Era el momento de hacer algo importante para comenzar la transformación que necesitaba.

Saqué del billetero mis tarjetas de visita. Las miré por última vez y me despedí de Laura Cohen, cuyo nombre estaba impreso en lujosas letras doradas, y las rompí en pedazos, dejándolas caer en el fondo de una papelera. «*Au revoir*, Laura Cohen, no quiero volver a soñar contigo —me dije—. Hasta aquí hemos llegado juntas.» Era mi forma de decirle adiós a la esposa de Alexander.

Me di la vuelta y comencé a caminar esperando percibir algo especial. Una liberación. Una fuga. Pero un sobresalto confuso me invadió, sintiendo que Laura Cohen me perseguía por la sala de la terminal. Invisible. Como un espectro que tiraba de mí. Levanté la vista para intentar liberarme de esa sensación y me topé con un largo cristal que separaba mi sala de embarque de la contigua, con sus últimos pasajeros accediendo al avión. Vacilé un momento y algo nubló mi vista. Me froté los ojos para comprobar si la mujer que estaba viendo era producto de no haber dormido en las últimas veinticuatro horas hasta entrar en el taxi que me había dejado en el aeropuerto. Pero mi visión era certera, cuando reconocí a Britte Jelen entre los pasajeros de la fila que se extinguía. Llevaba un bolso verde colgado del hombro. Avancé unos metros. Era ella. Sí, era Britte, con un alegre vestido de flores y una chaqueta de punto sobre los hombros. Alguien iba a su lado. Un hombre. Britte se ajustaba el bolso y ambos avanzaban. La vi muy cambiada, sin zapatos de cordones y con el pelo suelto, oscuro, sin canas y la tarjeta de embarque en la mano. La pareja llegaba al mostrador. Recorrí el cristal hasta encontrarme con la cara del hombre. Él levantó el rostro hacia el empleado y le entregó su pasaporte. Era Fernando Mendoza. Yo me había desplazado hacia ellos, pero la cristalera llegaba a su fin. El empleado los dejó pasar, la pareja cruzó y los perdí de vista sin poder hacer nada, según avanzaban por la pasarela hacia su avión, cogidos de la mano.

Instintivamente miré hacia la pantalla de esa puerta de embarque con un vuelo de Air Canada, destino Oaxaca. Oaxaca de

432

Juárez. México. Hongos psilocybes. Chamanes mazatecos. Día de Muertos. Buen refugio.

Faltaban diez minutos para su despegue. El destino podía haber puesto a trabajar su conciencia para darme una oportunidad. ¿O era Laura Cohen quien me los ponía ante los ojos para vilipendiarme de nuevo? Lo pensaba averiguar.

Dejé el transportín de Dune en un asiento y saqué el móvil. A la tercera señal mi inspector descolgó. Le expliqué la serendipia de encontrarme con Britte Jelen y Fernando Mendoza buscando precisamente huir de ellos y de mi barco ya hundido.

Viajarían con nombres falsos. Él, posiblemente, como Fernando Mendoza, le dije a Bonnard.

—Es un prepotente. Por eso lo voy a detener —contestó.

El nombre de Fernando Mendoza no lo había escogido Otto Winter por azar cuando entró en mi consulta, comprendí entonces. Yo le había hablado a Britte del auténtico Fernando Mendoza, delante de Alexander, en una ocasión durante una cena. El único hermano de mi madre que yo había conocido de niña en la ciudad de Valladolid. Ellos dos me lo robaron para recordarme lo frágil que yo podía ser en sus manos. Y el hecho de que Nathan llevara grapado mi anuncio en la espalda era otra demostración de poder y soberbia: un acto cruel para jugar con el desconcierto y la confusión; no solo conmigo, también con la policía.

¡Maldita Britte! Cuánto me tenía que odiar... O no del todo, porque en ese momento recordé sus extrañas palabras de la noche del registro, tras darme un desconcertante abrazo antes de irnos a dormir: «Pobrecita, cuánto tiene que estar sufriendo... Yo la voy a proteger, se lo juro». Y me acarició el pelo con un cariño extraño.

Le dije a Bonnard:

—Antes de que cuelgue necesito saber qué documentos llevaba mi marido en el Porsche, los que fue a buscar a la casa del lago el día de su accidente.

—Ninguno. No llevaba nada. Y gracias, doctora Cohen. Feliz viaje. En dos semanas nos vemos las caras.

Eso fue todo lo que dijo. Y cortó la comunicación.

«¡No vuelva a llamarme doctora Cohen! —quise gritarle—. ¡Soy Laura del Valle!» Dos semanas. ¡Quince días! Alexander me había mentido. Pero escuché por megafonía la llamada de mi vuelo. Agarré el transportín de Dune y me apresuré en alcanzar mi fila. Iba loca. Tuve que ponerme la última. E iba sola, con mi gata, porque ya era mía, abandonada a la suerte de una perdedora que vuelve a casa viuda, con el marido asesinado, un sobrino torturado y muerto, un pozo con cadáveres y la novia del difunto marido exhumada de su tumba para terminar en la explosión de un Ferrari. Por resumir la situación con sencillez.

¿Podía haber en el mundo algo peor?

Era imposible sentirse más desdichada. Entregué mi tarjeta y el pasaporte y corrí por la pasarela hacia mi avión, desbocada. Dos tripulantes de cabina me dieron la bienvenida. Yo solo quería mirar por los ventanucos de la derecha según me atascaba en el pasillo, soportando a gente empeñada en viajar con enormes bolsas que empujaban en los compartimentos superiores. ¡Pero ¿es que todo el mundo estaba loco?! Pobre gata. Maullaba. Empezó a quejarse dentro de su estrecha casita de viaje cuando alcanzamos nuestro asiento. Dudé si darme la vuelta y salir de ese avión o quedarme y esperar un tranquilo y apacible vuelo transoceánico. Con una botellita de vino de rioja y unas aceitunas. Y luego otra. Y más botellitas, sin aceitunas porque las aceitunas engordan, y luego las digiero mal y tengo ganas de vomitar y el avión me constriñe y quiero gritar y abrir una puerta de emergencia y tirarme al vacío por el tobogán inflable. Porque así me sentía.

Pegué el rostro a mi ventana. El avión con destino a Oaxaca se desplazaba de su estacionamiento. Las puertas del mío se cerraban y una azafata en cada pasillo terminaba su ritual de soplar por un chaleco salvavidas.

«Tienen que parar ese avión —me grité a mí misma—. O se escaparán y quedarán impunes los crímenes que han cometido juntos. Porque estoy segura de que Britte Jelen ha movido los hilos de este drama.»

En aquel momento comprendí que no era el destino quien jugaba a los dados, sino los espíritus de la pulsera de Nora Joe, los que con una atronadora carcajada salían de mi garganta, mientras el avión de Otto Winter y Britte Jelen elevaba el vuelo y el mío comenzaba a salir del horizonte del pasado y se lanzaba en busca del despegue, y yo de mi destino, marcado para siempre por el hijo que soñaba con su madre y que llegó a mi consulta para contarme esta historia.

Madrid, 3 de enero de 2020

ANEXO

Biografías y hechos reales

Esta novela narra una historia de ficción. Basada en personas que existieron y en hechos reales, como el Holocausto, la ocupación alemana en Francia y unas experimentaciones y estudios realizados sobre alumnos, durante la Guerra Fría, en la Universidad de Harvard, con sustancias psicoactivas —LSD y psilocibina—, entre 1959 y 1962. De las sesiones experimentales que dirigía el doctor Henry Murray salió el terrorista, ideólogo antitecnología, Theodore J. Kaczynski, llamado Unabomber.

La biografía de Marie Jelen, su detención y muerte, ocurrió tal y como es narrado, incluido el destino de sus padres. Se ha utilizado información de las fuentes que ha sido posible consultar para reconstruir con fidelidad lo que se conoce de la biografía de Marie.

MARIE JELEN (1931-1942). La familia Jelen era de origen polaco. Vivían en el número 58 de la rue de Meaux, en el distrito XIX de París. Marie nació en Francia. Fue detenida en París, en la madrugada del 16 de julio de 1942, junto a su madre Estera y más de 13.000 judíos extranjeros, apresados por la policía francesa durante la redada del Vél'd'Hiv. Ambas fueron recluidas en el Velódromo de Invierno y trasladadas días más tarde, el 19 de julio, al campo de tránsito de Pithiviers, al sur de París. Marie fue deportada un mes y medio después que su madre, junto a 1.015 personas, incluyendo 163 niños, en el último convoy del campo de Pithiviers a Auschwitz, n.º 35, el 21 de septiembre de 1942, y fue asesinada en una cámara de gas a su llegada.

ESTERA RAJZA SZLAMKOWICZ JELEN (1905-1942). Madre de Marie, nació en Sieradz, Polonia. Fue enviada en el convoy n.º 13 a Auschwitz, el 31 de julio de 1942, a los treinta y siete años de edad, tras ser separada de Marie en el campo de Pithiviers. El 2 de agosto fue asesinada en una cámara de gas al llegar al campo de exterminio.

En el Memorial de la Shoah de París, se encuentran inscritos los nombres de Marie y Estera, en recuerdo a los deportados y víctimas francesas del Holocausto.

ICEK JELEN (1908-1982). Nació en Laski, Polonia. Sastre de profesión. Durante la redada del Vél'd'Hiv se encontraba en un campo de trabajo agrícola alemán WOL, en la zona invadida de las Ardenas. Debido a las leyes francesas de segregación racial del gobierno del mariscal Philippe Pétain y de la ocupación alemana en Francia, se le había prohibido ejercer su profesión. Murió en Lille, Francia, el 24 de julio de 1982.

LAS SIETE CARTAS DE MARIE JELEN son reales, enviadas por Marie a su padre durante su detención. La primera desde el Velódromo de Invierno y el resto desde el campo de tránsito de Pithiviers. Las cartas de Marie fueron descubiertas a la muerte de Icek entre sus objetos personales. Publicadas con el permiso del hermano de Marie, Serge Jelen, en octubre de 2003. Las cartas de la niña nunca le fueron robadas a Icek Jelen, las mantuvo en secreto hasta su muerte. El robo de las cartas es una licencia para la trama de esta novela.

BRITTE JELEN es un personaje de ficción. Su historia también.

LAS FAMILIAS COHEN, LEWINSKY Y BRENNER son inventadas.

REBEKA WINTER Y OTTO WINTER son personajes ficticios, al servicio del argumento, pero basados en personas reales que vivieron algunos de los destinos de estos personajes en la Europa ocupada por el régimen nazi.

EL CENTRO SIMON WIESENTHAL. Es un observatorio de los derechos humanos. Reconocido internacionalmente en honor al famoso cazador nazi y víctima del Holocausto Simon

Wiesenthal. Es una institución extendida por diversos países, dedicada a las víctimas del Holocausto y a la investigación, registro, documentación y archivo de los crímenes antisemitas. Su sede central se encuentra en Los Ángeles. Promueve la tolerancia y el entendimiento entre culturas a través del Museo de la Tolerancia, establecido en Los Ángeles y Jerusalén, galardonado con el Premio de la Paz y la Tolerancia Global de los Amigos de las Naciones Unidas.

LOS EXPERIMENTOS DE HARVARD. Se relatan en la novela dos estudios experimentales que se llevaron a cabo en esta universidad:

1.º El Proyecto Psilocibina. Una serie de experimentaciones y estudios de psicología realizados por el doctor Timothy Leary y el doctor Richard Alpert, de 1960 a 1962, en los que se utilizaban hongos psicoactivos. Las investigaciones defendían el carácter terapéutico de la psilocibina para tratar problemas como el alcoholismo, el comportamiento criminal o como medio para desarrollar la espiritualidad.

TIMOTHY LEARY fue profesor de psicología en Harvard, escritor, psicólogo, investigador y uno de los creadores del movimiento psicodélico, propagador del uso de las drogas psicodélicas. Fue un famoso divulgador de los beneficios terapéuticos y espirituales del LSD. Contribuyó a la creación de la Fundación Castalia, que promueve la experiencia psicodélica a través de la meditación, el yoga y las sesiones de terapia grupal. Fue una de las primeras personas cuyos restos fueron enviados al espacio a petición propia.

2.º Desde el otoño de 1959 hasta la primavera de 1962, miembros del personal del Departamento de Relaciones Sociales de Harvard realizaron investigaciones con estudiantes. Varios psicólogos de la universidad, dirigidos por Henry A. Murray, llevaron a cabo un estudio con veintidós universitarios a los que se les sometió a pruebas invasivas para analizar sus respuestas al estrés. Uno de los participantes fue Theodore Kaczynski. El propósito de estos experimentos era el control de la conducta humana, dentro de un proyecto de la CIA llamado MK Ultra.

HENRY MURRAY fue director de evaluación de la Oficina de Servicios Estratégicos de Estados Unidos (OSS), organismo antecesor a la CIA. Doctorado en Medicina en Columbia y en Bioquímica en Cambridge. Director del Departamento de Psicología Clínica de Harvard y profesor durante treinta años en esta universidad. Fundó la Sociedad Psicoanalítica de Boston. Desarrolló el Test de Apercepción Temática, TAT, que estudia los impulsos, las emociones, los sentimientos y los conflictos dominantes de la personalidad.

THEODORE JOHN KACZYNSKI, llamado UNABOMBER, es matemático, filósofo y neoludita. La narración de su biografía se ajusta a la realidad. Perpetró una serie de atentados con cartas bomba fabricadas por él, desde 1978 hasta 1995. En 2019 continúa en prisión cumpliendo cadena perpetua. Escribió un manifiesto antitecnología. Justificó sus acciones terroristas por la experiencia vivida en las sesiones con LSD del doctor Murray, en la Universidad de Harvard.

FRANK OLSON fue un científico del gobierno americano. Investigaba en Fort Detrick experimentos secretos de control mental y guerra biológica en los años de la Guerra Fría. Su biografía y fallecimiento se han mantenido fieles a información contrastada.

La CIA sostuvo que Olson saltó por la ventana del piso 13 del hotel Statler, en Nueva York. Sin embargo, una nueva autopsia realizada cuarenta años después, a petición de la familia, tras la exhumación del cadáver, reveló que Olson había sido drogado con LSD, golpeado en la cabeza y arrojado desde el piso 13 del hotel Statler, hoy hotel Pensilvania, en 1953.

Agradecimientos

Quiero agradecer a mi editor Alberto Marcos su atenta y esmerada lectura y sus consejos siempre acertados y oportunos.

A David Trías le doy las gracias de todo corazón por su confianza en editar esta novela.

A mi agente editorial Antonia Kerrigan y a Claudia Calva, que tanto cariño depositan en mí, les agradezco su ayuda inestimable.

Índice